U0694461

时间的礼物

徒步去君士坦丁堡:
从荷兰角港到多瑙河中部

［英］帕特里克·莱斯·弗莫尔 著 — 熙 译

A TIME OF GIFTS

Patrick Leigh Fermor

重庆大学出版社

一九三三年十二月，十八岁的帕特里克·莱斯·弗莫尔踏上自己的穿越欧洲之旅，一九三五年初，他抵达终点君士坦丁堡。随后，他前往希腊游历，在雅典邂逅美丽的巴拉夏·坎塔库济诺，这对恋人在罗马尼亚快乐地生活了几年，直到突如其来的战争将两人拆散。应征入伍后，他跟随英军特别行动小组登上德占克里特岛，成功策划并指挥了一次突击行动，俘虏了德国将军，被授予"优质服务勋章"（DSO）。战后，他开始写作，并与自己未来的妻子琼·艾尔·蒙赛尔周游希腊。临终前，他完成了《时间的礼物》和《山林与水泽之间》，为世人留下了一段史诗《奥德赛》般的奇幻旅程。二〇一一年，弗莫尔与世长辞，三部曲中的最后一部，由科林·杜勃朗和阿尔忒弥斯·库珀根据他的手稿编纂完成，名为《破碎的道路》。

《时间的礼物》一书，生动地记录下了帕特里克·莱斯·弗莫尔从伦敦启程前往君士坦丁堡的朝圣之旅，其足迹远及匈牙利。一路上，他穿越低地国家、中欧、日耳曼人与斯拉夫人的聚居地、哥特人生活的北方，以及罗马帝国时代的古战场。他顺着莱茵河溯流而上，沿着多瑙河探寻巴尔干半岛和消失的拜占庭王国。

每周的"救命钱"仅有一英镑。他打定主意，跟"乞丐、朝圣者或流浪学者"一样节衣缩食，夜里借宿在济贫院、修道院和农家的谷仓。不过，途经巴伐利亚时，一次机缘巧合，也让他有幸身居古堡，体验贵族们的闲适生活。

续作《山林与水泽之间》描绘了作者随后的旅程，其脚步延伸至喀尔巴阡山和巴尔干山脉之间的"铁门"峡谷，并最终在《破碎的道路》中画上句号。

引　言

嫉妒是《圣经》里七原罪之一，尽人皆知，作家群体也不例外。不过令人奇怪的是，在英语国家，几乎所有的作家都将帕特里克·莱斯·弗莫尔视作二十世纪最伟大的散文家之一。他没有竞争对手，超脱于世人的嫉妒和毁谤之外。

很难将他创作的文字归入某个文学流派。总的来说，他是一位旅行作家，但书中的内容又远远超出游记的范畴。当然，他会详细描述旅途中的经历，为自己的作品设定一个主题，但他同时也是目击者、历史学家、艺术和建筑方面的内行、诗人、幽默家、讲故事的高手、社会记录者、神秘主义者，或上帝派到人间的冒险家。《时间的礼物》一书，首次集中展示了作者多方面的才能，该书出版于一九七七年，作者时年六十二岁。

那时，他已历经人世沧桑，步入晚年，出版过三部颇受读者好评的游记。与生俱来的特立独行，让他在十七岁时欣然与学费高昂的正统教育告别，并在第二次世界大战爆发后加入英国陆军。他有一半爱尔兰血统，加上在爱尔兰近卫团的磨炼，使他练就了一身游击战的好本领，并很快在接下来的军事行动中派上用场。一九四二年，他为自己的从军生涯写下辉煌一笔，组织突袭德占克里特岛，成功俘获一名德军高级将领，并登上汽艇，亲自将其押解至埃及。

装扮成牧羊人，住在克里特岛上的山洞里，对莱斯·弗莫尔来说，是一件轻易就能办到的事。至于他为什么能做到，《时间的礼物》一书会告诉我们缘由。他生来就喜欢冒险。此刻，帕特里克·莱斯·弗莫尔少校和他的手下正躲在克里特岛的山间，为活捉克赖佩将军做最后的精心准备。而恰好在七年前，年轻的帕特里克·莱斯·弗莫尔血气方刚、身材魁梧而强壮，告别了位于坎特伯雷的"国王学校"，登上停泊在荷兰角码头的一艘汽船，踏上穿越欧洲、前往君士坦丁堡的旅程。他把自己比作一个"流浪学者"。他孤身一人，夜里睡在哪里都心安理得。他与路人攀谈，靠少得可怜的旅费维持生活。在吃喝方面，他从不挑剔，而且敢于尝试任何一种全新的语言，结交路上遇见的陌生人，无论他们是富家子弟还是贫寒布衣。他勇敢面对路上的艰险，无论酷暑、严寒、伤痛、灾祸，还是办事人员的官僚作风、白眼和歧视。这一切，都为他七年后潜入克里特岛、指挥突袭行动奠定了坚实的基础。

同样，没有哪本书像这本一样，在历史的迷雾散尽之后，以怀旧的文字，回顾了战前欧洲那段黑暗的历史。年轻的弗莫尔长途跋涉，完成穿越欧洲的壮举，此时，这块大陆正在经历生死攸关的重要时刻。二十世纪三十年代，是一个追忆过去、展望未来的年代。古老欧洲的印象还刻在公众的心目中，尊贵的王子、贫苦的农民、建立奥匈帝国的弗兰茨·约瑟夫一世、德皇威廉、宏伟的老城安然无恙、古老的传统代代相传。不过，即使压抑在心头，人们还是会偶尔流露出对即将到来的灾难的忧虑和恐慌：一九三三年，莱斯·弗莫尔生平第一次踏上德国的土地；同年，阿道夫·希特勒上台执政。

用弗莫尔的话来说，当时，他根本不在意旅行之外的政治风云变幻。也许正因为如此，《时间的礼物》才具有独特的魅力，将个性迥异的两个形象呈现在我们眼前：一个是无忧无虑、挣脱学校束缚的年轻学子，把旅途中的见闻保存在回忆和日记本里；另一个是经验老到、用词考究的作者，在四十年后，让这段青春时代的远行成为永恒的艺术作品。

《时间的礼物》的语言自成一派，不遵循任何先例，也打破了固有的写作套路。如果非要寻找风格最为接近的作品，我觉得是六百年前，阿拉伯探险家伊本·白图泰耗费毕生精力写出的游记；或者约翰·罗斯金创作的《普雷特利塔》，该书将个人回忆、人生哲学和旅行见闻融为一体，堪称英国现代文学的上乘之作。还有一些前辈的书值得一提，比如亚历山大·金莱克的《伊奥瑟恩》或罗伯特·拜伦的《前往阿姆河之乡》，不过，与《时间的礼物》比起来，这两部作品既没有体现年轻人在思想上的成熟过程，也没有勾勒欧洲大陆在彼时的独特风貌。简言之，莱斯·弗莫尔就是莱斯·弗莫尔，无人能够取代，金莱克和拜伦虽然伟大，却没有俘虏过哪位将军……

一九四二年克里特岛上的冒险故事，频繁出现在一九三三年的欧洲之行的回忆记录之中，不难看出，作者在一九七七年创作此书时，思绪百转千回。正文前，在写给密友克桑·菲尔丁的信中，他简单介绍全书内容，不露声色地提及战争的惨烈，唤起人们对历史的反思。这绝不是一本简单的旅行回忆录：书中充满了典故、追忆和引用，有顺叙和倒叙，有亲身体验和外部观察，其开放式结尾吊足了读者的胃口——前往君士坦丁堡的旅程才走了一半，要等到下本书，精彩才会继续。

时间的礼物

表现形式上，本书层次分明，既充满想象的回忆，也有纯粹的个人印象。书中包含不少对旅行者有用的建议，尤其针对那些初涉旅途的年轻人。丰富的知识，加上敏锐的洞察，很显然，虽然作者当时年仅十九岁，但其学识和见地却远远超出他的同龄人。当然，帕迪有时也直言不讳，说起话来不留情面，比如，日记本上有很多牢骚话，都是他在沿途的干草垛、会客厅或小酒馆休息时信笔而成。莱斯·弗莫尔用此书追忆似水年华，向远去的青春致敬，仿佛一张立体派的画作，每一次观察，不同的角度都能折射出不同的形象。

本书的结构也比较灵活，或者说，具有水流般的动感。任何时候，我们都有可能跟随作者，进入另一段思绪、节奏和心绪。我们不知道，在接下来的夜晚，迎接作者的是谷仓、城堡、陌生人的客房，或警察局的单身牢房，于是，我们对随后几页的描述充满期待。帕迪挑选了一条寻常的旅行路线，他觉得这样走既合理又富有浪漫气息，从北海到博斯普鲁斯海峡，横贯整个欧洲，其间穿越莱茵河谷，路过多瑙河三角洲。不过，在布拉迪斯拉发，当地人强烈建议他去逛逛布拉格，于是他立即动身，不惜绕道数百英里，去领略这座宏伟首都的风采（并写成整整一个章节）。出发时，他做好心理准备，一路上因陋就简，但等他抵达中欧，好客的友人、盛情的款待，以及在城堡度过的夜晚，都成为旅途中美妙的插曲。

《时间的礼物》中，处处体现了作者丰富的见闻和高超的写作技巧。以第六章为例，这一章除了描绘帕迪前往维也纳的情景，还介绍了当时欧洲的流行歌曲、莎士比亚戏剧的舞台指导、部落迁徙、意大利蛮族国王奥多亚塞之死、与邮政局长遗孀的闲谈、梅尔克本笃会修道院悠扬高亢的招魂仪式、有关狮心王理查的学术性研讨、一则历史上有名的轶事、拜访爱尔兰裔修士和奥地利贵族、收到馈赠的鸭蛋、亲历发生在维也纳城的一场未遂政变，以及在救世军旅社讨得一个过夜的床位。故事情节既流畅又连贯，好像发生在每个人身上，又仿佛我们当时正陪在作者左右，只有当手指再次翻开书页，重温字里行间中的细节，才会突然意识到正午时分的梅尔克修道院，在作者心目中占据何种重要地位——莱斯·弗莫尔很擅长以景抒怀。

偶尔，我们也会心生疑惑。艺术的背后，总有数不清的奥秘等待发掘。作者的博学和观察力显而易见，但全书优美精致的结构，要再三品味，才能窥见一斑。不知是刻意的安排，还是意外发现的一处珍宝，总之，梅尔克修道院使莱斯·弗莫尔神魂颠倒，不吝溢美之词。熟悉音乐的人们都知道，乐声渐强或渐弱，都能撩动听者的心弦。文字也有类似的结构，时而奔放，时而舒缓，仅从腔调上，就不难判断是出自一位年轻的英国人之口，谦逊而不装腔作势。《时间的礼物》描绘出万花筒般的世界，但画面的中心始终是帕特里克·莱斯·弗莫尔，一位十九岁的英国绅士，背负行囊，风尘仆仆。

他是个普通人，却又与众不同。三教九流的人都喜欢跟他打交道。一路上，他广交朋友。无论流浪汉还是贵族，他都一视同仁。他知恩图报。在长辈面前，他谦卑恭敬。他跟同龄人打闹，跟姑娘们调情。他经常喝得酩酊大醉。他向来顾及别人的颜面。可以这样说，他是二十世纪三十年代典型的英国小伙，聪慧、温文尔雅。也只有这样，我们才不难想象十年后，作者与被俘的德国将军海因里希·克赖佩并肩站在藏身的洞口，一边望着面前的艾达山，一边背诵《荷马史诗》。

青年时代的帕迪，意气风发，对未来充满向往，这与垂暮之年的欧洲大陆形成鲜明的对比，而且正因为如此，《时间的礼物》一书才在英语文学中占有特殊的地位。全篇既有学术的严谨、显露的才情，又不失少年人的纯真。试问有哪篇游记能做到以上几点？一九七七年，本书首版发行前，传奇的出版人约翰·默里六世给我寄来一本样书，希望我写篇书评。也许是出于偏心，他告诉我："我向你保证，这是一部天才之作。"

我赞成他的观点，相信读者们也有同感。

——扬·莫里斯

引　言

离开故土，去到异邦的海边，

年轻人啊，青春是你的资本。

不要惧怕艰险，徜徉在多瑙河畔，

迎着凛冽北风，扛住冬天的严寒；

等到太阳再次升起

不是谁都有机会，体验这人间的胜景。

——佩特罗尼乌斯

我敲打船舷，喊道，够了。

我将远走。

什么？我将永远叹息憔悴？

我的航线和生命是自由的，像路一样宽敞，

像风一样不羁。

——乔治·赫伯特

如今，时间的礼物化为乌有——

噢，少年长大成人，噢，冰雪消融成水，

噢，一生到头皆是空

懵懂中，时光倒流

至简朴的生活；我们走向

第十二夜，往事随风……随风

——路易斯·麦克尼斯

目　录

致克桑·菲尔丁的一封信

亲爱的克桑：

我刚把年轻时的旅行记录整理完毕，过去的岁月再次浮现在眼前，清晰得仿佛伸手就能抓住。有些场景，好像才发生不久。还记得吗？一九四二年，在克里特岛上，我们第一次见面的日子。那时，咱们头上都裹着黑色的头巾，穿着靴子，扎着腰带，披着白色山羊毛斗篷，满脸都是煤灰。一转眼，三十多年过去了。我们在科杜斯山的山坡上相遇，之后，咱俩经常碰面，冒险的事儿做过不少。说来也神奇，那时，我们躲藏的山间像被下了魔咒，战事并不激烈，让人能闲下心来看看风景：天高云淡，繁星点缀着夜空，悬在枝头的冰凌开始消融。我们躺在岩石间，聊着战争爆发前彼此的生活。

在被敌军占领的克里特岛，只有习惯山洞肮脏的环境，对随时到来的危险不以为然，才能坚强地活下去。但没有料到的是，虽然是打一场现代战争，希腊人仍然采用古老的战术，把我们派遣到布满石灰岩的山里。军方似乎有先见之明，在他们眼中，老办法虽然用起来并不总能得心应手，却是对付新问题的一条捷径。于是乎，在克里特岛的悬崖峭壁之间，一下子多了许多陌生人。说来也奇怪，不知从什么时候开始，希腊的孩子们很不情愿踏入校门。虽然这种做法违反常理，会被旁人看作怪人或异端，但我却很佩服他们能做出这样的选择。我猜他们跟我一样，童年时听过儿童作家查尔斯·金斯莱写的故事，对《英雄》里的角色念念不忘，潜移默化间受到了影响。对冒险生活的向往，对赫赫战功的渴望，也许是所有驻扎在岛上山洞里的士兵们一直以来的梦想。

机缘巧合，我们两人都没能顺利完成学业：你是由于家庭遭遇变故，而我则是被学校扫地出门。当同辈人还坐在课堂时，你我早已踏上人生的远行。闲逛、郊游，一文不名的日子招来别人的白眼，长辈们也蹙眉不悦。意气相投、性格接近，我们分享各自在战前的生活经历，惊讶地发现很多共同点，并一致认为，战争对所有人来说都是一场灾难，但如果没有战争，我们也无缘相遇，从这个意义上讲，可谓因祸得福。

之所以写这本书，是想尝试把我记忆中的碎片拼接起来，由于细节太多，我不得不理清思路，尽可能还原当时的状况。故事的终点本来应该在君士坦丁堡，但旅行的路线比我的预期长，最后只好一分为二。这是头一本，结尾的地点，是一座建在多瑙河中游的大桥。剩下的行程，将在后面的书中继续。从一开始，我就想把这本书献给你，如今，愿望总算实现，我觉得自己像斗牛比赛开始前的斗牛士，郑重地把头上的帽子扔给朋友。借此机会，我在写给你的信中，对书中的内容简略介绍。我希望故事从一开始就引人入胜，无须过多的解释和说明。但这样一来，大致勾勒出旅行路线，就显得很必要。

我们得把时针往前拨。

第一次世界大战爆发后的第二年，我出生后不久，母亲和姐姐就乘船去了印度。那时，我的父亲正为印度政府效力。为什么把我留在英国？据说，是担心轮船在海上被潜艇击沉，家族从此断了香火。他们说等海上太平了些，就带我出海；再说，这场战争看来打不了多久，我就安心待在国内静候佳音。谁知战争旷日持久，船只也成了稀罕物，四年就在漫长的等待中过去了。这期间，我借住在别人家里，过着简单而平淡的生活。这段与家人分离的日子，跟吉卜林在《咩，咩，黑山羊》中的描绘完全不同。我可以为所欲为。无须遵守什么规矩，因为根本没人管我。没有严厉的斥责，也没有善意的规劝。从我能记事起，眼前就是这般景象：谷仓、牲口棚、干草垛、起绒机，灌木丛长满房前屋后，山脊起伏，犁沟纵横。人们都说童年是一生中的重要阶段，可我就像农家的孩子，在奔跑和撒野中长大。我觉得，这段无忧无虑的时光，是人生宝贵的财富。终于，母亲和姐姐回来了，我哭闹着，飞奔到庄稼地里，不准她们靠近身边，用粗鲁的北安普顿郡方言朝她们大喊大叫。看样子，我已经不是当年惹人喜爱的小男孩，而成了一个野人。本来，家人团聚是件开心事，却被我激烈的反应罩上一层阴影。幸好我很快就喜欢上眼前这两位可人儿，要知道在英格兰的乡间，几乎见不到衣着时髦的城里人。其中一位，脚上的鳄鱼皮花纹鞋子让我心驰神往，还有一位只比我大四岁，身上的水手服样式很新颖：百褶裙，带三道白杠的蓝色衣领，绣着白色勋带和口哨图案的黑色丝巾，以及帽子上金灿灿的"胜利号"字样。在她们脚边，一条浑身漆黑、脚上长着白毛的哈巴狗在深深的草丛里钻进钻出，恶狠狠地狂叫。

过惯了无法无天的日子，稍微的约束都让我难以接受。母亲想尽办法，一边施展个人的魅力，一边寻找讨好我的方式。小孩子都有喜新厌旧的天性，伦敦的繁华街景，影院里放映的《彼得·潘》《在那彩虹结束的地方》和《朱清周》，很快让我乱了方寸。母亲的爱

终于稍稍驯服了我桀骜不驯的性格，让家里平静下来。上学的年纪
到了，对我来说，规规矩矩地读书就是一场灾难。先是熬过了幼儿
园，接着上姐姐读过的小学，最后是一所糟糕的预备学校，我记
得学校建在梅登黑德镇，以凯尔特人历史上一位圣人的名字命名。
从外表上看，我是个安分守己的孩子，给人留下的第一印象通常不
错。但没过多久，童年时代养成的不羁性格就显露无遗，大家都中
了我的圈套，我表面上是乖巧的方特勒罗伊小爵爷，骨子里却是查
尔斯·亚当斯漫画里的魔鬼——干过的坏事越多，内心就变得越来
越阴暗。当我看到今天的孩子们像我当年一样性情乖张，我的心情
跟当年父母们一样，忧虑而不安。

　　起初是迷惑，再后来是绝望。大约十岁时，家里人再也不能
忍受我的坏脾气，带我去看了两个精神科医生。最近，我读到一本
传记，兴奋地发现传主是我童年时见过的医生之一，连弗吉尼亚·伍
尔夫也找他看过病。现在回想起来，我也许在候诊室还见过这位女
作家。噢，不对，那时候我还没出生呢。另一位医生很严厉，建议
把我送到伯里圣埃德蒙兹附近的一所学校，据说那里善于对付我这
样的问题儿童。

　　萨夏姆堂，位于萨洛斯湖区的萨夏姆，是一座景观迷人的庄
园，附近的树林、湖泊，加上寂寥的天空和精致的钟楼，形成萨福
克郡特有的风光。管事的是一个头发花白、眼神严厉的男人，大家
都称呼他"诚实少校"。偶尔，我瞅见一两个留着胡子的人，穿行
在来来往往、表情古怪的教员中，他们戴着镯子和琥珀饰品，穿着
带流苏的土布衣服。我和其他孩子们见了面——这里有大约三十个
男孩和女孩，年龄从四岁到二十岁，都身穿棕色无袖短上衣，脚上

套着便鞋。他们的情况不尽相同：有爱发火的音乐天才，有挥舞着棍子、在路上追赶汽车的百万富翁的侄子，有喜欢小偷小摸的将军的女儿，有夜里噩梦不断、痴迷于徽章设计的纹章院官员的儿子，有遭遇发育迟缓、梦游症和说谎症的孩子（其实，在我看来，这些孩子比他们的同龄人更机灵、更有创造力，根本不会对社会和家庭造成危害）。而像我这样的坏小子，只是稍微淘气过了头——这也没什么坏处呀！在谷仓里上演的集体操和土风舞似乎带有自然崇拜的意味，因为不管是领头的"少校"，还是跟随他的动作的教员和学生，都一丝不挂，这实在令人困惑。大家动作敏捷而严肃，伴着小钢琴和留声机奏出的节拍，跳起《采豆荚舞》《塞林杰圆圈舞》《采收舞》和《老鼹鼠舞》。

时值仲夏。修建了围墙的花园近在咫尺，红色和金色的灯笼果个头大得令人咋舌，红醋栗果实累累，特意用网罩起来，免得馋嘴的欧椋鸟来偷吃，却防不了我们。藩篱之外，树林和湖水延伸到遥远的天边，一切都变得朦胧而虚无。我一下子领悟了这背后的深意：被送到这儿来的目的，是要在林间度过简朴的生活。男孩们像传说中的罗宾汉那样，寻找自己的女仆玛丽安和快乐的同伴；女孩子在织机上编织林肯绿呢，然后把布料裁成小块，缝成有锯齿形领子的帽衫；用树枝制作弓箭、给弓上弦，把覆盆子的硬枝掰下来当箭杆，拿着这些自制的武器钻进树林里。这就是我们每天的生活。没有人来阻止我们，"随心所欲，各行其是"就是这里生活的信条。英国的学校正打破陈腐的规矩，像一块绿洲，对孩子们的怪异行为报以宽容态度，这样的趋势一时半会儿不会消退。可惜，不知是教员们工作过于涣散，还是大孩子们惹出太多事端，也许两者兼而有之——在偏僻的乡村，信息不畅的情况是常事——好日子还没过多久，学校就散了伙，我只有"自谋出路"，希望在可怕的、弥漫着皮带和球棍味道的预备学校里过过安稳日子。不说你也能猜到，我是在痴心妄想。

母亲想方设法应付这些意外情况。只上了半学期课，我再次回到位于都德福德的乡间小屋，这里的房子都盖着茅草，山坡上长满熟地黄，经常有狐狸出没，一条清澈的小河从村里穿过。母亲一边专心戏剧创作，一边去四十英里外的机场学习驾驶"蛾式"双翼飞机。一次，母亲带我去摄政公园旁的樱草山工作室，夜里，附近的动物园会传来狮子的咆哮声。母亲请住在隔壁的阿瑟·拉克汉姆在房间门上画满美丽的图案——狂风中岌岌可危的鸟巢、穿着大靴子的妖怪、偷吃橡果的老鼠。后来，我们在位于皮卡迪利大街二百一十三号的公寓住过一段日子，公寓的楼梯陡峭得像座天梯，爬上去后，仿佛进入神奇的阿拉丁洞穴，从窗口探出头去，刚好能俯瞰一排排街灯和马戏团的霓虹灯招牌。我乖乖地坐在门垫上，等身旁的母亲讲述悲惨凄婉的故事。虽然这有点考验她的耐烦心，但不可否认，她在讲故事方面很有天赋，想象力很丰富，也不乏幽默感，只是故事讲完后，听众的心情会压抑很长时间。反正，我那时经常陷入抑郁，甚至绝望得想去自杀。

日子本来就难熬，再加上父亲常年待在印度，忙于地质勘探，回家的时间少之又少。父母那时两地分居，差不多每隔三年，父子俩才见上一面，几乎成了陌生人。说到这里，空中好像划过一根魔杖，我突然发现自己来到意大利的马焦雷湖和科摩城，努力追赶父亲迈开的大步，一起翻越被龙胆草覆盖的山峦。他是个货真价实的自然主义者，为自己的英国皇家学校院士头衔而自豪。我并不是吹嘘，在印度，他寻找到一种矿物，后来这种矿物以他的名字命名；他还研究过一种背上长了八根触须的虫子；更厉害的是，就连小小的雪花，他也发现了一种新的形态！（多年后，看到阿尔卑斯山、安第斯山和喜马拉雅山漫天飞舞的大雪，我就会想，不知哪几片雪花，是父亲当年看到过的样子？）他身材高大而精瘦，穿着黑白相间的诺福克外套和灯笼裤，兜里鼓鼓囊囊装满了工具。我扛着野外用双筒望远镜和捕蝶网，一边喘气、一边好奇地看他在玫瑰峰山脚下用小锤子敲着石英石和角闪石，要不就是"啪嗒"一声打开手持放大镜，观察克罗齐山的化石和昆虫。每当这时，他说话的声音就变得深沉而兴致勃勃。他小心翼翼地把野花标本装进长满青苔的植物采集箱，以便日后分类，有时，他会停下来用水彩笔画一幅速写。变化真大呀！我还以为父亲只习惯骑在大象上，在满是猴子和老虎的丛林里生活。他还带着我逛遍了意大利北部半数的美术馆。

又过了三年平静的日子。我记得有吉尔伯特和菲利斯·斯科特 - 莫尔登一家，三个儿子与其他一群男孩组成了参加公立学校统一入学考试的大军，都住在萨里郡的一栋带花园的大宅里。（一想到他们，尤其是斯科特 - 莫尔登太太的姐姐约瑟芬·威尔金森，我的心头不由自主地涌上感激之情，因为他们对我的关照和影响实在太大。）吉尔伯特是个完美的古典主义者，待人和善，教起学生来很有耐心，而他的太太也是个好人，对文学、诗歌和绘画怀有强烈的爱好。至于我，虽然隔三差五会惹点乱子，但相比以前，已经收敛了不少，而且开始专注于自己喜欢的科目——除了数学，这一科对我来说难于登天。我们创作戏剧，排演莎士比亚的剧目，或者端着一碟李子坐在橡树下的草地上，聆听斯科特－莫尔登先生朗诵吉尔伯特·默里英译的《青蛙》。他会先介绍这部古希腊剧作家阿里斯托芬的名作，然后重点讲解其中的喜剧片段和拟声词的运用。我们还在一棵巨大的胡桃树上搭了棚子，要踩着绳梯才能爬上去，记得最后一个夏季学期，我几乎每天晚上都在那里过夜。发榜的日子到了，除了数学考得惨不忍睹，其他科目都顺利过关，也不知从哪里来的自信，让我觉得公立学校的美妙生活正在向我招手。

　　我如饥似渴地阅读与黑暗中世纪相关的书籍，并对英格兰过去的历史，甚至对坎特伯雷国王学校，产生了一种得意洋洋的期待。萨默赛特·毛姆也曾在这里就读，但他的感受却与我大相径庭。唯美而浮华，我对国王学校的第一印象和生活在七十年前的沃尔特·佩特大抵相同，甚至跟更早的克里斯多夫·马洛那一代人差不多。别忘了，这可是全英格兰最古老的学校，于公元前六世纪建成，那时，盎格鲁－撒克逊人才刚刚皈依基督，肯特郡的树林里，呼唤托尔和沃登两位神祇的声音终于停歇。如今，学校最古老的校舍修建于诺曼人登陆英格兰后的数十年间，但设施和条件在今天看来也毫不过时。漫步在历史遗迹之间，会产生眩晕和心醉神迷的感觉。校园里的气氛庄严而肃穆，每一个座位，无论是八百年前或是一千年后的座位，都扮演着为学校增光添彩的重要角色，再加上绿茵茵的草地、高大的榆树、幽深的校门、残破的斗拱和回廊，以及安茹王朝式教堂尖塔上聚集的寒鸦、教堂里供奉的圣多默·贝凯的魂灵和"黑太子"爱德华的尸骨，让这里看上去宛如史前时代。

　　尽管这只是我一厢情愿，有一段时间，我的学校生活还算过得顺利。我跟每个人和谐相处，上至校长，下到舍监。我对语言、历史和地理产生了浓厚的兴趣，但数学仍然是拦路虎。我喜欢运动，拳击打得不错。到了夏天，我不像其他人热衷于打板球，而是出去划船。我躺在斯陶尔河边，一边倾听上行的船只传来有节奏的桨声和号子声，一边阅读《莉莉·克莉丝汀》和吉本的作品，有时还会跑到柳树下跟闲人们侃大山。我开始写诗，虽然模仿的痕迹比较严重，质量不高，但还是有幸刊登在校刊上。我满怀热情地写作、阅读、唱歌、辩论、练习素描和绘画。我在表演、舞台导演和舞美设计方面小有成就，结交了很多才华横溢的朋友，其中一位比我大一岁，叫艾伦·瓦特，他是在校生，也是个古典学者，已经撰写并出版了一本讲佛教禅宗的专著。那年头，禅宗在西方很流行。后来，他成为研究东西方宗教的权威。（可惜他英年早逝，去世前几年，他的自传《我自己的方式》出版，书中讲述了我在学校惹下的祸事，以及校方令人意外的处理方式。写到这儿，他兴致高昂，不过有些细节与事实并不相符，当然，这并不是他的错。）

犯了什么错？我现在才明白。书生意气，对生活充满文学般的幻想，再加上童年时代养成的难以根除的自由散漫，遇到心向往之的事情，便会不计后果，不考虑危险，以至于惹上麻烦。此前，我安分守己，等大家得到消息，一下子七嘴八舌炸开了锅。其实，别说是旁人，就连我自己都很费解。"你疯了吗！"优等生和班长们朝我嚷嚷，他们眉头紧锁，眼神里透着迷惑。祸事一件接一件，几乎都与违反校规有关，比如半夜翻墙跑到校外之类的事儿，其实只有一半被抓到过现行。跟拉丁语诗歌的六音步节奏一样，每隔一段时间，我就会犯下一个大错，而每个音步之间的小错误则难以计数，比如上课开小差、忘记上课地点等。丢东西是家常便饭——"把书忘在拱门下面"成了我的口头禅。我还跟人打过几次架，也好出风头，对此我找的借口是"图个乐子"或"表现点幽默感"。"这算什么理由！"班长们常把这句话挂在嘴边。在我看来，学校的管理者就像古罗马的执政官和他们的侍从，手握权杖，捍卫陈规旧律。一旦有人胆敢向这些规矩发起挑战，他们会迅速出击，采用各种方式将其扼杀，这也许就是校舍间经常响起尖利的口哨声的原因。但虽然后果严重，犯事的人总能保持心态平和，好了疮疤忘了痛，也难怪他们不受众人欢迎，甚至犯事的频率越来越高，看样子无论从精神上还是肉体上，他们并没有汲取教训。要是种种努力均以失败告终，被挽救者会被扣上冥顽不化、无可救药的帽子，遭受严厉的惩罚。以我为例，事态变得一发不可收拾，等到第三学年，舍监在报告中忧心忡忡地写道："……我们尝试改善他的状况，但总有些弱点难以察觉。他是个性情难以捉摸、做事不计后果的危险分子，很容易影响到其他孩子。"

接下来的几个月，我倒没惹上什么麻烦。为了庆祝自己的十六岁生日，我决定去伯尔尼高原滑雪，这一走，耗去一个半学期。返校后，我也过得很自在：当其他人抱着英式橄榄球参加比赛时，我骑着自行车在肯特郡的野外转悠，参观诺曼人在帕特里溪和巴福瑞斯通修建的教堂，探访坎特伯雷最偏远的乡镇。就在我享受自由和闲适的同时，别人对我的态度也在发生转变，仅存的一点好感慢慢消失殆尽。要是我当时能预见未来，就会看见所有人已经对我失去了耐心，任何一个小过错，都会将我推向万劫不复的深渊。

求学读书的校园，往往是暗生情愫的地方，不过，也许是曾经遭遇过感情上的挫折，我将目光投向围墙之外，这种做法再一次越过校方容忍的底线。情窦初开的年龄，难以抵御浪漫爱情的诱惑，我也不例外。多年前读到安德鲁·朗格的绘本童话书时，我就被里面的女性形象深深打动，我心目中的美人，像亨利·福特艺术插图上脖颈修长、明眸善睐的前拉斐尔风格女人像，她们是国王的女儿、冰之少女、放鹅姑娘和水中仙女。在学校附近闲逛时，随风飘来的植物清香和花朵的芬芳，将我吸引到花店门前，她是花店老板的女儿，我对她一见钟情。那时，她二十四岁，娇美得像一首十四行诗，现在我还能回忆起她的容貌，耳畔回响着她动听的肯特郡口音。突然间闯来的少年崇拜者，想必让她有些懊恼，但她天性温柔，并没有拒绝我的追求，也许真正让她困惑的是我献上的一首首情诗。我深知在偏僻的镇上，虽然我们之间保持着纯洁的关系，但这样做已经打破了禁忌，这种禁忌在当地根深蒂固，人人心知肚明，要是引来猜疑，很快就会传得满城风雨。可我管不了那么多，我计算好逃跑的路线和时间，朝牲畜市场外的花店奔去。我们身穿黑色的衣服，衣领故意上翻，头戴缠着蓝白相间缎带的大草帽，这样的装束，不引起怀疑才怪。我的行踪很快就暴露无遗，一周后，我被抓了个正着——那时，我正牵着内莉的手，你瞧，我们之间才进展到牵手的阶段，坐在倒扣的苹果篮子上。从此，我告别了学校生活。

格兰姆斯上校的话很有道理。经历这场人生挫折的几个月后，我开始考虑要不要参军入伍。这个念头最初像薄雾一样飘在空中，如今变得越来越清晰，位于桑德赫斯特的皇家陆军军官学校似乎已经向我敞开大门。但我怎么向校方解释退学事件呢？国王学校的校长，一位脾气古怪但才华出众的绅士，亲自为我写了推荐信并派人送来。跟上校的美言一样，信里为我说了很多好话。（看来大家对我并没有仇恨，就学校而言，一方面觉得失望，另一方面少了我这样的害群之马，又感到如释重负。他们对我既沮丧又惋惜。不过我还是感谢他们，并没有一味指责我是个令人难以忍受的讨厌鬼，而是强调假如我迷途知返，注定有光明远大的前程。这样的借口听上去华丽而富有浪漫气息。）

由于中途退学，我没有拿到毕业证书——其实就算待在那里，我也注定拿不到，因为我的数学实在糟糕得很——但要加入军校，这张薄薄的文凭不可或缺，于是，十七岁的我来到伦敦，为了一张"伦敦证书"而狠命学习。接下来的两年，我大部分时间都待在兰开斯特门，然后去了拉德布罗克丛林，推开我的房间窗户，茂密的树冠尽收眼底。我与丹尼斯·普利多同住，他是个极富宽容心的好人，我跟他学数学、法语、英语和地理。在肯辛顿花园的折叠式躺椅上，我跟劳伦斯·古德曼学拉丁语、希腊语、英语和历史。（古德曼是个敢于挑战传统的诗人，每当有莎士比亚的戏剧上演，他就会带我去看。）头一年，我的生活过得有条不紊，交了很多朋友，受邀去乡下做客，被村民们围观，还读了很多书，相比以前，这一年的光阴还真没有荒废。我顺利通过了"伦敦证书"考试，每一科的成绩都不错，就连以前对付不了的数学，都没有让我失望。

不过，前方的路还很漫长。

本书前几章，有些内容涉及我青年时代的心路历程：为什么我起初打定主意要成为军校的候补生，最后却重蹈覆辙，变得比以前更放荡不羁、声名狼藉？那时正值充满咆哮的二十年代，跟其他"聪明的年轻人"一样，我也在放浪形骸中度过了十年的光阴，终日与双份威士忌酒相伴。崭新的、充满吸引力的世界呈现在我们面前，一派欣欣向荣，弥漫着邪恶的诱惑。我是他们当中年纪最小的，因而很受关注，尤其是每天深夜酒终人散的时候。（"那个爱吵吵的小孩去哪儿了？我们得把他带上。"）我已经步入人生的新阶段，迎接各种变化：一年三百六十五天，就可能包含一百种不同的面貌，万花筒般的世界令人眼花缭乱，我越来越觉得自己不太适合成为一名和平年代的军人。还有个重要原因，我写过两首诗投给报社，编辑不但没有退稿，还刊登了其中一首，我承认这只是狗屎运，却固执地认为它点燃了自己成为作家的梦想。

一九三三年夏末，得到普利多先生的允许，我搬到牧人市场旁边一间老旧而倾斜的小房子里，与好几位朋友成了邻居。与大街上相比，这里像一泓死水，到处是拱门，小商铺和乔治王朝、维多利亚王朝风格的小酒馆。这里曾是繁华之地，现在却只留下残存的荣光，被伦敦梅菲尔区的上流住宅团团包围。刚搬来的时候，我本打算像小说家特罗洛普一样潜心写作，可惜我意志不坚定，也无法忍受孤独寂寞，还没过几天，我的住处就变成聚会狂欢的场所。房东比阿特丽丝·斯图尔特小姐心地善良，只象征性收取一点房租，也不介意我们夜夜笙歌，不过要是聚会持续到下半夜，她会上门来一再恳求我们不要弄出太大声响。她曾给很多著名画家和雕塑家当过模特，也是他们的朋友，对于我们刻意追求的波西米亚式自由生活，她早已司空见惯。为她作过画的有萨金特、西科特、香农、斯蒂尔、唐克斯和奥古斯都·约翰，她家的墙壁上挂满画框，记载着那个辉煌的艺术年代。但自从她在交通事故中少了一条腿后，就很少跟艺术圈的人打交道了。后来，有朋友告诉我，在建筑师查尔斯迪克姆斯·伯顿设计的惠灵顿拱门上，有艾德里安·琼斯铸造的四马二轮战车，车上站立的青铜和平女神像就是以斯图尔特小姐为原型。从那以后，每当我走到宪法山的顶端，都会想起我的女房东，抬头凝望着那尊展开翅膀、神态威严的女神像，幻想中的战车隆隆地越过天际。要是变成一只鸽子，一分钟时间不到，就能从山顶飞到她的窗台。

我的写作计划进行得很不顺利。每天都有参加不完的聚会、吃不完的饭局，就连负责照看我的家庭教师也觉察到了异样，将我每周的开销压缩到了一英镑，即便如此，我还是难以控制自己的行为，照这样子继续下去，我的作品恐怕要等一阵子才能出炉了。我也努力过，但季节也从中作梗，初冬的寒风让人心情压抑，打不起精神。每隔一段时间，我就会痛下决心，但一旦门外有什么风吹草动，我就忍不住故态复萌，形成了恶性循环。我仿佛漂浮在水上，筋疲力尽，绝望地望着不远处的礁石。前景变得越来越不妙。十一月，潮湿的夜里，我打开台灯，愁眉苦脸地看着书桌上卷了边的稿纸发呆。窗玻璃映着牧人市场的灯光，楼下的留声机正在播放《风暴季节》和《昼与夜》，下一首该轮到《懒人之歌》。突然，赫伯特的词句跃然纸上，我有了灵感。有个想法在脑子里快速生成，就像一朵绽开在酒杯里的日本纸花。

是时候换个环境了。离开伦敦和英格兰，像流浪汉一样跨越欧洲大陆——或者说得好听一点，像朝圣者、周游列国的学者、落魄的骑士或《修院与炉边》里的人物！就在转瞬之间，这个念头已经成型，变成一件最要紧的事。我会徒步旅行，夏夜里睡在干草垛上，遇上下雨天或风雪交加的日子，就躲进谷仓里，一路上陪伴我的人是农夫和乞丐。假如我每天只靠面包、奶酪和苹果过活，像达勒姆勋爵一样，把全年的旅行预算控制在五十英镑，那我还能多出几个子儿购置稿纸、铅笔和偶尔享用一罐啤酒。这是全新的生活！这就是自由！这一趟走下来，我肯定能写出东西！

还没摊开地图，我已经打定主意，要让两条大河成为本次穿越欧洲之旅的主角：莱茵河一路蜿蜒，阿尔卑斯山脉直入云天；然后来到狼群出没的喀尔巴阡山，以及巴尔干半岛的褶皱山系，曲折的多瑙河奔流至此，缓缓注入黑海，海面辽阔而神秘。我想好了终点：宏伟的君士坦丁堡仿佛漂浮在从海面升起的薄雾中，圆柱形、半圆形的建筑错落有致，形成带有东方风情的天际线。圣山阿托斯悬在空中，希腊群岛像一颗颗珍珠点缀在爱琴海上。（之所以对上述地点的景象如此肯定，是因为我曾经拜读过罗伯特·拜伦的游记；拜占庭像一条巨龙，闪耀着绿色的光芒，那里有大蛇出没，有被锣声折磨的海洋。我与拜伦有过一面之缘，记得是在夜总会里，当时人声鼎沸、奏着萨克斯音乐，像地狱深渊"塔耳塔洛斯"一样昏暗。）

起初几天，我还在考虑是不是需要找个同行的伴侣，但思量再三，还是决定独自一人上路。我要用适合自己的步伐来思考、写作、逗留，不受任何人的牵绊，要知道多一个人就会多一种看法和意见，而在旅途中，要达成共识并不是件容易的事。幸好我要去的地方多是穷乡僻壤，不要说英语，就连法语都用不上。很快，陌生的单词就会接二连三地钻进我的耳朵。

我的计划也遇到过困难：为什么不等到春天再出发呢？（此时的伦敦，正被十二月的冷雨浇得瑟瑟发抖。）不过，当大家知道我下定了决心，纷纷成为我的盟友，帮助我做好行前准备。普利多先生给我远在印度的父亲写信，将我的旅行比喻成一次伟大的远征。我打算出发后再给父亲去信报平安，也许信会从科隆寄出，那时候，一切都已成为"既定事实"……我们开始打听如何从邮局汇出每周的生活费——可行的话，每月我可以拿到四英镑——钱会装在挂号信里，寄到当地的留存邮局。（慕尼黑会是我第一次收到钱的地方，然后我再写信告诉他们下一站。）我从同学的父亲那里借到十五英镑，用这笔钱购买必要的装备，剩下的当零花钱。我给姐姐瓦妮莎通电话，几年前，她从印度返回英格兰，婚后住在格洛斯特郡。我的母亲一开始顾虑重重，我们在地图册上研究行程，每到一个陌生的地方，就忍不住讨论可能会遇上的开心事，到最后，两人都兴奋得笑出声来。第二天清晨，我就要踏上前往伦敦的火车，这时，母亲已经完全放下了心。

出发之日将近，我的装备也准备得差不多了。大部分来自于斯特兰德大街上的米利特军需用品商店，包括一件旧军大衣、厚薄不同的毛线衫、灰色法兰绒上衣、几件白色亚麻布衣服、柔软的皮风衣、绑腿、皮靴、睡袋（才出发不到一个月就弄丢了，后来再也没买过）、笔记本、画图纸、橡皮、整整一捆"维纳斯和黄金国"铅笔和一本旧的牛津版《英语诗歌集》（这本书堪称诗歌的《圣经》，可惜后来也丢在旅途中，不过与睡袋相比，我更怀念后者）。另外一本出行时随身带的书——洛布丛书之《贺拉斯诗集》第一卷，是母亲在萨里郡吉尔福德买到后寄给我的。（在诗集的扉页，她用英语抄录下佩特罗尼乌斯的一首短诗，后来她告诉我，书架上另一本诗集中刚好有这首诗："离开故土，去到异邦的海边，年轻人啊，青春是你的资本。不要惧怕艰险，徜徉在多瑙河畔，迎着凛冽北风，扛住冬天的严寒，等到太阳再次升起，不是谁都有机会，体验这人间的胜景——"她热爱阅读，但佩特罗尼乌斯的诗歌她也还是第一次读到。这首诗也让我爱上他的作品。我突然有种莫名的感动。）最后，我买了一张票，登上一艘从塔桥前往荷兰角港的汽船。借来的钱花掉了一大半，只能盼望路上能收到寄来的救命钱了。

　　头一晚的送行聚会让我的脑袋隐隐作痛。我从床上起身，带齐装备，脚步沉重地朝西南方向走去。黑云低垂，我觉得身子轻飘飘的，像一个从油灯里逃出的精灵，飞翔在半空中，欧洲大陆近在咫尺。但才走到克莱夫登，脚步就变得异常沉重，我不得不停下来喘口气，顺便等马克·奥格尔维-格兰特送来帆布背包。检查装备时，他瞅着我买的背包，又是叹气又是摇头。（他的包产自挪威卑尔根，紧贴腰部的地方安装半圆形金属板，整个背包由三角形构架支撑。这个背包曾经挂在骡背上，陪伴他与罗伯特·拜伦和大卫·塔尔博特·莱斯游遍了圣山阿托斯，那时，拜伦正在写自己的代表作《驿站》。马其顿的骄阳让背包显得风尘仆仆，颜色有些发白。但在我眼中，这个其貌不扬的背包充满了超自然的神力。）随后，我来到斯隆广场，在烟草店花九便士买了根用起来顺手的拐杖，然后去维多利亚大街和"小法国"区，取我新办的护照。前一天，我来这里填写各种表格——出生于伦敦，一九一五年二月十一日；身高五英尺九又四分之三英寸；眼睛，棕色；头发，棕色；显著疤痕，无——我把表格上方的一栏空着，因为实在不知道如何填写。职业？"喏，不填的话，我们无法办理？"负责办理护照的官员用手指着空白栏。我有些不知所措。几年前，流行过一首美国的流浪汉之歌，叫《哈利路亚，我是个流浪汉！》，我熟悉这首歌的调子，而且在过去几天里，主旋律一直在我的脑海里挥之不去，就在我陷入思考的时候，歌词脱口而出，把办证官也逗笑了。"你可不能填那个词，"他说。过了一会儿，他说："我给你写成'学生'吧！"就这样，我又恢复了学生的身份。我把盖有"一九三三年十二月八日"印戳的新护照装进衣兜，向北穿过格林公园。我走过皮卡迪利大街，拐进白马大街，小心地避开地上的水坑，街的尽头就是牧人市场。我与斯图尔特小姐和三个朋友匆匆忙忙吃了一顿午餐，然后出发。雨又开始下了。

接下来要发生的，便是我这辈子第一次独立完成的壮举，谢天谢地，这是一次理智的选择。你知道详情吧，亲爱的克桑，因为里面的故事我给你讲过，但为了写出一本有连贯性的书，我只好在这儿啰唆半天。我希望提到克里特岛时，我们会一起回忆起冬青树、山洞和峡谷，因为那里是咱俩最初分享旅途奇遇的地方。

卡达米利，一九七七年

帕特里克·莱斯·弗莫尔

1. 低地国家

"你可真选了个好日子！"前来为我送行的朋友一边说一边望着如织的雨丝，顺手推开窗户。

另外两个朋友也随声附和。我们在牧人市场旁柯曾大街的拱门下等了好半天，才招到一辆出租车。在半月大街，来往的行人都竖起衣领。在皮卡迪利广场，足有一千把亮闪闪的雨伞撑在一千顶黑色圆顶呢帽上。隔着雨雾，杰明大街的商铺看上去仿佛埋在水底。蓓尔美尔街的俱乐部门前，会员们像是找到了一处避难所，飞快地跑上台阶，憧憬着中国茶和鱼子酱配烤面包片的香味。狂风中，特尔法加广场喷泉的水柱被吹得歪到一旁，活像一根倾斜的拖把。我们的车驶入查令十字街，正好遇到上下班的人群，突如其来的暴雨让他们四散奔逃，街道变得异常拥挤。好不容易拐进斯特兰德大街，又赶上交通拥堵，只能缓慢前进。我们爬上陆德门山，圣保罗大教堂的穹顶跃然眼前。行驶到教堂一侧时，车轮突然转了个方向，一分钟后，我们看见伦敦大火纪念碑的身影，在雨雾中影影绰绰，从碑身的高度来估算，我们此行的终点大约在山下四十寻的地方。终于，司机把车开到上泰晤士河大街，扭过头来对我们说："这样的好天气，最适合你们这几只小鸭子。"

空中飘来一阵鱼腥味，但很快就消散了。正在着急的时候，殉道者圣马格努斯教堂和东圣邓斯坦教堂的也开始敲响整点钟声。

车子前轮在不断上涨的积水中跋涉，在皇家铸币厂和伦敦塔之间的路上挣扎着前行。透过车窗望去，碉堡上的城垛、树冠和炮楼黑乎乎的。正前方，隐隐约约能看见伦敦塔桥的塔楼和铁索。车子上了桥，在靠近第一个外堡时停在路边，司机建议我们步行，顺着下行石阶往河边走，就能到达铁门码头。幸好听了他的话，我们总算及时赶到：石子路和系船柱之外，一面被雨水浸湿的三色荷兰旗竖在船尾，河面上弥漫着白烟，这正是我要搭乘的"总督威廉"号汽船。锚链的尽头，河水打着漩儿，左摇右晃的船身发出一声声叹息，与石板路几乎齐平。漆面在雨中闪光，马达轰鸣，随时准备起锚出发。空中盘旋着的海鸟，发出嘶哑的叫声。时间紧迫，再加上天气实在糟糕，我和朋友们匆匆道别、拥抱，然后手里紧握帆布背包和手杖，飞快地冲下舷梯。送行的人则朝岸上跑，小心地避开路上的水坑——裤脚湿透了，高跟鞋清脆地敲击路面——出租车还等在原地。半分钟后，他们已经站在我头顶桥栏杆的铸铁四叶饰旁，伸长脖子，挥舞着手臂。为了不让自己的头发被雨淋湿，高跟鞋女士头上顶着一件雨衣，看上去像个煤炭装卸工人。我拼命地向他们挥手示意，有人过来解开系船索，抽走跳板。他们走了。锚链在哗啦作响，汽船调转船身，拉响一声哀鸣般的汽笛，徐徐驶入河道。我躲在船上的小酒吧里，还没有从踏上未知旅途的奇异感觉中恢复过来，但很快我就适应了这种新生活。我从伦敦的中心出发了！没有了悬垂的山崖，没有了阿诺德作品中的卵石路。我要去的地方似乎不是拜占庭，而是里士满，要不就是去格雷夫森德品尝有基围虾和银鱼的晚餐。船员告诉我，从荷兰出发的船只，只有大一点的才会停靠哈里奇，像"总督"号这样的小船，随便哪个港口都能下锚。须德海驶来的小船，从伊丽莎白女王一世时代，就开始在伦敦塔桥和伦敦塔之间的码头卸下新鲜的鳗鱼了。

神奇的是，持续多时的豪雨，现在居然停了。透过散在空中的烟雾，我看见鸽子忙碌的身影，几座建筑的穹顶、尖塔和白色的帕拉第奥建筑风格钟楼被雨水冲刷得干干净净，天空呈现青铜色、银白色和锈黄色。头顶的大梁支撑着黄昏时分的伦敦桥，在河流的上游，汹涌的水流在萨瑟克区和黑衣修士桥形成交汇。我的眼前依次掠过圣凯瑟琳码头、处决码头、沃平老楼梯和惠特比的前景酒吧……等到这些伦敦的地标性建筑被远远抛在身后，已到落日西沉时，西边天际低密的积云开始分崩离析，其颜色也从绯红变成紫罗兰色。

海湾里有很多货栈，由步行小道相连。夜色渐渐浓重，一层层装卸孔看上去就像裂开的洞口。到处是铁链和铁索，起重机固定在铰链上，钢臂从货栈的墙内伸出，墙上用巨大的白色字母写着码头管理员的名字，被煤烟熏了一个世纪后，已经变得模糊不清，再加上天色已晚，看过之后居然印象全无。空气中散发着臭味，包含尘土、海草、烂泥、盐、香烟、煤渣和漂在海面的弃物的味道。满载货物的驳船和浸水的岩壁释放出腐烂的木头的气味。我好像闻到了香料，但还没等我反应过来，汽船已经驶离海岸，全速前进，岸边的礁石和飞鸟慢慢从视线中消失。罗瑟希德、米尔沃尔、莱姆豪斯达、西印度码头、德特福德和狗岛笼罩在黑暗中，烟囱和起重机还竖立在岸边，但钟楼却变成了小圆点。山间，教堂灯光忽明忽暗。到格林尼治了。天文台仿佛悬在夜空中。"总督"号的马达轻声轰响，带我越过了本初子午线。

岸边的灯光倒映在水中，光影时而弯曲，时而折叠，随时都在变换形状。船只熙来攘往，舷窗里透出明亮的光；驳船身躯庞大，左右舷的大灯格外耀眼，在水面投下凝重悲哀的影子；水上巡逻船快得像一条梭子鱼，尖尖的船首劈开层层波浪。一次，我们不得不为一艘班船让路，抬头仰望，客轮像一座高楼从水中拔地而起，灯火璀璨，充满欢声笑语。"是从香港开来的，"船员告诉我。不同音调的汽笛响彻夜空，听起来像大象的叫声，难道泰晤士河下游的沼泽地里，还有远古的庞然大物出没？

船上响起一下锣声，船员领着我回到酒吧。我是唯一的乘客。"十二月份坐船的客人不多，"他说，"也好，会比较清静。"等他离开后，我从背包里拿出一个崭新的、精心包裹的日记本，放在铺着绿色台面呢的吧台上，就着粉红灯罩台灯的光线，开始写下第一天的见闻。调味瓶、酒瓶在架子上咯咯作响。写完后，我爬上甲板，两岸的灯火变得寥落，要仔细分辨，才能看清远处的船只与河口的城镇，光线微弱得跟天上的星斗差不多。水面上分布着浮标，偶尔有灯塔的光柱照过来。伦敦消失得无影无踪，只有水天相接的地方，隐隐有点阴霾，勾勒出城市的位置。

我寻思着归国的时间。我很兴奋，难以入眠，因为这是值得纪念的夜晚。（事实证明，的确如此。一九三三年十二月九日即将过去，等到一九三七年一月，我才会重返英格兰——这漫长得就像一生的光阴——和尤利西斯一样，我的这次远行"理由很充分"，无论好与坏，会让我完成一次蜕变。）

但我肯定还是小睡了片刻，因为醒来时，海面上只剩下我乘坐的汽船。大英帝国的疆域消失在西边的黑暗中。寒风阵阵，吹得桅杆上的绳索哗啦作响，向往已久的欧洲大陆，等不到天明，就会出现在我的眼前。

还要过几个小时才是黎明，我们的船却已经在荷兰角港靠岸下锚。白雪覆盖了一切，倾斜的雪片裹挟着油灯，忽闪的光焰让人差点看不清通往码头的路。此前，我并不知道鹿特丹还要往内陆再走上几英里。我是火车上唯一的乘客，孤零零地坐在车厢里，窗外夜色深沉、风雪交加，让我突然产生一种幻觉，仿佛打开了一扇秘密房门，从另一个世界来到鹿特丹，来到欧洲。

我得意洋洋地走在安静的街道上。道路两侧，楼房的上半部向前突出，几乎挨在一起；随后，突出的屋檐分别朝反方向后退，眼前出现结冰的运河，一座座拱桥横跨在凝固的河道上。伊拉斯谟雕像的双肩积着厚厚的雪。树木和桅杆被大风吹得挤在一起，一座呈多边形的、巨大而精致的哥特式钟楼在陡峭的房顶间脱颖而出。我欣赏着眼前的美景，此时已是凌晨五点。

街道的尽头是一个叫"布姆杰"的长码头，岸边树木成行，排列着用来起锚的绞盘。马斯河在这里汇入大海，河口停泊着大大小小的船只。海鸥欢叫着在头顶盘旋，灵巧地飞入路灯洒下的光柱，降落在冰冷的石板路上，在雪地留下微小的足迹，然后扑腾着翅膀，用爪子抓牢下锚船只的绳索，激起一阵雪花。咖啡馆和船员喝酒的小酒馆就在码头背后，但都关门了，只有一家的门缝里透着灯光。我决定去碰碰运气。百叶窗拉了起来，一个身材矮胖、脚上穿着木屐的男人打开玻璃门，把一只虎斑猫放在地上，然后转身，忙着把炉火生旺。猫再一次逃到屋里，我也跟着这个小生命进了门，煎鸡蛋、煮咖啡，我第一次觉得这是上天赐予的美味。我打开日记本，在第二页写了很多行，这已经成了习惯，与此同时，房主把酒杯、咖啡杯擦拭得一尘不染，小心翼翼地放在架子上。破晓时分，雪还在下，天空渐渐亮起来。我穿上外套，背着帆布包，握着手杖，朝门口走去。房主问我要去哪里，"君士坦丁堡"，我回答道。他扬起眉头，示意我稍等片刻。他把两个小玻璃杯摆在桌上，捧着修长的石头罐子，往杯子里装满透明的液体。我们碰了杯，他一饮而尽，我也学着他的样子。他祝我一路平安，刚才喝下的波士酒，让我肚子里好像燃起一团篝火，我们握手告别。这天早上，我的穿越欧洲之旅正式开始了。

还没走多远，我就来到古鲁特·科克大教堂门前。这座教堂建有宏伟的塔楼，很值得进去参观。晨曦中，教堂的内景有些模糊，由灰色石料和白色石灰刷成的凹面形成内殿的拱顶。中殿的地板像棋盘格一样，由黑白相间的石板镶嵌而成。教堂的整体风格有些咄咄逼人，让我不由自主地回想起在美术馆里看过的荷兰绘画作品，要是你对荷兰十七世纪的画派感兴趣，不妨来此地亲身感受一下，坐在教堂的长凳上，或者在过道上走一走，说不定就会遇见留着玉米色大胡子的市民"勃格霍尔"带着不愿意待在门外的长毛猎犬——他们携家带口，身穿黑色绒面呢衣服，脖子上戴着流行于十六、十七世纪的白色轮状皱领——站在门前的菱形丧徽下。在数年后的战争中，除了大教堂，鹿特丹几乎被空袭夷为平地。早知如此，我应该在这座美丽的城市多待几天。

不到一个小时，我已经踩着路堤上嘎吱作响的积雪出了城，雪下得纷纷扬扬，鹿特丹的郊区消失在我身后。道路像是悬在半空中，两侧栽满柳树，笔直得让人一眼望不到尽头。但这样的景象不会持续太久，等到天气好转，树上的雪就会融化，到那时，苍白的枝条会变得碧绿青翠，在风中摇曳生姿。一个脚穿木屐的骑车人从我身旁经过。他戴着尖顶帽子，黑色的耳垫让耳朵免受冻伤之苦，有时，雪茄的烟味会一直停留在空气中，让人的思绪飞到爪哇岛或苏门答腊岛。我对自己挑选的装备很满意。帆布包背起来不费劲，二手大衣的御寒效果也不错，只要把衣领竖起来扣好，热量就不会散发出来。旧马裤上的捆扎带很柔软，配上绑腿和结实的靴子，任何恶劣的路面状况都能征服，就算踩上炸弹，也不会裂一条缝。我很快被盖成了雪人，耳朵开始有些刺痛，但我暗自下定决心，绝不像荷兰人那样戴上丑陋的耳垫。

雪停了，清晨明媚的阳光照在结冰的运河表面、开阔地和柳树上。数不清的风车在转动叶片，天上的云彩转瞬间变了样子。富有生机的不只是风车和云彩，冰上很快多了溜冰的人，连日风雪，让人们迫不及待来到户外舒展筋骨，他们仿佛乘风而来，在远处的冰面上划出优美的圆弧。突然，一条长了翅膀的巨龙，穿越迷雾，横空出世。这是一艘冰上划艇，有四个橡皮轮子，三角形风帆被风吹得紧绷，三个调皮的男孩负责驾驶。说实话，这艘划艇的速度跟风速不相上下，三个孩子中，一人负责拽住风帆，另外一人用桨控制方向，最后一个则把全身的力气压在鲨鱼颚骨形状的刹车上，伴随着小艇飞速前进，裂开的冰碴四处飞溅。小艇发出刺耳的声音，从喧闹的溜冰人群中穿过，船头贴着冰面，风帆发出扑扑声响，声音越来越大，最后几乎震耳欲聋，艇身倾斜着拐了个弯，钻进运河支流的河道。一分钟后，只能远远地看到一个小白点，宁静的风景画再次浮现在眼前，溜冰者们仿佛出自画家勃鲁盖尔的画笔，慢慢地在冰上转着圈子，一派祥和的气氛。阳光强烈起来了，白雪闪烁着粼粼的光，随着溜冰者的步伐，冰刀铲起雪沫，划出华丽的花纹，露出埋在雪下如镜子般光亮的冰面。沿着脚下的白色河堤渐行渐远，雪中的柳树虚弱得像一团水汽。微风吹散了乌云，托着旅人走向千里之外，双脚在河堤上留下清晰的印迹，云下的阴影，香槟的味道，未知的远方充满无限可能。

我越走越兴致高昂。我简直不敢相信自己如今身处荷兰，正独自一人向欧洲大陆进发，身旁一片空旷，景色随时都在发生变化，而前方还有一千个奇观等待我去发现。也许正因为如此，在接下来几天里，尽管每天都有新的体验，却不是每时每刻都让我眼前一亮。我靠在路标牌上，吃了一块面包，夹在面包里的黄色奶酪片来自沿途村庄的杂货店，是老板从大得像加农炮弹的奶酪块上切下来的。路标的一侧指向阿姆斯特丹和乌德勒支，另一侧指向多德雷赫特、布雷达和安特卫普，我选择了后者。路旁有一条小河，由于水流太急，河面没有结冰，荆棘、榛树枝和动物的毛发在岸边积了厚厚一层。我靠在桥栏杆上，目送一列驳船从桥下经过，朝下游驶去，紧随其后的是一艘拖船，马达声轻得像人在打呼噜，终点是鹿特丹。又走了一段路，河中央出现一个小岛，形状像织机上的梭子，将湍急的水流一分为二。苇草长得很密，看上去仿佛漂在水上。远处，一座小城堡映入眼帘，角度倾斜的石板屋顶和锥形的炮塔从树林里探出头来，钟楼随意地点缀其间，高度令人咋舌。我目测了一下，要走到钟楼得花不少时间，而现在已接近傍晚，于是，我挑选了其中一座，当成今天的目的地。

　　等到近得可以看清塔楼时，夜幕已经降临。多德雷赫特就在河对岸，本来有桥过去，但我不知怎么的居然错过了，幸亏一个好心的船夫把我叫上渡船，送我来到岸边。在钟楼上寒鸦的鼓噪声中，我走进这座水边的小城。城里的建筑大多历史悠久，砖块已经风化得颜色发白，屋顶竖着山形墙，瓦片上压着积雪，数条运河穿城而过，河上的拱桥成为两岸居民往来的便捷通道。码头上停着很多驳船，船舱里装满木材，每当有其他船只从河上经过，便掀起波浪，所有的驳船就开始左右摇晃。在水边酒吧吃过晚餐后，我在啤酒杯旁睡着了，等我从梦中惊醒，恍惚中竟然不知道自己身在何处。这些戴着尖顶帽、穿着毛线衫、脚上套着水手靴的粗鲁家伙是谁？他们抽着方头雪茄烟，在缭绕的烟雾中玩惠斯特桥牌，卷了边的纸牌被重重地掷向牌桌，桌上摆满酒杯、匕首和棍棒。我隐约看见牌面上有头戴钉冠的王后、国王、无赖杰克、弗朗索瓦一世和马克西米利安皇帝。我的眼睛肯定又闭上了，因为后来有人把我叫醒，带我到楼上的卧室，房间的天花板低矮而倾斜，鸭绒被蓬松得像法式糕点。我钻进被窝。我注意到床头的油画式石版画上绘有威廉敏娜女王，床脚的墙上贴着多特大会的版画，随后，我吹灭了蜡烛。

木屐叮咚叮咚地敲打在石板路上——这是什么声音，我把头凑到窗前——天已经大亮了。好心的房东老太太只收了我的饭钱，住宿费说什么也不肯要。他们只是觉得我累坏了，给我找个安顿的地方是理所当然。这种盛情款待，会一再出现在我的行旅生活中。

除了白雪覆盖的大地，天上追逐的云彩和两岸郁郁葱葱的梅尔韦德河，在接下来的两天，我只记住了晚上过夜的镇子的名字。我一定是从多德雷赫特出发晚了，斯利德雷赫特其实只有几英里路程，随后要去的霍林赫姆也不远。老墙的样子深深印在我的脑海，还有石板铺成的街道、瓮城和停泊在河岸的驳船，但是，城门居然紧锁。有人告诉过我，在荷兰旅行时要是找不到地方过夜，可以去警察局凑合一晚，事实果真如此。一位巡警也不说话，径直带我来到单身牢房，这里是我睡觉的地方，一块床板，一端用铰链固定在墙上，为了保险起见，还缠上两条铁链，墙壁上满是莫名其妙的涂鸦。第二天出发之前，他们甚至给我准备了咖啡和面包。感谢上帝，这一定是拜我护照上的"学生"身份所赐，这个小本子成了我的护身符和开门咒。按照欧洲的传统，提到"学生"这个词，人们会想到年轻人，有活力、生活艰苦、做事认真，怀着对知识的渴望一路求学——如此看来，我的精神头不错，也热衷于研究类似拉丁语祝酒歌之类的学问，想必有一定的资格接受他人的援助。

头三天，我选的路都离牵船道不远，但是牵船道不止一条，水道也纵横交错，不知不觉间，我已经走过三条不同的大河：起初是诺韦德河，然后是梅尔韦德河，最后是瓦尔河。在霍林赫姆，瓦尔河与马斯河交汇。清晨，我站在岸上，望着马斯河蜿蜒地穿过平原，朝河口奔流而去。进入法国境内，马斯河的河床变高，法国人给她取了个更动听的名字——默兹河，滔滔的河水穿越比利时全境。当然，跟马斯河相比，瓦尔河的气势更强，在余下的荷兰之旅中，我基本上沿着瓦尔河的河岸前进。瓦尔河汹涌澎湃，这也难怪，因为她真实的身份是莱茵河，荷兰语中叫"The Rijn"。这条伦勃朗家乡的河流，是莱茵河在欧洲北部的一条支流，从瓦尔河分出多股水流，覆盖整个三角洲地区，最后沿着运河注入北海。瓦尔河的干流积蓄了阿尔卑斯山脉融化的雪水以及来自康斯坦斯湖、黑森林地区和其他莱茵河支流的水量，以恢弘的气势向大海挺进。由于河流众多，河道之间常常包围出独立的小岛，大小与英格兰的郡县不相上下。运河、田地和风车呈几何图形排列。有些风车是拿来排水，而非碾谷之用。

到现在为止，我走过的地方都位于海平面之下。要不是聪明的荷兰人一直想办法在水流和土地间维持微妙的平衡，整个低地早就变成一片汪洋，要不就是无法耕种的盐碱地和沼泽。站在河堤向下望，田野、沟渠和蜿蜒的水道尽收眼底，但要是地势稍低，就只能分辨出最近的溪流。等我走到与地面齐平，田园景象瞬间消失得无影无踪。我坐在谷仓旁的磨石上抽烟，这里离扎尔特博默尔镇不远，突然，不知从什么地方传来悠长的汽笛声。四分之一英里外，在一座教堂和树林之间，一艘白色的大船进入我的视线，由于地势的原因，看不见马斯河的河水，这让人产生一种错觉，好像这艘大船正展开三角形的风帆，在草地上缓慢移动，海鸥在桅杆间欢快地飞来飞去。

马斯河的水流时缓时急，等到傍晚的时候，这条河消失在南方。伴随河床的抬升，马斯河流入布拉班特与林堡，奔向阿登高地之外的卡洛林腹地。

伴着夜色，我走在瓦尔河边一条似乎没有尽头的路上。路旁的树木像骷髅一样干瘦。地上的水坑结了冰，皮靴踩上去，冰面就炸裂开来。越过树梢，大熊星座和其他星星在清冷的夜空中闪烁。最后，远方出现蒂尔城的灯光，这是我在荷兰见到的第一座小山，就在河对岸。我过了桥，已是晚上十点，我筋疲力尽，像一个梦游的人穿过市场。我已经不记得那天晚上，有没有盖上厚得像山峦的鸭绒被，或者房间是否阴冷潮湿。

地形开始发生变化。第二天，我走的地方海拔上升，首次高过了海平面，每迈出一步，水流和土地间的平衡都会受到影响，土壤变得干燥起来。草甸、耕地和村庄分布在起伏的原野上，冰雪开始融化，滋润出一片北连格尔德兰、南接布拉班特的沃野。路旁的耶稣受难像和教堂里的灯光，提醒我正在途经一块虔诚的教化之地。这里有被榆树、橡树和白桦树紧紧环抱的农舍，还有如霍贝玛画作中的林荫大道，一直通往庄园的门口。我猜，这准是个富庶人家。庄园里，三角形的屋顶围成半圆，饱经风霜的砖块与白石垒成斑驳的墙面。鸽子在房檐上安了家，风向标的叶片转得不慌不忙。上灯了，窗户里透出温暖的光亮，我想象着室内的陈设：黑白相间的地板，营造出单色画的效果；球形的桌腿撑起厚重的桌面，铺着土耳其地毯；凸面镜让镜子里的人和物有些走形；墙上挂着褪色的海图；地球仪、羽管键琴和鲁特琴是主人心爱的宝物；还有胡须斑白的格尔德兰老乡绅，冲着头戴软帽、身穿皱领衣服的妻子发号施令，而他自己则手持纤细的玻璃杯，借助悬挂在房梁上的黄铜枝状大烛台的光线，仔细研究酒的颜色。

这纯粹是我的想象……难怪房间里的样子听上去像一幅画！自从踏上鹿特丹的土地，一个三维立体的荷兰便随时出现在我身旁，与长久以来印象中的荷兰交织在一起，让我分不清哪个是真实，哪个是幻想。要问英国人眼中熟悉的异国情调，也许就是我如今眼中的荷兰吧。在亲眼所见之前，他们已经不知去过多少次博物馆、美术馆和乡间别墅，做足了功课。略带陌生，但又似曾相识的景色，让人们在旅途中充满喜悦和期待。自然风光、色彩、光线、天空、广阔的田野、繁忙的集镇和乡村，这些元素编织成带有魔力、足以让心灵得到宽慰的咒语。驱散了愁思，赶走了浑噩，内心因此变得沉静而坚定。以我为例，当梦中的风景活生生地出现在眼前，我便开始浮想联翩。

第二处风景来自意大利。英国人常把这个国家与荷兰混淆，有限的认识同样来自于博物馆。在英国人看来，两国最大的差别是比萨饼和拱形游廊！塔楼和带棱纹的圆屋顶被河上的孔桥取代，河水流过棕色的土地，流经山间的城堡和筑有围墙的城镇；那里有牧人居住的茅舍和山洞；森林像羊毛一样繁茂，迤逦的群山延伸到天之尽头，洁白的云朵飘在山间，仿佛给远山带上白色的花冠。不过，这样的美景更像一张舞台上的幕布，适合手里拿着百合花的天使从天上降落凡间，或是在耶稣基督的诞生地演奏小提琴和鲁特琴；同样背景之下，出现了殉道场景、奇迹、神秘的婚姻、严刑拷打、十字架、葬礼和复活；整齐行进的队伍，手握长矛的士兵们杀作一团，苦行的老者用石块捶打胸口，或者在诵经台上写作，一头狮子安静地睡在他的脚边；一个年轻的圣徒被弓弩射死，戴着手套的教士瘫倒在地，眼睛向上望着圣徒，锋利的刀剑从他们头颅穿过。喏，这些就是此时我眼前不断变换的画面，历史长达五百年，甚至更久，装在成千上万个精致的画框里，看来画家们将现实中的景观据为了己有。假如缺少传奇故事，上述画面也不大会成为创作的主题，低地国家的情况就是如此，主次关系刚好颠倒。在荷兰，风景才是画面的主角，至于人物，通常放在次要地位，哪怕他是向太阳飞去，被炙热的阳光烤化了蜡制的翅膀，最后跌入海中淹死的伊卡洛斯：在风俗画家勃鲁盖尔的画上，着力刻画的是犁过的田地、树木、航船和农夫，最不起眼的就是这位从天空跌落的倒霉蛋。最令我叹服的，是无数次徜徉在博物馆的过道上，细心观摩过的画作，好像在召唤声中活了过来，变成生机盎然的实景。每迈出一步，就多一分真实。河边码头的桅杆和山形墙，后院里靠在井口的扫帚，教堂里棋盘格纹路的地板——都罗列在我眼前，形成独具韵味的荷兰风格，甚至小酒馆也不例外，那里有畅快豪饮的山野莽汉。每当这时候，某位画家的名字就会浮现在我的脑海。柳树、屋檐、钟楼、在草地上悠闲吃草的牛群——趁着牛儿大快朵颐的时候，还不赶紧抓住时机，把画架支在地上。

　　我就这样胡乱想着，不知不觉间走到蒂尔和奈梅亨之间一座高大的钟楼脚下，从远处看时，钟楼似乎与周围的颜色融为一体，但来到近前，才发现楼身无比结实。我走进楼里，顺着楼梯向上爬，一分钟后，我透过结满蛛网的百叶窗向外望去，田园风光尽收眼底。两条大河水波不兴，小舟和驳船往来奔忙，支流在田野上画出道道沟渠。围垦地、河堤、运河沿岸长满柳树，农舍、耕田、牧场上呆立着牛群、风车、农田、钟楼，一两座掩映在树林中的城堡。雪化完了，要不就是这里只下过小雪：蓝色、绿色、青灰色、黄褐色和银色组成了融合草皮、洪水和天空的远景。东边有几座小山包，到处都有水的光芒，或耀眼，或微弱，汇聚成向北方漫去的须德海。奇异的光线让眼睛有些吃力，平静而和谐的土地一直延伸到天边。

离开钟楼时，我在楼下大厅碰见八个敲钟人。他们脚穿木屐，先是往手心里啐了口唾沫，然后各就各位，齐心协力开始敲钟。钟声铿锵悠扬，音调富于变化，甚至在敲钟仪式结束很久后，空气中还回荡着柔和而幽怨的余音，陪伴我在夜色中走完几英里的路程。此时，寒气变得有些逼人。

等到达奈梅亨城的码头，天早已黑了。赶了这么多天的路后，我第一次发现自己要不时爬上斜坡又走下斜坡。我所步行的阶梯从水边泊船的码头开始。在路灯和夜色之间，高塔和曲折的外墙挨得很近。码头边的灯光照亮了黑沉沉的瓦尔河水，上游不远处，一座巨大的铁桥架在东西走向的水流上。我吃过晚餐，写完日记，随后跑到河边寻找水手们过夜的客栈，最后在铁匠铺的楼上过了一夜。

这是我在荷兰度过的最后一晚。如此迅速地走完了第一站，我不禁有些诧异，一定是我的脚上长了翅膀。还有一件让我诧异的事，来荷兰之前，我从未想到这个国家如此有吸引力，简直美不胜收，各具特色的景观、和煦的阳光，都让我这个初来乍到者身心放松。难怪这里出了那么多画家！那么，普通荷兰人呢？尽管听不懂对方说的话，但我们之间的交流沟通似乎并不受语言局限。跟其他形式的旅行不同，徒步旅行的好处就是能和形形色色的人打交道，也许只是萍水相逢，但彼此能产生好感，甚至结为朋友，也就足够了。

　　我很快就酣然入睡。醒来时，已是清晨六点，而我觉得才刚刚睡了几分钟。我是被楼下铁匠挥动的大锤惊醒的。恍惚中，我听见铁锤一声声敲击着放在铁砧上的马蹄铁，等到有节奏的敲击声停歇后，铁匠开始拉动火炉旁的风箱，水蒸气嘶嘶作响，马蹄声变得沉重而不耐烦，随后，一股角质的焦煳味从楼板的缝隙中窜进我的房间，铁匠又开始敲得叮叮当当，最后传来锉刀的刮擦声。我的房东正在给一匹拉货车的马换马掌，这匹马长着金色的鬃毛，亚麻色的马尾。下楼时，他嘴里含着铁钉，向我咕哝了一声早安。

　　下雪了。根据路牌指示，桥对岸通往阿纳姆，不过我没有过桥，而是沿着河的南岸继续向德国边界前行。走了一段后，公路与河流分道扬镳，又过了几英里，我看见远处有两个人影：这里距离边界线很近，他们将是我在荷兰境内最后见到的人。两位圣文森德保罗修道院的修女正在路旁等公共汽车。她们都穿着木屐，黑色围巾搭上肩膀，黄杨木制的念珠挂在胸口，十字架像匕首一样插在腰间。不过，她们手里的雨伞看上去毫无用处，融雪浸湿了头巾，在伞面上堆成三角形的白色翅膀。

　　荷兰的边境官员将护照交还给我，上面盖好了印戳。很快，我穿过一段无人之地，德国的入境检查站在雪地里变得越来越清晰。黑、白、红三种颜色漆在路障上，我看见猩红色的旗帜里有白色的圆盘和黑色的纳粹党"卐"字记号。边界线内，树木覆盖着厚厚的积雪，威斯特法利亚的原野白茫茫一片。

2. 莱茵河溯源

进入德国的第一天，我没有太多印象，只记得有树林、白雪、威斯特法利亚平原上稀稀拉拉的村庄和微弱的冬日阳光。第一个地标性建筑是戈赫镇，我在夜幕降临时赶到了那里。我在镇上找到一家烟草铺，而且终于有机会跟当地人近距离交流。我毫不费力地买到香烟，但店主用德语问："Wollen Sie einen Stocknagel？"我顿时傻了眼。他打开抽屉，在排列整齐的铝制饰牌中抽出一块，弯曲的铝板长度大约一英寸，正面用浮雕的方式刻着小镇的名字和景观。只需要一芬尼，他说。接过我的手杖，他在铝牌两端的小洞里各按进一枚大头钉，将这块小小的浮雕固定在手杖上。在德国，每个小镇都有自己的饰牌，可惜我在一个月后弄丢了这根手杖，那上面已经镶嵌上了二十七块饰板，看上去像一根闪着银光的魔杖。

镇上到处悬挂着德国国家社会党的旗帜，隔壁旅行用品店的橱窗里摆满了与纳粹相关的物品：纳粹"卐"字记号的袖章，希特勒青年团的短剑，希特勒妇女团的衬衫和成年冲锋队队员的棕色衬衫；带"卐"记号的纽孔被排列成 *Heil Hitler* 字样；一个蜡制的人偶，面带微笑，身穿冲锋队战士的制服。橱窗里还陈列着几张照片，我只认得出几个人，幸好身旁还有参观者，一边指指点点，一边念出我不知道的名字。"瞧，那是罗姆，"有人指着那位冲锋队的头目（再过一年，他就会被希特勒下令清洗），"正跟元首握手呢！"巴尔杜·冯·席腊赫在希特勒青年团的一次游行上行礼；戈培尔坐在桌旁；戈林身穿冲锋队制服；白色的衣服；皮短裤；怀里抱着一头小狮子；身穿燕尾服，白色领结；毛领服装，头戴羽毛装饰的猎帽，手里端着运动步枪。希特勒一般身穿棕色冲锋队衬衫、扎腰带的雨衣、双排纽扣的制服和鸭舌帽，或者伸手轻拍一个小姑娘的脑袋，她头上扎着淡黄色的发辫，正露出天真无邪的笑容，递给元首一束雏菊。希特勒的照片比其他人都要多。"他是个好人，"身旁的女人用德语说道。她的同伴表示赞成，并补充说，元首的眼睛很好看。

街上响起扎扎的踏步声和有节奏的进行曲。在旗手的带领下，一列冲锋队队员正走进广场。他们齐声高唱"人民，拿起武器！"——在接下来几周里，我经常听见这句歌词——随后，又唱起气势汹汹的纳粹党党歌《霍斯特·威塞尔之歌》：这首歌只要听过一遍，就让人难以忘记；唱完后，队员们占据了广场三面，立正稍息。天已经黑了，路灯映出从天而降的大片雪花。他们身穿马裤、皮靴，头戴棕色滑雪帽，把帽子上的下巴托解开，像摩托车手一样垂在下颌旁边，皮带上配着手枪皮套和横拉条。他们的衬衫看上去像一张棕色的报纸，左臂上套着红色的袖章；他们认真地听指挥官训话，脸上露出凶狠而咄咄逼人的表情。指挥官站在广场剩下一面的中间位置，嗓音粗犷，挥舞着手臂。语气中带着冷嘲热讽，音量逐渐增强，然后故意停顿片刻，让听众发出一声哄笑，每次笑声前，都伴随着语调下沉，仿佛是一种警告。终于结束了夸夸其谈，指挥官左手啪地拍向腰间的皮带扣，伸直右臂，队员们也像他一样抬起右臂，在指挥官喊出"祖国！"后，队员们高呼"万岁！"，一连重复三次。随后，大家各自散去，急匆匆地跑过广场，拍打着帽子上的雪，系上下巴托，旗手则将猩红色的大旗卷起来，然后把旗杆斜扛在肩上。

我住的旅馆叫"祖姆施瓦曾阿德勒"。在德国这段时间，走完一天的行程，我首先做的就是看看当地有没有叫这个名字的旅馆。

铅制的窗格，玻璃上刻着螺旋形花纹，让人看不见窗外的飞雪，汽车碾过门口路上的烂泥，一张皮帘子挂在入口上方半圆形的杆子上，隔绝了门外肆虐的寒风。厚重的橡木桌旁摆着长椅，椅背上雕刻着心形和菱形，巨大的陶瓷炉一直挨到头顶的横梁，圆木垒得很高，木屑散落在黄褐色的瓷砖上。架子上由小至大摆着一排加了锡盖的啤酒罐。墙上的相框里有腓特烈大帝的画像，他头上歪戴三角帽，看上去暴躁不安。隔壁房间是俾斯麦，白衣外套着护胸甲，头盔顶端立着雄鹰，眼袋宽松下垂；兴登堡交叉双手按在剑柄上，表情迟钝得像一头河马；第四个相框里，希特勒面带怒容，样子凶狠而无情。咖啡海报上用红色星星衬托出"*Kaffee Hag*"字样。木杆上用夹子夹着各种报纸，对面墙上用哥特体黑色字母写着：

Wer liebt nicht Wein, Weib und Gesang,

Der bleibt ein Narr sein Leben lang! [1]

啤酒、页蒿子、蜂蜡、咖啡、松枝和融雪，再加上雪茄的青烟，让这里弥漫着宜人的气氛，偶尔还有德国泡菜的香味飘来。

我在布雷策尔脆饼干和"美极"香肠罐头之间找了个空位，把带盖的啤酒杯放在印有雄鹰的圆形垫子上。就在我快要忘记白天在街头见过的游行场景时，一群冲锋队队员走进来，坐在一张长桌旁。摘掉帽子后，他们看上去不那么气势汹汹。有一两个还戴着眼

---

[1] "哪个不爱酒妹歌，
  他就一生呆头鹅！"
　　感叹号和绝妙的比喻，编织出人生朝露的伤感，让酒馆变成烦恼时的好去处。不过这里没有酒杯，只有啤酒罐子，这让桌边的每个人会心一笑。

镜，也许是学生或办事员。过了一阵，他们开始唱歌：

　　Im Wald, im grünen Walde（在森林，绿色的森林）

　　Da steht ein Forsterhaus...（有一个护林人……）

歌词描绘了绿色森林中一个护林人的漂亮女儿，节奏明快活泼，结尾时汇成一曲情绪热烈的合唱。这首歌叫《罗尔之歌》，是那一年风靡德国的歌谣。紧接着，他们又唱起一首优美动听的歌曲，不出我的预料，歌词里描绘了椴树下的爱情：

　　Darum wink, mein Mädel, wink! wink! wink!（我的女孩啊，在路旁把手招，把手招啊把手招！）

　　与这一句歌词押韵的是 "Sitzt ein kleiner Fink, Fink, Fink."（在一棵树下，坐着一只小雀鸟，小呀小雀鸟。）（过了好几周，我才弄明白 "Fink" 的意思是燕雀，站立在歌中唱到的椴树枝头。）冲锋队队员们用脚踹着地板，拍子越来越快，要是唱功再糟糕一点，还以为是一群打完比赛的英式橄榄球运动员，正聚在俱乐部里庆祝胜利。过了一阵，音量渐渐弱下来，少了脚下的节拍，歌声变得轻柔、和谐，曲调也更加复杂。在德国不同地区，民歌各具特色，我现在听到的，流行于威斯特法利亚的山林和原野，歌声中一咏三叹，饱含思乡之情。多么令人陶醉啊！很难想象，这些唱歌的人会沦为砸毁犹太人店铺、焚烧书籍的暴徒。

　　第二天，威斯特法利亚绿色的山野显露在我眼前，湿地冻成了冰窟，雪块从树枝上跌落。一群工人头戴罗宾汉式的帽子，哼着歌，走上林间小路，挥舞手中的铁锹，在山坡上干得热火朝天。另外一群排成一行，人数上略占优势，动作飞快地在萝卜地里又挖又刨。一位农夫告诉我，这些人属于 "Arbeitsdienst"，意思是 "劳动服务团"。农夫脚上穿着木屐，样式跟荷兰人的差不多；在德国南部乡村，木屐居然是最普遍的鞋类，实在让人很诧异。（以前在瑞士过寒假时，我学过几句德语，所以与在荷兰的情况不同，跟德国人之间，我勉强可以交流。接下来几个月里，我能讲的只有德语，水平长进不少，语速快了。要是抛开语法规则，我的德语还是讲得很流利的。如今，读到书中列出的德语句子，我惭愧地发现水平退化了很多。）

入夜时，我来到小镇凯佛拉尔。在我的印象中，这里有一座哥特式小教堂，是教徒们为谢恩还愿而建。神龛中供奉着一尊十七世纪的圣母凯佛拉尔。为迎接降临节，圣母身上盖着紫色天鹅绒，金线花边耀眼夺目。她头顶的王冠复杂精巧，一张公主般的小脸上了颜色，头衬着枝丫状的光环。一年四季，都有威斯特法利亚的信徒来此朝圣，与圣母有关的神迹四处流传。蒙她的恩赐，第二天我也交了好运。

路牌的一边指向克莱沃，是英国国王亨利八世第四任妻子"克利夫斯的安妮"的家乡；另外一边指向亚琛：要是我事先知道那是法国人口中的"Aix-la-Chapelle"，是德语中查理曼帝国的首都，我肯定二话不说，撒腿就往那里跑去。结果，我顺着去科隆的公路越过平原，沿途的景色平淡无奇，直到接近鲁尔区时，远方的地平线上出现林立的烟囱，仿佛在天地间安上了一道栅栏，白烟蒸腾。

是德国！……我有点不敢相信自己的眼睛。

对出生于第一次世界大战爆发后第二年的人来说，"德国"一词伴随着童年最早的记忆。就在我展开穿越德国之旅的时候，常常会下意识回忆起幼年时代，那时候，孩子们分不清"Germans"（德国人）和"germs"（细菌）的英语发音，只知道两者都是坏东西。升腾的烟雾，让人想到硝烟弥漫的战争年代，雾气变得凝重，好像带有满满的恶意，笼罩在鲁尔区的上空，把地平线完全遮掩，甚至威胁到附近的山林和原野。我心里有种难以名状的感觉，在脑子里一闪而过，还没等我抓住，就匆匆地消失了。

我的思绪一下回到了十四年前，那是我至今还记忆犹新的画面。玛格丽特，我童年时寄住的那户人家的女儿，带我走过南安普顿郡的乡野，时间是一九一九年六月十八日下午。那天正好是"和平日"。她十二岁，我四岁。路过一块被水淹过的土地时，我们看见很多村民围在一个还没有点火的巨大柴堆旁。柴堆上方，挂着稻草扎成的德国皇帝和皇太子的假人。皇帝头戴一顶真正的德国式头盔，布面具上贴着浓密的胡须；皇太子"小威利"的身上佩着纸板做的单筒望远镜，戴着用炉前地毯做的高帽子。两个假人的脚上都穿着货真价实的德国靴子。围观的人躺在草地上，唱起《那是条漫长的路》《这世上唯一的姑娘》《让家中炉火燃烧》《再见啦，别哭泣》和《凯-凯-凯-凯蒂》。我们一直等到天黑，火堆终于就要被点燃。（我记得当时有这么个细节：天快黑时，一个叫撒切尔·布朗的人说了声"稍等片刻"，随后搬来一把梯子，靠在柴堆上，他顺着梯子爬上去，扯下假人脚上的靴子，这下子，假人从膝盖部位往下，露出一簇簇参差的稻草来。围观人嘘声一片，他却说："这么好的鞋子，烧掉太可惜了。"）最后，有人点着柴堆底部晒干的荆豆秆，火苗很快窜到顶部，一时间烈焰熊熊。人们手拉着手，围着火堆跳起欢快的舞蹈，唱着《阿尔芒蒂耶尔来的少女》和《把你的烦恼装进旧背包》。火光映红了田野，等到火舌开始吞噬两个假人，耳畔传来噼噼剥剥的爆裂声，假人的稻草身子里一定填满了爆竹。火花绽放在夜空，与满天的星斗交相辉映。人们拍手、欢呼、高声叫喊："烧掉威廉二世！"在现场的小孩，比如对坐在玛格丽特肩上的我来说，这样的场面既新奇又恐怖。火光中，村民们的庆祝舞步渐渐慢了下来，狭长的身影映在草地上。两个假人快要燃尽，活像鬼魅般的稻草人，随风飘散着红色的余烬。男孩子们叫喊着，追逐空中的烟火，到处扔鞭炮，在火堆旁的人群中跑进跑出，直到喜悦的尖叫声再次响起，人们又合唱起一首新歌。嘈杂喧闹中，有人在高呼救命。大家蜂拥到一处，纷纷朝下张望。玛格丽特也挤进人群，但很快就跑了回来。她伸出双手，遮住我的眼睛，我们开始拼命地跑。等我们跑到稍远的地方，她把我背在背上，叮嘱我"千万别回头看！"她跑过黑沉沉的田垄，钻进草垛，冲上台阶，速度快得像一道闪电。可是我抵不住好奇，还是回头看了一眼。火堆已经燃得差不多了，人们都聚集在柳树下。一定是发生了不好的事，我敢打赌。回家后，玛格丽特带我来到楼上，帮我换好睡衣，然后把我哄进她的被窝，她穿着法兰绒睡衣，抱着我，轻声啜泣，肩膀微微抽动，我问她究竟发生了什么，她也不回答。几天后，在我的围追堵截下，她才告诉我那一夜发生的悲惨事件。村里有个男孩，在草地上跳舞跳得正起劲，仰着头，把"罗马焰火筒"衔在嘴里，谁知一不小心，滑进了喉咙里。大人们赶来救援时，他"嘴里喷着星星"，被抱到附近的小溪灭火。可惜，一切都太晚了……

听上去真让人害怕。后来，玛格丽特带我去公路旁，那里有川流不息的卡车，车厢里坐满了被遣返回家的德国战俘。我们一起去看电影《四骑士血洒自由魂》，影片中充斥着横飞的弹片、挂在铁丝网上的尸体，以及普鲁士军官们在城堡里的狂欢。再后来，我能看懂漫画书了，《潘趣》《玛丽女王的礼品书》和其他战争时期发行的小册子向我展示了一个神秘而邪恶的世界：骇人的暴行、燃烧的农舍、化为废墟的法国教堂、齐柏林飞艇、正步走的士兵；还有策马穿过秋日树林的枪骑士、骷髅骠骑兵，以及佩戴铁十字勋章、身上伤痕累累、手握单筒望远镜、露出自豪笑容的军官……（跟德国军官相比，英国的上尉在外形方面，明显要逊色得多！后者牵着猎狐梗（一种为猎狐而培育产生的家庭犬种），腿上裹着绑腿，头发上抹着"安佐拉"发油，嘴里叼着"阿卜杜拉"牌香烟；或者像一位老警察，点着烟斗！）虽然德国军人看上去有慑人的魅力，但市井乡民倒也寻常。怒气冲冲的男主人，衣裙扣得很严实的妻子，戴着眼镜、自以为了不起的小孩子，以及冲着香肠和啤酒罐子咆哮的腊肠犬——这样的混乱场面，让刚到德国的外国游客难免心里发憷。等到我有了阅读能力，书中描写的反派除了小部分是中国人，其他全是德国人——间谍大师、妄想统治世界的科学自大狂。（在普鲁士帝国之外，也不知从何时开始，德国人在世人心目中的形象开始变得负面，要知道在十九世纪初，德国还是一个风景如画的公国，居住着哲学家、作曲家、乐队成员、农夫和学生，他们一起喝酒、唱歌。也许是从普法战争开始吧？）最近，一部叫《西线无战事》的电影上映，柏林仍然夜夜笙歌……要不是纳粹掌权，德国人的生活并不会发生太大改变。

德国人究竟是什么样子？答案即将揭晓。

没有哪个国家像德国这样，有如此反差巨大的形象。不出我的意料，很快，我就对德国民众产生了好感。在德国，为游历的年轻人提供力所能及的帮助，是一个古老的传统：我可怜巴巴的样子，成了接受好心人善行和款待的敲门砖。尤其让我吃惊的是，我作为英国人的身份让我处处受到优待，就好像是一只珍禽、一件古董。不过，就算别人对我冷淡，我也会热情地与他们打交道，设身处地地想想，这是在国外，离开了我熟悉的生活环境，与故土相隔白浪滔天的海洋，再加上未知旅途带来的兴奋之感，让我的心情如金色阳光般舒畅。

甚至连克雷菲尔德阴沉的天空、平淡的风景，都隐含着谜团和魔力。其实，这个工业城市只是沿途一个极其普通的过夜地点。不过，第二天傍晚，晚霞中的杜塞尔多夫意味着我又回到了莱茵河畔！我再次与这条大河相聚。河堤间的水道上，驳船往来不息，一座现代化铁桥飞架南北（铁桥的德语名字是"Skagerrakbrücke"，意在纪念日德兰战役）。跟上次见面时相比，莱茵河的宽度并没有太大变化。河对岸，林荫大道勾勒出城市的线条。这里有花园、城堡和用来装饰的内湖，结冰的湖面被凿出大洞，水边立着几只天鹅，正如痴如醉地注视着自己倒映在水中的倩影。印象中，没有黑色的天鹅，跟托马斯·曼作品里描绘的场景一样。

我问路旁的警察，这附近有没有济贫院。步行一小时后，我来到一个灯火寥落的街区。仓库、厂房和庭院都静静地埋在雪下。我敲了敲钟，一位脚蹬木屐、留着小胡子的方济各会修士打开门闩，带我走进一间客房。木板床上铺着草垫，污浊的空气令人窒息，耳边传来低声耳语。借助街灯，我看见围在火炉旁的床位都睡满了人。我脱下靴子，躺倒在自己的床板上，故作镇定地抽着烟。自从离开学校，我已经很久没有跟这么多人睡在一个房间里。我曾经的同学们，也许正在进行最后一学期的课程，此时此刻，他们都舒服地睡在绿色窗帘的小卧室里，等校长结束了巡视，伴着钟楼的钟声，灯光依次熄灭，窗外会传来巡夜人提醒就寝的呼唤声。

隔壁床传来一声长长的鼾声，夹杂着喉咙里含糊不清的咕噜，调门很高，一下子把我从梦中惊醒。炉火已经熄灭。鼾声、呻吟声和叹息声交织成一曲合唱。人们都在熟睡，偶尔响起梦话和笑声，此起彼伏。有人唱了几小节歌，突然戛然而止。躺在漆黑的木橡下，似乎莱茵兰地区所有的噩梦都降临到沉睡者的身上。

等负责值日的修士给我们送来锯子和斧头，庭院里还是黑漆漆的，雪还在下。借助台灯的光亮，我们开始锯圆木。工作完成后，我们排着队，缓缓经过另外一位沉默的修士，他接过我们交还的工具，然后递来一杯咖啡。还有一位修士分配切好的黑面包。喝完咖啡，我的工友敲掉水泵喷口上的冰柱，我和他轮流摇着手柄，把地下水抽上来，冰冷的泥浆溅到脸上，驱除了残留的睡意。我们很快变得无话不谈。

我的工友是个撒克逊人，从不伦瑞克来，在科隆、杜伊斯堡、埃森、杜塞尔多夫和鲁尔区找工作无果后，他打算去亚琛碰碰运气，看能不能在那里的工厂找份差事。"日子过得紧巴巴啊！"他一边说，一边套上伐木工外套，把帽子上的耳罩放下来贴在耳朵上。我们的队伍又多了几个人，大家弓着身子、埋着脑袋，躲避从天上飘落的雪片。雪落在壁架和窗台上，人行道上像铺上一张地毯。一辆电车叮叮当当地从身旁驶过，车灯雪亮。东方的天空开始发白，我们来到市中心，花园里白雪皑皑，树木结了冰，围绕在威廉一世的骑马雕像旁。德国政府呢，我问他，不向你们伸手帮忙？他回了句："哼，腐败透顶！"然后耸耸肩，看样子并不愿意讨论这个沉重的话题。他生活窘迫，对摆脱困境似乎不抱希望……空中的乌云开始散开，柠檬色的光线从云缝中洒向大地，我们走过斯卡格拉克大桥，下游传来悲鸣般的汽笛，一艘大船正在停船下锚。走到对岸的十字路口，我从包里掏出在"总督"号上买的雪茄，给我俩分别点上一根。他吐出一口长长的烟，突然笑着对我说："他们会把我当成一位伯爵！"然后，他迈步朝亚琛方向走去。我继续向南，顺着莱茵河逆流而上，朝科隆前进。

还有老远，我就开始翘首企盼，随着相距的英里数慢慢减少，两座闻名于世的尖塔变得越来越高。最后，一座大教堂拔地而起，成为这块云雾缭绕的平原的主宰。市郊的其他建筑一度遮挡了教堂，我只好怀着急迫的心情，从远处眺望教堂三个哥特式正门上雕刻的圣人群像，等我终于走到近前，暮色已经快将教堂包围。走进大门，虽然我分辨不清玻璃窗上的色彩，但我知道，自己正身处整个北欧规模最大的哥特式教堂中。除了隔壁礼拜堂亮起的微光，一切都模糊不清。女人们跟修女跪在一起，嘴里念着 "*Gegrüsset seist Du, Maria*"（万福，玛利亚）的后半句，然后起身，跟着领唱的神父一起吟唱祈祷文，手里的念珠轻轻地碰撞出声响。身处科隆大教堂开敞式的尖塔内，信众们明显感觉念出的祷词能更清晰地被上帝听见，而在传统的圆顶式教堂，祈祷者的声音含混不清，萦绕在教堂内挥之不去。跟随高耸入云的尖塔，灵魂仿佛一下子冲破了躯壳，脱离了凡尘的羁绊。

金属箔片和星星在每家店铺里闪耀，挂在街头的彩旗上写着 "*Fröhliche Weihnacht*"（圣诞快乐）。脚蹬木屐的村民和穿着橡胶雨靴的女人小心翼翼地走在结冰的人行道上，向熟人热情地打招呼，要不就是惊呼一声，手中的物品撒落一些在地上。到处都是厚厚的积雪，加上清冷的空气和灯光，让这座城市看上去像一张活生生的圣诞卡片。没错，眼前的一切真实可信！再过五天，就是圣诞节了。文艺复兴风格的大门与古老的砖墙搭配在一起，楼房凸出的边缘装饰着木雕和玻璃，三角形的山墙勾勒出陡峭的尖塔，鹰、狮子和天鹅的造型缠绕在铁架上，让街道变得像一座迷宫。每隔十五分钟，被圣人塑像簇拥的科隆大教堂塔楼就敲响大钟，提醒在雪地里艰难跋涉的人们，其他教堂的钟声也纷纷响起，震得空气都开始打颤。

大教堂外，后殿飞扶垛的正下方，一条街道急匆匆地通往码头。不定期的班船、拖船、驳船和尺寸更大的船舶停在引桥下面。咖啡馆和酒吧传出刺耳的音乐。我一直有个想法，要是能交到合适的朋友，说不定能换种旅行方式，搭一艘驳船溯流而上。

我果真交到了朋友。其实，没什么不可能的。我选的地方全是水手和驳船船员，他们脚上的长筒水手靴卷到膝盖部位，靴子里垫着毛毡，鞋底用厚厚的木头做成。他们把一杯杯荷兰杜松子酒灌下喉咙，速度快得惊人。喝完烈酒，又来一口啤酒，我也忍不住想尝试一下。姑娘们进进出出，长相都不错，只是举止有些粗野，其中有一个体型壮硕，穿着水手的毛线衫，歪戴着一顶船员帽，头发蓬松得像一团棉花糖。她的真名是玛格达，但人们都习惯叫她"玛姬"，每当有客人走进店里，她就会含情脉脉地招呼"哈罗，宝贝"，随后脸颊上浮现出百感交集的痛苦表情。我喜欢这个地方，尤其是喝下几杯杜松子酒后，我很快结识了两个驳船船员，他们操着德国北部的口音，要不是遇上我这个语言专家，还真不太容易听懂。他俩分别叫乌利和彼得。"别老说'*Sie*'（你们）"，乌利告诉我，皱着眉头，用食指做出劝告的手势，"要说'*Du*'（你）"。听了他的建议，我对他们的称呼从复数形式变成了更亲密的单数形式，为此，我们决定喝上一杯，结为兄弟。杯子端在手里，我们每个人都伸出右臂，搭在另外两人的肩膀上，看上去像巴黎公共喷泉上的三美神。我们一饮而尽，然后又伸出左臂，摆出同样的造型。看这阵势，真像是庄严的爵士受封仪式，又或者是找到了传说中的金羊毛。仪式的前半程进行得很顺利，但进行到后半程时，虽然我们的胳膊还交叉着连在一起，身体却失去了平衡，三人都醉醺醺地坐到地上的锯末堆里。后来，这两个负心人蹒跚着走进黑夜，剩下他们刚结识的兄弟与一位姑娘跳舞：也不知道我沉重的靴子有没有踩坏舞伴锃亮的舞鞋，我只听见在我们身旁，围绕着水手靴笨重的敲击地面声。她长得很漂亮，只是少了两颗门牙。听她说，是在上周的一次斗殴中磕掉的。

我在一个货船船员的宿舍里醒来，窗外立着桅杆。我决定在这个美妙的小城再待一天。

我突然想到，要想更快地学习德语，不如读一读德语版的莎士比亚作品。书店里的年轻店员能讲一点英语。"这样做效果真的好吗？"我问他。他觉得我的想法可行。"读施莱格尔和蒂克的译本，"他说，"文字几乎跟原作一样好。"于是，我买了本《哈姆雷特：一位丹麦王子的故事》，袖珍的平装本。他还能帮我解决一个难题吗？我问他有没有门道让我乘坐驳船沿莱茵河而上。于是他叫来一个朋友，那人的英语讲得相当流利。我再次向他们解释说自己是个学生，正准备步行去君士坦丁堡，身上带的钱不多，条件糟糕一点也不打紧。他的朋友问我："学生吗？学什么的？""哦——文学。我想写本书。""噢！那你是像查尔德·哈罗德一样游历欧洲啰？"他问我。"是的，没错！就是跟查尔德·哈罗德一样！""住过哪里？"我一五一十地告诉他们。"嘿！"两位听众简直不敢相信自己的耳朵，但随即被逗乐了。最后，他们中的一位邀请我去他家同住。我们约好晚上见面。

白天，我继续参观教堂、美术馆和城里的老房子，手里攥着一本别人给的导游手册。

好心收留我的人叫汉斯，是科隆大学的一名学生，至于在书店见到的店员，名字叫卡尔，是他的同学。吃饭时，汉斯告诉我，他已经安排我第二天坐上去上游的驳船，而且是免费的。要是我愿意的话，可以一直坐到德国西南部的"黑森林"。我们品尝莱茵白葡萄酒，聊起英国文学。我用德语向他讲述莎士比亚、拜伦、爱伦坡、高尔斯华绥、王尔德、毛姆、弗吉尼亚·伍尔夫、查尔斯·摩根和最近的罗莎蒙德·莱曼。普利斯特列怎么样？他们问道，比如流浪汉小说《好伙伴》和《圣美利舍的故事》。

这是我第一次去德国人家中做客。房间里有维多利亚式样的家具、落地窗帘、表面铺着绿色瓷砖的火炉，以及大量有典型德国装订风格的书籍。汉斯的女房东态度和善，是一位过世的大学教授的遗孀，她端来加了白兰地的茶，跟我们边喝边聊。我回答他们提出的与英国相关的问题。他们说，我是个让人嫉妒的幸运儿，原因是我来自幸福的国度，那里的社会公正而和谐！十年前，莱茵兰地区结束了被协约国联军占领的历史，女房东告诉我说，英国军队给当地人留下了极好的印象。据她描述，当时隔三差五就有橄榄球比赛、拳击比赛、猎狐和戏剧表演。虽然英国士兵有时会喝得酩酊大醉，在街头大打出手——讲到这里，她举起握着的拳头，摆出挥拳的造型——但他们几乎没有跟当地居民动过手。至于那位曾在她家住过多年的英国上校，喜欢抽着烟斗，牵着猎狐梗——简直是一位绅士！亲切、机敏而富有幽默感！"他彬彬有礼！还有他的勤务兵——小伙子就像一个天使！——后来娶了个德国姑娘。"活泼的英国士兵加上温文尔雅的上校，我难以想象这幅田园牧歌般的画面，这肯定不是真的，德国人肯定在向我撒谎。可是，当提到法国人，他们的态度来了个一百八十度大转弯。他们之间一直摩擦不断，甚至兵戎相见，直到现在，彼此之间还瞅对方不顺眼。尤其是占领区多了来自塞内加尔的军人后，矛盾开始激化；在德国人看来，这是法国人精心策划的报复行为。德国马克贬值，加上需要支付的大笔战争赔款，希特勒趁势上台。女房东忍受不了他的样子：瞧，那张刻薄的脸！"这张脸真让人讨厌！"——还有他的嗓子！另外两位，也对希特勒以及纳粹的所作所为持否定态度：这根本无法解决德国面对的实际问题，而且做法也不对……我们的讨论慢慢陷入令人沮丧的气氛。（我猜想，这是当时德国人喜欢聊的热门话题，他们都反对政府施行的政策，只是表现形式有所不同，或者出于各自的原因。那时候，在整个德国境内，友情、家庭，正分崩离析。）后来，我们开始谈论德国文学：除开雷马克的作品，我唯一读过的是《查拉图斯特拉如是说》的英文译本。我的朋友们对尼采评价一般。"不过，他还算懂德国人，"汉斯的口气有些模棱两可。房间里响起伊拉斯谟式的拉丁语，我们开始竞相背诵流传久远的名著片段，虽然这样的游戏看上去很幼稚，却一下子激起每个人的好胜心。我们吵吵闹闹，连女房东也被逗乐了。要是她的丈夫还健在的话，一定很乐意参与进来！握过第三次手后——第一次是进门的时候，第二次发生在晚餐开始前，大家互致"*Mahlzeit*"（用餐愉快）。德国人一天的生活，由很多手续和礼节组合而成——美妙的夜晚才宣告结束。

那天晚上，我居然还在浴缸里泡了一次澡，这可是至高无上的待遇。从伦敦出发后，我就没有好好地泡过澡，也许是我对济贫院之夜的生动描述，让女房东起了恻隐之心，她趁我不注意时，跑去点燃了高高的铜锅炉……"这是我丈夫的书房，"她带我来到过夜的房间，叹了口气。我躺在铺好干净床单的皮沙发上，盖着厚厚的鸭绒被，身旁立着一个带灯罩的台灯，灯光照亮头顶书架上一排排用拉丁语和希腊语写成的经典书籍。莱辛、蒙森、康德、兰克、尼布尔和格利格罗维乌斯的著作一直顶到天花板，天花板上印着斯芬克斯和缪斯的形象。房间里摆着伯里克利和西塞罗的石膏像，大书桌背后的墙上挂着一幅维多利亚式的那不勒斯湾风景画，书本间放着帕埃斯图姆、锡拉库扎、阿格里真托、塞利农特和塞杰斯塔的大幅照片，都已经褪了色。以前，我从不知道德国的中产阶级过着如此优雅的生活。

莱茵河码头边的山墙渐渐远去，我们的船开足马力，钻过第一座桥洞，科隆城的灯光仿佛在此时同时亮起。很快，城市的轮廓淹没在暮色中，幻化成一片由灯光组成的几何图形。远远的，河堤上出现黄色的亮点，缓慢地跃上桥面，顺着光影移动到对岸。科隆城落后到了船尾，依稀还能望见教堂的尖塔，等到连塔的影子都开始模糊不清，暗红色的残阳落下西边的天际，微光映照着阿登森林。我站在第一艘驳船的船头，望着黄昏时的景色。我的手杖上又多了一块铝牌，牌子上雕刻着"东方三博士"，据说他们的遗骨是神圣罗马帝国皇帝弗雷德里克·巴巴罗萨率领十字军从东征途中带回来的，此外还有传说中的圣厄休拉殉难的一万一千名处女[2]。

船队运送水泥去卡尔斯鲁厄。下货后，驳船会装上从黑森林采伐的木材，然后原路返回，顺流而下去荷兰。船身吃水很低，水泥麻袋上罩着柏油帆布，免得遇上瓢泼大雨，整艘船产生化学反应，结成一块巨石。头船尾部的烟囱喷出一股臭烘烘的黑烟，烟囱下方，悬着一根漆色鲜艳、像木梁一样的船舵。

船员就是我在酒吧里遇到的兄弟！我首先认出他俩，后者一开始有些诧异，随后又惊又喜，大叫起来，看样子，那一晚的邂逅

---

[2]她们从英格兰来，护送着新娘，沿莱茵河逆流而上，并在此地殉难——可能是匈奴王阿提拉，也可能是异教徒国王马克西米利安下令将她们杀掉——后来，她们被集体封为圣徒，在卡巴乔的画作中化为不朽。

和酒局给他们留下了深刻而痛苦的回忆。船舱墙边排列着四张凌乱的床铺，正中放着一个火盆。安妮·昂德拉、莉莲·哈维、布里吉特·赫尔姆和玛琳·黛德丽等女明星的照片贴在木板墙上；此外还有拳击手马克斯·施梅林，画片上的他蹲下身子，正准备挥拳向对方发起进攻；以及两只猩猩骑在长颈鹿背上。乌利、彼得和船上的机师都来自汉堡。我们坐在下铺，吃着抹上"Speck"的炸土豆："Speck"是德国人对猪油的称呼，吃起来口感很奇怪，味道实在不敢恭维。我贡献了一根大蒜香肠和一瓶荷兰杜松子酒——都是离开科隆时，朋友送给我的礼物。见到酒瓶，乌利像比格犬一样发出惨叫。科隆的经历让他们很后怕，现在都没有摆脱宿醉带来的恶心难受；但即便如此，酒瓶眨眼工夫就见底了。随后，彼得拿出一个精巧的口琴。我们合唱《平安夜》。我还能唱《罗尔之歌》和《我一定要离开这座小城吗》；他们告诉我，后面这首与《蒂珀雷里之歌》一样，都是士兵出征时唱的行军歌；然后，船舱里响起一首汉堡民歌。乌利把前额上的头发梳下来，然后将梳子一端贴在鼻子下方，当作一绺小胡子，惟妙惟肖地模仿起希特勒演讲的样子。

星光灿烂，但温度降到了冰点。他们说，要是我在水泥麻袋上睡一晚，准会被冻僵。这真令人扫兴，我本来打算蜷缩在睡袋里，仰望璀璨的星空。结果，我在船舱里挑了一个床铺，翻来覆去睡不着，只好隔一段时间就起身，跑到船尾，与值夜的船员抽烟聊天。

每艘驳船都有左舷灯与右舷灯。遇上另一支船队从上游驶来，双方会相互发出灯光信号，两列纵队在水道中擦肩而过，掀起的浪头打得船身一阵阵摇晃。有一次，我们经过一艘拖船，后面拖着九条驳船，每一条的长度都比我们大一倍。后来，远处出现一艘汽船闪烁的灯光，越来越近，船身渐渐庞大，最后像一座大山压在我们头顶。河堤上随处可见挖得很深的采石场，点缀在星光下的村庄之间，让村庄看上去仿佛漂浮在水上。平原上的城镇和农舍亮着微光。我们的船正与水流抗争，但速度奇慢，因为机师不喜欢发动机开足马力时的轰鸣，而且要是机器出了故障，失去动力的船会横冲直撞向下游漂去。结果，好几艘驳船后来居上，超过了我们。等到东方破晓，大家一边摇头，一边在波恩的码头靠岸停船。

多云的天气里，古典风格的建筑、公园和光秃秃的树木衬托出一幅破败不堪的雪景。我不敢走得太远，我们的船只是稍作停留，很快就要起锚。每次回到船上，我的朋友就变得愈加狼狈，满身都是机油的油污。拆开的发动机部件散落在甲板上，还有扳手和钢锯，围观的人脸上愁云惨淡，看来情况很糟糕。天就快黑了，一切努力都变得徒劳。我们去码头附近吃晚饭，把机师和他的喷灯孤零零地留在甲板上。乌利、彼得和我被白天看到的海报吸引，跑去电影院看劳莱与哈代演的滑稽剧，我们笑得快要岔了气，演出结束了还舍不得离开。

第二天清晨，终于否极泰来！发动机开始飞转，如同奏响一首欢快的乐曲。岸边的乡野从眼前掠过，七岭山脉和英雄齐格弗里德手刃恶龙的龙岩山沐浴在朝阳中，锯齿状的山崖在水面投下幽灵般的影子。我们的船驶过长满绿树的岛屿。莱茵河水打着漩儿，水流越来越急，船头像一支利剑劈开水面，螺旋桨搅出的白色浪花在船尾留下长长的印迹。每艘船上都有三色旗猎猎飘扬，有荷兰的红-白-蓝色旗，也有德国的黑-白-红色旗。有些旗子，颜色跟荷兰相同，但上面的条纹不是水平的，而是垂直的，这些船来自法国，吃水普遍很浅，从斯特拉斯堡的码头下水。最少见的是黑-黄-红色旗的比利时船只，船员多是生活在列日省的"瓦隆人"，他们借道默兹河驶入莱茵河，交汇点就在荷兰的霍林赫姆。（现在，无论时间还是空间上，我距离这座小镇都已经相当遥远！）我没有退路，只能向着未知的远方继续前进。如果要横过河道，或者超越到前面去，相遇的船只会早早打出旗语；每一次旗语交流，都伴随着悠长的汽笛声。汽笛一问一答，这种由来已久的致敬方式，加上频频变换颜色的彩旗，让河道充满忙碌的气氛，尤其是一面面小旗，让我联想到王公贵族礼帽上的轻纱。有时，一列驳船明显是货物拉得太多，翻卷的浪头隐藏了船身，仿佛正一条接一条沉入水中，但很快又跟着减弱的浪花浮出水面，直到下一波浪头袭来，船队再一次消失得无影无踪。海鸥展开翅膀，急急地从头顶掠过，时而盘旋，时而俯冲，为觅到一口食物而终日操劳，累了就飞到船舷上歇歇脚，若有所思地站上几分钟。我坐在麻袋堆上，一手端着乌利送来的咖啡，一手捏着切好的面包片。

不走平原而走水路，这真是个明智的选择！每分每秒，岸边的山峰都呈现不同的样子。大桥连接沿岸的城镇。我们的船奋力挣脱水流的束缚，激起的浪花拍打在河道两侧的防洪堤上。寒冬时节，旅馆都放下了百叶窗，一间间伫立在码头附近，与其他建筑相比，显得鹤立鸡群，迎送着汽船载来的乘客。巴特哥德堡从身旁一闪而过。山顶上有古老城垣的废墟，让人联想到高文爵士践约前往的绿衣骑士的城堡；其中一座，据我手中的河图介绍，由法国史诗中的主人公罗兰建造。而接下来的一座，则与查理曼大帝颇有渊源。高大的树木间，显贵、王公和主教的宫殿在阳光下熠熠生辉，玻璃窗反射出耀眼的光芒。维德王子的城堡先是出现在船舷一侧，随后漂浮到船身中央的正前方，最后慢慢落到船尾。这就是那位短暂统治阿尔巴尼亚的维德王子生活过的地方吗？我在想，这些城堡曾经的主人，一定都是气质高雅的贵族，比如莱茵伯爵或森林伯爵？如果我是个德国人，我一定不会介意当个森林伯爵或莱茵伯爵……船舱里传出呼喊声，打断了我的思绪：乌利手里举着一罐美味的烘豆，为增加色香味，还配了让人望而生畏的猪油，我手脚利落地把猪油藏起来，趁人不备时，倒进阳光下泛着黄金般光泽的河水中。

　　我的地图折来折去，就快要变成一把手风琴，地图上标注的河岸和码头，勾勒出古代时的交通路线。我们沿着罗马帝国与法兰克帝国之间的边界前行。"恺撒在莱茵河上扔了一座桥……"是吗，在哪儿？[3] 随后的历代罗马皇帝不断将边界向东推进，进入山区，远离莱茵河左岸，据船员们介绍，那里有海西造山期形成的森林，是独角兽的家，浓密得连一队步兵都挤不过去，更不用说一支庞大的罗马军团。（想想发生在东北一百英里处，克文提里乌斯·瓦鲁斯和他率领的大军在条顿森林遭遇的惨败吧！那些地方神秘而寂寥，与莱茵河边的地貌完全不同：在德国的神话传说中，这种被称作"Frigund"的丛林密不透风，走进去后，六天六夜都走不出来，就算独角兽是人们杜撰出来的形象，野狼、麋鹿、驯鹿和欧洲野牛确实经常出没在林间。到中世纪时，有胆大的人钻进林子，发现里面伸手不见五指，浓荫隔绝了任何一丝企图照进树林的阳光。）在地图西边位置，有继卡洛林王朝之后，洛泰尔一世所统治的王国。随后，图上绘制了交叉的刀剑、权杖和盾牌，在杖柄和盾牌表面，雕刻着大小不一的王冠和主教的法冠，以及白色貂毛做成的帽子。红衣主教的帽子垂下两股金字塔形的流苏，骑士的顶盔沉重得像一座小山。每一个纹章代表不同的历史时期，不过，对那些强盛的封

　　———————————

[3] 就在这儿！一分钟前，我刚好在《高卢战记》中读到。

邑来说，神圣罗马帝国是他们永远效忠的对象。他们向过往的船只索取钱财，甚至当拿破仑的军队驱除查理曼大帝在这块土地上的魅影后，他们仍然顽强地幸存下来，并以附庸国的形式继续存在。在水边一座城堡的平台上，一位查理曼的子孙身穿诺福克夹克，正一边散步，一边点燃上午早些时候未抽完的雪茄。

一整天，岸边的风景让我应接不暇。

安德纳赫的城墙映入眼帘。机师在床上打鼾，彼得在舵杆旁抽烟，我懒洋洋地坐在船舱顶上晒太阳，乌利手中的口琴奏出悦耳的曲调。过了两三座桥、几座城堡和一片冰雪就要融化的山坡，我们的船在埃伦布赖特施泰因放慢速度。这座庞大的、喧嚣的新式要塞像一块砖石砌成的山崖，竖着炮塔，布满了射击孔。科布伦茨城威严地矗立在莱茵河对岸。

我们的船朝西岸的码头驶去，开得很慢，生怕跟其他驳船撞个正着。这一切都是为了我，因为等我上岸后，其他人还得调转船头继续赶路。分别总是让人悲伤："你不跟我们一起走了吗？"他们问我。等到船慢吞吞地贴到堤防，我纵身一跃，跳上了岸。我们不停地挥手，我目送着驳船开回河中央，乌利拉响一连串嘹亮的汽笛，最后一声持续时间很长，像一首闻之动容的告别辞，回荡在科布伦茨的山崖间。随后，他们摆正船身，与其他船队会合，径直向南方驶去。

堤防的末端像熨斗一样伸入水中，一个基座上立着巨大的德国皇帝威廉一世青铜雕像，麻雀和海鸥在雕像头上几码远的地方盘旋。用岩石和砖石砌成的科布伦茨，曾经是条顿骑士在遥远南部的驻扎地——这让我有些意外：在我的想象中，这些英勇的骑士一直在莫斯科大公国，在波罗的海或马苏里亚恩湖边永不停歇的暴风雪中战斗。"三十年战争"让上述地区砍杀声震天动地。外交家梅特涅出生于此。如今，这座城池像老者的白发一样历经沧桑。两条大河各自从峡谷中奔流而出，在雕像下方两条河道的交汇处激烈碰撞，激起白色的浪花，随后往下游流去，水势慢慢变缓，直到莱茵河泥浆色的洪流将另一条河较为清澈的水流拥入怀中。没错，是摩泽尔河！我听说过这条河，曲折的河道钻过一座座桥梁，在汇入莱茵河前，俨然一副博大而端庄的样子。一只海鸥朝摩泽尔河上游飞去，要是它俯瞰大地，就能望见绵延数十英里的葡萄园，如果愿意的话，还可以俯冲掠过特里尔的黑色罗马城门和圆形剧场，然后越过边境来到法国洛林。飞过梅茨的梅罗文加王朝古城的风向标，它可以停在孚日山脉的岩石上歇歇脚，顺便看看摩泽尔河的源头长什么模样。有那么一瞬间，我冲动得想要跟随这条河流的脚步，但那样的话，我就得往西边走，与去君士坦丁堡的方向完全相反。要是我当时读过奥索尼厄斯的诗歌，说不定会改变心意。

科布伦茨建在一处斜坡上。每条街道都是倾斜的，我的视线越过塔楼和烟囱，延伸至两条走廊般的峡谷，两股水流分别从峡谷间流出，在城下汇合。晴朗的天空下，这座小城显得生机盎然，空气中仿佛传来轻声的耳语。城外有一望无垠的原野，阳光照在雪地上，反射出闪烁而耀眼的光芒。不经意间，我走过几条白雪覆盖的小道，身旁的一切发生了变化：口音明显不同，酒窖取代了啤酒罐。熟悉的灰色大啤酒杯没有了，取而代之的是摆在橡木桌上的玻璃杯。（上床睡觉前，我背靠葡萄酒屋排成一列的古老酒桶，写完了当天的日记。）玻璃酒杯的杯口很浅，杯身又细又长，看上去一不小心就会折断。还有一种杯子看上去像小小的地球仪，杯身颜色各不相同：深绿色的用来喝摩泽尔葡萄酒，如果是烟熏金或琥珀色，则拿来喝莱茵河的白葡萄酒。瘦骨嶙峋的手颤巍巍地举起酒杯，深色的液体在台灯灯光中呈现温润的光泽。小酒馆或酒庄的名字都很别致，坐在里面，很难抵挡香醇美酒的魅力。也不知使了什么伎俩，这些貌似弱不禁风的高脚杯一次能装下半瓶酒，只需要浅呷一口，就会让人的魂儿飞到山坡下的两条大河，甚至感受到多瑙河、斯瓦比亚、法兰克尼亚、伊姆霍夫和维尔茨堡的气息：品尝不同年份的葡萄酒，仿佛踏上一段时间之旅，白葡萄酒清爽得像一口深井，色泽从暗金色到浅银色，气味里透着森林、草地和花朵的清香。哥特式字体在墙壁上随处可见，但写法起了变化，不像在北方的啤酒馆里，用黑体字写成的标语龙飞凤舞，看上去就叫人心惊肉跳。内容也变得亲切：少了些强调的语气，多了些简洁和流畅，读了之后觉得意境深远，让人很舒心。不知不觉间，我在墙边耗去了好几个小时。"坚信真理；珍惜真爱；畅饮真酒。"写在挂着鹿角的墙上的这句话让我唏嘘感慨。我照做了，直到最后跟跟跄跄地爬上床，昏睡过去。

这是一年中最短的一天，季节的变幻仿佛用小时来计算。街上每个人都在急匆匆地往家里赶，肩上还扛着一株刚刚砍下的冷杉树苗。第二天是圣诞节，穿过装点一新的街道，我走进圣母教堂。罗马式风格的中殿被挤得水泄不通，从哥特式唱诗班席位响起光辉灿烂的合唱，伴随着袅袅升起的焚香，单旋律的素歌萦绕在阳光普照的山坡上。一位多明我会修士戴着角边眼镜，用激昂的嗓音向信众们布道。几个冲锋队队员——我都快忘记他们长什么样子了——夹杂在参加仪式的人群中，目光低垂，帽子拿在手里。他们的表情有些古怪。在这样的日子里，他们不是应该跑到森林里，跳起祭祀欧丁神、托尔神或洛基神的舞蹈吗？

科布伦茨城和坚实的堡垒慢慢落到身后，我踏上起伏不平的山路。现在，密集的葡萄藤遮盖了河堤，只要能找到立足的地方，就铆足了劲往上攀爬。在条石扶壁的支撑下，葡萄架像一片流动的水波和旋涡，在山谷间打造出一片奇景。修剪过的深色藤条从雪下倔强地探出来，像一具骷髅伸出的手掌，缠绕着积了雪花的架子，枯瘦的藤条每隔一段就鼓起一个结疤，看上去像一串黑色的逗号。葡萄架都一般高，绵延到山上，直到最后变得稀疏，缝隙间露出光秃秃的岩石。遥望头顶的山峰，几乎每一座都修建有巍峨的城堡。在被称作"德意志之角"的傲岩城堡，我停下来吃点东西，补充能量。这座新哥特式城堡高入云霄，俯瞰着脚下如台阶般分布的葡萄园，与之遥相呼应的是莱茵河对岸的上拉恩斯坦。一路前行，另一座城堡拔地而起，接着是另一座，又是另一座：废墟连着废墟，葡萄园挨着葡萄园……周而复始，向下游延伸开去，直到最后，一条大河湾将城堡和葡萄园带入茫茫的夜色中，河畔灯光星星点点。天黑之后，我来到博帕德。小城建在离河岸不远的山坡上，第二天一早，推开窗，奔流向南的莱茵河跃然眼前，周日的晨钟响彻山间。

头上的山崖陡峭得连雪花都无法停留。灌木丛成片长在页岩构成的壁架上，扇形的矮林遮挡了部分阳光，透出斑驳的光影。再往上的地方，耸立着虽然有些残破，却依然气度不凡的城堡，被严严实实包裹在树林中，外墙上爬满了常春藤。城堡的塔楼伸向天外，与险峻的峭壁形成一种律动，而且更妙的是，都以某个贴切的德语词命名，比如"Hoheneck"（尖角）、"Reichenstein"（巨石）、"Stolzenfels"（傲岩）或"Falkenburg"（遗迹）……每拐过一处河湾，都会看见新的城堡，有时，河道中会出现一些沙洲，逼得水流越变越急促，最后被挡住去路，不得不突然转向。沙洲仿佛漂浮在水上，表面盖着交织在一起的枯枝和弃物。有些沙洲大得可以建造城堡，只需要在河岸吊起铁链，就能够拦住过往的船只，不是索取过路费，就是抢劫勒索。历史上有很多这样的传奇故事。[4]

破碎的墙、古老的街道，是大多数德国小镇的特征。我经常会在某个镇上停留片刻，喝上一杯葡萄酒。高脚酒杯、黑面包片和黄油，我坐在火炉旁边，一边小酌一边大嚼，几分钟后，脚上湿漉漉的靴子又能踩上几英寸厚的雪泥。河面变得很狭窄，群峰林立，山的坡度越来越大，到后来，几乎没有路面的空间。一座庞大的要塞出现在河对岸，多亏了酒馆老板的提醒，我才分辨出要塞顶端的女妖罗蕾莱雕像，而她脚下的巨大岩石，正是以她的名字命名。莱茵河的河道在收缩变窄后，落差骤然加大，汹涌的水流变得危机四伏，让水手们不得不打起十二分精神，免得船只遭遇跟传说中一样的灭顶之灾。驳船的汽笛在峡谷间久久回荡，我一路上走走停停，终于在黄昏时抵达宾根。

我是唯一的客人。把帆布背包放到地上后，我仔细打量这家小客栈。老板的女儿们很漂亮，都站在椅子上，年纪从五岁到十五岁，正帮着她们的父亲装饰圣诞树，挂上女巫球、缠上金箔、将蜡烛粘在枝头、在树顶插上一个美丽的星星。她们要我帮忙，等一切就快大功告成，她们的父亲——一个身材高大、表情严肃的男人，打开一瓶产自吕德斯海姆的葡萄酒。我们一起喝酒聊天，等到最后一个礼包挂到树上，第二瓶酒几乎见底了。随后，全家人围在圣诞树旁，载歌载舞。烛光是房间里唯一的光源，在肃穆而祥和的气氛中，姑娘们被烛光映红的脸庞显得更加动人——更让人羡慕的是，

---

[4] 其中之一，就在莱茵河中游的宾根城外，我还在那里住过，名字叫"鼠塔"。公元十世纪，传奇的美因茨主教哈托一世就死在那里。据说，他因为太残暴，被塔里的老鼠吃掉了。这个故事后来被写进罗伯特·骚塞的诗歌里。像老鼠这样的啮齿类动物经常出现在德国的传说中，如"哈梅林的花衣吹笛手"。

她们都有一副银铃般的好嗓子。我有些惊讶，她们没有唱这几天很流行的《平安夜》，而是唱起路德教的赞美诗，看样子莱茵河畔居住的大多是天主教徒。有两首圣诞颂歌，至今还让我记忆犹新，一首叫《噢，圣洁的你》，另一首叫《落雪时分》，听起来令人着迷，尤其是第二首，她们告诉我，是传唱了好几个世纪的民歌。最后，我跟他们一起来到教堂守夜。凌晨时分，所有住在宾根的人都站在教堂外，相互问候、致意，雪花纷纷扬扬从天空飘落。第二天，人们彼此拥抱、握手、祝对方圣诞快乐。年纪最小的女儿送给我一个橘子和一包用礼品纸包裹的香烟。我真希望也能送她什么东西，一件用冬青树花纹缎带捆扎的圣诞礼物——后来我才想起，铝制铅笔盒里有一支新崭崭的"维纳斯和黄金国"铅笔，可惜圣诞节已经过了。时间的礼物，让这个节日变得温馨。

　　莱茵河向东拐了个急弯，峡谷再次变得平缓。我过了河，来到吕德斯海姆，在一家有名的葡萄园喝了一杯白干葡萄酒，然后继续上路。积雪又深又平，踩上去发出嘎吱嘎吱的响声。雪花从天而降，我开始抱怨自己是不是应该在宾根多待两天。好心的客栈老板再三邀请我留下来，但他们家在节日里还要负责接待亲朋好友，我觉得在一场家宴上，突然出现一张陌生人的面孔，肯定会让气氛有些尴尬。于是我还是谢绝了他们的好意，在阳光明媚的圣诞节早晨，独自跋涉在铺满新雪的路上。莱茵河上空荡荡的，一艘船的影子都没有，路上也没有车辆，节日期间，每个人都躲在家里，尤其是像宾根这样的小镇，家家户户都守在温暖的炉火旁。我突然感到很孤独，这一趟远行真的值得吗？我想象家人和朋友们此刻在干些什么，怅然若失地将橘子剥开，把橘瓣放进嘴里。橘子皮扔在不远处的冰面上，立刻成了莱茵河海鸥竞相争夺的目标。我望着鸟儿们俯冲，把背包放下，点燃一根圣诞礼物香烟，心情稍微好了些。

中午时，我在一家客栈歇脚——这里是哪儿？盖森海姆？温克尔？鸵鸟镇？还是哈滕海姆？——一张长桌上摆着节日的菜肴，闪烁的圣诞树立在墙角。大约有三十个人，一边愉快地打招呼，一边坐到餐桌旁，这时，不知是谁心肠太软，看见我孤零零地待在吧台旁。不由分说，我成了享受圣诞美餐的一分子。随着约翰纳斯堡白葡萄酒和马克布伦纳葡萄酒的瓶子垒得越来越高，我的眼前开始变得模糊。

日落时分，餐桌一端的人们还在划拳行令，正喝到兴头上。随后开来一辆摩托车，一段短暂的旅程，一个人头攒动的大房间，莱茵河的河水在远处闪光。也许我们在一座城堡里……过了一会儿，场景发生了变化：又一次远足，这一次是穿过漆黑的夜晚，车灯左摇右晃，车轮将积雪碾成泥浆；我的面前出现更多的脸孔，乐曲声，舞蹈的人群，一杯杯斟满又喝下的美酒。

第二天早晨，我在沙发上醒来，头昏沉沉的。透过拉起的蕾丝花边窗帘，窗外不远处的有轨电车轨道旁变成一片泥泞，被煤烟熏得乌黑，好像刚经历过一场圣人飨宴。

3. 深入德国腹地

除去电车铁轨和烂泥，《尼伯龙根之歌》里描绘过的薄雾也升腾在莱茵河上，将整座小城包裹起来。不仅是美因茨，蒙蒙的水汽逆着水流而上，奥本海姆、沃姆斯和曼海姆逐一成为雾气的俘虏。我在上述地点都住过一晚，但只有零星的记忆：一两座钟楼、一排怪兽头的石雕、几座桥、尖塔、桥墩和掩藏在黑暗中的拱廊。路德的雕像为沃姆斯独有；但这里也有回廊、"古腾堡"《圣经》的经卷、"日耳曼人使徒"圣波尼法修的画像和耶稣会的纪念柱。路灯照耀在深红色、盾牌形的玻璃上，玻璃表面绘有金色的新月和铅色的线条，可惜拱门上用来支撑玻璃的窗棂已经荡然无存。有些场景变得模糊不清：一把扫烟囱的笤帚、和海象一样的胡须、一位头巾形帽子下露出长发的姑娘。这就好像凭着半个眼窝和一篮子骨头，将雷龙的骨架重新拼接起来。在路德维希港-曼海姆桥上空，迷雾逐渐散去。

之前，我一直沿着莱茵河走，有时乘船、有时上岸步行。现在，终于要和这条河说再见了。过了宾根后，峡谷开始变得宽阔，露出黑森地区莽莽的雪原；两岸的山始终保持一定距离，河水蜿蜒着向南面流去，渐渐超出我的视野。不过，在打开的地图上，莱茵河的上游还有好几百英里，如此遥远的距离，弄得我无能为力。走过斯派尔斯和斯特拉斯堡，进入孚日山脉，阴沉沉的黑森林横亘在河水面前。有人告诉我，在食物匮乏的冬季，狼群会从针叶林中出来，大摇大摆地在街头溜达。过了弗莱堡，越过瑞士边境，就到了沙夫豪森，这里有大大小小的瀑布和博登湖。之后，地图上标注出莱茵河的起点，一片气象万千的白色冰川。

过了桥，我离开莱茵河，顺着一条叫内卡河的支流走了好几英里，直到海德堡的灯光映入眼帘。爬到山坡上的主街时，已近黄昏。柔和的灯光晕染着彩色玻璃窗，门口挂着"红牛"字样的招牌，让我不由自主地就走了进去。我的脸颊冻得通红，头发上沾满雪花，正急需一点热度。这个天堂般的地方有橡木屋梁、雕刻、壁龛和高度不一的地板。堆着杂乱的物品——酒罐、酒瓶、酒杯和鹿角——看样子是多年积累的成果，主人一定是发自内心喜欢宴饮和交际。整个房间释放着奇异的光泽，看上去更像是城堡的宴会堂，除了一只猫趴在火炉前的地板上熟睡，这里静悄悄的。

每天，我都渴望这样的幸福时刻。坐在厚重的客栈餐桌旁，身子开始暖和，关节传来刺痛的感觉，喝着酒、吃着面包和奶酪，整理随身携带的文件、书籍和日记；写下当天的见闻，为找到合适的表达而查阅词典，画速写，捣鼓出几句诗，或者让大脑放空，体会无欲而无所求的境界。靴子上的雪慢慢融化。一位老太太走下楼，坐在炉子旁边织东西。也许是注意到我的手杖、背包和融雪在地板上形成的水印，她微笑着问我，"Wer reitet so spat durch Nacht und Wind？"我已经练习了半个月德语，水平突飞猛进，她是问："谁这么晚在夜里骑马穿过狂风？"但问句中的"骑"字，让我有些困惑不解。（我哪里知道，这是歌德有名的诗歌《魔王》的第一行，后来由舒伯特作曲，成为一首脍炙人口的歌曲。）"噢，是外国人吗？"我一下子开始流利地介绍自己："……英国学生……步行去君士坦丁堡……"她听懂了。"君士坦丁堡？"她说道，"噢，哇！很远呢！而且在隆冬时节。"她问我第二天会去哪儿。新年的前夜，也许会在路上吧，我说。"你可不能在圣西尔维斯特前夕在雪地里乱跑！"她提醒我。"那你今晚住在哪儿呢？"我说还没有想好。她的丈夫不知什么时候走了进来，刚好听见我们的谈话。"跟我们一起住，"他说，"你就是我们的客人。"

他们是这家客栈的主人——斯宾格尔先生和斯宾格尔太太。上楼后，女主人要我把脏衣服都从背包里掏出来，吩咐女佣拿去洗涤。离开伦敦后，这是我第一次有机会清洗衣物。我心想，要是一个德国人在十二月份的雪夜来到牛津的美提酒店门前，不知会有怎样的待遇。

窗玻璃上绘有着了色的盾形纹章图案，勾勒出弗兰肯地区倾斜的"之"字形地貌。这里曾是法兰克人的重镇，现在归属北巴伐利亚，而我借宿的"红牛"客栈，正好是法兰克尼亚学生联盟的总部。所有在海德堡的古老客栈都与当地的社团组织存在紧密联系，其中最有名的叫"萨克森博鲁士"，堪称海德堡的布灵顿俱乐部，其成员多为门第显赫的普鲁士人和萨克森人。他们在隔壁的斯皮酒馆定期召开会议，酒馆的墙壁挂满褪色的银版摄影照片，画面上都是留着络腮胡的世家子弟，俗称为德国"容克"，每个人都穿着高帮靴子，扎着三色腰带。他们戴着铁手套，握住阔刃大剑的剑柄。他们的脑袋往一旁微微倾斜，头上的帽子很像塌下来的军用平顶帽，帽檐上绣着学生联合会的首字母——一个扭曲的哥特体字符和感叹号，都用金线织成。我缠在弗里茨·斯宾格尔身旁，他是收留我的客栈老板的儿子。我向他打听德国的学校生活，如喜欢唱什么歌、吃饭时的礼节，还有神秘的"决斗"，虽然后者现在已经不再致人死命，而仅仅是一种入会仪式，用刀痕来宣誓兄弟般的情谊。这些醒目的伤疤相当于校服上的领带，会永远铭刻在心头，是十多岁的少年成长过程中的祭礼。[1] 弗里茨从墙上取下一把剑，给我演示身形和握剑的姿势，向我介绍参与"决斗"的人应该怎么戴手套、颈甲和护目镜，直到每一根肉眼可见的动脉和静脉血管，每一寸皮肤组织，都能免遭意外伤害。距离经过精心测量；双方伸直手臂，剑身在半空中交叉；只有手腕能够移动；任何的畏惧和退缩都意味着一种羞耻；刀锋碰撞，发出铿锵之声，直到利刃在彼此面庞上划出足够深的伤口，然后在受伤的地方抹盐，这样即使伤口愈合，疤痕也会延续一辈子。我曾经仔细观察过某些人脸上留下的伤疤，比如戴眼镜的医生和律师；不是在眉骨，就是在脸颊或下巴上，有时三处都有伤痕。现在我才明白，这些伤口都是在一场危险的外科手术般的"决斗"中形成的，线条或扭曲或笔直，与人到中年后脸上的皱纹交织在一起。我觉得像弗里茨这样富有同情心的文明人，年纪比我大几岁，眼界会更开阔，一定会唾弃这种古老的传统，果然，他对我所提出的疑问表示遗憾。他深知像我这样的外国游客，每到一地，总是充满了猎奇心理。

假日期间空荡荡的大学校园，给这座小城增加了几分恬静。我们参观教学楼、图书馆和博物馆，去教堂感受新年的气氛。曾几何时，这里是宗教改革的据点，如今，各种信仰包容并存，要是遇上周日，格里高利圣咏会从某座教堂的门缝里传出，而隔壁则响起路德教会的圣诗《上主是坚固堡垒》。

那天下午，我与弗里茨和另外一个朋友一道，爬到山坡上的树林，去看一处宫殿的遗迹。这是个庞大的建筑群，暗红色的石料在不同时辰、不同光线的作用下，会变成粉红色、黄褐色或紫色。基座带有中世纪风格，但门廊、庭院和走廊体现出强烈的文艺复兴

---

[1] 对此，希特勒曾明令禁止，这倒不是因为他反感这种歃血为盟的仪式，而是因为这样的团体和风俗会成为官方认可的青年团以及学生运动的有力竞争者。

风格，十六世纪精细的雕刻随处可见。雕像立在扇形的壁龛上。法国军队曾经在此地烧杀劫掠，破坏了部分建筑。什么时候？在"三十年战争"期间，答案脱口而出……不过，是谁建造的？*我难道会不知道？是普法尔茨选帝侯！*……我们正身处普法尔茨领地的古都……

遥远的钟声，让我回想起在英国上学的日子，时过境迁、徒劳无益。"你猜，这座门叫什么名字？"弗里茨问我，用手拍着红色的门柱。"'伊丽莎白门'，或者叫'英格兰门'，是以一位英国公主的名字命名的。"说得没错！我就是在这儿毕业的！冬之女王！伊丽莎白，英王詹姆斯一世的女儿，普法尔茨的女领主，在位一年的波西米亚女王！她嫁到这里来时，才刚刚十七岁，据弗里茨介绍，在她统治海德堡的五年中，没有化装舞会、彻夜狂欢。但没过多久，当普法尔茨和波西米亚先后逝去，伊丽莎白的哥哥也被斩首示众，她被迫踏上流亡之路，过着穷困的生活。后来在牌戏中，她化身为"红心皇后"。她的侄孙女是安妮女王，直到驾崩也没有为斯图亚特王朝留下子嗣，于是根据《王位继承法》，由伊丽莎白的孙子继承英国王位，史称乔治一世。对于这段历史，我的同伴比我更加熟悉。[2]

风景怡人，可惜现在是深冬，寒风凛冽，到处都白茫茫的。为了让玫瑰树平安越冬，树干上被仔细地包着麻布，一根根静立在积雪的花台上。雪地原本很平整，如今被我和同伴踏出脚印，一只知更鸟也兴奋地在地上连蹦带跳，留下细碎的足迹。栏杆下面，小

---

[2] 至于我为什么会对这座城堡记忆深刻，原因多种多样，一个是十七世纪在当地发现的《普法尔茨文选》，书中包含了古希腊的诗歌和隽语；二是伊丽莎白与玫瑰十字会之间耐人寻味的关系。她很热衷十字会的信条，下令在宫殿的花园里建了许多会说话的雕塑、能唱歌的喷泉和水风琴。她是听着莎士比亚和本·琼生的戏剧长大的，也喜欢多恩的诗歌。化装舞会的背景则由伊尼戈·琼斯设计。

镇房舍的屋顶鳞次栉比，远远能望见奔流的内卡河与莱茵河，哈尔特山脉和普法尔茨森林占据了远方的地平线。太阳像一个巨大的深红色气球，就快沉到苍白的群山背后。童年时，我欣赏过类似的冬日山景。那时我身穿水手服，头戴绣着"胜利号军舰"缎带的帽子，正急匆匆地跑过快要关门的摄政公园，回家去赶下午茶。我们家住得离动物园很近，夜里常能听见狮子的咆哮。

这轮普法尔茨的落日，就像一根快要燃尽的灯芯，宣告了一九三三年的结束。荒芜的、杳无人迹的宫殿，默默注视着四季更迭，从冬至的白昼，走向除夕的黄昏。"等到子夜时分……整个世界会耗尽元气，然后重生。"在返回客栈的路上，我们遇上一群少年，都坐在矮墙上，踢着脚后跟，用口哨吹着《霍斯特·威塞尔之歌》。弗里茨提醒我："仔细想想，我好像听过这个调了……"

夜里在客栈时，一个头发长得像棉绒的年轻人引起了我的注意。他坐在隔壁桌，一直朝我投来冷冷的目光。浅蓝色的眼睛，像兔子眼睛一样骨碌碌转，脸色苍白，如同得了白化症。他突然站起身，踉踉跄跄地走到我的身旁，开口说道："好吧，你是英国人？"他的脸上带着讥讽的嘲笑，"简直太棒了！"随后，他仿佛戴上一副恶狠狠的面具。"为什么你们要偷走德国的殖民地？凭什么德国不能有自己的舰队和常备军？你是不是觉得德国应该受一个犹太人掌权的国家的差遣？"各种指责纷至沓来，虽然声音不大，却讲得字字清晰。他几乎快要贴到我的脸上，我闻到一股浓烈的酒气。"阿道夫·希特勒会改变这一切的，"他愤愤地说，"也许你听过他的大名。"弗里茨用手遮住他的眼睛，把嘴凑到他的耳边："行了，行了！"然后拽住他的胳膊："来吧，弗兰西！"让人惊讶的是，这个指责我的酒徒居然乖乖跟他走出大门。回来后，弗里茨坐下来："我很抱歉。你也知道，情况就是这样子。"所幸的是，其他桌的人都没注意到这一幕。仇恨很快就被筵席、聊天和葡萄酒化解。后来，歌声响起，人们开始为圣西尔维斯特守夜。等到夜空中传来一九三四年的新年钟声，我的身旁变成一片音乐、酒杯和祝福的海洋。

斯宾格尔太太坚持说新年的第一天不宜出行，于是我又待了二十四小时，在城里闲逛、参观城堡、读书、写日记、陪这一家人聊天。（在"红牛"客栈逗留的几天，是历经战乱之后我还能回忆起的乐事之一。我常常想起他们全家人的音容笑貌。）[3]

"别忘了你最忠诚的伴侣，"斯宾格尔先生一边说，一边递给我手杖。一月二日，我打点好行囊，准备出发。弗里茨陪我走到城郊。熨烫好的干净衣服叠在背包里，还给我带上一大块当地人称作"Geback"的面包，吃起来口感跟酥饼差不多。我嚼着面包，在雪地上走得大步流星。前景一片明朗，我打定主意，下一站去布鲁赫萨尔。我的一位朋友前一年夏天在那里住过一段日子，天气好的时候，就约上人，划着可折叠的小艇在内卡河上泛舟。我离开伦敦之前，他曾经向布鲁赫萨尔市长提起过我。弗里茨也帮我打过电话。于是，黄昏时分，我与阿诺德医生和他的家人一起，坐在布鲁萨赫尔城堡宽大的巴洛克风格房间里，品尝添加了白兰地的茶饮。我情不自禁地打量四周的金碧辉煌。在德国境内，这座城堡属于最优雅的巴洛克式城堡之一，在十八世纪由王子主教斯派尔斯下令修建。不知道从什么时候开始，主教的继任者们放弃了这座城堡，其原因也许是由于教权旁落。总之，好几十年里，城堡一直是布鲁赫萨尔市长的住所。我在这里住了两晚，睡在市长出门在外的儿子的卧室里。舒舒服服泡了个澡后，我饶有兴致地欣赏书架上的陶赫尼

---

[3] 写完这一段，我心里隐隐有些不安，担心自己把"斯宾格尔"这个名字写错，顺便还梳理了一下这户人家后来的遭遇。我给"红牛"客栈寄过一封信，收信人是客栈的"房主"。回信人是弗里茨的儿子——他出生于一九三九年——信上说斯宾格尔夫妇早已去世，弗里茨在挪威阵亡（德军与英军曾在那里激战），并于一九四○年葬在特隆赫姆，此时距与我相识已过去了六年。如今的斯宾格尔先生，是这个家族的第六代传人，仍然开着这家历史悠久的客栈。

茨平装本丛书，发现了一本适合躺在床上阅读的小说——《把它留给珀史密斯》——很快，我的心神脱离了这座德国城堡，自己仿佛坐在头等车厢的座位角落，时间是三时四十五分，从帕丁顿前往布兰丁市场，那里会有另外一座城堡静候我的到来。

我第一次见到如此多的建筑风格。接下来的一整天，我穿行在楼宇间，爬上立着锻制金属栏杆的楼梯；推开双开门，走进一间间豪华的大厅；用无知而贪婪的眼神欣赏冬日暖阳下的风景。一幅田园牧歌般的画卷徐徐展开，明快的色彩让心情变得无忧无虑，虽然仍是隆冬时节，室内却温暖如春。贝壳、花环、植物和锦缎描绘出富庶的仙境，让像我这样散漫的游客有些猝不及防，差点晕厥过去。热烘烘的房间、凉丝丝的气息、卷曲的金属叶片、镀金的蔓藤花纹，这一切，与窗外平坦的雪地形成鲜明对比。庭院静谧无言，将阳光漫射成慵懒的影像。过了午后，北方的太阳在水面激起道道碎金，驱散了制造乌云的神祇，在天花板上形成跳跃的画面。雕像和枯树静静地站在雪原中，白嘴鸦飞来飞去。

要是搁在英格兰，这位须发皆白、腰板挺直、身穿灰色粗花呢的市长，准保是位和蔼的老上校。吃完晚饭，他把手里的雪茄放在一个用圆锥形纸板和翎毛制成的台子上，换了副眼镜，把摆在钢琴谱架上的乐谱翻得稀里哗啦，最后坐下来，开始一本正经地弹奏《华伦斯坦奏鸣曲》。演奏者兴致很高，遇到难的乐句，也能应付得轻松自如，让听众们也露出专注的神情。他偶尔抬头盯着乐谱，雪茄的烟雾仿佛在他头上蒙上一层轻纱，燃尽的烟灰跌落下来。伴随旋律的起伏，演奏者和听众的心情也在跌宕。这样的场面并不多见，要是在一位英国的市长家里做客，晚餐后的消遣会是另外一番样子。一曲终了，他从琴凳上纵身跃起，脸上露出孩子般的笑容，看样子还沉浸在音乐带来的狂喜当中，掌声、喝彩声不绝于耳。大家先说了一堆恭维话，然后开始挑毛病，提出诠释这部贝多芬名作的意见。

第二天，我总算弄明白：自己走错了方向。本来我计划在太阳落山之前赶到普福尔茨海姆，结果被困在一片开阔的雪原上，才眨眼工夫，天就黑了下来。我的新目标是远处的一个光点，其实是林边农舍的一扇窗户。狗在狂吠。等我摸到门口，眼前出现一个男人的身影，他呵斥自家的狗，然后喊道："是谁？"见我并不像个坏人，就让我进了屋。

屋里的人都抬起头，吃惊地望着我，手中的汤勺悬在半空。桌上摆着一个灯笼，在灯光的映照下，每个人的面容都变得像桌面一样坑坑洼洼。他们脚上的木屐掩藏在阴影处，整间屋子，除了挂在墙上的十字架，都被吞没在黑影中。不知是谁开头说话，顿时打破了魔咒：一个来自外国的陌生人！我有些腼腆，主人的热情驱散了我最初的恐惧。很快，我也坐在长凳上，忙着用勺子解馋。

过去几天里，我的德语水平无论是词汇量，还是口语，都有了突飞猛进的提升，现在，我已经开始训练自己的口音和掌握德国人常用的俗语。虽然有些语言在农家用不上，但还是有不少表达方式存在相通之处。这些粗糙的、关节凸出的大手，白天紧握着铁犁、铁锹和钩刀，如今终于放松片刻，悠闲地抚摸着切好的洋葱、带缺口的水罐和棕色的面包。炊烟把土制焙盘熏得漆黑，炉火映红了锡制的柄勺和一张张布满沟壑的脸，以及年轻的面颊、麻绳般的发辫……饭桌的一端坐着一位干瘪的老妇人，头上裹着打褶的头巾，她的双眼炯炯有神，眼窝深陷，幸好只有一根灯芯，要不然她的样子会更让人害怕。我想起以前看过的一幅画，不知是《在伊默斯的晚餐》还是《在伯大尼的晚餐》？是哪位大师的作品？

在田地里劳作了一天，全家人都累得够呛，等到晚餐结束，纷纷伸着懒腰，提溜着脚上的木屐，朝床边缓步走去。家里的孙子向我表示歉意，因为屋里实在没有多余的空间了，他把一个枕头和两张毛毯扛在肩上，手里拎着灯笼，领着我穿过院子。对面有一间谷仓，铁犁、铁耙、镰刀和筛子在眼前闪过，再往里走是马槽，犄角、蓬乱的眉毛和一双双清澈的大眼睛在灯笼的光线中若隐若现。一匹用来拉车的马，长着白色鬃毛，见我们到来，警觉地竖起耳朵，直起身子，脑袋几乎挨到房梁。

等到只剩下我一个人，我舒展身体，倒在用干草铺成的床上，像牺牲的十字军战士躺在坟墓里。我摸索着将大衣和毛毯盖在身上，腿上仍旧扎着绑腿，皮鞋也没有脱掉。耳边传来两只猫头鹰的叫声。鼻子嗅到一股特殊的气味，包含了雪、树木、灰尘、蛛网、喂牛的甜菜、红菜头、饲料、油饼和奶牛的味道，再加上浓郁的氨树胶。富有节奏的噼啪声和泼水声，打破了牛群咀嚼草料和撞击牛角的韵律。偶尔还有铁环摩擦木桩与缰绳，牛儿哞哞叫，马掌在鹅卵石上刮蹭。这样的夜晚真是妙趣横生！

第二天一早，屋檐上挂着粗壮的冰凌。除了戴着头巾的老妇人，其他人都已经走出厨房，开始忙活起来。她递给我一碗咖啡、牛奶和深棕色的面包片。我是不是应该付钱给她呢；考虑再三，我向她提出这个建议。我这样做并没有别的意思，但显然得到了斩钉截铁的回应："不，不用！"她说，用瘦得几乎能透过光线的手掌朝我摆手。［德语"Nee"（不）字的发音听上去和英语古体字"Nay"（不）很相近。］她的牙掉光了，笑起来像一个天真无邪的孩子。"什么，是真的吗？"告别后，她又把我叫回来，把一条一英尺长、抹了黄油的面包塞到我手里；拿着这个巨型黄油面包，我边走边吃，没多久，就遇见这户农家的其他成员。他们挥着手，高喊"一路顺利！"他们正忙着用鹤嘴锄铲除结霜的枯草，此时天寒地冻，田野坚硬得像一块铁板，锄头敲上去硬邦邦的。

我成了拜物教的信徒，对嵌在手杖上的铝牌念念不忘，为此专门多走了几英里路，来到米赫拉克尔，为手杖敲上第十七块牌子。我开始变得痴迷。

第二天，我在普福尔茨海姆过了一夜，但没留下什么印象。随后的一晚，我在上灯的时候到达斯图加特。在"齐柏林伯爵"酒店对面的咖啡店，我是唯一的客人。雨雪交加、寒风刺骨，恶劣的天气让街上空荡荡的，只有几个碎步疾跑的行人和两个闷闷不乐、用脚踢着空罐头盒子的男孩。过了一阵，连他们都消失得无影无踪，店主和我仿佛成了这座旧时符腾堡州府唯一的活人。我写着当天的所见所闻，寻思着该去哪儿找个住处，恰在此时，两个有说有笑、看上去颇有教养的姑娘走进店里，在柜台前买东西。她们的穿着很有趣，爱斯基摩人风格的帽衫、毛茸茸的靴子，戴着长手套，两只手像灰熊一样不停地拍打，努力驱散严寒。要是我认识她们就好了……雨雪越下越大，敲打在玻璃窗上噼啪作响。一个姑娘，戴着角框的眼镜，偶然间瞅见我手边的德-英词典，她大大方方地问我："你好吗，好，布朗先生？"（这是一句歌词，跟《劳合·乔治认识我父亲》这样的歌曲类似，曾经在两年前很流行。）随后，她自个儿倒先笑了起来，觉得跟举止优雅的女伴比起来，自己的行为有些唐突。我站起身，邀请她们坐下来喝杯咖啡，或者吃点什么……她们变得有些拘谨："不用，不用，谢谢，我们得走！"我很气馁，但还是鼓足勇气，几句"为什么不呢"之后，她们同意只待五分钟，并拒绝了我的咖啡。

看来，她们的英语水平仅限于那句耳熟能详的歌词。最早和我打招呼的那位姑娘摘下眼镜，询问我的年纪。我说"十九岁"，尽管还要再过五个星期，才是我的十九岁生日。"我们也是！"她们说，"你是干什么的？""我是个学生。""我们也是！真巧啊！"一个姑娘叫伊丽莎白－夏洛特，简称利兹，另外一个叫安妮。利兹从多瑙艾辛根来，那里地处黑森林南方，邻近多瑙河两个源头的汇合处，不过她住在斯图加特的安妮父母家，一起学习音乐。她们相貌出众。利兹有瀑布般的棕色长发，姣好的面容，脸上总是挂着微笑；摘掉眼镜后，她瞪大了双眼，眸子里含着脉脉的柔情。安妮扎着金色的发辫，盘在耳边，我其实不太欣赏这种造型，但配上她白皙而细长的脖子，看上去活脱脱一尊教堂门口的哥特式雕像。她们告诉我，进店的目的是为即将到来的"三王宴"置办些东西。每年的一月六日，是纪念耶稣显灵的主显节，也是庆祝东方三博士到来的盛宴。一番相互耳语后，她们决定帮帮我这个可怜人，邀请我一起参加节日庆典。利兹建议我佯装成她的一个亲戚——"万一别人问起我们的关系"。很快，我来到安妮家里，痛快地泡了个澡。她的父母都不在家——她的父亲是一位银行经理，正好带着妻子去巴塞尔出差。洗完澡后，我试着让自己看上去更精神些：梳头、穿上干净衬衣、拎着从寄存在咖啡店的背包中取出的法兰绒睡袋。不过，看到我这身行头，她们说压根儿不适合过夜：哪有穿衬衣睡觉的，再说睡袋也不舒服——要是不介意的话，你就在沙发上睡一晚吧？"不、不、不！"我大叫：已经够麻烦她们，再得寸进尺的话，会让我良心受到谴责。不过我到底没犟过他们。"别告诉任何人你住在这儿！"安妮说，"你也知道，他们喜欢搬弄是非。"就像今天半夜的节日狂欢，一切变得鬼鬼祟祟，空气中有种神秘的气氛。她们真是胆大妄为，而我也有同感。

我们赶到聚会现场，会不会被人识破，成败在此一举。"我介绍一下，这位是——"安妮把我领到大家跟前，她微微皱起眉头，糟糕！之前我们没有商量取什么名字。利兹见状，赶紧附上一句，

"布朗先生，是我家的朋友。"她像个英勇的轻骑兵军官，一下子扭转了战场上的不利局面。在后来的仪式上，蛋糕被切开，一个姑娘头上戴着金色的、纸板做的王冠。纪念主显节和东方三博士的歌声响起，时而合唱，时而独唱。她们问我，英国人在主显节时唱什么歌，此举正中我的下怀，我一直想向利兹和安妮证明，自己并不是一个蔑视上帝的野蛮人。我唱起《我们是东方三博士》。随后的一首歌描绘了内卡河山谷和斯瓦比亚，多声部营造出复杂的和声。我没有记下所有的歌词，但这首歌在我脑海中留下了极其深刻的印象，于是在此记录下来，与各位共勉：

> 你知道吗，这片德意志的沃土
>
> 在欢快的内卡河畔？
>
> 点缀着碧绿的湖
>
> 和高耸入云的山。
>
> 这片土地，伴我出生
>
> 父亲轻轻推着摇篮。
>
> 歌声飘荡在今夜和永恒：
>
> 颂扬斯瓦比亚，我的家园！

接着，有人把《躺在干草上》的唱片放在留声机上，然后是《伤感的旅程》，大家伴着歌曲声翩翩起舞。

我在沙发上醒来，有些茫然不知所措。深夜的聚会结束后，我们坐在一起聊天，喝着安妮父亲存在家里的葡萄酒，过了很久才各自就寝。这一路上，我经常有喝酒忘事的时候。不过，当我低下头，注意到双手从安妮父亲丝质睡衣的袖子中钻出来，自己看上去像身穿戏服的哑剧丑角，昨晚的场景又一一浮现在眼前。他肯定是个身材魁梧的巨人（钢琴上有张照片，画面中是脚穿滑雪靴的一家三口——男主人正伸开双臂，搂住妻子和女儿）。窗帘还没有拉开，两个穿着睡袍的身影蹑手蹑脚地走在阴影里。后来，她们发现我已经醒了，就跟我道早安，然后将窗帘拉开。但房间里只多了些许微光。"瞧！"利兹说，"这天气你根本走不了！"她说得没错：无情的北风夹着雨雪，吹得屋檐哗哗作响。又是个适合小鸭子出门玩耍的好天气。"可怜的人！"她说，"你只有继续当我们的囚犯，等明天再找机会了。"她给炉火添上一根柴火，安妮端着咖啡走进房间。早饭还没有吃完，周日的晨钟此起彼伏，每一座教堂的钟楼都展开激烈的比拼。我们仿佛置身于一艘潜艇，穿行在水下的教堂之间。"噢，对了！"利兹大叫起来，"我得去教堂！"随后，她瞅着被雨水冲刷的窗玻璃："但现在时间太晚了。""那倒是，你得好好忏悔一下，"安妮搭了句话。利兹问："忏悔什么？""留宿陌生人呀。"（利兹是天主教徒，安妮的新教教徒，两个教派的人斗起嘴来，真是妙趣横生。）看来，我的出现就是为了考验是否是虔诚的基督徒，在信条的感召下，她们收留无家可归的人，给赤身露体的人穿上衣服——比如深红色的衣袖，让忍饥挨饿的人填饱肚子。在悠扬的钟声里，钟琴的乐音尤其悦耳，这样的天籁只能在斯图加特才有机会听见。我们静静地聆听，直到复杂的乐句消失在远方。

我们遇上一个棘手的问题。她们受邀参加安妮父亲的生意伙伴举行的晚餐会，尽管她们对这位宴会的发起者并无好感，但也不好意思断然拒绝。可我怎么办呢？最后，安妮壮着胆子，给对方的妻子打了个电话说明情况：她们能不能带利兹家的一个朋友赴宴，一位从英国来的年轻人，着装上可能不太讲究，因为他正趁着冬假徒步穿越欧洲。（这个理由听上去有些牵强。）电话那头一连说了好几个同意，听得我也心花怒放。女主人很和善，丈夫是个实业家——施泰因赖希，记得她们说过几次——"你这下不用担心饿肚子了！"——安妮说他是利兹的狂热崇拜者。"才不是呢！"利兹反驳道，"是安妮的！""他糟糕得很！到时候你就知道了！你必须保护我们俩。"

已是上午十点，我们相安无事，女佣也搭车回来了；她去过斯瓦比亚村，吃了"三王宴"。我们拉下窗帘，将疾风骤雨隔绝在外面，然后点亮房间里的灯光——对付这种恶劣天气，最好的方法就是营造出夜幕降临的效果——大家身着便装，懒洋洋地坐在椅子上聊天。我用留声机播放《圣路易斯蓝调》《暴风雪的季节》和《日日夜夜》，姑娘们忙着熨烫晚餐会上穿的礼服，上午的时光在百无聊赖中飞逝，直到安妮和我不得不打开房门，遭受凄风苦雨的摧残：她去跟亲戚吃午饭——每周就这么一次见面的机会——我去拿行李，顺便买几个鸡蛋回来做煎蛋。室外的日子确实难熬，哪怕只待上一秒钟，无情的冷雨就会将人淋湿，狂风更是吹得人瑟瑟发抖。等到下午五点，安妮回来时，我正在给利兹画速写；安妮也要我画了一幅；随后，我教她们做游戏，并一直玩到钟声响起时——提醒我们时候已经不早了。我自认为做好了准备，穿上熨烫平整的衣服，梳洗打扮。但等到姑娘们从各自的闺房里走出来，我的眼前闪亮得仿佛出现了两只妩媚的天鹅。门铃响起。这是我借宿此地以来，第一次有外人摁响门铃，让人心里惴惴不安。"是接我们的车子！他每次都派车来。这是他一贯的作风！"

楼下，一位穿着紧身裤的司机把帽子举得老高，打开一辆长款梅赛德斯车的车门。等我们都进了车厢，他递过来熊皮衣，让我们铺在腿上。"瞧见了吧？"姑娘们说，"规格很高吧！"

我们的车穿过湿漉漉的城市，开上树木繁茂的山坡，来到一座用混凝土和玻璃打造的别墅跟前。别墅的主人是一个头发金黄、身材魁梧的男人，眼里充满血丝，前额上有一道刀疤。他殷勤地欢迎两位姑娘，但看我的眼神透着谨慎。跟身着奢华礼服的他相比，我就像一个衣衫褴褛的流浪儿。（我很在意这些细节；不过，既然被称作"迈克尔·布朗"[4]——这个名字终于叫习惯了——我倒也坦然接受。）也许我穿得太寒碜，与周围的珠光宝气显得格格不入，他在将我介绍给参加宴会的女宾时，称我来自于"英语世界"，对于这样的表达，我并不喜欢。男宾们用德国人的方式打着招呼，握手致意，交换自己的名字，我也效仿他们的做法。"米勒！""布朗！""斯托贝尔！""布朗！""舒迪！""布朗！""罗德尔！""布朗！""阿尔特麦尔！""布朗！""冯·施罗德！""布朗！"……一位老人——我想是从图宾根来的教授，戴着跟酒瓶底一样厚的眼镜，留着小胡子，正跟利兹聊天。我们一边握手，一边大声说出"布劳恩"和"布朗"。如此相似！姑娘们投来惊讶的眼光。

要不是玻璃窗上映出的斯图加特城的璀璨灯火，这栋豪宅给我留下的印象并不佳——浮华、崭新、耀眼、缺乏灵魂。苍白的木材和塑料勾勒出旋涡主义画派偏爱的陈腐而做作的图案，椅子看上去像光滑的拳击手套配上镍币。长着红鼻子的侏儒木雕充当玻璃瓶塞，陈列在椭圆形的吧台上，玻璃制成的芭蕾舞鞋搁在玛瑙烟灰缸上，与米黄色的地毯形成奇妙的对比。油画随处可见——或者着了色的照片——画面上有阿尔卑斯山的日落和骑在大丹狗背上的赤裸的小孩。不过，等我灌下两杯戴着白色手套的侍应生托盘上的"白衣女士"鸡尾酒，眼前的一切变得顺眼了不少。我点了根烟，信手翻看一本制作于十七世纪、牛皮封面的但丁作品集，书页粘连在一起，虫洞很多。这是房间里唯一能找到的书。餐桌旁的食客铺好了餐巾，他们中有的头上戴着法冠，有的围着印度拉其普特人的头巾，

---

[4] 早些时候，我曾经一度放弃使用自己的教名，原因不详。"迈克尔"这个名字用了好长时间，直到旅行结束，我才恢复原名。

面前的玻璃器皿闪闪发光。等到我们挤过人群，眼前的景象开始模糊。晚餐过程中，我注意到在餐桌的尽头，有一个人不时向我投来警惕而狐疑的目光。很显然，主人觉得我这个人来路不明，说不定是个无赖，没安好心。不过说句实话，我也不怎么喜欢他。我敢打赌，他是个狂热的纳粹分子。后来，我询问两位姑娘，她们吃惊地说："你怎么看出来的！"我猜，他心里还怀着一种不满，因为我与姑娘们聊天用的是亲热的"*Du*"（你），而他追求到现在，还仅仅局限于客气的"*Sie*"（你）。（跟在科隆小酒馆之夜的仪式一样，头天晚上，我们三人也畅饮美酒、结为兄妹。）等到我们回到客厅，那里聚满了男宾，手里都握着警棍一般粗的雪茄，白兰地酒杯来来去去，像正在进行一场透明的橄榄球比赛，聚会开始变得乱哄哄。主人发出刺耳的笑声，调门比留声机播放的乐声还要高亢，利兹和安妮瞅准空子，轮流跑到窗台边喘口气，像神秘的斯芬克斯，心平气和地望着喧嚣的人群。我忽然听见有人招呼，是布劳恩博士，一位看上去讨人喜欢的老学究，他给我讲述了苏维人、阿勒曼尼人、霍亨斯陶芬王朝和"小胡子"艾伯哈特的轶事。曲终人散，利兹和安妮朝送客的轿车走去，主人站在车旁，将身子靠在车门上，恭维两位姑娘美貌得如同宙斯的女儿。我从他的胳膊下钻进车厢，挤在姑娘们中间。"三美神终于凑齐了！"利兹说。他看着我，脸色有些难看。"啊！我叫司机把您放在哪儿下车呢，年轻人？"

"齐柏林伯爵酒店，劳驾。"姑娘们的脸上露出崇拜的表情，利兹的演技最为出色。

"哦，是吗？"他的态度明显发生了变化，"你觉得我们这儿最好的酒店怎么样？"

"挺干净，舒适，而且安静。"

"要是有什么不满意的，就告诉经理。他是我的好朋友。"

"行！非常感谢。"

我们压低声音聊天，生怕司机听见。几分钟后，他将车停在酒店门前，然后打开车门，我甫一抬头，就能望见他帽子上的花结。我们佯装告别，然后，我走进齐柏林伯爵酒店的大堂，抽完手中的雪茄。等到门口没有别的动静，我像一只机警的野兔，穿过街道，钻进电梯，来到公寓。她们正开着房门等我回来，我们用一支舞蹈结束了冒险的旅程。

第二天早上，九点半，我们隔着周一的繁忙街道挥手告别。我频频转身，抬头向上看，一不小心就与路人撞个正着，七楼窗户旁向我疯狂招手的身影越变越小，最后完全从视线中消失。我的心情和尤利西斯一样，默默目送着身后曾逗留过的快乐小岛渐渐沉到地平线之下。

我沿着内卡河的岸边前行，过了河，最后与这条河流永远说再见。走了很长一段路，我才猛然想起，应该去斯图加特的"庸俗博物馆"看一看。这座博物馆，在德国乃至全世界，都以低俗的趣味而著称，姑娘们再三提醒我不要错过。（既然说到这个话题，我不妨插一句，昨晚那栋别墅的装饰风格，可以算是低俗趣味的典范。）夜里，我住在格平根，尝试借助手边的词典，用德语写三封信：分别寄到海德堡、布鲁赫萨尔和斯图加特。过了段日子，我接到利兹和安妮捎来的口信：安妮的父母回来后，家里掀起一场轩然大波，起因倒不是我在公寓里住过，姑娘们对此守口如瓶；而是我们冒冒失失喝光的几瓶美酒，碰巧是安妮父亲珍藏多年、连自己都舍不得尝上一口的陈年佳酿。老天爷呀，那可是用摩泽尔河上游珍贵的晚熟葡萄酿制——比甘露还要金贵。她们把责任一股脑儿都推到我身上。安妮的父亲虽然火冒三丈，但面对自己的宝贝女儿，只好愤愤地说："哼，你那位口渴的朋友肯定对葡萄酒很在行。"

（这真是天大的冤枉。）"我希望他大饱口福。"（这倒是真的。）可惜，才过了几年，这样的和谐场景就化为了战场的硝烟。

公路先向南，然后折向东边，贯穿斯瓦比亚。原野上散布着松柏等针叶类林木，路旁时而出现树丛，遮蔽头顶的天空。树干笔直，仿佛肃立的哨兵，将牧场和耕地分割成小块，再往西南方向，是成片的黑森林。越过黑森林，地势变得崎岖不平，就来到了阿尔卑斯山脚下。

道路笔直地伸向远方，风景在慢慢发生变化。我哼着歌，排解一个人的孤寂，会的歌唱完了，就开始背诵诗歌。小时候在家里，在我读过的学校里，乃至在我离开学校结识形形色色的人时，诗歌朗诵是常见的消遣方式。（我的母亲朗诵起来声情并茂，想象力也极为丰富，很有感染力；遇上她心情好的时候，还能在钢琴伴奏下高歌一曲。）在学校时，有些东西老师要求背诵，所幸的是，内容并不令我厌烦。渐渐地，这样的积累成为我的一种习惯，就像人们喜欢诗歌，依照个人的爱好打造内心小小的图书馆，尤其是独自行走在荒凉的岛屿或面对无边的孤寂时，熟悉的诗歌就会下意识地涌上心头、抒发心绪。（那时，我正是记忆力旺盛的年纪，背诵诗歌或学习语言都不在话下，像火漆一样印在脑海，像大理石一样历久弥新。）

可以想象，年少任性的我喜欢怎样的文学作品，要是简单罗列一张书单，足以表明虽然我的眼界不够宽广，但对于阅读却始终充满热情，不足之处只能慢慢加以弥补，要知道，那时我刚刚迈过十八岁的门槛，正是成长中的特殊阶段。我背诵过莎士比亚的作品，数不清的演讲词，《亨利五世》里的合唱歌词，《仲夏夜之梦》的片段（在年少懵懂的时候，哪怕不明白台词在说什么，我都能表演剧中"斯塔佛林"一角，这是全剧最短的一场戏，那时我才六岁）；

几首十四行诗，很多诗歌片段；简言之，我对莎士比亚可谓情有独钟。此外，还有马洛的演讲词和斯宾塞写的颂歌，济慈的诗，丁尼生、布朗宁和柯勒律治的诗歌；雪莱的几首诗，拜伦的则一句都没有记住。（真奇怪，时至今日，我几乎不把拜伦看作一位诗人。）十八世纪的作品，我只记住了格雷的《挽歌》和《卷发遇劫记》、布莱克的作品、《约翰·摩尔爵士的葬礼》、《吉卜赛学者》的片段、司各特的书、史文朋的作品片段，罗塞蒂的诗当时很对我的胃口，现在却没了激情；弗朗西斯·汤普森和道森的作品、华兹华斯的十四行诗、霍普金斯的书；英格兰与爱尔兰向来颇有渊源，跟我的英格兰同胞一样，我也喜欢看罗尔斯顿翻译的《科隆马克诺斯的死者》、吉卜林的小说、《哈桑》里的诗句。接下来，让我们看看最新出版的书目：多恩、赫里克和夸尔斯的篇章，罗利、托马斯·怀亚特和赫伯特分别创作的一首诗，马维尔的两首诗，苏格兰民谣，A.E. 豪斯曼的大部分作品，乔叟的几句色情诗（在学校读书时，用来在同辈面前炫耀的利器），卡罗尔和李尔的诗歌。我没有染指切斯特顿和贝洛克的作品，只了解过一点《警世故事》。事实上，除了上述列出的名家，二十世纪的作者很少有人能入我的法眼。叶芝借鉴法国诗人龙萨的诗歌主题，创作了名作《茵梦湖》和《柳园里》，但这样的诗歌更适合用歌唱、而非背诵的方式表现出来；至于庞德或艾略特的大作，我只字未读；还有如今德高望重、当时刚刚脱颖而出的年轻诗人，我更是闻所未闻。要是有人问我欣赏哪些现代派诗人，我的选择依次是萨谢弗雷尔、伊迪斯和奥斯伯特·西特韦尔。（《多恩博士和巨人》和《一百零一个小丑》曾经出现在我读书时的白纸手册上，我当时觉得自己发现了一块充满奇思妙想的文学新天地。）至于散文作家，我偏爱奥尔德斯·赫胥黎、诺曼·道格拉斯和伊夫林·沃。以上便是我狭小的阅读范围，但要是踏上一段遥远的旅程，更长的作品也会中选：《贺雷修斯》和《里吉洛斯湖战役》，是我从童年时就爱得发疯的史诗故事；《格兰切斯特》和《鲁拜集》——当时能完整地背诵，现在只记得一些零墨残笺。从那之后，我的阅读品位直线下滑：五行打油诗从西伯利亚吟唱到合恩角，语言变得粗陋，联想的东西更让人羞于出口，等到这股风尚过去，相近的主题又可以激发出一首首风格各异的诗行。如此看来，英格兰对外来者的不同品位可谓包容并蓄。

我这个榆木脑袋，欣赏法国诗歌时有些费劲：只会唱几首童谣，一首西奥多·德·班维尔的诗，两首波德莱尔的诗，魏尔伦的部分作品，龙萨的十四行诗，杜·贝莱的诗；此外，还包括大量的维隆作品（这是我最近的新发现，痴迷得不得了。我亲自动手翻译了一些《碧海圣经》中的民谣和回旋歌，将法语诗歌译成英语，我曾经尝试过，但从来没有像现在这样全身心投入）。拉丁语的作品堪称一个取之不尽的宝库，自然也让我动心：维吉尔的篇章，虽然只是片段，却是我求学时代刻意模仿的范本：要是你能够烂熟于心，用起来就会流畅而自如。反正也没有人在意，我尽情地仿写六音步的诗句，将卢坎的《内战记》仔细研读；其实琢磨透了之后，我发觉这些句子只是为了渲染场景而故弄玄虚；我很快又将注意力集中到维吉尔的诗歌上，觉得他的语句魅力无穷：史诗《埃涅阿斯纪》的第二卷和第六卷最令人着迷，《农事诗》和《牧歌》中的感情恣意纵横。另两位让我崇拜的古罗马诗人是卡图卢斯和贺拉斯：卡图卢斯——他存世的作品包括一系列短诗和《阿提斯》残卷——少不更事的年轻人（至少我的情况如此）很容易在卡图卢斯的作品中找到共鸣，尤其是在愤懑、孤独、被人误解、执迷不悟、运气不佳或恋爱受挫的时候。我崇拜贺拉斯，也许是出于截然相反的原因；我自学了他创作的颂歌，还用蹩脚的英语翻译了几首萨福和阿尔凯奥斯风格的诗歌。除了原作在语言上的精彩之处，对阅读者情绪的影响立竿见影。（比如"歌集之1—4"《君不见索克拉特山》，谁能料到数年后，这首诗会成为身处陌生环境下的我心灵的慰藉。当战争的阴云笼罩欧洲大陆，我奉命前往被德军占领的克里特岛，躲藏在山间洞穴里，与我相伴的是一群当地的游击队员和一位德国将军——在三天前结束的突袭行动中，他成了我们的俘虏。驻扎在岛上的德军四处搜寻自己的指挥官，所幸的是，他们没有料到我们已经躲进莽莽群山。那几天，我们东躲西藏，随时可能遭遇危险；至于被俘的那位将军，终日郁郁寡欢。某一天，我们在破晓时分醒来，清晨的第一缕阳光照亮了艾达山的山顶。过去两天，我们一直顶着雨雪，在这座山上艰难前行。将军的目光越过山谷，望着被朝阳染红的顶峰，喃喃地朗诵起诗歌来：

> 君不见索克拉特山身披……

这碰巧是我熟悉的诗！我接着他的话头开始背诵：

> 银白的雪装，树林已撑不起
>
> 沉重的负担，严寒也
>
> 冻住了大河与小溪……

我一鼓作气，背完剩下的五个诗节。将军的一双蓝眼睛起初注视着山顶，现在都集中到我身上——等我结束背诵，长长的一阵沉默后，他问我："噢，一点不错，少校先生！"气氛变得有些奇怪。似乎在转瞬之间，战争已经离我们远去。仿佛很久之前，我们坐在同样的喷泉旁边，醉得不像样子；在接下来的押解途中，我和他之间的关系因为这首诗的因缘而和谐了许多。

急匆匆读过贺拉斯后，哈德良的语句也成了我的爱好——《牛津版拉丁诗歌》看来是我学生时代唯一的收获——还有佩特罗尼乌斯的十首诗，富有韵律感的诗行烂熟于心："我们这样永远躺在一

起"；其余的包括《失眠的温纳瑞斯》里的篇章。之后，我的兴趣
有些改变，喜欢上早期的拉丁语赞美诗和颂歌；然后是《末日经》
与《圣母悼歌》。（在长达两个世纪的古典时期和基督教时期，拉
丁诗人灿若群星，我甚至记不住他们的名字；但我经常独自遨游在
他们的文字里，从中找到很多快乐。）最后轮到中世纪的拉丁诗歌，
其中有不少是今人在贝内迪克特博伊埃尔恩修道院[5]的发现。至
于希腊语的经典作品，数量也不少。首先是家喻户晓的史诗《奥德
赛》，这是每一个学习希腊语的人都绕不过去的杰作，尤其是奥德
修斯从独眼巨人波吕斐摩斯的山洞逃出的那一段；令人意外的是，
赫拉克利特的作品也许价值很高，但对我来说太过于深奥；悲剧也
太难；于是只剩下阿里斯托芬的喜剧片段；西蒙尼戴斯的几首墓志
铭，两首萨福讲月亮的诗；其余的都不甚了了。

　　以上书目是我的私藏，包含了我从五岁至十八岁，将近十三
年的苦心收罗。出发前的几个月，我常常在深夜重温这些童年时代
的收获，让熟悉的诗句和篇章牢牢地记在心里，现在回头想想，幸
亏当时做了这样的准备，因为这之后，也许是缺少心无旁骛的条件，
我的记忆力逐渐陷入停顿。其中很多首，都来自牛津版的诗歌集，
虽然书页被翻得卷了边，但文字的精神却亘古不灭，尤其是体现的
浪漫主义情怀、英雄主义赞歌以及宗教狂热，让人读来意犹未尽；
还有前拉斐尔风格的柔情和中世纪的拟古风尚；从某种意义上来
说，诗歌让人变得彬彬有礼，举手投足间透着文雅的气质。这正好
帮了我的大忙，当时的我，冥顽不化、眼界狭窄、难以管教，学业
上一塌糊涂，更不用说突然间接触到希腊语这种陌生的语言。（但
恰好是对语言的好奇，激发了我的求知欲。）希望的曙光降临到我

---

[5] 可惜我事先不知道，这座修道院就在我途经的斯瓦比亚附近，在其东南方向，直线距离仅有
四十英里。

身上，渐渐地，我开始品味文字里的精妙之处，对莎士比亚的作品赞誉有加，并自认为无论是在数量和质量上，他留下的文化遗产足以让其他作家黯然失色。时过境迁，很多作品淡出我的视线，留下的皆是珠玉之作；虽然有所增补，但数量非常有限，其原因是我年岁痴长，用功的程度却远远不及当年。事已至此，就算是搬出火漆和铁笔，恐怕也无济于事。

让我们回到斯瓦比亚的公路上。

跟世界上其他地方一样，在德国，歌曲是通行的语言，不会为自己招来麻烦。我一边赶路，一边唱着《大步迈向水牛城》《别了！黑鸟》《情人渡》或《衣衫不整的吉卜赛人》，身旁的人不以为然，反而报以宽容的微笑。诗歌就不一样了。假如一个人在公路上喃喃自语，常常会招来诧异或怜悯的目光。而摇着身子，高声朗诵名作中的篇章，注定会惹来警觉的眼神。如此重复几次，对方一定会以为遇上了迦太基的刽子手，要不就是身处古代斯巴达的塔伦特姆或威尼斯的乡野，富足丰饶的场景栩栩如生；但哈弗勒尔围城随即上演，指挥官一声令下，突击队杀声震天，我这个说书人情不自禁地提高了嗓门，肢体动作变得越来越大，惊得旁人不知所措。这时我才意识到自己的失态，只好故意咳嗽几声，或降低音量，假装用手整理一下头发。但面前的路实在漫长，收敛不了多久，我又会忍不住故伎重演。试举一例，在特洛伊王子安喀塞斯的葬礼上，恩特卢斯与达雷斯进行了一场恐怖的拳击赛，达雷斯被打得步伐不稳，嘴里喷出鲜血和打落的牙齿，散布在西西里岛的岸边——"将礁石都染成了血红色！"——随后，恩特卢斯挥动扎上布条的拳头，砸在一头公牛的双角之间，顿时脑浆四溅——模拟这个动作时要倍加小心。至于将利剑砍向桥头，吓得月神像阿佛纳斯山的橡树瘫软在占卜师身上——要表演出这样的场景，得高声怒吼、挥动手中的拐杖、步子踉踉跄跄、双臂高高举起。可以想象，只有公路上空无一人的时候，我才敢这样肆无忌惮。要不然，路人肯定觉得我是个醉汉，要不就是个疯子。

今天就这么过去了。我的情绪达到最顶点，这时，一位拾柴的老太太颤颤巍巍地从树林中走出来。蓦然见到我，她手中的木柴撒了一地，吓得撒腿就走。我尴尬得恨不得钻进地缝，或者躲上云端。

赫里克的故事可能不那么暴力；瓦莱里的散文更合适，开头常常是："宁静的……"

雨点夹着雪粒，落在泥泞的地上，从山间刮来寒风瑟瑟，将泥地冻成高低不平的冰堆。北风的风势加强，裹挟着成千上万片鹅毛状的雪花。远处的山峦完全看不见了，行人身体向风的一侧积起了雪堆，头上盖着白色的雪粒，连睫毛都快要被白雪粘连起来。路上一片白茫茫，狂风像一只有力的大手时而按着我的胸口，时而吹得我团团转，举步维艰。从暴雪开始肆虐，附近便看不见村落的影子。路上也没有汽车经过。我给自己定过规矩：除非是万不得已，我只能用自己的双脚走完这段旅程；所以我事先做好计划，尽量不超过每天步行能完成的距离。（我一直保持得很好。）但现在身边没有任何交通工具；只有漫天飞雪和狂风；最后，眼前出现一个模糊的黑影，渐渐清晰起来，耳边传来哐当哐当的响声，在我身旁停住。原来是一辆重型柴油卡车，车轮上加了铁链，载着钢梁。司机打开车门，向我伸出手，一边大声说"快进来！"等我钻进蒸汽弥漫的驾驶室，坐在司机身旁，他对我说："你看上去成了个雪人！"此言不假。卡车怒吼着前行。他指着挡风玻璃上用雨刮都刮不净的大雪，问我："外面太凶险了，对吧？"他从座位下掏出一瓶杜松子酒，我接过酒瓶，喝了一大口。对在天寒地冻时行走户外的旅行者来说，这可是件宝物！"Wohin gehst Du？"我问他。（也不知从什么地方开始，我注意到德国人在问"你要去哪里？"时，表达方式各有不同。在德国北部和低地地区，人们更习惯用"Wohin laufen Sie？"和"Warum laufen Sie zu Fuss？"——你为什么步行呢？司机用"gehen"一词表示"步行"，而南方，"laufen"一词的意思是"奔跑"，其词根或许从英语中的"lope"演变而来。口音也发生了很人变化：在斯瓦比亚地区，最显著的变化是某个名词需要表示"小"的意思是，词尾通常用"-le"而非"-chen"，如讲到"小马"和"小狗"的单词分别是"Hausle"和"Hundle"，而不是"Hauschen"和"Hundchen"。我觉得无论是语言层面，还是风土人情方面，我开始摸到一些诀窍，对德国高地地区的了解越来越深入……司机口中的"Du"，意即"你"，流露出普通民众对外来者的友好，我已经听过好几次，意味着我有幸成为他们的朋友和伙伴。）

等到卡车将我拉到乌尔姆冰冷湿滑的卵石路上，我意识到，自己到达了此行的一个重要地标。在城垛的背风处，透过被煤灰染得失去晶莹光泽的雪花，我一眼就看到静静的多瑙河。

这条河对我来说，意义非比寻常。一座大桥架在河面上，河水从两岸开始凝结成冰，分别朝河中央推进，最后在河道上胜利会师。河堤之外，尖尖的屋顶让积雪难以立足；雪花先是累积起来，最后顺着屋顶斜面，哗啦一声落到人行道上。在拥挤的城中央，耸立着乌尔姆主教座堂。教堂的塔楼从西侧的八角形内殿顶部插向天空，其高度为世界第一，塔尖几乎变得透明，消失在凫绒被一样的云朵中。

赶集天就快结束。商贩们抖落防水油布上的积雪，将篮子一个叠一个垒起来。没有卖出去的菜头在货车和马车的车厢底部滚得骨碌作响，马匹大多长着淡黄色的鬃毛和马尾，脖子上架着车轭，被赶车人呼来喝去。村姑们脸颊被冻得绯红，黑色的头发上散落着洁白的雪片，像扎上一根黑白相间的绸带。她们围拢在火盆前，狠狠地跺脚，水桶状的靴子吸引了我的注意力：像一个巨大的圆筒，跟十七世纪"邮车夫"脚上的靴子很相似，内侧贴着毛毡，充填了稻草。人们操着方言，在响鼻声和马嘶声中高声叫喊。家禽跑来跑去，猪扯着嗓门尖叫，其他牲口在刺棒的驱赶下，从临时搭建的圈舍里钻出来。村民们头戴扁帽，身穿红色马甲，手握马鞭，在柱廊间谈天说地，在浅台阶上上下下。有人用沙哑的嗓子说话，有人插科打诨，嗡嗡的闲谈声和烟雾萦绕在立柱周围。由这些柱子支撑的拱顶，其历史可以追溯到中世纪时期，宽敞得与英国历史上的什一税谷仓不相上下。

这座名城像极了中世纪晚期的城市。条顿人对文艺复兴的理解，孕育出枕梁、凸出的竖框窗户和圆形门槛。每一栋民房的身后，都能窥见等腰的屋顶、老虎窗和平坦的山形墙，让倾斜的房檐仿佛附着上穿山甲的鳞片。墙面上有高浮雕的盾形图案，双头鹰是画面的主角，表明这里在历史上曾是皇城，地位不凡：相邻的市镇和行省在封建时代均是分封的采邑，只有乌尔姆一地由皇帝亲自管辖。

沿着阶梯，我来到下半城。这里的房子修得很密，几乎要挨到一起。在一条难得宽阔的道路旁，挤着木匠铺、马具商和洞穴般的工棚。途中，透过房屋的间隙，我看见一条被冰雪覆盖的河流，一道道狭窄的桥梁通向对岸，河水穿城而过，岸边垂柳成行，枝头挂满冰凌，远处风车的叶片上也结了厚厚的冰，让人担心还能不能转动起来，最后，这条冰河融入多瑙河的怀抱。

这片城区的样子估计从中世纪开始就没有变过。一位善良的老妇碰巧站在马具店门外，见我怔怔地望着冰面发呆。"里面都是Forellen！"她说。有鳟鱼？"没错，鳟鱼！很大的。"这么厚的冰，他们怎么能把鱼弄出来？拎着网，在夜色中徘徊？或者像舒伯特的《鳟鱼五重奏》里描绘的那样，埋伏起来，伺机出击？现在是鳟鱼肥美的季节吗？如果是这样，我倒想尝试一下，抓一只鱼当晚餐，再配上一瓶弗兰克尼亚产的葡萄酒。夜色深沉。伴着雪花，从上半城传来徐徐的钟声。中世纪的钟上都镌刻着 *"Fulgura Frango"*，意为 *"是我折断了闪电"*。敲钟人登上教堂的塔顶，敲响塔钟，宣布皇帝驾崩、战争来临、围城、叛乱、瘟疫、革除教门、宵禁或末日审判：*"Excito lentos！Dissipo ventos！Paco cruentos！"*（唤醒强悍！顶住风雨！直面血腥！）

等主教堂打开大门，我顺着阶梯爬上塔楼，不知是劳累还是激动，心里怦怦直跳，头顶上钟声回荡。目光越过教堂的尖顶、飞翔的寒鸦和一两座城堡，我发现自己身临城市的最高处，远近的屋舍和街道形成了迷宫。乌尔姆是多瑙河水运的起点，码头上停泊着很多驳船。我很纳闷，要是夜里河上结了冰，这些船只该如何脱身？水结成冰时，体积不会收缩，反而会变大，要是气温骤降，被困的船只会像鸡蛋壳一样被压得粉碎。河的南岸，白色的原野与斯瓦比亚汝拉山连成一片。黑森林的东角出现在雪地，顺着山坡，爬到阿尔卑斯山脚下，虽然看不见样子，但我知道莱茵河在那里流淌，由南至北，水流汇入博登湖。远山群峰矗立，瑞士的国土在苍白的阳光下闪着微光。

风景宛如一幅画卷。与中欧相比，这里的每一寸土地都蕴含惊心动魄的历史。不知哪条分水岭外，是汉尼拔麾下的象群曾经走过的关隘？就在几英里外，罗马人构建起帝国的边界。森林幽深而神秘，溪水要好几天才能穿越，反抗的日耳曼人、寻仇的罗马军队，都在伺机向对方发起进攻。帝国的边界沿着河的南岸一直延伸至黑海。峡谷和山岭抵挡不住外来的入侵者，从亚洲来的野蛮人杀进中欧，涌入我俯瞰的这块土地，匈奴的大军或泅渡或借助冰面，渡过莱茵河，但奇迹发生了，他们在巴黎城外拉住缰绳、止步不前。查理曼大帝挥师南下，在潘诺尼亚击败来自高加索的阿瓦尔人及其盟友，霍亨斯陶芬王朝化为废墟，延续了好几个世纪的家族恩怨，将国王和主教的宅邸变成断壁残垣。一次又一次，雇佣军推着攻城车，拖着云梯，爬上城池的墙垛。三十年战争，在我看来最为血腥：统治者为了不同的信仰和利益而大动干戈，处处焦土一片，绝望的人们流离失所，政权更迭频繁。除了常见的灾难形式——如将人扔出窗外、激战、围城、屠杀、饥荒和瘟疫——占星术、食人的传言和魔法也让民众终日惶惶。通晓多种语言的首领，是欧洲美术馆陈列的油画中常见的人物，他们眼神阴郁，留着委拉斯凯兹画笔下典型的大胡子，直勾勾地望着参观者的眼睛。他们盛装打扮，背景上出现帐篷和骑兵分队，手中握着元帅杖；或者彬彬有礼地摘下帽子，站在执矛战士中，接过对方递来的象征投降的钥匙或长剑！卷发、带花边的浆领衬托出黑色盔甲和金色镶嵌；画框里的他们表情冷漠，露出一丝忧郁和哀怨，让画面显得迷雾重重。蒂莉、华伦斯坦、曼斯菲尔德、拜特伦、不伦瑞克、斯皮诺拉、马克西米利安、古斯塔夫·阿道夫、萨克森-魏玛的博纳德、皮克罗米尼家族、阿尼姆、科尼格斯马克、兰格尔堡、帕彭海姆、西属荷兰的红衣主教、孔代亲王。山水画中飞舞的旗帜好像是作战地图上的标记：皇室带光环的双头鹰，代表普法尔茨、巴伐利亚维特尔斯巴赫家族的蓝白菱形花纹，凶猛的波西米亚狮子，黑色和金色的萨克森条纹，瑞典的三顶瓦萨王冠，勃兰登堡的黑白格子图案，卡斯蒂利亚和阿拉贡的狮子和城堡，蓝色和金色的法国百合花。从那时开始，天主教教徒和新教教徒就杂居在一起，这种状况直到《威斯特伐利亚和约》签订后都没有改变。在每块飞地，居民的信仰与宗主国一致，即使某位亲王有不同的信仰，也会尊重民众的自由，彼此相安无事，就好像在印度的海德拉巴，信奉伊斯兰教的君主尼扎姆允许民众是虔诚的印度教徒。假如山水画真的是一幅地图，上面会布满小小的交叉的剑，表明这里曾经历过战斗。布伦海姆村离胡赫斯特战役的发生地只有一天路程，拿破仑指挥的法军在瓮城外击败了奥地利军队。大炮陷进水淹的庄稼地，船只、炮组和炮兵被急流冲走。俯视全城，一面猩红色的旗帜上印着纳粹的"卐"字记号，在风中猎猎飘扬，预示着不祥的事情将要发生。如果能预知未来，深谙这个记号背后的象征意义，就不难想象数年后，这座古城将有四分之三被轰炸成一片瓦砾，随后又以钢筋水泥高楼的形式重新屹立起来。

我终于见到了多瑙河！这真是令人心潮澎湃的奇景。在欧洲，只有伏尔加河的长度超过多瑙河。要是一只站在卷叶花形浮雕上的乌鸦耐不住性子，沿着河面飞到我的下一个目的地，那会是位于尖塔以东、长达两百英里的路程。狂风穿过塔顶的石孔，发出阵阵口哨声，天空中流云暗涌。

中殿里空荡荡的，光线透过玫瑰花窗照进来，微弱得无法驱散黑暗。一位管风琴师弹得全神贯注，他的座位旁摆着一盏灯，为即兴发挥提供了良好的条件，背靠一根根粗大的音管，他手足并用，演奏出醉人的华章。与教堂宽阔的空间相比，立柱显得有些纤细，将中殿分出五条过道，在顶部与穹棱、肋梁和肋架联在一起，在穹顶形成花饰网格。唱诗班的席位令每个参观者驻足观望。光秃秃的橡木枝簇拥成尖顶，看上去仿佛是与真人大小一样的女巫躯干：覆着头巾，散着衣袖，头戴一顶尖帽，像《爱丽丝漫游仙境》里的公爵夫人。她们将脖子伸出圣坛，直面柏拉图、亚里士多德和异教徒哲学家，以及如托勒密一样学识渊博、手握木质星盘的市长和城堡领主。尖塔六边形拱顶下部的空间可以充当纪念礼拜堂。月桂花环和丝带由巴登 - 符腾堡州的大公进献，时间从一九一四年至一九一八年，悬挂在教堂四壁：白底旗帜上印着黑色十字架。战争捷报用金字写在缎带上——索姆河战役、维米岭战役、凡尔登战役和帕斯尚尔战役——都是第一次世界大战中有名的大捷。

彩色玻璃窗像火焰失去了光泽。乌云又聚集起来，大雪即将来临。

这些天，我都在教堂里闲逛。一座教堂参观几小时后，又换到另一座教堂。我躲在十字形的耳堂，嘴里大嚼着用来充饥的面包、奶酪和洋葱。今天的行程和昨天差不多：我越过多瑙河上的大桥；臭烘烘的烟雾在身后紧追不舍；后来，雾气终于散开，东风卷着雪花在空中盘旋，吹得我几乎迈不开步子。幸亏遇上一位好心人，让我在快到晌午时到达奥格斯堡，要不然的话，天黑之后我都不一定能赶到目的地。

在奥格斯堡的教堂唱诗班座位上方，有一整块金光灿灿、描绘《圣经》中杀戮场景的雕刻。造型逼真、设计大胆，让乌尔姆教堂中的同类型作品相形见绌。首先是杀死迦南军队指挥官西西拉的希伯来女人雅亿，她垂着衣袖，头戴礼帽，看上去像一位伯爵夫人，她手中握着一把矿锤，将铁钉敲进熟睡中的西西拉的脑袋。朱迪思的穿着和金雀花王朝成员类似，她一只手提着被割下的亚述帝国统帅赫罗弗尼斯的头颅，另一只手把长剑刺进他的背部。该隐的斧头敲碎亚伯的太阳穴，大卫俯下身子，用锯子让巨人哥利亚身首分离。这些木雕上的场面有些怪诞而血腥。说到木雕创作，佛兰芒人和勃艮第人是日耳曼人的有力竞争者，但他们也不敢让画面真实得令人咋舌。在墓穴和墓碑上，普通贵族的形象——长着圆脸庞、貌不惊人的男性，身披战甲，头戴条纹发夹——在数量上，比主教和伯爵领主的面孔要多得多。有些穿着盔甲，有些披着举行弥撒时的无袖十字搭；祈祷状的双手戴着长手套，或镶嵌着菱形宝石的主教手套，代表基督被钉在十字架时留下的伤痕。削去头发，戴上头盔，主天使们的脸四四方方，都皱着眉，长矛和利剑握在手中。一位高级教士身穿主教祭服，但木质躯干已经被虫子蛀成了骷髅。再往前走，我遇见一个狂热的信徒，长着鹰钩鼻、下巴突出、深陷的眼窝和脸颊。我几乎能嗅到空气中有股死亡的味道。

教堂里一派荒凉的气象。幸好还有四块讲述圣母玛利亚生平的精美雕刻悬挂在圣坛两侧。"汉斯·荷尔拜因"，铜牌上写着画家的名字；不过从人物的衣着和神态上看，更像是梅姆林的作品；在那个遥远的年代，版税、大使和富豪还没有出现。作者也许是碰巧与著名的荷尔拜因同名，成为奥格斯堡众多杰出画家中的一员。

我必须抵挡住教堂的魅力诱惑，城区还有太多景观值得欣赏：宏伟的高楼、富格尔家族建筑立面精美的壁画、铸铁天篷遮盖的水井。我一边嚼着面包充饥，一边搜寻下一个参观目标：这座小城，融合了前巴洛克时期德国城镇的典型特征。前文中，我们已经去过几个类似的地方，接下来还要探访更多的小城。看来，怀古才是本书的主题。也许之前的文字有些笨拙，从现在开始，我不能再马马虎虎。

虽然对细节不甚了了，但在我的脑海中，德国的印象绝不仅限于德国南部：日耳曼文化的影响涵盖多瑙河流域，穿越奥地利，进入波西米亚，从提洛尔山地来到伦巴第边缘，越过瑞士的阿尔卑斯山，顺着莱茵河上游进入阿尔萨斯。我发现在上述地区，市镇建筑在造型和设计上独具匠心，主体结构是中世纪风格，而细节部分是文艺复兴式样——或条顿人心目中的文艺复兴式样。在伦巴第和威尼斯，各种风格争奇斗艳。这些风格相互交融，彼此补充，最后加速向北部流传，穿过重重关卡，从山巅降落到平原，极大地影响了日耳曼地区的中世纪建筑风格。类似小提琴面板上开口的曲线，让山形墙线条变得复杂而柔和；房顶的阶檐上，色彩华丽的尖顶饰和雕刻精美的方尖碑呈垂直上升状。从结构上看，新建的拱形游廊保留了中世纪风格的回廊，但精雕细琢的凉廊，在外行人眼中非常富丽堂皇。谷仓状的中世纪房顶得到保留，但从拱廊到凸出的屋檐，壁外窗一层层开在外墙上，笔直的窗棂、带徽章花纹的窗玻璃，让房子看上去就像一艘西班牙大帆船装饰华丽的船尾。屋檐甚至伸向街角，像一个个螺旋状的多边形和圆柱形，尽情地向路人炫耀繁复的石雕和木雕。热情洋溢的氛围，在每条街巷恣意蔓延……

我一直想搜寻一个典型的图案，能完美诠释这些市镇的气质和风貌，突然之间，我找到了！住在姑娘们位于斯图加特的公寓时，我无意中翻开一本图解德国历史的书，一张彩页上的三个人物吸引了我的注意力。标题是："皇帝马克西米利安一世雇佣的朗斯克纳长枪兵"。画面上有三个金发巨人，唇上留着小胡子，头上戴的宽檐帽歪到一边，仿佛随时可能掉下来，帽子上插着弯曲的鸵鸟羽毛，帽檐被分成一截一截，宛如长春花的花瓣。他们中，两人手里握着寒光闪闪的长枪，还有一人端着毛瑟枪；他们将另一只手按在腰刀的刀柄上，刀鞘斜插在背后。紧身上衣让他们的肩膀看上去粗壮而宽阔，手臂上的衣袖蓬松得像齐柏林飞艇；但身体部分却用宽边缎带倾斜地包裹起来，与之形成对角斜线的是挂在身体另一侧的弓箭；胳膊上扎着彩带：猩红色、朱红色、淡黄色、普鲁士蓝、草绿色、紫罗兰色和赭石色。从臀部、裤裆到膝盖，双腿上都缠着角度对称的缎带，色彩也精心搭配。彩带迎风飞舞，双腿变成了五朔节的花柱。紧身裤下方是形如鸭嘴的鞋子，杂色的鞋面上系着鞋带。一个士兵身穿护胸甲，却意外地没有用上缎带，而是将小腿肚装饰上了条纹图案——末端方正的彩带像伞状花科植物的边缘裹在沼泽类植物上，学名叫作杉叶藻。

他们一身的行头看上去神气活现，又有些可笑；不过，这几位全副武装的人却绝非纨绔子弟：身披炫目的甲胄，他们其实是中世纪时冷酷的条顿战士。色彩鲜艳的布条和缎带，是条顿人特有的装扮，据说起源于十五世纪末，那时，战斗结束后，幸存下来的战士会用刀将抢来的锦缎切成小条，缠住自己战衣上的破洞：他们也因此成为令人胆寒的"狂战士"。激烈厮杀后，他们将内衣从破洞中扯出来，胀鼓鼓的衣袖留在外面。这种着装风格后来传进瓦卢瓦王朝、都铎王朝和斯图亚特王朝的宫廷，最终形成了风靡一时的金线织物。[6]不过，这些雇佣军战士看上去并不时尚，而且还是死神的化身，他们参加过所有的宗教之战和王朝纷争。等到硝烟散尽，欧洲各处开始大兴土木。一五一九年，查理五世继马克西米利安当政，雇佣军的辉煌达到顶点，自查理曼帝国以降，神圣罗马帝国再次见证条顿战士的风采。通过继承、征服、通婚和开拓新领地等方式，查理五世的帝国疆域北至波罗的海岸边条顿骑士的定居点，以及中世纪汉萨同盟的领地与荷兰；南到米兰公国，吞并那不勒斯和西西里；与土耳其人一道穿过多瑙河中部，来到勃艮第西部；随后，长驱直入法国——法国国王已经成为查理五世的囚犯，被关押在马德里——越过比利牛斯山和大西洋，直至太平洋沿岸的秘鲁。

这下子，我总算知道了这支赫赫有名的雇佣军的特征——中世纪的坚韧品格，加上文艺复兴式的修饰——我豁然开朗！随后每到一处，我都努力搜寻这种特征：不管是山形墙、钟格、墙头、壁外窗、拱廊——木制的立面高达五十英尺，绘着蛋彩画——还是其他任何建筑。至于纹章，在任何一个德国城镇俯拾皆是。盾形纹章镶嵌在南部城镇的墙上，其雏形也许是一块倒置的烙铁，表面刻着钟形罩：

---

[6]欧洲人玩的纸牌游戏中的人头牌，可以看到这种服饰，梵蒂冈城的瑞士卫队也身着这种制服，据说样式经过米开朗基罗的改良。现在还有一种法国牌戏叫"雇佣兵"游戏。

受到外来条顿人的影响，每块盾牌的形状变成从正中一分为二的大提琴的下半部分，装饰一根倾斜的长矛，外面围绕着网格和草莓叶子状的盔形隆起，每一个头盔的顶部都伸出尖角、翅膀或鸵鸟羽毛、孔雀羽毛装饰，表面还刻着粗犷的螺旋纹，仿佛暴风中的竹片状叶子。鹰的翅膀展开宛如一扇紫貂羽，尾巴分作两股流苏，张开的大嘴露出舌头，尖牙像一股股火苗。纹章上裂开的螺纹、凹槽、火焰斑和内嵌的蔓藤花纹，在我的眼前闪烁着光芒——是不是这些雇佣军带来这些新颖的样式，让大写字母变得弯曲，让衬线旋转而舒展，让古腾堡时代之后的哥特体显得圆润？这些潇洒的、回转的、绵绵不绝的黑体字渐渐成为一种时尚，像魔术师手杖上飘逸的缎带。排版、藏书票、扉页、标题、木刻、雕版……丢勒，这位从文艺复兴的威尼斯回到中世纪纽伦堡的大师，在造型设计上推陈出新。德国艺术硬朗的线条，对繁复的偏好……是在说荷尔拜因的作品吗？（反正肯定不是克拉纳赫。我整个上午都在博物馆里欣赏他的画。）有了条顿战士的装束在前，其他人纷纷效仿，石匠、铁匠和细木工匠一时间都在设计图案上煞费苦心；任何可以做成叉状、网状、盘卷、飘逸、折叠或贯穿的物件，都结合上新的审美元素。钟表、锁孔、铰链、门把手、刀柄和扳机……都在花纹中闪着微光！动静之美达到完美的平衡。

在异国他乡吃饭就餐，人们总是习惯将周围的环境与自己熟悉的家乡联系起来。面前这家小酒馆，初看起来跟英国伊丽莎白女王时期的酒馆别无两样，到后来，又觉得像摄政时期的风格。法国人梦中的酒乡是拉伯雷笔下《巨人传》中的"德勒美修道院"，以及亨利五世承诺的"让每个人碗中有一只鸡"；德国南部"失去的天堂"刚好也发生在这期间，即十五世纪后期至十七世纪，欧洲雇佣步兵四处征战的时期。德国长矛兵出征远行、凯旋，但他们的作用绝不限于军事行动和领土扩张。宗教改革正在欧洲如火如荼地展开，反对者发起一轮又一轮进攻。路德对杀戮行为大声斥责，伊拉斯谟、罗伊希林、梅兰希顿和帕拉塞尔苏斯也站在改革者一边；德国最伟大的画家在画室里忙碌；书籍和思潮推波助澜。随后，"三十年战争"爆发，战乱持续了好几十年，建筑纷纷停工，艺术家和作家们也停止了创作。帝国变成一位在灰烬中踽踽而行的老朽。雇佣军很快盛极而衰。除了在玛丽娅·特蕾莎女王统治时期有短暂回归，如同秋天里的一抹和煦春光，堕落而浮华的巴洛克风格很快走向末路。（大革命的到来宣告了巴洛克艺术的死刑；唯一的复兴只能寄托于遥远北方的条顿人，星辰升起的马克勃兰登堡。但南部的日耳曼人和奥地利人对普鲁士王国向来不以为然。）这样一来，难怪马克西米利安和查理五世的王国会成为无忧无虑的、充斥着德语发音的梦幻之地。（北欧神话中的瓦尔哈拉殿堂或阿斯加德仙宫就无法做到这点，一切都会乱了套。）酒窖、酒馆、啤酒店、咖啡馆——有成百上千家，都保留着原始的风貌；新修的也延续了传统的建筑风格。当年的弓弩手，就在这里喝得天旋地转，而"三十年战争"后，酒徒们也在同一家酒馆里豪饮。有人头戴假发，愁眉苦脸地迎接主教教书的到来，头顶的石膏梁雕刻着卷须，弦乐四重奏即将奏响。

不对。那是一个留着胡子的酒鬼，身穿丑角一样的服装，他从斯瓦比亚来，正抖着自己的胡须，大声招呼酒保再开一瓶。他是典型的日耳曼人，也是德国各地酒鬼中的一员。在这个国度，处处都与酒离不开干系：葡萄酒杯底部纤细的握柄，绿色、琥珀色酒瓶上的标签，悬挂在熟铁支柱上的金属招牌；徐徐展开的雕花支架和铁扶手，折叠的镶板和墙壁上写满的文字；酒神巴克斯醉倒在常春藤间，身旁缠绕着树根和树叶。他的形象出现在椅背、桌面和镶嵌在头顶的木制或石膏天花板上；石头啤酒杯的盖子、铰链和手柄，将圆形窗玻璃串联起来的螺线，从西属荷兰抢来的瓷砖，着色的瓷质烟缸——这些都是他的日常用品，也是这块梦幻之地最寻常的物件。

这里也是我的梦幻之地，虽然时间并不长。暂时扔下随身的辎重，享受短暂的温暖与舒适，脚下踩着柔软的木屑，掩藏在方头雪茄烟的香雾中，我打开日记本，记录下脑子里倾泻而出的感想。*雇佣军的历史就像一块试金石！*（这其实是老掉牙的消息，每个走到这儿来的有心人都能发现。）不过，正是在大教堂的袖廊，我突然灵光闪现，抬起头，拱门上的三拱式拱廊构成一幅连环漫画，像巨大的感叹号让人醍醐灌顶。

4. 冬之旅

劲风如同一把锋利的刀子，空气冰冷，通往慕尼黑的路上，只剩下一片白雪皑皑。雪还在拼命地下。临近傍晚时，城市总算映入眼帘。

在邮政总局的留存邮件柜台，工作人员递给我一个用蓝色粉笔标记过的挂号信封；打开一看，是新崭崭的四英镑纸币。来得真是时候！我顿时有了精神，径直朝德国人称作"*Jugendherberge*"的青年旅社奔去——在那里，凭借带有魔力的"学生"身份，我成功地在一间狭长的、空无一人的宿舍里弄到一张床位。我刚把背包放好，正准备整理衣物，又走进来一个人，他看起来很忧郁，眼睛有些浮肿，选择了我旁边的床铺；我满心不悦，却又不好意思发作：房间里明明还有那么多床呀！更糟糕的是，他坐下来就缠着我聊天，却不知道我的心思早已飞到了城里——来之前，我就想好了，要去参观城里的一处奇景。我借故离开房间，冲下楼梯。

很快，我来到一条宽阔的大街，寒风迎面吹来，笔直的街道仿佛通向世界的尽头。一座凯旋门的身影出现在风雪中，慢慢来到近前，又消失在我身后，与此同时，严寒令人冷入骨髓，最后，一排酒吧终于出现，我钻进第一家，灌进一杯杜松子酒，哆哆嗦嗦地问道："去皇家啤酒屋还有多远？"酒吧里笑成一片，笑声中带着遗憾和同情——我走错了方向，还多走了两英里：这里是城郊的施瓦宾格区。我赶紧喝下两杯烈酒，出门搭上返城的电车，在一座纪念碑附近下了车，纪念碑上有一位骑在战马上的巴伐利亚国王雕像，背后有两条交通繁忙的岔路。

本以为慕尼黑会是一座风格不同的城市，更像纽伦堡或罗滕堡。新古典主义的建筑伫立在狂风暴雪中，宽阔的林荫大道，一派浮华而壮丽的景象——让人大失所望。冲锋队队员和党卫军在街上来来往往，人行道上，没走几步就会撞见行纳粹礼的人，仿佛三叉神经痛患者不时地抽搐一下。新修的统帅堂，用来纪念一九二三年在附近街头巷战中阵亡的十六名纳粹分子，两个党卫军哨兵在门外把守，步枪挂着刺刀，头戴黑色钢盔，像两尊铸铁雕像，每个从他们身旁经过的行人都会伸出右臂行礼，仿佛受到磁场的吸引。要是谁拒绝行礼，无疑会闯下大祸。听说曾有不懂规矩的外乡人由于在路过统帅堂时没有行礼，被狂热的纳粹分子痛打了一顿。过了统帅堂后，道路开始变得狭窄。我无意中看见一条小巷，有哥特式的砖石建筑、尖顶窗和桥墩，远方还出现了巴洛克风格的铜质圆屋顶。圣母玛利亚雕刻在一根立柱顶端，俯瞰着地势倾斜的露天市场，市场一侧有一座高大的、维多利亚-哥特式风格的建筑，圆形地下室连通一条条小街，正中间立着的一栋大房子，便是我遍寻不着的皇家啤酒屋。一扇厚厚的拱门打开，醉醺醺的"褐衫党"们叫嚣着，东倒西歪地走在雪地上。

我又回到了啤酒的世界。踏上拱形楼梯不久，就遇见一个"褐衫党"成员，嘴里骂骂咧咧，将戴着纳粹"卐"字符号袖标的手臂靠在墙上，身子瘫软下去，连滚带爬地冲下楼梯，看样子喝了不少酒。唉，谁让爱情是徒劳的呢！每一层楼都辐射出宽敞的大厅，客人络绎不绝。在一个房间里，桌旁坐满了"褐衫党"，一边高唱《罗尔之歌》，一边敲着啤酒罐的底部打拍子，随后将节奏和速度加快一倍，像一列提速的快车行驶在铁轨上："当——山谷中——迎来——春天！罗尔——又——一次——问候我。"就餐的普通市民，纷纷向他们投去异样的目光。

你必须从莱茵河上游地区向东走一百八十英里，从阿尔卑斯山分水岭向北走七十英里，才能亲身感受啤酒与美食对德国人的诱惑有多大。从大清早睁开眼睛，就享受一盘接一盘的菜肴，连喘口气的工夫都没有。吃得肠胃难以承受，吃得消化功能都出现问题，遇上这种烦心事，德国人非但不责备自己的暴饮暴食，反而长了脾气，眉头皱成一团，靠吵架和斗殴来发泄心中的愤懑。

这些饕餮之徒，圆滚滚的身子像一个水桶。他们一坐上橡木制成的长凳，半边屁股就可以占据一码的空间。他们没有腰线，腰部和大腿连在一起，腿的粗细赶得上十岁小孩的个头，两只手臂也快要把衣袖撑破。下巴与胸口形成一根柱子，后颈上的肉拧成三股褶皱。光秃秃的头上没有一根汗毛。虽然下午五点的暮色将他们的身体淹没，脑袋却像鸵鸟蛋一样在路灯下闪光。他们的妻子都盘着卷发，别着发夹，露出红扑扑的脖颈，头上戴着绿色巴伐利亚呢帽，像大象一般结实的肩膀上搭着一根狐狸毛披肩。这群人中最年轻的一个，模样很像某个受女观众欢迎的男明星，却不小心被下了魔咒，长得最胖。他一头金色卷发，眼睛像湖水一样湛蓝，从面颊上鼓出来，要是再用充气筒充点气，说不定就会飞出去，他咧开樱桃红色的嘴唇，露出两排牙齿，小孩子见了准会吓得大叫起来。他们目光炯炯有神。夜色中，他们的轮廓有些模糊，但眼里却透着慑人的神光。手指像一根根香肠，敏捷地在空中舞动，舀起一勺勺火腿、意大利蒜味香肠、法兰克福香肠、德国式小腊肠和血肠，端起石头啤酒杯，咕嘟咕嘟地长喝一口，脸上、眉毛上都挂着啤酒沫。他们还计时比赛，看谁喝得又多又快，只有在嘴里没有塞满食物或大嚼的时候，他们才能留出时间来给参赛者加油助威，喝彩声震得耳朵发麻，笑声、鼓掌声接连不断。裸麦粉粗面包、茴香卷和布雷策尔脆饼干点缀在点心时间，但还没等人们品尝出味道，大餐又粉墨登场。椭圆形盘子里盛满德国烤猪脚、土豆、酸白菜、红白菜和面团布丁，摆在每个食客面前。随后端来大块的肉——也不知道是什么动物的肉，吃完后，剩下的像是小牛的骨盆或大象的骨头。女招待的身材像举重选手或摔跤手，端着大盘小盘，穿行在座位间，客人们仿佛正受邀参加食人魔鬼奥格尔的宴会，个个神采奕奕。很快，风卷残云之后，桌上除了啃过的骨头，变得空空如也，气氛开始低沉，人们的眼中流露出至亲去世般的神情，连空气都有些悲伤。但心灵的抚慰很快到来，老太婆手里握着几只啤酒杯，飞一般地赶来救场，顺便还送来新鲜的下酒菜。食人怪们刹那间眉开眼笑，欢乐的饭局再次进行下去。

我误打误撞走进一个坐满军官的房间——是党卫军的地区总队长和支队长们，全身上下穿着黑色制服、黑色闪电纹领章、黑色长筒军靴。窗台上放着他们印有骷髅头和交叉腿骨图形的军帽。我还是没有找到这座巴士底狱般的酒馆的出口，后来，顺着耳边传来的流水声，我终于走到楼下，结束了这次探险之旅。

房间的拱顶在层层叠叠的蓝色烟雾中若隐若现。靴子底部的平头钉在地面摩擦，啤酒罐相互碰撞，酒味、体味、旧衣服味和农家庭院的味道钻进我这个访客的鼻孔。我挤到一张坐满农夫的桌旁，好不容易找个位子坐下，忙不迭地和大家一道举起啤酒杯。杯子比哑铃还要重，但金色的啤酒喝起来很清爽，圆柱形的酒杯让我的思绪一下子回到条顿人生活的时代。就是这种妙品，让楼上那些脾气暴躁的食客们变成齐柏林飞艇般的体形，飘飘然飞上了半空。炮铜色的柱状酒杯上有蓝色的"HB"标记，上方是巴伐利亚的王冠图案，看上去像加农炮上铸造的记号。恍惚间，我觉得身旁的酒桌变成了战场，每一位枪手都持着一件安静的武器，他们训练有素，向猎物实施包围战术，继而一举歼灭。真是枪林弹雨！每张酒桌旁，人头与酒杯齐飞，负隅顽抗的某个投弹手很快被蜂拥而至的枪手围歼。拱顶下回荡着叮叮当当的碰杯声。单从数量上判断，参加战斗的多达一千余人！——轰击巴黎的贝尔莎大炮、克虏伯大炮，一排排炮弹在酒桌上炸开花，或者齐射，炮手们纷纷伸直手臂，按动啤酒杯上的扳机。在同伴们的支持下，刚才因不胜酒力而倒下的战士们慢慢从硝烟中站起身来，新一轮炮战再次打响。

手中的枪打光了最后一发子弹，我决定使出颜色更深、威力更大的武器。很快，一个大杯子"嘭"地一声砸到桌上。这时周围响起哀伤的音符，是一段瓦格纳风格的全音符合唱：夜与雾法令！巴伐利亚起伏的田野出现在歌词中，远景中有金字塔形的电杆，路旁的啤酒花开得深沉，将大地染成一片嫣红。

与楼上的饕餮之徒们比起来，楼下酒桌旁的农夫和慕尼黑的工匠们要文明得多。如果说没有几个士兵看上去举止得体、训练有素，那么冲锋队队员们更是衣着不整，像胡乱捆起来的褐色纸包。房间里甚至还有一名水手，从帽子后面垂下两根黑色丝质飘带，直垂到衣领上，隐约可见德文"潜水艇"的金色字样。这里为什么会出现一位潜艇船员呢？慕尼黑地处内陆，离基尔港和波罗的海都很遥远。我的酒友们都从乡下来，身材魁梧、指节粗大，有的还带着老婆。几位老人身穿绿灰色的罗登呢外套，骨质纽扣，帽子边的缎带用獾毛或山鸡的羽毛装饰。骨头烟嘴套在用樱桃木制成的烟枪上，烟嘴被抽烟人脸上的络腮胡完全遮盖，有时，烟枪会搁在瓷碗上，碗的釉面上绘着城堡、松林和羚羊，蓬松的烟雾从金属小孔中钻出来。有几位抽烟人瘦得不成人形，狠狠地抽着缠上麦秆的方头雪茄烟，吐出一口接一口的白烟。他们递给我一支，我效仿他们的样子，一边呛得说不出话，一边吞云吐雾。这里的人讲话时，口音又发生了变化，我只能听懂最简单的句子。很多单词在发音时，省略了最后的辅音；比如"Bursch"的意思是"小伙子"，变成了"bua"；"A"的发音成了"O"，"ö"变成了"E"，每个"O"和"U"的末尾听上去都增加一个"A"，变成了双音节。这样一来，念起来像牛一样"哞哞"叫，不明就里的人，还以为是声音失了真；这些拉长和扭曲的元音，仿佛穿透重重迷雾，最后形成雷鸣般的潮声。流转而跳跃的音节与酒桶里的辛辣液体一道，搅动着桌上的气氛，浸湿了脚下的木屑，也让这座酒气弥漫的大宅名不虚传。这里名叫"饮马池"，喝空的啤酒罐子越聚越多，让我联想到书上见过的两耳细颈酒罐，希腊人常常把这样的罐子埋进墙体，以增加唱歌时的共振效果。果然如此，借助手中的空罐子，我很容易就唱到了中音C。

　　粗大的柱子扎在石板和锯屑中。头上的拱顶一个接一个；拱顶呈对角线跨越，形成筒形穹顶上的穹棱，掩藏在微暗的烟雾中。本应该在支柱上点燃松明的。随着我的视线变得模糊，黑乎乎的房间里仿佛正在上演可怕的日耳曼史诗，恶龙吐出火焰，融化了地上的冰雪，炽热的鲜血让剑锋化为冰棱。这里有挥舞的战斧，血流成河，《尼伯龙根之歌》唱响最后的音符，野蛮人的首都化为火海，城堡里的每个人都无路可逃。眼前的景物变得更黑了，回声、水花四溅声、轰隆声、啤酒穿过喉咙的咕噜咕噜声，让这座啤酒屋仿佛沉到莱茵河的水底；这里像一座巨大的洞穴，满是恶龙和守卫财宝的怪人；或者是一个可怕的处所，贝奥武甫在扯下男妖格伦德尔的一条胳膊后，尾随他穿过鲜血淋淋的雪地，来到池塘的边缘，纵身潜入水中，在被血污染红的漩涡里杀死他那位丑陋的女巫母亲。

就这样，我又接过第三杯啤酒。

你问我有没有见过这样的油画式石板画？当然没有。头顶的光环围绕一圈星辰，圣母玛利亚乘着粉红色的云朵，在小天使的簇拥下朝天上飞去。画面下方，金色的字母拼出"圣母升天"字样。我也从未见过捆扎的椅腿，趴在用刨花铺的窝里的虎斑猫和用夹子固定的长凳。飞机模型、三角木琴、木工凿和其他小物件散落在房间里。空气中有胶水的味道，木屑在地上积了厚厚一层，上午的光线穿过房梁上的蜘蛛网。一个身材高大的男人正用砂纸磨着椅子上的木条，一个女人蹑手蹑脚地走进来，手里端着面包、黄油和咖啡罐，她把这些放在沙发旁，叫醒盖着毛毯、睡在沙发上的我，脸上露出微笑，问我是不是还有些"Katzenjammer"。这两人我都不认识。

"Katzenjammer"一词的意思是宿醉后的头痛。我从在斯图加特遇见的几个姑娘那里学会了这个词。

我一边喝咖啡，一边听他们讲话，两人慢慢走到我的身旁。原来，在好胜心的作用之下，我终于不胜酒力，扑倒在皇家啤酒屋的酒桌上，怎么叫也叫不醒。感谢上帝，我没有吐得一塌糊涂；除了不省人事之外，我的情况还算过得去；坐在一旁的那位，心肠像撒玛利亚人一样好，用强壮的胳膊把我扛起来，放进他的手推车里，跟削好的椅子腿躺在一起，然后用大衣将我裹起来，以免受风雪之苦，他推着我穿过慕尼黑城，然后默默地把我这条挣扎的比目鱼抬上沙发。我事先在施瓦宾格喝过了杜松子酒，随后又畅饮啤酒，最终导致了这场灾难的发生；我好像没吃什么东西，从早上到现在，就吃过一个苹果。别担心，木匠说：在布拉格的啤酒馆，门口就守着马车，车上放着用柳条编的棺材，喝多了的人都可以被装在棺材里，免费送回家……他打开碗橱，告诉我现在最需要做的，就是再喝上一大口杜松子酒，以毒攻毒。我跑到院子里，把脑袋放在水龙头下冲洗。然后梳了梳头，觉得现在的面目总算能够见人，诚挚地向我的救命恩人道谢，内心充满负罪感，飞快地跑回大街。

我感觉糟透了。我常常喝醉，在酒精作用下，不知道做过多少傻事；但从来没像这次喝得完全丧失了意识。

回到青年旅社，我没有睡过的床铺还在，但帆布背包却不见了踪影。看门人把碗橱翻了个遍，还叫来了打杂的女佣人，还是一无所获。没找到吗，她说，只知道是昨晚唯一寄宿在这里的人，一大早就背着包走了……什么！他是不是个发了疹子的年轻人？我的德语表达有限，只好用手指在自己脸上指指点点。是的，他长了丘疹："一个满脸斑点的小崽子。"

我吓得目瞪口呆。丢失背包对我来说意味着什么，真是难以想象。我最先想到的是写好的日记本，那可是成百上千行呀，详细的描绘，思想的片段，人生的感悟，还附上速写和诗歌！都没有了。受了我的感染，看门人和女佣的心情也变得糟糕起来，他们陪我来到警察局，一位警察对我的遭遇表示由衷的同情，记录下案发经过，嘴里不停地说"真糟糕！真糟糕！"确实是件糟糕的事，但还有更令人意想不到的。当他问我要护照时，我把手伸进上衣口袋——那个熟悉的蓝色小本子居然也不翼而飞——我绝望地发现，从踏上旅途的头一天起，我就习惯性地将护照插在背包背面的小包里。警察的脸色变得严肃，而我看起来更加沮丧：为了怕把钱弄丢，或者花得大手大脚，我把帆布信封折好后夹进护照，信封里有崭新的四英镑。现在，我全身上下只剩三马克外加二十五芬尼，接下来的四周，我该怎么过？警察还告诉我，在德国旅行，要是身上没有携带相关身份证明文件的话，会是一种严重的违法行为。警察给总局打电话，详细汇报我的情况，然后告诉我："我们必须去一趟英国领事馆。"我们搭了一辆电车，我跌跌撞撞地跟在他身后。他的样子很威严，身穿一件大衣，带着手枪，头戴一顶黑色平顶筒状军帽，扎着领束。我设想接下来会发生的一切：一个神情沮丧的英国人，收拾好行装，打道回府，或是被当作不受欢迎的外国人被送返边境，礼送出国，想到这里，我不禁懊恼自己为什么昨晚要去啤酒屋寻欢作乐。在学生时代，哪怕是讨厌的科目，我向来都按时去教室听课，不然就会有负罪感。

领事馆的办事员看来事先接到电话，了解我的情况。

领事坐在宽大的办公室里的书桌旁，墙上挂着国王乔治五世和玛丽女王的照片，他看上去像个一丝不苟的学者，戴着角边眼镜。他问我事情的来龙去脉，声音显得有气无力。

我坐在皮扶手椅的椅面边沿，把自己的遭遇向他讲了一遍，尤其提到君士坦丁堡是此行的终点，以及我想要为写书积累素材。不知为什么，我突然变得很健谈，把自己童年时的任性和桀骜也全盘托出。讲完后，他问我的父亲如今身在何处。在印度，我告诉他。他点点头，陷入一阵沉思，随后将身子向后靠，两手指尖分别挨在一起，凝视着天花板，开口说道："你手上有照片吗？"我有些迷惑："我父亲的照片吗？没有。"他大笑起来："不是他的，是你的照片。"我这才意识到，事情似乎有了转机。办事员和警察带我来到街角的自动摄影机旁，照完相，我的兜里只剩下几芬尼。然后，我回到领事馆的大厅，在文件上签名，之后又被叫到领事的办公室。他问我怎么解决接下来几个星期的生活问题。我说还没仔细考虑过，也许会去农场打份零工，等存够了钱再继续上路……他说："好吧！托国王陛下的福，帝国政府会借给你五英镑，等你手头不那么紧的时候再如数偿还。"我向他再三表示谢意。他问我为什么如此大意，把行李留在青年旅社无人照看，我绘声绘色地描述了一通，熟悉的微笑又浮现在他的脸上。办事员拿着一本新的护照走进来，领事在上面签好字，将多余的墨迹吸干，从抽屉里拿出几张纸币，放进护照页里夹好，贴着桌面推到我一侧。"拿着吧，可不要再弄丢了。"（如今，这个老护照本就摆在我面前，褪了色、破旧、页边卷了起来，一看就上了年头，数一数密密麻麻的签证章——有些国家已经不复存在——出入境戳上有拉丁语、希腊语和斯拉夫语字母。护照封面饱经沧桑，让我回想起那些风流而莽撞的岁月。）领事铃的印章上写着"免费"二字，下面是他的名字"*D. St Clair Gainer*"（圣-克莱尔·盖纳博士）。

"你在慕尼黑有熟人吗？"盖纳先生一边问我，一边站起身来。我说有的——只是不太确定，之前有朋友帮我联系过。"去找找他们，"他说，"尽量别惹出麻烦。我下次空着肚子的时候，也不会喝啤酒和杜松子酒。你提醒了我。"[1]

我像一个被判处缓刑的坏人，走上被雪堆覆盖的慕尼黑街头。

所幸的是，朋友写的介绍信几天前就已经寄出。我还记得名

---

[1] 我再也没见过那个帆布背包：我多么希望小偷能将毫无价值的日记本丢弃在垃圾堆里。还有那根手杖，上面已经积攒了二十二个铭牌，现在也消失得无影无踪。这成为我一生的伤痛，如同天气恶劣时，旧伤就隐隐作痛。那个"满脸斑点的小崽子"从此再无音讯。一年后，我到达君士坦丁堡，按照当初的约定，给领事馆汇去了五英镑。

字很长，叫莱因哈特·冯·利普哈特－拉特索夫男爵，我打了电话，对方邀请我去他家过夜。当晚，在慕尼黑城外不远的格拉弗瑙，我坐在一张放着台灯的餐桌旁，主人一家看上去仁慈而善良。回想这一天的遭遇和好运，我觉得发生了奇迹。

利普哈特一家是定居在德国的白俄罗斯人：确切地说，他们来自于爱沙尼亚，跟许多波罗的海地主一样，他们在战后丧失了土地和家业，不得不借道瑞典和丹麦，逃亡到德国。他们曾经住过的城堡——忘了是不是叫拉特索夫？——现在是爱沙尼亚的国家博物馆。他们身上没有条顿骑士后裔们特有的节俭和朴素，事实上，他们根本不像条顿人，尤其从外貌上看，他们没有一个人臃肿肥胖，而是身材匀称，面孔也更像拉丁人。每个家庭成员都像希腊雕像一样俊美，虽然遭遇家道中落，却仍以平常心轻松对待。

大儿子卡尔是一位画家，年纪比我大十五岁。这几天，他缺一个模特，我正好来填补空白。我们每天早上都跑去慕尼黑城里，在他的工作室里聊好几个小时。他告诉我有关巴伐利亚的逸闻趣事和丑闻，雪在天窗上越积越厚，画笔在帆布上纵横驰骋。[2]

天色渐暗，我们坐在咖啡馆里，等卡尔在书店工作的弟弟阿维德下班。我们会和他们的朋友一起喝咖啡、聊天，或者去某人家里喝上一杯。不作画的时候，我就抽空去参观城里的巴洛克风格教堂和剧院，整个上午都待在美术馆。我们会在傍晚时搭电车回格拉弗瑙。

他们的父母亲历了过去数十年间的社会动荡，那时，巴黎、法国南部、罗马和威尼斯挤满了从北方来的贵族，希望能在白桦树、

---

[2]战争期间，这里被炸弹夷为平地。

松树林和冰封的湖面之外找到一处栖身之所。我想象着他们的样子，歌剧院台阶旁挂着一盏盏煤气吊灯，照耀着夫妇俩的脸庞，脚步声在菩提树下回响，白发苍苍，相偎相依——我还能瞧见深红色和淡黄色的马车辐条，在灯下反射出亮光。他们沿着亚壁古道探寻古代墓葬，或者身着华服，从一座宫殿漫步到另一座宫殿，河面上烟雾迷茫。至于卡尔的父亲，大部分时间都喜欢耗在画室和书房里，书架上摆满各种语言的书籍。在安排的卧室里，我被墙上的一张照片吸引。照片是男主人年轻时的样子，身着猎装，骑在高头大马上，周围簇拥着一群猎狐犬。越过他的帽檐和客人的马车，远远能望见一座城堡。我丢失的背包俨然成了大家的笑柄，他们向我倾注无比的同情。什么！都弄丢了？不过还好，我说，好心的盖纳先生给了我五英镑。"别着急！卡尔！奥维德！我们晚饭后去阁楼上找找。"他们翻遍了阁楼和衣橱，找到一个上好的背包和运动衫、衬衣、袜子、睡衣和其他的小东西。整个过程迅速而充满欢声笑语，十分钟工夫，我就置办好了全套装备。（第二天，我又去城里买了几样，总价不超过一英镑。）这一天发生了太多奇迹。主人一家的关怀和慷慨，让我不知说什么才好，他们这种洒脱不羁的作风，打消了我所有的疑虑。

　　我在这户人家待了五天。临到分别之时，我已经成了家庭成员之一。男爵摊开地图，指点上面的城镇、山区、修道院和村舍，准备分别给我写封介绍信，这样我就能隔三差五地睡个好觉，说不定还能泡个澡。"我们在这儿！圣-马丁的纳多阿尔科！我有个老朋友在霍齐斯其滕的博托科雷特。还有博滕布鲁恩的特劳特曼斯多夫一家！"（他写的信可帮了我的大忙。）男爵夫妇很担心我去保加利亚："那个国家全是抢劫犯和散兵游勇。你千万要当心！他们坏极了。至于土耳其人嘛！"他们欲言又止，但从语气中，我能感受到此行充满凶险。

每天晚上，我们坐在一起聊天或交流读过的名著。男爵对《唐·璜》和《叶甫根尼·奥涅金》推崇备至，他觉得德国文学正走向堕落，法国文学的品位也发生了改变：保罗·布尔热这样的文化名人阅读广泛吗？亨利·德·雷尼尔怎么样？还有莫里斯·巴雷斯？可惜这几位我都不熟悉，无法回答他的问题。我的家当都遗失在慕尼黑，口袋里只剩下一本德语版的《哈姆雷特》：德国人夸口说这个译本与原作一样形神兼备？"一派胡言！"男爵说，"不过相比其他语种的译本，质量还是要好些。不信你听！"他从书架上取下四本书，分别用俄语、法语、意大利语和德语朗诵马克·安东尼的演讲词。俄语听上去慷慨激昂，这种语言的腔调就是如此。法语则略显单薄，而意大利语过于做作；朗诵时，他在语言风格上进行了夸张处理，这样做一点也不公平，但可以逗得听众哈哈大笑。不过，他口中念出的德语与我一路上听到的大不一样：速度缓慢，耐人寻味，既清晰又富有音乐感，完全没有了生涩、过度的重音和爆破音；时间仿佛凝固了，灯光映在朗诵者斑白的须发和眉毛上，他手捧书卷，指间的图章戒指闪烁着光芒，我第一次充分领略到语言本身的魔力。

主人的慷慨仁慈让我的慕尼黑之行圆满结束。我向他提起过，除了丢失的日记本，背包里的书也令人痛惜。直到现在，我才弄明白，如此大倒苦水只会带来一种结果……有哪些书？我告诉了他书名；等到告别的时候，男爵说道："其他的书我们帮不上忙，但可以送你一本贺拉斯。"他把一个十二开的小开本塞进我的手里，是贺拉斯的颂歌集和长短句抒情诗，纸张很薄，于十七世纪中叶在阿姆斯特丹印制，皮面精装，封面上印着镀金的书名。书脊褪了色，但四道棱边像雨后的草地一样绿得发亮，每次翻开与合上这本小书，感觉就像打开一个来自中国的宝盒。书页顶端也刷了金，深红色丝质书签夹在翻开的那页，形成长长的、倾斜的"S"形，书签上印着各种花纹：装满花果的羊角、七弦竖琴、潘神的笛子、橄榄树花冠、海湾和桃金娘。铜版印刷的页面上有讲坛、元老院和想象中的萨宾风景；提维里、卢克莱提里斯山、班度希安喷泉、索拉克太、维努西亚……我佯装自己来到了尚在千里之外的目的地。巧的是，扉页上的献词写着"致我们的年轻朋友"等字样，还贴着一张藏书票，页面上写着主人曾经住过的波罗的海岸边城堡的名字。书中还夹着枯黄的叶子，那是主人对故土森林割舍不去的回忆。

这本书成了我的心爱之物。接下来的几天，身旁所有见识过这个宝贝的人，都与我当初一样惊讶得合不拢嘴。头一天，我在罗森海姆过夜，第二天傍晚，我把它和新买的日记本一道放在霍亨纳绍客栈的桌上，很快，四周挤满围观的人，透过他们的眼神，我不再是个流浪汉，而是一位地位显赫的王公贵族。"真是本漂亮的书！"语气中流露出羡慕。粗壮的手指恭恭敬敬地、谨小慎微地翻开书页。"还是拉丁语的？瞧见了吗？"我顿时又变成一个知识渊博的学者，接受众人的尊重和仰慕。

我想起布鲁赫萨尔市市长曾经给我的建议，一赶到霍亨纳绍，就去找市长。他正在市政厅，为我在一页证明文件上签了字。我拿着签好的文件回到客栈：有了这张纸，我能享受到一顿晚餐、一杯啤酒、一张过夜的床和第二天早上的面包和咖啡；足不出户就能解决食宿问题。我觉得天上掉下了馅饼，事实的确如此，完全没有任何刁难，处处受到朋友般的礼遇。我已经记不清接受过多少次类似的盛情款待了，显而易见，这是当地流传已久的习俗。无论是德国还是奥地利，对于云游的学生或朝圣者，人们总是乐于伸出援手，如今，接受恩惠的对象又增加了徒步旅行的游客。

餐馆像一座瑞士风格的山中牧羊小屋，用原木搭成。精致的阳台围绕着小屋，每个拐角都陈列着手工雕刻的木制品，积雪足足有两英尺深，像棉花，也像羊毛，包裹着容易破碎的珍宝，盖住了宽檐的屋顶。

至于雪夜中的小城，什么都看不清。唯一让人欣慰的是，相比随后三天去的里德林格、索尔胡本和罗陶，霍亨纳绍虽小，至少还能在地图上找到。

这几个在地图上都没有标注出的村庄地处偏远，藏于深山，大雪阻隔交通，连口音也变得更难懂。女人们在院子里抛撒谷物，家禽跑来跑去，戴着帽子的儿童放学回家，书包上堆着雪花，耳朵冻得通红：像归巢的哥布林妖精，踩着滑雪板跑过小道，滑雪板很短，但宽度与削桶板相当。从身旁经过时，他们会争先恐后地招呼"日安！"只有几个孩子例外，他们的腮帮子鼓鼓囊囊，正忙着啃抹了黄油的黑面包。

天寒地冻。越过一个个冰封的水坑，是一件乐事。冰面像灰白色的圆盘，又像一长串巨大的豆荚，皮靴和木屐踩上去，鞋底下嘎吱作响，宛如一声神秘的叹息，随后，冰面裂开成星形，颜色发白，像一张展开的蛛网。村庄外，电报线上站着一排歇脚的鸟，我沿着电线杆旁的小路前行，不时有雪团从天上掉落，我深一脚浅一脚，艰难地在雪地上跋涉。走过小径，爬上阶梯，穿越田野，踏着乡村路，径直钻进一片幽深的树林，等到重见天日，眼前是白茫茫的原野和牧场。山间点缀着村落，农舍围绕在木瓦屋顶的教堂旁，钟楼呈圆锥形，下方露出黑色条纹的穹顶，看上去像洋葱，与俄罗斯教堂的风格非常接近。光秃秃的阔叶林被针叶林所代替，格林童话里的场景跃然眼前。"很久以前，在一片黑色森林的边缘，住着一个老护林人和他漂亮的独生女……"这里肯定就是故事发生的地点。农家小屋看上去像布谷鸟钟，等到渐入黄昏，又变成女巫做出的姜饼。厚厚的积雪让松枝垂到地面。我试着用新手杖的尖端戳一下雪枝，只减少了一点雪的重量，枝条便能忽地直起身子，炸开的雪花四处飞溅。乌鸦、白嘴鸦和麻雀是这里唯一能见到的几种鸟类，箭头状的足迹常常出现在野兔的脚印旁。偶尔会遇到一只野兔，孤独地坐在雪地上，个头还真不小；见我走近，野兔笨拙地蹦到雪堆里躲起来，大雪让动物们变得行动迟缓。而对我来说，路旁的铁轨和路牌都被埋在雪下，让人走着走着就分不清方向。村子外，我只碰见过伐木工人。虽然一开始并没有望见他们的身影，但留在雪地上的雪橇印和马车的车辙已经暴露了行踪。终于，它们远远出现在视野里，那是一处林间空地，或是一块杂木林，我看到树木轰然倒下，随后，耳畔传来刀劈斧凿和拉动锯子的声音。等我走到近前，一棵大树正快被放倒，我只好驻足观望。拉雪橇的马匹，马蹄后面的距毛凝着冰凌，脖子挂着马粮袋，车上堆着麻袋。我一边看热闹，一边跺着脚想让自己暖和点。伐木工人都是彪形大汉，挥舞着手中的工具，将砍倒的树木剔除枝叶，再锯成一截截木料。他们嗓门很大，但并不粗鲁，其中一个找借口跑到旁边，冲其他人使着眼色，看样子准备掏出杜松子酒喝上一口。大家一边喝酒，一边问长问短，热烈的气氛几乎要融化冰冷的空气。我也帮忙拉了一两次锯子，虽然技术欠佳，但还是获得满堂彩，在众人的助威声中，我奋力地施展自己的才能，终于锯倒了一棵树。等所有的木料都装上马车，我也过了一把坐雪橇的瘾，两匹栗色的壮马拉着我们风驰电掣，淡黄色的鬃毛和尾巴，马铃清脆。雪橇之旅结束后，我们又在餐馆里畅饮一番，直到大家操着各种口音跟我说再见。我在想，要是我当时畏惧风雪而停止脚步，也许就无缘与这些伐木工人相遇，要是那样的话，又会少了很多乐趣。

除了鸟鸣，山间银装素裹，空旷而寂寥。雪地上有鸟儿留下的三叉形足迹，现在又多了我的鞋印。回忆起老男爵朗诵诗歌的情景，我不是读过施莱格尔和蒂克的德译袖珍本《哈姆雷特》吗，记得有一句是"默然忍受命运暴虐的毒箭……"，举目四望，正好适合背诵这段王子的独白：

> 或是挺身反抗人世的无涯的苦难，
>
> 通过斗争把它们扫清，
>
> 这两种行为，哪一种更高贵？

直到"……倘不是因为惧怕不可知的死后，惧怕那从来不曾有一个旅人回来过的神秘之国"。

这时，要是一不小心被路人撞见，比如上次去乌尔姆的路上遇见的老太婆，一定会觉得我喝醉了酒。话说回来，这次我还真喝了酒。

差不多每隔一英里，路旁就立着一尊木制的耶稣受难像，雕工和油彩都带有巴洛克风格，年代久了，雕像开始有些歪斜。憔悴的人像上伤痕累累，历经酷暑严寒的摧残，顺着纹理方向开始龟裂。头部后面的黄铜光环锈迹斑斑，眉毛上杂乱地挂着真正的荆棘，积雪使其形成"人"字形。历史上，圣卜尼法斯急匆匆地从英国德文郡赶来，打那以后，德国的路旁陆续竖立起最初的基督雕像，而我眼前这一尊，已经是好几代之后的新工艺。圣卜尼法斯让德国人皈依基督，此前的一百年，圣奥古斯丁来到肯特郡；再往前推一百年，亨吉斯特和霍萨兄弟俩登上英格兰岛，与此同时，他们的日耳曼亲戚正与高卢人作战，出没于多瑙河流域的森林之中。除了这位德文郡来的圣人，还有其他英国人帮助日耳曼人加深对基督的信仰：英格兰东南部、西南部和中部的教士们成为德国基督教历史上最早的一批主教。

　　这样的季节总让人浮想联翩。到处明晃晃的，马路和电线杆不见了踪影，远处有几座城堡，时光仿佛倒流到几百年前。景色显得单调——光秃秃的树、棚屋、教堂塔楼、鸟兽、雪橇和伐木工人、干草垛和谷仓之间的赶牛人——形成白色幕布上或动或静的小黑点，飘忽不定。物体时而变大，时而缩小，让眼前形成一幅早期描绘冬日乡村风景的木刻画。有时，山水加上边框，再配上文字，就是一幅现成的插图，让我不禁想到翻开祈祷书的书页。雪还在下，这是卡洛林王朝的气象……我对维隆的作品很追捧，之前还读过海伦·沃德尔译的《中世纪拉丁抒情诗》和《流浪学者》，历史上的"大诗人"和《布兰诗歌》都令人着迷。此情此景，我临时充当一个中世纪的游吟诗人也未尝不可。在客栈或牛棚，当我抹去清晨的冰花，冬日的胜景跃入眼帘，诗句脱口而出：

　　没有水色，

　　和曾经青葱的草地，

　　金色的阳光闪烁

　　令人欢喜；

　　世界白得透彻，

　　冷夜迷离。

　　世界只剩下我一个人！"树枝、树叶掉落……"已经有好些日子了吧？"冷得牙齿咯咯……"冰凌挂在房檐上，像一道道栅栏横在真实与虚无之间。

这样的天气最适合冥想和沉思，不过没多久，太阳就开始西沉，云层遮住夕阳的余晖，只留下一片白银般的光，橘红色的圆球仿佛是长在冬天里的樱桃。白嘴鸦沉默不语；粉红色的辉光渐渐消失在远处的山峰背后；原野也暗淡下来，我不禁打了个冷战，似乎连灵魂都离开了躯体。四处静悄悄的，宛如可怕的冥界，我眼巴巴地搜寻准备过夜的村庄的灯火。之前经过农家或村舍，我向当地人问过路，但也许是理解上出现了偏差，弄得现在迷了路。他们不是操着浓重的口音，就是掉光了牙导致吐词不清，又或许是风声太大。暮色中，我摸索着朝几个未在地图上标注出的村庄方向前进，内心突然有些恐惧。距离上一个路标已经很远，上面的箭头指向普伐芬必彻和马旺——我清楚记得这两个地名，因为头一个听起来很滑稽，第二个感觉很怪异。眨眼工夫，天黑尽了，雪下得更大。我沿着一道木轨朝前走，突然脚下一步踩空绊倒在地，等我爬起身来，在地上转了好几个圈，都没摸到木轨，难道我跌到田里去了？幸运的是，我找到一座荒废的谷仓，踉踉跄跄地走到门前。我点燃一根火柴，除去地板角落的残雪、牛粪和猫头鹰的粪便，从背包里拿出所有衣物，只有在这里凑合一晚上，等明天黎明再出发了。太阳才刚刚下山呢！

我的晚餐菜单一般是苹果、面包和烧酒，看来今天无法兑现了。谷仓里没有灯，不能看书，也找不到干燥的木柴生火，寒气逼人，大风卷着雪花从墙上的破洞钻进来。我蜷缩成一团，双手抱膝，每隔一阵就活动活动胳膊。这么冷的天，至少不会遇上野狼——我安慰着自己。它们会来吗？为了打发漫长的夜晚，我开始唱歌，但没多久就止住了歌声。我百无聊赖，像一具史前的尸体端坐在墓室里，咬紧牙关，瑟瑟发抖。我甚至能听见牙齿打架的声音。有那么一瞬间，我似乎陷入昏厥的状态，但很快又被惊醒——是到了半夜？还是天亮了？也许是凌晨。呼啸的风中，我隐约听见有人说话，离我很近，我冲出门大声呼喊。周围先是一片寂静，随后有人搭话。我已经可以分辨出两个模糊的人影。他们是回家的村民。这样糟糕的天气，你在这儿干什么？我说自己迷了路。"可怜的人！"他们对我深表同情。现在还不到晚上八点半，村子就在两三百米远，绕过一座小山就到……没过五分钟，我就看见屋檐、钟楼和被灯光照亮的小路。雪地像一张明亮的地毯，雪花在窗口飘荡，闪烁着珍珠般的光泽。走进客栈，乡民们围坐在桌旁抽着烟斗，每个人的脸上都遮上一层面纱。他们一边喝酒，一边聊家常，讲话时元音仍旧含糊不清，但在我听来，却如同天籁之音。

"汉斯。"

"什么事儿？"

"你能看见我吗？"

"不能。"

"噢，我是说面团已经够了。"

客栈的老板娘是慕尼黑人，她惟妙惟肖地模仿两个巴伐利亚农夫的对话，让我再一次领略德国各地方言的趣味。他们对坐在餐桌两头，面前摆着一大盆马铃薯面团，大家轮流将面团捞到自己的盘子里，直到垒成一座小山，看不见对方的模样方才停手。如果用标准德语，刚才这几句对话应该是："Hans!" "Was?" "Siehst Du mich?" "Nein." "Also, die Knodel sind genug." 但在下巴伐利亚，我记得当地人会读成："Schani!" "Woas?" "Siahst Du ma?" "Na." "Nacha, siang die Kniadel knua." 声音听起来像牛在哞哞叫，仿佛一辆牛车正隆隆地碾过该地区的乡间小路。

　　寒冷的冬日，这些地处偏远的小客栈让人感到温暖而舒适。墙上挂着希特勒画像，以及其他按规定需要张贴的海报。除此之外，更多的是与宗教相关的物品和主人珍爱的纪念品。也许因为我是外国人，聊天时，大家很少涉及政治性话题。事实上，这些村民对党派之争津津乐道。（这一点，与城镇居民形成鲜明对比。）谈到巴伐利亚当地的奇闻趣事，人们的语气中充满调侃和诙谐。虽然距俾斯麦将巴伐利亚并入德意志帝国已有好几十年，普鲁士依然是巴伐利亚人言语攻击的目标，人们常常编造故事，虚构一位普鲁士游客在当地遇上的种种囧事。墨守成规、心胸狭窄、头脑愚笨、心直口快，说话时元音很轻、辅音断断续续——"sch"读成"s"，"g"读成"y"——如此滑稽的人，成为性格随和、机智聪明的巴伐利亚人屡试不爽的捉弄对象。人们对曾经的王国保持依恋。遥远的历史，维特尔斯巴赫家族上千年的统治，让今天的巴伐利亚人倍感自豪，也让他们对统治者的愚行报以宽容。鉴于那是一个强大、富有创造力和富庶的王朝，偶尔走些弯路完全可以理解。谦逊的鲁普莱希特一世，巴伐利亚的实际统治者，同时也是英国斯图亚特王朝的最后一位君主，备受人民颂扬；他还是慕尼黑的一位名医。如今，巴伐利亚人的乡愁开始变得无力，究其原因，是年轻一代对历史的漠视和淡忘。我喜欢这些对过去时代魂牵梦绕的人。的确，不是所有人都喜欢巴伐利亚人：不管在德国境内或国外，他们的名声都不怎么好。据说既野蛮又鲁莽。与文明的莱茵兰人或勤奋朴实的斯瓦比亚人相比，他们就是蛮夷。他们不但在举止和行事风格上粗糙，连细节都马马虎虎。不过在我看来，这些都是外界的错误印象。回顾这些天遇见的农夫、护林人和伐木工，没有任何人表现出一丝恶意。刻在我脑海中的，是络腮胡子、皱纹和深深的眼窝，是含糊的方言、朋友般的热情和周到的款待。精雕细琢的木板点缀他们居住的木屋，从挪威的海湾到尼泊尔，在高纬度地区，漫长的冬天、早早降临的夜幕、软木和利刃，构成一幅童话般的梦幻场景。瑞士的冬天更热闹，成千上万的布谷鸟、岩羚羊和棕熊聚集于此，焕发出勃勃生机。

有一天夜里，人们伴着手风琴声，唱起一首无词歌。现在，这样的唱法已经失传了吧？歌声让我兴奋异常。还有一次，在村子里我与一个同岁的男孩进行摔跤比赛，打得难解难分，最后以平局收场，我们从地板上爬起来，满脸都是汗水和锯屑，在观众的欢呼声中，大口地喝着啤酒，总算缓过劲来。

为了纪念在乡间逗留的幸福时光，我还为农夫、客栈老板以及老板娘画速写，我毕恭毕敬地将作品奉上，看样子他们很满意。在随后的路途中，我还会遇到类似的人和事。只是迄今为止，我觉得这一段经历不容忽视。

城里则是另外一番景象。

无论是在咖啡馆、啤酒馆或葡萄酒窖，每次与别人聊天，我都很难将话题进行下去。究竟难在什么地方，我必须要说清楚，哪怕会占据好几页篇幅。

"一个性情难以捉摸，做事不计后果的危险分子……"我读书时的舍监曾经在报告中这样写道，如果这里的"性情难以捉摸"被替换为"早熟而迟疑"，也许是对我性格最合适的解释。在任何场合，上述提到的两个特征让我讲话时常常随心所欲，我不得不承认，要不是顾及可能导致的后果和伤害，我向来直言不讳。其实，社会中很多人表面上彼此熟悉，却根本不知道对方心里在想什么。

但在位于坎特伯雷的国王学校，学生们对热点问题展开激烈讨论，却从来没研究过这个更实际的问题。

　　毫无疑问，在一所规模不大、秉承传统的公立学校，崇古的保守气氛无处不在。据记载，国王学校建于东罗马帝国时期，此前，皇帝查士丁尼一世刚刚下令关闭建在雅典的异教徒学校。不过，国王学校的保守表现得并不明显，也缺乏攻击性，这大概是因为在英国，没有哪所学校能挑战其权威——至少在我十六岁半时，情况并没有太大改变，虽然之后离开这所学校，但我骨子里还是受到了潜移默化的影响。有谣言称异端邪说在学生中很流行，这并不符合事实，即使有这种学生，数量也几乎可以忽略不计，而且他们并没有作出什么过激行为；煽风点火的人也没有，根本不可能像埃斯蒙德·罗米利和菲利普·托因比领导的扎克雷起义那样，四处散发传单蛊惑学生们进行暴动。在这样的大背景下，即使是新兴而激进的共产主义，宣传画上也只是用老式动画绘出大胡子、皮帽子和冒着热气的炸弹；对普通人来说，这个概念与幻想一样遥不可及。有几个男孩子读过几本讲社会主义的书，却只是无害的书呆子；等到几年后，他们有机会为理想冲锋陷阵的时候，又觉得机会渺茫。社会主义听起来很苍白，完全没有吸引力，工党在国会下院的议员们为选民描绘未来的图景：钢丝边眼镜、土布衣服、热可可和奶油芝麻饼，听众们无不扫兴地拉长了脸——什么？就这些？看来大家有更宏伟的计划：还有什么拿得出手？大英帝国，这是第一位的！海军！陆军！宗教——"卫理公会的教堂除外"；直布罗陀海峡、上院议员、法官的假发、苏格兰短裙、熊皮帽、公立学校（"别急，后面还有！"）、拉丁语和希腊语、牛津和剑桥——"一年一度的校际划船比赛"；"板球比赛"——越野障碍赛、射击比赛、猎狐、平地赛马、德比大赛马、赌博、乡村生活、农耕——（"我敢打赌，他们为了大头菜和甜菜根，会把庄稼地翻个底朝天！"）伦敦呢？车站和码头会转眼间变成演讲大厅，或者没有酒菜的食肆。（其实，这当中有不少都是舶来品，而非英国本土原创。人们利用这些方式抒发快乐、抚慰忧伤。虽然程度还有待提高，但对天性保守的英国人来说，收效立竿见影。）谈到聊天，英国人聊着聊着就少了兴致，气氛随即变得凝重。有人会说："真遗憾，对于那些靠救济过活的穷人，不知该如何帮助他们"；这下子，心情变得更加忧郁；"矿工们更倒霉！"一种令人尴尬的沉默无限延伸，弄得人不知该说什么好。于是，有人尝试在留声机上播放《蓝色狂想曲》或《并非无理》，希望能吸引大家聊些轻松的话题，比如音乐喜剧、国内发生的丑闻、女演员塔卢拉赫·班克黑德、保龄球或罗马诗人尤维纳利斯的作品。

　　童年时，我眼中的伦敦就是这样一副乱哄哄的样子。起初，我认识了许多接受填鸭式教育的孩子，他们就读于其他学校，比我大一两岁，但后来由于种种原因，都提前告别了学校生活。这倒不是因为他们愚笨或懒惰，印象中，这些随时睁大双眼、面颊红润、天真无邪的男孩子，头发梳得整整齐齐。每天早上，军号嘹亮，军旗飘扬，孩子们便开始一天的辛苦学习，应付各种考试，为未来的军旅生涯编织宏伟的图景。他们身着制服，挎着法兰绒包，脖子上的领带紧得让人喘不过气，僵直的高领上，用丝线绣着每个人的姓名。就连去参加古德伍德公园的赛马会，他们都得戴上头盔般的帽子。"Swaine Adeney Brigg"牌雨伞好比一把佩剑，哪怕天气晴好也要拿在手上，还有——啊！真令人羡慕！——约翰·罗布皮鞋、百乐香烟和麦斯威尔咖啡，父辈们为了让儿子看起来更精神，可没少花心思。穿上棕色针织毛衣，他们喜欢在伦敦城里闲逛，抽土耳其或埃及牌子的香烟——只是装装样子罢了——讲话时用词考究。大家聊得很认真，但话题总围绕着马裤、枪械、马刺、发型和乳液，到了晚上，又开始聊康乃馨和栀子花。全是些家长里短！在我眼中，他们都是怪人，但总讨人喜欢。我开始模仿这些纨绔少年，他们代表了成熟的世界，我不得不努力让自己也像个大人。接受专家的建议后，我剪了新发型，费尽心力地在商店里采购，那里仿佛是一座水下宫殿，陈列着琳琅满目的宝物，结果，我手中的账单越积越多。每逢约定的时间，他们会举行西姆拉-伦敦辩论赛，对西姆拉一方，我说不上什么气愤，因为根本不知道这地方在哪儿。我居然如此孤陋寡闻？有些账单，多年后才慢慢还清。热爱高雅艺术的我，与新朋友们在悬铃树下谈古论今，清晨时分，海德公园的露珠还挂在枝头，美好的一天就即将开始；而到了冬天，我骑着借来的马，飞驰过冰冻的田野。他们对我很好，这一方面是因为我年纪最小，另一方面是觉得志趣相投，我们都像小丑一样喜欢炫耀自己，我天性爱表现，如今又多了高人的指点，也难怪能受到众人的欢迎。有时哪怕闯下大祸，也能被大人谅解，记得有一次打球用力过猛，掉进了湖里，等爬起来时，借来的燕尾服沾满了烂泥和浮萍，但大家只是一笑了之。

差不多也在那时，我对和平年代是否还需要从军产生了疑问。文学和艺术，像水中海妖的歌声让我心驰神往。我的朋友们常常抱怨手头拮据，但这笔钱用来应付军校的生活绰绰有余，而且还能闲暇时去乡间散散心，或者逛逛伦敦城，日子过得既舒坦又逍遥，而我只能在周末才有机会狂欢一次。我们先来到潘顿大街，走进挂有粗呢窗帘、墙上贴满海报的斯通餐馆——可惜这家店在第二次世界大战中毁于德军空袭——随后去紫藤大街。（“昨晚玩得开心吗，理查德？""棒极了，凯蒂婶婶，我就喜欢那样：与警察兜圈子。"）再说了，要是他们厌倦了军旅生活，随时可以离开。不过，自谋生路不好吗？我就打算这样过日子。要是当初打定主意成为一名军校生，我的生活会是另外一番样子。但突然间，我似乎"*faute de mieux*"（没有更好的选择）；很显然，我既不能直面教官的严厉，也无法让自己做到谨言慎行。而且不打仗怎么办，我就这样虚度光阴，也许连派驻国外的机会都没有？按照常规，军校生中只有少数人能被编入步兵部队；装备整齐，成为一名近卫步兵后，他会更加严格要求自己，军容军姿一丝不苟；对王室的效忠源于父辈参加过的骑兵团，轻骑兵和枪骑兵的时代已经过去，由摩托化军团所取代。车轮、防弹钢板、螺栓、螺钉和履带，机器轰鸣，皇家骑兵团和两支龙骑兵队的马厩里，马嘶声渐渐停歇。但每一位骑兵仍然渴望脚蹬马靴，坐在货真价实的马鞍上，这是一种挥之不去的军人情结。听着他们的哀叹，我的情绪也受到感染：为什么不去印度呢？那里不缺少马匹，还能多拿一份津贴，为什么不去呢？

之后，每隔几天，我就与朋友们聊起梦想中的印度之行，或者长时间端详着发黄的老照片，渴望这一切早日变成现实，我开始沉迷于迅速成型的美梦。系好腰带，挂上肩章，身披锁甲，条纹头巾包裹在圆锥形木尔坦帽子上，伴随战马驰骋，马尾飘在空中，我端坐在马鞍上，沿峡谷巡视，身旁还有一支骑兵连队，手中的长矛都绑着三角旗，发起冲锋时，马蹄声如雷鸣般响彻云霄。与此同时，价值十卢比的吉赛尔步枪一齐射击，子弹"嗖嗖"地从耳边飞过，我们奇迹般的毫发未伤。在另一幅暗箱般的场景中，我扮演斯特里克兰先生，幸好我能掌握十余种当地方言，特遣任务完成得很顺利：经过乔装改扮，没有人认识我的面目，随后的几个月里，我像一个隐形人，潜行在边境城市的大街小巷和热闹市集。下一张幻灯片描绘的是喜马拉雅山脉的雄姿：从莎车到乌鲁木齐，会走多少个星期？为了躲避帕米尔高原上的暴风雪，我躲在一顶黑色的、堆着厚厚积雪的帐篷里，抽着水烟，惬意地眯着眼，与我同行的还有一群盘腿而坐的部落酋长，再废掉一双高帮皮靴，我就将走到此行的目的地……等到他们的身影化为乌有，最后一幕终于呈现在眼前，画面更真切、更清晰。负责操练的军官高喊口号，远处的海面上，新兵们四人一组，向滩头发起一次次冲锋，喇叭手吹响"违反军规"的号角，绵延数英里的海滩上，汉普郡的细雨浇透了金雀花和松林，奥尔德肖特区的窗玻璃上烟雨迷蒙。副官指着桌上的乱七八糟的一堆账单和支票，对我说："你知道这样做的后果吗？上校要见你，现在就去。"

等到我彻底断了从军的念头，海妖的呼唤再次响起，一开始声音中带着柔情蜜意，到现在变得更为热切，在她的引诱下，我对骑兵的短号声充耳不闻，俨然成了她的俘虏。文学和艺术的世界……我有些手足无措，不知道该如何打开这扇大门。多亏朋友们帮忙，以及在卡文迪许酒店一夜的思考，我觉得自己走入一扇镜子背后的全新世界。在这样一个微风阵阵、有利顿·斯特雷奇充满才智的作品相伴的季节，英国人的生活、思想和艺术摆脱了偏狭的地方习气。更让我高兴的是，学校里少了我这样一个害虫，声誉会蒸蒸日上；英国陆军更应该感谢我。"陆军！我真不想去。我说的是真心话！"我试着进行辩解，这样做并非意识形态上的冲突；效忠英国国王，在我看来，确实是一种莫大的荣耀；……但我找的借口总是缺乏说服力，一来二去，我干脆保持沉默。文学和艺术的新世界散发着奇异的美感，像绽放的烟火五光十色。以前我读过一些书，现在总算可以进一步遨游在书海了。我听过左翼人士的观点，但他们的眼界显然过于狭窄，不够开阔。就我而言，文学和艺术宛如现实世界的密码，比如现代派绘画，或者新潮音乐；这些艺术形式与巴黎或柏林的夜生活，与人们口中讲出的各种语言，存在千丝万缕的联系。社会氛围已经摆脱了原始的蒙昧和拘泥于形式，享乐主义甚嚣尘上——昂贵的华服、精工细作的领带——我唯一能注意到的无产阶级倾向，并非来自于书本上的学说，而是亲眼目睹社会底层的生活艰辛。在《死囚操场》中，作家西里尔·康纳里用"恩格斯不敢涉足的地方"一章，栩栩如生地描绘了生活在二十世纪三十年代伦敦的主人公的形象！我分明能听见他的怒吼声，仿佛一个精灵飞出了瓶子，书中带有象征意义的物品，并非锤子或镰刀，而是散落一地的珠宝和琴鸟的尾羽。难怪"左翼"和"共产主义"要将注意力集中在推翻腐朽没落的旧制度。这就是斗争的靶子，推而广之，丽兹-卡尔顿酒店和乡村别墅都会变成革命者的目标。当然，在政治运动中，这些不过是小打小闹，但不可否认，极端思潮对与我年龄相仿的年轻人们影响巨大，包括我的许多朋友，都正在经历理想的幻灭和茫然。我从来没有留意旁人对"共产主义"展开的激烈讨论，这也许是因为我太专注于如何挥霍自己的青春；虽然听说过这个新鲜名词，却由于相隔遥远，侥幸逃过一劫。从旅行结束到战争爆发，我都居住生活在东欧，其间只回家待过一年，我的朋友们全是老派的自由主义者，他们厌恶纳粹德国，但又不屑于将目光投向东方寻找灵感和希望，这一点与他们在西欧的同胞很相似，两者都习惯于远观，对极权主义视作一场噩梦。俄国革命的枪声还响彻在耳畔，仿佛就在河的对岸，这让所有的邻国都警觉起来，动乱和威胁近在咫尺。后来，他们的忧虑变成了现实。与这些国家的民众生活在一起，我感同身受。

讲了这么长一段废话，只是想说对于任何形式的政治话题，我都不知该如何表达自己的意见。于是乎，我不如早点进入梦乡。

在巴伐利亚的客栈，人们聊天时常常因为观点相左而相持不下。有些人对党派成员们充满信心，也有些人控诉反对者们遭受的残酷迫害。前者嗓门大，滔滔不绝，后者声音小，畏畏缩缩，到最后只剩下一个谈话者唱独角戏。作为英国人，我完全可以参与他们的讨论。德国对英国的态度悄然发生变化，但两国之间的联系仍很紧密。比如我在海德堡遇见的像白化病人一样的德国人，他对英国的痛恨溢于言表。战争改变了一切：他们怨恨我们成为胜利者，但并不将失败的原因归咎于我们——只是觉得如果德国不被人在背后捅上一刀，绝不会输掉那场战争；在某种程度上，他们崇拜英国，但具体原因是什么，我从来没有听英国的上层人士讲过。也许是历史上的征战，广阔的殖民地，以及大英帝国尚未衰减的国力。在接受过教育，掌握治理的方法后，殖民地的人民不知何时才能主宰自己的命运，最终获得独立。这当然不能一蹴而就，需要时间……（从小到大，我们都被灌输这样的观点。）羡慕的眼神，不管是出于悲伤还是讽刺，也不管人们觉得战后的对德政策是一个谎言还是伪善，都会自然而然地流露出来。

跟德国人交流时，我为自己的无知感到汗颜，想方设法掩饰这个缺点；我的德语水平有限，讲起话来词不达意，不过，这反而帮我解了大围。我真想准备得更充分些！他们提的问题就颇有深度，比如：英国民众对德国国家社会主义有什么看法？我不止一次发表自己的反对意见，原因有三：焚烧进步书籍，报纸上经常见到如此可怕的场景；从几个月前开始修建的集中营；对犹太人的迫害。

很明显，我精心安排的发言内容让听众们有些不快，但也并非全无作用。反正，类似的话题和反应，双方都已经习以为常。

至于聊天时的开场白，只有一个最让我尴尬：你是英国人？是的。是学生？是的。在牛津读书？不是。接下来会发生什么，我心知肚明。

去年夏天，牛津学联曾发起一次投票，表示"在任何情况下，都不会为国王和国家而战"。此举在英国并未引起太大反响，却在德国成为一条家喻户晓的轰动新闻。我并不了解内情，但面对一张张渴求的面孔，只好解释说学生们之所以这样做，是为了向老一辈表现叛逆精神。"为国王和国家而战"是以往征兵海报上的口号，在英国早已过时：没有谁，哪怕是最坚定的爱国者，会再用这句话体现自己的爱国情操。但我的听众们却问："为什么不呢？""Für Konig und Vaterland"（为皇帝和祖国而战）在德国人听来意义非同寻常：好比吹响行军的号角。我该怎么说呢？这句口号也许"pour épater les bourgeois"（与资产阶级相关），我搪塞道。会一点法语的人应该会明白我的意思。"你指的是普通公民？对吗！"我沉默片刻。"就是个玩笑，真的，"我继续说道。"开玩笑？"他们会问，"很有趣吗？这个玩笑？"我觉得周围的人都瞪大了眼睛，咬紧了牙关。有些人耸耸肩，讪笑一声，像巡夜人一样咕哝几句。我成了听众们轻视而怜悯的对象，一双双眼睛射出胜利般的光芒，像是明明白白地告诉我，要是我的解释成立的话，英国人处理问题的方式，未免太过于草率和蹩脚。不过，在一位安静的听众脸上，我还是真切感受到德国人羞于人后的心态：要拯救饱受摧残的国家，意志力和能力必不可少。退伍军人们站在党派之外的角度，谈了对这个国家的遗憾。很多德国人对英国爱恨交加，他们回忆起战壕和难以对付的"英国佬",随后又将其比喻为和平主义者与和事佬,不停地摇头。贺拉斯说过,战争令人悲伤,以我面前这些退伍军人为例,他们出生寒微,年纪轻轻便上了战场,鲜血染红了海水,为击败希腊王皮拉斯和强大的安提奥卡斯与汉尼拔而冲锋陷阵。

牛津大学生的一次投票,让我这个行走在异乡的英国年轻人陷入困境。我本想批评他们的做法,但又无凭无据。我有些痛心,英国公众的默许和事件所带来的负面影响,反映出英国人如今缺乏坚强的意志。我希望在和平年代,英国人一如既往地对战争保持反对态度,但如果战火燃烧到了家门,他们还是应该像老虎一样勇敢地站起来,强健筋骨、振作精神,暂时把温顺的个性搁在一旁,发出咆哮和怒吼。投票,起不到任何作用。

自从希特勒十个月前开始掌权,骇人听闻的事件接连不断;但白色恐怖才刚刚开始。在乡村,人们的心情五味杂陈,但还是默许了新领导人的做法。有时候,气氛会变得狂热。但如果隔墙无耳,话语中又带着悲观、怀疑和不祥的预感;只有在私底下,才流露出羞愧与恐惧。集中营也从一开始的谣传,变成人们交头接耳的话题;只是万万没有料到,那里会发生数不清的人间悲剧。

在某个莱茵兰地区的小镇,我已经不记得名字了,我注意到似乎在一夜之间,德国人的心态发生了变化。一天深夜,在一家工人酒吧,我与几个下夜班的工人攀谈起来。他们的年龄跟我差不多,其中一个喜欢插科打诨,对我说干脆去他兄弟的行军床上凑合一晚。我们爬上木梯来到阁楼,这里简直是一座供奉希特勒的神庙!墙上贴着纳粹党旗、照片、海报、标语和徽章。他的冲锋队制服熨烫得平平整整,挂在衣帽架上。他像一个拜物教徒,给我详细讲述每一件圣物的由来,他最得意的收藏是一支自动手枪,好像是鲁格尔手枪，仔细地上过油，小心翼翼地包在防水布里，附近还有一排绿色纸盒子，里面装满了子弹。他把手枪拆开又组装好，装上弹夹，上膛，瞄准，然后系上皮带和带枪套的肩带，将手枪插进枪套又拔出，像一个西部牛仔，他把食指套在扳机环上，枪身在手指上打转，随后眯上一只眼，摆出射击的造型，伴着清脆的撞针，嘴里发出"啪"的一声……等他炫耀够了，我问他墙上贴这么多东西会不会有患上幽闭症的感觉。他大笑起来，坐到床上告诉我："啊哈！你应该去年这时候来！你肯定会嘲笑我的！那时，墙上都是红旗、五角星、锤子和镰刀，列宁、斯大林的画像和'全世界无产者，联合起来！'的标语。以前要是有人唱起《霍斯特·威塞尔之歌》，我肯定会揍他的脑袋！我们只歌颂红旗，唱《国际歌》！我那时是个斗志昂扬的布尔什维克！"他握紧拳头，行了个礼。"可惜你没见识过当年的我！打巷战！我们曾把纳粹打得落花流水，他们也让我们伤亡惨重。真傻呀——是不是让人很伤心？突然，希特勒掌了权，我才发现以前的日子不过是个谎言。阿道夫是我的神。我突然间发现的！"他打了个响指。"瞧瞧现在的我！"你那些战友们呢，我问他，"他们也变了！——那些在酒吧的家伙。每个人！他们现在都是冲锋队队员。"有很多人加入吗？很多人？他的眼睛瞪得老大："成百上千万！告诉你吧，连我都很诧异，他们为什么会变得这么快！"他摇摇头，有些不相信。随后，脸上再次露出意味深长的微笑，用手指将子弹拨进另一只手的掌心。"我们一直努力保持队伍的纯洁性！"他笑得很开心。要是他的父母见到如此景象，不知会产生何种想法。我后来见过他们的样子——一对和蔼、衰弱的老夫妇，守在厨房的炉子旁，听着收音机。他耸了耸肩膀，表情变得有些沮丧。"哎！他们什么都不懂。我的父亲是个老古董，只知道德国皇帝、俾斯麦和老兴登堡——喏，他现在也死了——不管怎样，他临死前帮了元首一把！至于我的母亲，她对政治一无所知。她只关心按时去教堂。她也是个老古董。"

过了特劳恩施泰因山，公路突然折向东方，天气也变得晴好，阿尔卑斯山的雄姿近在眼前。万里无云，山脉从平原隆起，像一堵建在田野上的高墙。山坡上白雪皑皑，在蓝天的衬托下耀眼夺目；深色的冷杉林带、基茨比厄尔阿尔卑斯山脉和东蒂罗尔山区相互重叠、气象万千。根据路牌上的指示，向南穿过一道峡谷，就到达巴德赖兴哈尔。翻过山坡，便是贝希特斯加登，那里的修道院、城堡和巴伐利亚低地风光远近闻名。

我向东前进，快到傍晚时，来到萨尔察赫河岸边。一道红、白、黑三色的木杆横在道路中央。海关检查站里挂着崭新的元首画像。我再次见到熟悉的制服和带纳粹党"卐"字记号的臂章，几分钟后，在一处红白相间的路障旁边，一位奥地利官员在我的护照本上盖下入境戳：一九三四年一月二十四日。

夜幕降临，我走在萨尔茨堡街头，一边欣赏雕像和巴洛克风格柱廊，一边寻找咖啡馆。终于找到了，透过窗户能望见一座喷泉，装饰有飞驰的奔马，凝固的冰凌像一根根钟乳石。

5. 多瑙河：四时风物与城堡

对于萨尔茨堡，我只记得钟楼、大桥、露天市场、喷泉、一两座附有优美回廊的教堂穹顶，仿佛是一座飞来此地的沙漠迷城，也像一个意大利文艺复兴小城，从阿尔卑斯山那一边搬到了这一边。

但我没有在此地逗留，原因说出来令人沮丧。加热后的滑雪蜡味道浓郁，散逸出每户人家的窗口，街上人来人往，年纪看上去比我大不了多少，正朝山上的滑雪场赶去，滑雪板扛在肩头，双脚踩在雪地上，显得格外沉重。他们聚集在游廊和咖啡馆里，遇见熟人时便尖声大叫，似乎正从陡峭的雪坡滑下来；更糟糕的是，他们中有些是英国人。我喜欢滑雪，但这样的氛围让我倍感孤独，觉得与一切格格不入。于是，第二天一早，将萨尔茨卡默古特山、湖泊和施第里尔、蒂罗尔的山峰抛在脑后，我悄悄地离开了萨尔茨堡；我沿着公路朝西北方向进发，一不小心就钻进了上奥地利的森林。晚上，我睡在埃根多夫村附近的一个谷仓里——那里小到连地图都无法铺开——接下来两晚，我分别住在弗兰肯堡和莱德，记得是睡在一间阁楼里，货架上摆满苹果，甜香味让人心醉神迷。在奥地利度过的头几天，印象唯一深刻的是风景如画的山峦。

圣马丁，利普哈特男爵曾经拥有过的城堡之一。他的旧友们居住于此，附上临行前特意为我写的介绍信，成为我奥地利之行第一处真正的落脚之处。为了不让我的登门显得唐突，我出发前打过电话，不巧城堡的主人去了维也纳；不过，他吩咐下人好好招待我。

阿尔科-瓦莱伯爵，旁人都叫他"南多"，祖上曾经在牛津和剑桥求学，与英国人颇有渊源（可惜我们这次不能见面）。（唉！现在也见不上了。二十世纪六十年代，他就去世了。）城堡门打开，走出来一位和善的管家。我们走过暮光下依稀可见的房间，穿过花园中的小树林。最后，他带我来到一个充满欢声笑语的客栈，那里早已准备好一桌丰盛的宴席，我与一位大叔和他放学归来的外甥挤在一起，尽情享用美味大餐。这里还有乐手，一个演奏齐特琴，另外一个拉小提琴，每个人都引吭高歌。早餐时，他告诉我，已经电话通知利普哈特男爵为我安排去的下一座城堡：他们热切地期待我的光临。（形势变得一片大好！我真想知道这位恩人在信上究竟写了什么，能让我无论走到哪里，都受到如此礼遇。）在里道镇附近，我又一次睡在牛棚里，但随后的两晚，我住进城堡的角楼，在样式古老的浴缸里泡了热水澡，松果和松枝的香味弥漫在房间，铜炉发出低沉的轰鸣，仿佛一头狮子被囚禁在里面，正低声咆哮。

德语"schloss"一词含义很广，从修筑要塞的城堡，到巴洛克风格的宫殿。眼前这一座，样子像封建领主的庄园。临近黄昏，走在一条长长的积雪的路上，突然有些难为情，也不知为什么。客厅的炉火旁坐着三个人——老男爵、男爵夫人和他们的媳妇——我的出现让房间里的气氛活跃起来，在他们眼中，我是个羞涩的大孩子，或者一位向北极进发的探险家。"走了这么多路，你一定饥肠辘辘了！"男爵夫人一边问我，一边端来大杯的热茶——她是匈牙利人，长着一头深色的秀发，英语讲得很好。"那还用说"，男爵面露急切的微笑，"我们接到电话，不能让你饿肚子！"在丈夫的催促下，一个个银色的餐盘轮流摆在我面前。我吃下第三根抹了黄油和蜂蜜的羊角面包，心里对远在慕尼黑的恩人默默送出祝福。

男爵年老体衰。他看上去有点像晚年的英国作家马克斯·比尔博姆，除去花白的鬓角，又神似哈布斯堡皇帝弗朗茨·约瑟夫。[第二天，他利用名片背面写了张便条，要我到时候带给林茨的私人美术馆。名片上印着他的名字和头衔：*K.u.K. Kammerer u. Rittmeister i.R.*（"帝国御前宫廷管家"和"荣休骑兵队长"）。在整个中欧，首字母缩略词"K.u.K."——全称为"*Kaiserlich und Koniglich*"，代表着一八六七至一九一八年的奥匈"二元"帝国。后来我才知道，只有上溯五代或六代的族谱证明贵族身世，才有资格被授予带有象征意义的金钥匙，并将其佩戴在宫廷管家大礼服的背后。如今，帝国和王国都已分崩离析，宝座也空了出来，不再需要用金钥匙打开一扇扇房门，传令官被遣散，军团取消番号，战马早就死的死、逃的逃。名片上的花体字诉说着帝国昔日的荣光。这样的东西难得一见，新贵们如今流行半透明的红色纽扣，绣有独角兽图案的袍子，以及清朝高官用过的红宝石或玉石带钩："到头来，名望、尊贵和其他都是一场空……"]我很欣赏他的装束，软鹿皮齐膝马裤、粗革皮鞋、灰绿色罗登呢外套上有骨扣和绿色翻领。出门时再戴上一顶绿毡帽，帽子上插着黑色雄松鸡的羽毛。记得陈列在大厅里的手杖上也插着类似的卷曲的羽毛。正是在萨尔茨堡，我开始体会到奥地利乡村服饰的美。但从表面上看，这些服装与托着银盘的男仆身上的制服相仿，但在细节上还不够精致。当地人似乎偏爱林肯绿呢，这种带有森林般典雅的面料，让男爵仿佛又恢复了朝臣和一名胸甲骑兵的风采。

泡完澡，我把自己收拾得像模像样。晚餐时，男爵讲起年轻时的经历，他有一肚子的故事，但年纪大了，记忆力有些衰退，但还能绘声绘色地描述自己作为一名随从，与公爵四处巡游的情景。

为了表现得更亲切，他的故事大部分都与英伦三岛相关，比如去爱尔兰东部米斯郡"大狩猎"，去查茨沃斯庄园打野鸡，去邓罗宾猎松鸡；以及在乡间别墅举行连续数日的宴会。"——和萨瑟兰公爵夫人一起！"他感叹道，"她美得像一个女神！"马尔堡王府的古风舞和盛宴在他的脑海中浮现，那里有眉来眼去，数不尽的风流韵事；二轮轻便马车随时恭候，拉着客人经过圣詹姆斯宫，来到亮着煤气灯的杰明街。每当有哪位要人的名字想不起来，他的妻子就在一旁提醒。他天马行空的思绪又带我来到波西米亚，他的一位表亲在那里拥有不少田产——"如今都被捷克人抢光了，"他叹了口气——还有一次盛大的野猪狩猎，是为了欢迎到访的威尔士亲王，未来的爱德华七世："搞得像一场战争！"我听得津津有味，与此同时，身穿林肯绿呢制服、手戴白手套的男仆给我们倒好咖啡，然后将镀银高脚杯放在咖啡杯旁边斟满。我猜那是杜松子酒。经过最近几周的观察，我大概知道——或者猜想——自己接下来该怎么做。我握着高脚杯，准备将里面的液体倒进咖啡，这时，男爵止住话头，用颤抖的声音喊出："NEIN！（不！）NEIN！（不！）"仿佛躲在暗处的弓箭手朝他射来一箭，弓弩穿透了他的身体。一只苍老得几乎透明的手向我伸过来，情急之下，他用英语发出声声呐喊："不！不！不——！"

我不知发生了什么情况。其他人看来也大惑不解。一时间，大家有些手足无措。然后，跟随男爵忧伤而不安的眼神，每个人的视线集中到我捏在手中的小高脚杯上。男爵夫人望着丈夫痛苦的表情，然后注意到惊恐万状的我，脸上露出和缓的笑容，我将手中的酒杯放在桌面上，男爵此时也像换了个人，挤出一丝微笑。他满怀歉意地说，刚才失态都是因为我。杯子里装的并不是杜松子酒，而是一种举世无双的甘露——匈牙利产的托考伊白葡萄酒，数量稀少，年份也好，堪称让人延年益寿的良药。我终于缓过神来，暗自庆幸还好没有浪费掉如此珍贵的好酒，这要多亏男爵眼明手快——而且他年事已高，可不能再经受如此强烈的刺激——才让我没有继续出洋相；这么看来，两位老人的心地还真是善良。

吻过妻子和媳妇的手与面颊，男爵准备就寝。与我握手道晚安时，他的手轻得像一片树叶。他用另外一只手拍拍我的前臂，随后走进点着灯的小树林。男爵夫人戴上眼镜，把要做的针线活摊开在腿上："来，给我讲讲你去过什么地方。"于是，我开始大聊特聊。

天寒地冻、万物蛰伏，田野里静悄悄的，城堡的住户们纷纷去了温暖的地方越冬，等到收获时候、狩猎季节和学校的假期，才重新聚在一起。望着这些宏伟的避难所，我的眼前浮现出城堡在不同季节时的姿态，仿佛一张张原始色调的幻灯片，画面中，每一座建筑都显得卓尔不群。

一座城堡的雏形……我立刻联想到欧洲"黑暗时代"遗留下来的角楼，立于危岩之上，对抗着凛冽的寒风。慢慢的，另一幅画面出现在脑海。盘绕的楼梯，精工绘制的天花板，蜗牛状的法螺，郁郁葱葱的鹅耳枥，喷向天空的水汽。这些并非我虚构出来的场景。但话音未落，第三幅画又徐徐展开：一栋规模不小的乡间别墅，从风格上看，融合了城堡、修道院和农场的显著特征，既漂亮又讨人喜欢，有时还因为历史悠久被后人赋予庄重的名号。虽然略带淳朴的巴洛克式在城里已经不再流行，但在广袤的乡村，却受到普遍欢迎。木瓦屋顶，粉白的或长满青苔的厚墙，四方形或圆筒形的塔楼，金字塔形、圆锥形或铺着红色、灰色瓦片的圆形塔尖。洞穴状的门洞通向拱廊。这里有小礼拜堂、马厩和堆满旧马车的车棚；谷仓、四轮运货马车、雪橇、牛栏和铁匠铺；然后是田地、干草垛和树林。走进室内，脚下踩着石板或打磨过的木板。椭圆形的、雪白的交叉穹窿连到房屋四角，穹窿之间开了透光的小孔，配上狭长的双层窗，冬天时紧紧合上，玻璃表面结出冰花。到了夏天，拉开板条做成的百叶窗，一眼就能望见卵石路上的树影和破旧的喷泉或日晷。雕像上爬满斑驳的地衣。镰刀挥舞，干草地里传来瑟瑟声响。果园和草坪之间有一块空地，远处出现牲畜、树林和一群鹿，鹿角不约而同地转动，朝向脚步声靠近的方向。

　　就在我闭上眼睛浮想联翩之时，面前的镜子映出褪色的场景：速度快得令人猝不及防。首先是墙上的肖像画[1]，有些描绘了身穿花边领、佩戴黑色胸甲、表情严肃的十七世纪贵族，更多的则是患上阿狄森氏病、头戴假发、涂脂抹粉的贵族后代。随后，画中出现留着优雅的小胡子的人物，穿着白色制服，让人联想到出演《雏鹰》的女歌舞明星莎拉·伯恩哈特。枪骑兵饰带套在肩上，红白相间的缎带交叉在胸前，高领上绣着星纹。双手握住插在双头鹰图案皮质佩囊中的军刀刀柄。[2] 其他人头戴顶部有羽毛饰物的有檐平顶筒状军帽、龙骑兵头盔或枪骑士苏格兰帽，后者的顶部呈四方形，像一顶学位帽，插着长羽饰。其他的肖像画中，浅蓝色军服被雪白色所取代，基调变得伤感，用来纪念在克尼格雷茨战役中冒着枪林弹雨前进的将士。主人对狩猎有一种痴迷，在挂满墙壁的全副盔甲之间，伸出雄鹿头顶的尖角。这里能看到波兰和立陶宛边境的麋鹿，喀尔巴阡山的熊，野猪的犬牙像上翘的小胡子，提洛尔的岩羊和大

---

[1] 虽然陈列在如此宏伟的城堡中，但只有为数极少的几幅画得还算过得去。

[2] 如今，生活中已经很难见到这些军服的影子，唯一的例外是英国军队中的一个军团：弗兰茨·约瑟夫。此人是英国女王龙骑兵卫队的荣誉上校。直到今天，为了纪念他，卫队仍然戴着哈布斯堡双头鹰图案的军帽，在《拉德茨基进行曲》中举行仪式。

鸹，北欧雷鸟和黑色雄松鸡；过道上每一寸空间，都装饰有一对狍子的角，上面写着捕猎的时间和地点，字迹变得模糊。图书馆里摆满各种书籍。大厅里摆着一两本天主教祈祷书，《维也纳沙龙简报》和《时尚》杂志胡乱地排列在客厅书架上，也许主人的孙子或侄孙女喜爱诗歌，在窗台上留下一本袖珍版《许珀里翁》或《杜伊诺哀歌》。微缩模型和剪影占据了肖像画和镜子之间的空地。房间里处处能看到纹饰：王冠或头环上用九颗、七颗或五颗珍珠体现拥有者身份不凡，纹章所存之处，皆是主人的私有财产。在一个手工书架上，摆着小开本《哥德年鉴》，镀金书脊颜色各异，摊开来，讲述着男爵的家族渊源。比德迈厄式桌上摆满照片。历经夏日的炙烤，天鹅绒相框上的绿色、蓝色、淡黄色和酒红色变得有些黯淡。压花浮雕的王冠和墨色变黄的签名中间，是弗兰茨·约瑟夫如同善神阿格忒斯·岱蒙的坐像。皇后也像一位仙女，凝视着远方，一只手抚摸着巨大的鹿头。画面上的她，不是站在高高的栅栏旁，就是像天鹅一样扭过头去，露出发辫或者将卷发垂到肩上，与璀璨的钻石交相辉映。

这些城堡的图书馆，无一例外都会摆上一部迈耶版《社交词典》。等到我的德语水平日渐提高，也开始尝试与当地人讨论书中的某些话题，或者去书中寻找答案，尤其是在途中遇到难以回答的问题，总让人如鲠在喉，不吐不快。这样做常常让对方很惊讶，继而心情畅快：至少宾主双方都乐在其中，有时还会激起主人的好奇心，跟我一道去图书馆，翻开厚厚的书卷，在哥特体文字中搜寻有用的信息。要是没有《社交词典》，《拉鲁斯二十世纪词典》或《大英百科全书》也能救急；有一次在特兰西瓦尼亚，还有一次在摩尔达维亚，这三部书居然同时出现在我眼前，令人称奇。地图册和绘本，更是床头必不可少的枕边书。

夜幕降临，据我的观察，城堡房间里点的不是电灯，而是石蜡灯。当烛光照耀在钢琴旁，娓娓的琴声萦绕在耳畔——烛火摇曳生姿，随着演奏者的手指在琴键上跳动，舒伯特、施特劳斯、胡戈·沃尔夫的乐曲依次响起，终曲是舒伯特的《魔王》。在奥地利，音乐在家庭生活中占有重要的地位。不管是练习曲、乐曲，还是断断续续的音符，常常在走廊和家具间回荡。不同形状的琴盒堆在阁楼，积满灰尘，这些乐器见证过往昔的奢华之色，那时，全家人、仆人和客人们集体上阵，组成一支小型管弦乐队。偶尔，大厅里的风琴会奏响一段乐句，图书馆角落里的竖琴正期待有人来拨动琴弦。

与主人道过晚安，我抱着一堆书，沿着挂满鹿角的走廊，踏上旋转石阶朝卧室走去。真难以置信，头天晚上我还睡在牛棚里。而且我建议大家先睡过稻草垛，再睡四柱大床，然后又睡回稻草垛，依次循环，才能体会其中的强烈反差。包裹在柔软的亚麻被里，闻着木柴、蜂蜡和薰衣草的清香，我反而难以入睡，辗转反侧了好几个小时，脑海中不断浮现牛棚、干草堆和谷仓的画面。直到第二天一早醒来，我站在窗前望着远处的原野，这种奇妙的感觉仍然挥之不去。

一月的最后一天，朝阳升起，阳光越过草坪，照亮了掌管四季的维尔图努斯、牧神帕莱斯和果树女神波摩娜的雕像，在无人践踏的雪地上留下狭长的身影。白嘴鸦在林间飞翔，湿润的空气让我隐隐感觉到，多瑙河已经不远了。

每到一处，都能看见城堡。聚集在城镇的边缘，有时宛如一位慵懒的巴洛克美人，从树林间露出曼妙的身体，或者俏皮地将脑袋探出林梢。旅行者习惯了一路上有城堡相伴的日子，等到越过地界，景色发生了变化，他会觉得自己像夏尔·佩罗童话作品中那只"穿靴子的猫"，巡游在贵族的领地上，农夫们告诉他，远处的古堡、牧场、磨坊和谷仓都是卡拉巴斯侯爵的私产。这个新名字让他的心震了一下。之前，他听说过科瑞斯、哈拉赫、特劳恩、莱德布尔、特劳特曼斯多夫和赛勒恩等显赫的名字；随后，卡拉巴斯也被其他的名字所取代。也许是我的运气好，不管在路上或在客栈逗留时，常会遇见这些古堡的住户，而他们给我的印象，绝不像英国评论家科贝特口中那么不堪。村民们也会聊到这些"寨主"及其家庭生活，语气中带着敬重，仿佛正身处教区教堂，面对一本古老的祈祷书、一根高龄的十字架。他们的心情不坏，当厄运、赌博、奢侈或愚笨的行为让一个王朝走向衰落时，古堡在当地人心中的地位更加突显，悲叹之余，也暗自庆幸保留下这样的历史遗迹。

如同供奉《圣经》里的以迦博，这里的人处处都摆着弗兰茨·约瑟夫的老照片，发黄了，变得龟裂，却仍然捧若珍宝。这样的做法令人费解。在弗兰茨统治时期，不管是个人还是国家，悲剧一件接着一件，可谓内忧外患。每隔几十年，帝国就会被民族统一主义者分割掉一块领土——或者更糟糕的是——被邻国兼并。不过，这些土地都位于帝国边缘，居民皆是外国人，口中讲着不同的语言，而帝国中心的生活则一如既往地平静快乐，丝毫感觉不到厄运快要降临。毕竟欧洲各国从古至今都是一个大家庭，历史上通过政治联姻，彼此有着千丝万缕的联系——"有的打打杀杀，而你，奥地利，用婚姻来获得幸福！"——这样的好日子一直延续到一九一九年，奥地利如同被离心机转了几圈，只剩下心脏地区——生活的甜蜜依然在继续。至少在我遇见的人们身上，还能感受到欢欣与活力，很多人怀念维吉尔风格的田园牧歌，对古老帝国仍然心存向往。

在埃弗丁，我住过一晚。中心广场旁耸立着巴洛克风格的宫殿，那是第七代施塔海姆贝格亲王厄内斯特·罗杰·冯·施塔海姆贝格的故宅，在抗击土耳其人第二次围困维也纳的战役中，他立下赫赫战功。如今，当地人又把这个名字挂在嘴边，其原因是施塔海姆贝格亲王正担任地方保安团的指挥官。这是个民兵组织，创建的初衷是对抗左右翼政治极端势力对奥地利的渗透与控制。我曾在乡村公路上遇见过这支队伍，他们身穿灰色制服，头戴像军帽一样的滑雪帽，肩上扛着带花纹的生皮背包。他们看上去温和文雅，与边境另一侧模样凶狠、皮靴声响亮、吵吵嚷嚷的德国士兵形成鲜明对比；不过，在反对派眼中，他们仍摆脱不了纳粹帮凶的恶名。除了奥地利总理陶尔斐斯的画像，施塔海姆贝格的画像在公共场合也很常见，不过与德国境内相比，政治家海报的数量要少得多。画面上的亲王是个高大英俊的年轻人，高鼻梁，下巴并不坚毅。

风景开始发生变化。我沿着一条结冰的林间溪流，走进长满灯芯草、水蕴草、湿地植被、荆棘和灌木的树林深处，藤蔓遮天蔽日，仿佛步入一处史前丛林。空地上结满羽毛状的冰花，让这里又像极地世界的红树林沼泽。树枝被冰雪包裹起来，在阳光下熠熠生辉。严霜将灯芯草冻成一根根易碎的栅栏，灌木丛上垂着尖利的冰锥，顶端融化的水珠释放出彩虹般的光芒。至于鸟，我只看见乌鸦、白嘴鸦和麻雀，不过雪地上随处可见鸟儿的足迹。每年，这里肯定有一段时间水草丰茂，鱼游浅底。渔网僵硬地缠在木杆上，一艘平底小船，大半截船身被冻在冰面。洁白的世界，静谧无声，仿佛一具僵直的躯体。

宁静被突然打破，潟湖上传来一连串拍击声。一只苍鹭慢慢从冰上起飞，翅膀拍打得不紧不慢，飞到箭杆杨的树冠，靠近一大堆蓬乱的鸟巢。另一只看起来是配偶，也奔跑在冰面上，随后腾空而起。一分钟后，苍鹭夫妇翱翔在空中，长长的鸟嘴形成一组平行线。此外，我再没见过其他越冬的鸟，守护着半空的鸟巢，而其余鸟巢，要等到蝌蚪在水中游动的时节，才会再次迎来住户。

这地方棒极了，世间少有，我很难用语言描绘眼前的景象——一半是池塘，一半是冰封的丛林。最后，我来到一处河堤，白杨树间长着山杨、桦树，以及包围在黑莓与榛子树之间的柳树。河对岸，天地间突然变得宽阔，深色的河水奔流不息。在河中央的浅滩上，垂柳形成一片黑压压的半球形鬼影，小岛分开水流。沿河对面一侧，残冰、芦苇、树丛和林木繁茂的山野映入眼帘。

一不小心，我又一次与多瑙河邂逅。我本以为还要赶半天路，才能走到多瑙河边！河水劈开覆盖莽莽密林和皑皑白雪的山脉，以雷霆万钧之势奔向远方。

我掏出地图，上面说河对岸的山坡上便是波西米亚森林。自从多瑙河在帕绍以东一两英里处进入奥地利，这些森林一直长在多瑙河北岸，粗略估算，已经绵延三十英里。

"像这么冷的天气，"一家餐馆老板告诉我，"我推荐你喝点木莓白兰地。"我听从了他的建议，并与他攀谈起来。酒里饱含树莓的芬芳，仿佛植物的灵魂融入了液体——水晶般透明的蒸馏精华，在高脚杯中闪着晶亮的光，尝一口，温度像冰一样冷，看上去就让人心生寒意。不管是浅尝，还是直接吞下肚，你的身子都会不由自主地颤抖起来，酒精分子丝丝地传遍全身——喝完第二杯，刺激感尤为强烈——像爬满玻璃窗表面的冰花，只不过此时你已经没有寒冷的感觉，身体里涌动着一股暖流，畅快淋漓，每一个神经末梢都绽开笑颜。为了对付寒冬，人们发明出很多解药：莳萝利口酒、伏特加、白兰地、丹齐格金水酒。噢，要是没有这些东西，北方的人怎么活得下去！这些抵御冰霜的魔水，亮闪闪的酒杯，让快要凝固的血液再次畅游在体内，唤醒了麻木的四肢，让旅行者在冰雪中奋勇向前。白色的火苗，红色的面颊，我的全身变得暖烘烘，忍不住想在雪地上奔跑。有了这个新发现，我欢欣鼓舞地向林茨飞奔。几英里后，在多瑙河的一处拐弯，出现城市的轮廓。教堂的圆顶和钟楼簇拥在巍峨的要塞周围，座座桥梁通向河对岸、山脚下的一座小城。

我来到市中心的露天广场，挑选了一家看上去不错的咖啡馆，抖了抖身上的雪花走进大门，点了两个煮鸡蛋。好久没吃过这样的美味了！我喜滋滋地用骨勺敲碎蛋壳，然后剥开，将去壳的鸡蛋放进平底玻璃杯，再加上一片黄油……对旅行者们来说，不亦快哉。多亏上天的眷顾，我不但吃到一顿美餐，年轻的咖啡店主和他的妻子还腾出楼上的房间，留我住了两晚。第二天刚好是周日，他们借给我靴子和其他装备，带我一起去滑雪。看样子，整个林茨的居民都在博斯特林思伯格山坡上野餐——这座山就在河对岸——人们沿着雪道飞速滑行。我对滑雪一窍不通，很快就被摔得青一块紫一块，但总算了却了在萨尔茨堡时没机会滑雪的心愿。

夜幕降临，我徜徉在林茨街头。建筑正面涂抹灰泥，漆成巧克力色、绿色、紫色、奶油色和蓝色，装饰有硕大的深浮雕勋章，石雕和石膏板涡卷装饰呈现出一幅动感十足的画面。半六边形的窗扉从二楼伸出，拐角窗形如四分之三个圆筒形，刚好磨去尖锐的建筑棱角，两种窗户都及到屋檐，收缩为细腰，随后再呈圆周状展开，形成线条轻快的圆形屋顶；穹顶、尖塔、方尖碑，与这些带有装饰图案的洋葱头一道，勾勒出这座城市别致的天际线。从地面抬头仰望，螺旋状的纪念柱立在露天广场的石板基座上，顶端托着光芒四射的、圣体匣形状的、与宗教改革精神针锋相对的金色柳钉。除了修建在危岩上，远远看去让人心惊胆战，整座城市充满生机与活力。漂亮的姑娘、典雅的处所和愉快的氛围笼罩在大街小巷。晚上，汉斯和弗里达——我的房东夫妇，带我去一家客栈参加聚会，第二天一早，我继续上路，朝多瑙河下游走去。

但我没有立即上路。依照店主的建议，我先坐了几英里电车，然后转乘一辆巴士，来到圣佛罗莱恩修道院。这是座庞大的巴洛克风格奥古斯丁修会修道院，建在低矮的山间，周围长满苹果树，枝条上盖着青苔和雾凇。各式建筑、供奉的珍宝和藏书丰富的图书馆——只是没有多少画作——让参观者仿佛置身于一个被历史掩藏的处所。离开修道院前，我在钟楼前肃立了好一阵，一位修士陪在身边。随着他手指的方向，我看见山崖上有一些奇怪的裂口，定睛一看，原来是一条笔直的水槽，朝西南方向延伸一百六十英里，穿越上奥地利地区，到达提洛尔与上巴伐利亚的北方边界，直至祖格峰，如幽灵般飘浮在云雾中。

我回过头，往山脉相反的方向行进，但刚才参观过的画作依然留在脑海。我不禁惊诧于这片土地的广大，也再次意识到自己对历史与绘画艺术的浅薄无知。

在荷兰时，我已经注意到，普通英国人在逛美术馆时，对画家及其作品都能略知一二，比如能讲出十来个荷兰、佛兰芒和意大利画家，以及至少二十个法国画家。西班牙画家也能举出几个例子：这要归功于西班牙独特的地形、宗教、习俗，而那里也是英国大学生毕业前的大陆旅行常去的地方。但他——也就是旅途中的我——听说过的讲德语的画家只有三位：荷尔拜因、丢勒和克拉纳赫。其中，荷尔拜因看上去像个英国人；至于丢勒，他是位天才，作品构思新颖，与达·芬奇一道成为文艺复兴时期绘画艺术探索的杰出人物。最近去的几座德国美术馆——尤其是在慕尼黑——让我对克拉纳赫也刮目相看。如今我喜欢的画家名单上又多了阿尔特多费和格吕内瓦尔德。

这几位画家风格迥异，但从他们的作品中仍能找到重要的共同点。他们都生活在德国南部。他们都出生于十五世纪的最后四十年。他们活跃在十六世纪初的几十年，执政的君主起初为皇帝马克西米利安——他被称作"最后的骑士"，一位姗姗来迟的中世纪的幸存者——随后由他的带有一半西班牙人血统、亲历文艺复兴全盛期的孙子即位，史称查理五世。德国画坛在这六十年间发展迅速：画家数量之多，令此前中世纪时期的画坊黯然失色，此后也没有出现过如此盛况。这得益于从意大利刮来的文艺复兴风潮，加上广为流传的人本主义思想，以及新教主义的勃兴。路德也活跃在这一历史阶段；上述五位画家最后都加入了新教阵营。（其中，格吕内瓦尔德年龄最大，一生命运坎坷，后来逐渐沉寂。荷尔拜因年龄最小，行事大胆果断。很难相信，他们是同时代的人，生命重叠了将近四十年。）德国南部与外界的联系主要通过两条途径。一条相对便捷，画家们可以顺着莱茵河，取道佛兰德斯，前往布鲁塞尔、布鲁日、根特和安特卫普的画室。另外一条需要穿过勃伦纳山口，翻越阿尔卑斯山，顺着阿迪杰河，到达维罗那，从那里去曼图亚、帕多瓦和威尼斯就快多了。很少有人选择第二条路，但事实证明，只有历尽艰险，才能收获巨大。在新与旧的社会风尚冲击下，德国绘画取得丰硕成果，画风与凡·德尔·维登和曼坦纳如出一辙。

走在多瑙河岸边，一不小心，我差点与艺术史上一个重要流派擦肩而过。"多瑙河画派"的艺术家们就生活在上文提到的年代，包含多瑙河流域从雷根斯堡到维也纳的多瑙河盆地，北至波西米亚境内的布拉格，南至提洛尔到下奥地利一带的阿尔卑斯山山麓。丢勒与荷尔拜因，虽然分别来自纽伦堡和奥格斯堡附近的多瑙河城镇，但并不是这个画派的成员：其中一位的绘画题材太过广泛，而另一位也许是由于画面构图复杂，或者生活的时代晚了十年。至于格吕内瓦尔德，从地理位置上看，他太靠近西边，姑且只能算作"莱茵河画派"。其实，他的画风与"多瑙河画派"如出一辙。这样一来，只剩下克拉纳赫与阿尔特多费：两人当之无愧成为"多瑙河画派"的领军人物，其余名气小、默默耕耘的地方画家更是数不胜数。

　　每多欣赏一幅画，我对克拉纳赫的怨恨就多一分。画中那些浅色头发的轻佻女子，身穿细布衣服，在夜色里搔首弄姿，看上去怪诞而无美感。但是，联想到画家反对宗教禁欲主义的精神，人物又显得令人玩味。这样的矛盾也体现在"多瑙河画派"其他画家的作品中，甚至推而广之，可以看作是德国现实主义画作中屡见不鲜的主题。

　　"多瑙河画派"的有些作品堪称杰作，其余的也很打动人或讨人喜欢，尤其像我这样第一次接触这个画派的观众，一下子就感受到浓浓的文艺复兴气息，但与意大利艺术家的画作相比，又颇能另辟蹊径。事实上，正是一直以来吸引我的中世纪风格与条顿骑士精神，赋予了这些作品文艺复兴风格之外的德国味道：如绿宝石一样碧绿的青草，代表着郁郁葱葱的树丛，深色的针叶林和侏罗纪时代石灰岩间的低矮灌木；洁白的雾凇作为背景——毫无疑问，这是大格洛克纳山、雷夫霍恩峰、楚格峰和维尔德比兹峰的远景。想领略这样的美景，你得长途跋涉前往埃及，追寻《圣经》中东方三博士的行程，踏上去迦南和伯大尼的小路！一座谷仓顶上盖着稀稀落落的茅草，仿佛是耶稣在阿尔卑斯山的出生地。在长满冷杉果、雪绒花和龙胆根的地方，完成了耶稣基督的变身、经受诱惑、被钉上十字架与复活。在伍尔夫·胡贝尔创作的一幅画中，人物是斯瓦比亚的农家姑娘、留着小胡子的乡下老头、脸颊圆鼓鼓的妇女、干瘪瘦小的老太婆、生机勃勃的耕童和一脸茫然的樵夫——这简直是多瑙河乡村风俗画，在视线之外的两侧，还聚集着一群乡巴佬。整个画面富有生活情趣。构图与笔触算不上精巧，但却浑然天成，在粗犷与细致之间达到完美平衡，让人仿佛身处其间，端坐在北方天空下的一根木桩上，耳畔传来人们叽叽喳喳的说话声。他们操着方言，让人想起斯瓦比亚、特洛尔、巴伐利亚或上奥地利的民间传说。每一件东西都简朴而真实，绝不矫揉造作。要不是林间和田野出现了树精的影子，你一定不会发现画中还蕴藏着宗教和神话的元素——这足以说明画家的高明之处。举例来说，在很多作品中，地球引力的作用似乎被模糊化了。在意大利或佛兰德斯画家的笔下，雄鹰在高空翱翔，而经过"多瑙河画派"的特殊处理，鹰不但飞得不高，甚至气势也全无。布格尔迈斯特以笔调严肃闻名，他创作的圣婴图残忍而血腥，仿佛是幼年时代的赫拉克勒斯，身体被一条大蛇紧紧缠住，看上去根本不像刚刚出生、手无寸铁的婴儿。有了这样的画面特征，其他的元素已经变得不重要，风格一下子让人难以区分。面部像牛脂一样苍白、眼睛眯成一条缝，投射出阴险而疯狂的光芒。脸上肌肉松弛，但牙关紧闭，似乎是由于营养不良，过早掉光了牙齿，而且不知道为什么，人物的身体不成比例。鼻子歪到一旁，目光惺忪，嘴巴张开，活像一个堆好的雪人或村子里的傻瓜。画家何以绘制出如此变形的躯体？一切都是未解之谜。这些人身上既没有体现神圣的主题，也不是邪恶的化身，而且很明显是画家故意为之，并不是画艺不精。难道是一种毒药，渐渐侵入画家的大脑，麻痹了他的心神？

不过，当绘画的主题从田园风光变成宗教殉道，画风为之一变。与拜占庭壁画上的殉道图相比，"多瑙河画派"明显技高一筹，前者绘制的行刑者与受刑者表情相似，带着一种温和的冷漠，而刽子手也像一位工匠，举起手中宝剑形状的钥匙而获得救赎。意大利人在创作时，可谓投入了自己的情感，但画家也将神圣与尊严赋予双方，将殉道的场面变成一次盛大的表演，让观众感受不到丝毫恐怖的气氛。

"多瑙河画派"显然对这样的表现方式不很满意。孔武有力、满脸胡茬、佩戴胸甲的粗人们佝偻着身体，衬衣下摆胡乱地插进裤腰，正摇摇晃晃地走出皇家啤酒屋，浑身散发着啤酒和泡菜的味道，抡起拳头，想找人撒撒气。一个可怜虫不小心成为他们泄愤的对象，一拥而上，拳脚相加。行凶的人们眼神迷离，一边打，一边口齿不清地叫嚷，很快便累得大汗淋漓。他们来自各行各业，有马夫、屠户、制桶匠和学徒以及脱下鲜艳制服的雇佣兵，在酒精的作用下，个个身手不凡，掰住手脚，五花大绑，打得人呼天喊地。他们手中的工具都派上了用场。我猜，画家的窗台，一定正对着死刑台，车轮、路障和绞架常常引来观望的人群。他们还注意到被其他画家忽略的细节，并将其反复运用到绘画作品中。四个壮汉手中的棍棒似乎难以承受他们的重量，给犯人们戴上用荆棘做成的王冠，还有一个壮汉忙着在地上竖起三脚支架。等到犯人作好接受鞭刑的准备，他在对方背上插上草标，随后将其被缚的双手拎起，直到血管鼓起。沉重的桦条要两只手一起才拿得动，碎裂的小枝和树皮很快落了一地。起初，受害者的身体像是被跳蚤咬了疙瘩，后来，疙瘩变成一个个斑点，像豹猫的外皮，被扎进成百上千根树刺。在几轮鞭刑之后，这具垂死的躯体被钉上十字架悬在半空，身旁各有一个腰圆膀粗的重刑犯，双腿叉开，像两根淌血的木棍。对血肉模糊的殉道者来说，十字架是他在人间最后的倚靠。末端呈锯齿状，经过潦草修整的枞木和白桦树拙劣地拼成一个十字架，被受害者下垂的身体拉得弯曲，仿佛随时可能断裂，在地心引力的作用下，钉孔拉得越来越大，手指关节也移了位，像一只展开腿脚的蜘蛛。伤口溃烂，骨肉分离，灰白色的舌头从牙床中伸出，痛苦地痉挛。身体保持死后僵直的状态，悬在十字架上，很符合法国小说家于斯曼对格吕内瓦尔德在科尔马创作的祭坛画的描述，"comme un bandit, comme un chien."（像一个恶人，也像一条狗。）伤口变成蓝色，空气中有种腐烂的味道。

　　不知为何，我的画家名录中居然缺少格吕内瓦尔德，这实在令人意外。头戴荆棘王冠，钉在十字架上的死尸是传统殉道题材的不二法门，给观众造成强烈的视觉冲击，幸好四周还有哀悼的人群和精灵，所以更多的时候，画面传达的是一种戏剧与悲剧效果[3]——至少在我看来——气氛和情绪达到了"悲伤的恸哭"，关于耶稣受难，与他生活在同一时代的英国诗人斯科尔顿曾写过一首诗歌。[4]

---

[3]神秘的、与医学相关的细节，比如爆裂长脓的伤口，也出现在伊森海姆祭坛画上。之所以画成这样，画家本人应该是听从了修士们的建议。祭坛画是为伊森海姆医院而作，后者以治疗皮肤病、血液病、瘟疫、癫痫和麦角中毒而闻名。画面中的细节别有用意。病人在最初的康复阶段，会长时间端详这些带有象征意义的画面。这可以算是一种宗教仪式，让病人发自内心相信他们病愈是得到了上帝的庇佑。

[4]诗句如下：
　　悲伤地流出，
　　我的鲜血，看到了吗，
　　这是为你们抛洒，
　　我别无退路；
　　只能让身体悬在木架，
　　悲伤地流出。

批评家和护教论者将这些残酷的场景归咎于一五二三年爆发的"农民战争"。这场因宗教冲突而衍生的祸端几乎席卷了整个德国南部。尽管有些画完成于早些时候——如刚刚提到的伊森海姆祭坛画，差不多绘制于十年前——弥漫在社会中的紧张情绪，也许影响了画家对作品的整体构思。但如果情况属实，其结果依然不同寻常、耐人寻味："三十年战争"和"半岛战争"塑造出卡洛与戈雅的独特画风，毫无疑问，画家在作品中表现出自己对战争的态度，或者用绘画来记录战争的惨烈。那么，如何解释这一切呢？是延续黑暗中世纪的传统，并没有学到文艺复兴的精髓，而只是汲取了新兴的绘画技法，将难以遏制的灵感尽情释放？也许是吧。但不要忘了，宗教画的作用是劝谕世人。这些画作实现了这个功能吗？很难说。在拜占庭时代，上帝的恩惠降至善人与恶人，双方把手言欢。而现在，又换了另一种表现形式。善与恶，像揉成一块的面团，在肮脏污秽的躯体上集中展现，直到携手步入罪恶的深渊，正是如此落魄的场景，让恐惧赶走了人们心中的怜悯。是高贵的殉道，还是一场悲剧，观众们百思不得其解。是为信仰而献身的圣徒，还是饱受凌辱的重刑犯？画家究竟站在哪一边？没有人能给出答案。

说到"多瑙河画派"，其风格是绕不过去的话题。每幅画都带有一定的特征，或多或少，以阿尔特多费为例，虽然他刻意不让自己的创作受到影响，但他的画还是被打上醒目的烙印，跟其他画家比起来，他就像一只琴鸟伫立在食腐的乌鸦群中。他是雷根斯堡人。我还没去过那座城市——过了乌尔姆，我就转向南方，错过了去那里的好机会——不过，我的脑海中常常浮现出雷根斯堡的倩影。现在，我站在多瑙河的最北端——往下游一百三十英里，便是圣佛罗莱恩修道院——古老的雷根斯堡要塞横亘在多瑙河上，建于中世纪的大桥让这条河上的其他桥梁相形见绌。城垛和尖塔神话般地穿过迷雾，威风凛凛地屹立在这座世上保存最完整的中世纪城市之巅。无论是谁，只要他行走在雷根斯堡的街道，就不难领会神圣的牧歌是如何演变为当地的民间传说，最终与这里的山水交融。经文中的篇章——在圣佛罗莱恩修道院的祭坛画上表现得淋漓尽致——很快被笼罩上神秘的面纱，成为口口相传的故事；尤其从曼图亚到安特卫普，传说像轴上的丝线，一层层抽丝剥茧，让人们在茶余饭后有了更多的消遣。寒冷的冬月，天地一片灰暗，佛兰德斯地区变得空旷寂寥，而《圣经》里的人物，身披淡紫色、深紫红色、柠檬黄和硫黄色长袍，出现在曼坦纳的画作中，举手投足间展现着文艺复兴的风貌。犹太总督本丢·彼拉多——穿着天鹅绒外套，披着深蓝色斗篷，配着流苏，竖着衣领，看上去像一位选帝侯，但头巾的样式又酷似伊斯兰国家的哈里发——他的手中拿着水壶和托盘，上面盖着浅金色的锦缎。通过尖顶窗、五瓣花饰和菱形窗格，能望见远处起伏的山峦、树林、悬崖和愁云缠绕的基督蒙难地客西马尼，夕阳西沉，一派帕蒂尼尔的画风。尽管百夫长是黑色盔甲的骑士，但从他们的头盔、铠甲、护膝和护肘来判断，显然出自马克西米利安统治下的奥格斯堡和米兰。后来，前拉斐尔派画家们借鉴这样的造型，描绘出追逐圣杯的骑士形象，以及童话绘本中的圣骑士。从神圣变为世俗，骑士们仿佛化身为铺天盖地的落叶，伴着圣尤斯塔斯的钟声和用鹿角装饰的十字架，在魔法丛林间飘飘摇摇。

他的画风多变。顶上铺着大戟草与杂草，一座快要坍塌的牛棚立在草地上，纯灰色装饰画法勾勒出耶稣的出生地。透明的巴比伦宫殿现出一条条交错的拱廊，建筑顶上堆积着乌云。宫殿的绘制很讲究透视，让人一下子想到丢勒的拿手好戏，想到博洛尼亚和威尼斯的场景。多么令人陶醉的时代呀！站在纽伦堡高高的钟楼上，丢勒的眼前一定浮现出整个法兰克尼亚：空气中布满看不见的网状虚线，方格中包含莽莽群山，奔跑着越过斯瓦比亚、奥地利和萨克森棋盘状的土地，然后形成一条条弹道，延伸至莱茵河的主教区。[5]

起初，我也不甚了了，幸好一路上欣赏过不少乡村风情画——茫茫荒野，杳无人烟，这是一块连伊卡洛斯都不曾飞临的土地——堪称欧洲最纯粹、最地道的山水风光。只是在数年后，当我多了些见识，才越来越怀念当初站在多瑙河畔所见到的胜景。阿尔特多费尔的《亚历山大之战》——描绘亚历山大在伊苏斯击败大流士的情景——最能体现我此时的激动心情；后来，我来到杜伦施坦，注视着上游滚滚而来的河水，脑海中出现一幅又一幅油画的画面，谁能告诉我，画中的水流并非来自亚洲，如像格拉尼卡斯河这样的古老河流。是多瑙河的峡谷孕育出流水潺潺，被数不清的战役染得血红。一定是这样的。但我初次来到这里，这个念头是怎么钻到脑海中的呢？两军对垒，十月的残阳照在峡谷和敌军的旌旗上，刀剑过处，像刮过一阵狂风，掀翻了旗阵，映红了秋色。虽然昔日的战场被埋在雪下，耳畔却依稀传来砍杀声和马嘶声。

游历与绘画之间的关系很紧密，尤其是类似我这样的停停走走。我一边穿过盖着厚厚积雪的修道院果园，一边忍不住浮想联翩。我经常会走神，如独自走在沉静的田野时，而且自从踏上荷兰的土地，已经数不清有多少次让思绪天马行空，每一段"冬之旅"都让我联想到一位画家。当视线中没有了建筑物，我一下子回到黑暗的

---

[5] 不过，他的眼界还可以放得更远些！这些抛物线的末端并没有交会到一点，而是与许多名胜擦肩而过，比如在半个世纪前，布鲁内莱斯基和阿尔贝蒂就描述过。但尽管如此，多瑙河南部对很多人来说，仍然是一片化外之地。

中世纪。但等到眼前出现一栋农舍或一个村庄，我立刻进入彼得·勃鲁盖尔画笔下的世界。白色的雪花飘落在瓦尔河旁或者是莱茵河、内卡河、多瑙河——之字形的尖顶和屋檐也蒙上一层白霜，勃鲁盖尔最擅长描绘冬日的雪景。还有冰凌，被踩过的雪堆，堆在雪橇上的原木，以及被沉重的柴火压弯了腰的农夫。头戴羊毛头巾、背着小书包的孩童欢快地从村小大门跑出，一路走一路跳，脚上的木屐清脆地敲击在石板上。我心里明白，再过一阵他们就会挥舞着手臂跑到我的跟前，手上戴着连指手套，在雪地上做游戏，或者呼啸着冲过小路，跑去最近的溪流，每个生灵——儿童、成年人、牲畜和狗——都呼出温热的气息，在寒气中化开一团白雾。等到夜色渐渐来临，遥远的地平线上，橘红色的夕阳仿佛坠入冰冻的柳条，万物静谧无声。

我朝东北方走去，脚下踩着山路上的积雪，每走一步就陷得更深一些。树上挤满白嘴鸦，田野上白一块、灰一块，像纵横交错的平行四边形，田埂上柳树成行。一条条小溪穿过田野，冰还没有化开，水流在冰下汩汩流淌，汇入小河。这样一幅画面，宛如勃鲁盖尔的名画《雪中猎人》的背景。唯一的区别是少了猎人，以及他们手中的长矛和卷尾的猎犬。

走过硕大的古桥，我来到河对岸的毛特豪森。一座十五世纪的城堡临水而建，高高的城墙下，汉斯与弗里达正站在码头。能在这里遇见他们，真是让人又惊又喜，还隔得老远，我们就开始打招呼。不用说，今晚又是个狂欢夜。

第二天，我走上一道山麓小丘。昨天黄昏时渡过的恩斯河，在山谷间蜿蜒曲折前行，最后注入多瑙河。起初，两股水流颜色分明，一股如山林般苍翠碧绿，另一股则带着土褐色。我来到佩尔格，多瑙河北岸数英里外的一座小城，河水注入冰冻的土地，河道时而变换方向，时而再次相连，在阿尔达格，山谷变得密不透风。每次走到这样的地方，心情就变得异常沉重。

当晚，我住在格赖因，那里是多瑙河上游一座绿树环抱、充满传奇故事的小岛。峡谷隘路走上去让人胆战心惊。之所以叫这个名字，据说是因为"grein"的发音与一位在多瑙河漩涡中溺水而亡的水手发出的绝望呼喊听上去一样，数个世纪以来，这一条河段的急流和暗礁，不知道将多少船只敲成了碎片。对落水的水手们来说，这样的死法也许是最好的选择：他们被后人看作献给凯尔特人或条顿人的神灵的祭品，而这些神灵，从罗马人到来之前，从基督教传入欧洲之前，就一直秘密地在民间流行。在罗马时代，人们航行至这段险象环生的河道，会往河中抛钱币，以安抚多瑙河脾气暴躁的河神；后来，旅行者们路过此地时，也会事先求神灵保佑。在奥地利女大公、匈牙利和波西米亚女王玛丽娅·特蕾莎统治时期，工程师们对河道进行了改造，航行时稍微安全了些，但藏在水中的暗礁一直到十九世纪九十年代才最终得到清除。在此之前，要想平安通过这条魔鬼航段，只能依靠水手的驾船把式，哪怕到了现在，水手的作用仍然极其重要；湍急的水流卷起滔天白浪，夹杂着一个个巨大的漩涡，让每一个人都不寒而栗。要想闯过险关，船只必须拴在一起，像一艘双体船，然后将粗大的缆绳抛上岸以稳定船身。那些向上游去的船只，岸边会有一群牛或马负责拖拽——数量通常有二三十，但有时也超过五十——再由一队长矛兵护送，好随时对付拦路抢劫的山贼。历史上，渥芬斯丁的城主就靠洗劫过往的船队发家致富，如今，城堡上的城垛还虎视眈眈地望着湍急的河水；第三次十字军东征时，德意志国王巴尔巴罗萨的军队也在此渡河。城堡里的人透过箭形垛口，手足无措地目睹十字军们被河水冲到下游。

多瑙河，尤其是位于深谷中的河段，看上去比莱茵河更宽更荒凉。河上鲜有船影！也许担心被浮冰困在水面，船只大多下锚泊在岸边。我步行了好几个小时，连一声汽笛都没有听到。偶尔有一列驳船——通常来自于巴尔干地区——满载小麦，向上游挣扎着前进。卸完货后，重新装上木板和条石，顺着下行的水流返航。离岸边不远便是采石场和林场，山崖间回荡着爆破声，从水边到山顶，一路都能找到处理完毕的木料。林场被埋在厚厚的雪中，沿着垂直方向开辟出一条条采伐带，砍倒的树木横七竖八地倒在路旁，像一堆撒在火柴盒外面的火柴棍。细一点的树被砍成小块木柴，堆在林间空地上。还没有走到近前，我已经能听见树木轰地砸到地面，以及伐木工的劳动号子。河边，每隔一英里，就有飞转的锯子发出尖啸声，木板在金属的切削作用下逐渐成型，锯屑上热气腾腾，几乎遮住了雪橇的影子。

在这片森林，护林人是另外一个群体：他们身穿罗登呢外衣，脚蹬打着补丁的靴子，与鹿、松鼠、獾和臭鼬为邻。偶尔会撞见其中一个人，胳膊下夹着一支猎枪，胡须上、眉毛上结着冰晶，嘴里叼着烟斗，像"冰雪杰克"一样穿行在树林里。有时候，我们会结伴而行一两英里，勃鲁盖尔画中出现过的猎犬在身旁小跑，始终保持警觉的样子。山里自有山里的乐趣，雪地上留下分叉的蹄印，那是狍子散步的杰作，我还遇见过一两只，呆呆地立在原地，与我四目相对，随后纵身越过低矮的灌木丛，只留下扬起的雪雾。不过猎场看守人告诉我，施第里尔和提洛尔才是寻欢作乐的好去处！我还知道，当一位年轻的猎手悄悄接近并击倒生平第一头雄鹿时，老猎人会用一场仪式来纪念这个重要时刻。形式虽然很原始，却很能体现丛林中生存的法则——或者是对社会的反抗——这个小型仪式在我的头脑中挥之不去。老猎人折断一根枝条，在年轻猎手的肩上重重抽打三次，每打一次，就念出一句祷文：

一为上主，

二为农奴，

三为自古以来的樵夫！

树木在山坡上投下森森的阴影，峡谷里更是漆黑一片。从这里开始，多瑙河钻进一条曲折的山间走廊，河道时而宽得像一间舞场，时而窄得像一道缝，而且伴随峡谷的开合，一两间农舍和谷仓，零散的城堡、孤独的塔楼和隐士的住所，在我的眼前时隐时现。建筑有的掩藏在密林，有的立在高高的山崖。我顺着山路向上爬，身旁不时出现一处断壁残垣，渐渐沉入身下的树丛，随着高度增加，对面山坡的林子仿佛变成由冰碛石和裂缝组成的迷宫，拱形山壁上点缀着草地和村庄，等到我爬到山巅，却又都不见踪影。唯一可以肯定的是，明媚的阳光正照耀着这块世外桃源。我看见有一段河面宽阔得如同一个大湖，而在峡谷的东西两侧，河水在阳光下反射出粼粼波光，让人产生一种错觉，仿佛形成一条条水的阶梯，在山谷拾级而上；最后，流水冲刷出一块块陆岬，彼此遥相呼应，陪伴在一字长蛇般的多瑙河身旁。

起初，间或传来一声刀劈斧凿声或砰然的枪响，打破了山林的寂静。但很快，其他声音也传入耳膜：雪从树枝上簌簌滑下，松动的山石引发一场小规模的滑坡，驳船拉响汽笛，震得两岸的山崖嗡嗡响。我看不见溪流，但潺潺的水声清晰可闻；反倒是白练般的瀑布，虽然相隔好几英里就能望见，却似乎鸦雀无声。走到近前，我终于听见瀑布哗哗的声音，仿佛从天空倾泻而下，越过一座又一座山壁，时而分成几股，时而汇合在一起，消失在树林身后，以一道优美的抛物线跃入河中，又似乎像一条静止不动的马尾，在清风中微微飘拂。脚下的山路拐过一处凸出的山石，起初听见的低沉连续的杂音猛然响亮得像一声炸雷。结满冰柱的岩壁上，一汪碧水狠狠砸向犬牙交错的岩石，顿时水花四溅。岩石形成的水槽，冰雪结成的坑道，以及冻住的欧洲蕨，目送着水流冲到悬崖边上。薄雾中，水流绕过石钟乳和树顶，咆哮着涌入无尽的深渊，不见了踪影。接下来的一段路，我的耳畔始终有流水的轰响，等到声音稍稍减弱，远处的山间又悬挂起一条白色的马尾。

阳光透过成百上千万根松针，在山路上聚成细密的光点，让人仿佛走入魔幻之境。清风浩荡的山林中，我像一个北美的印第安休伦族人，脚步轻盈地穿行于光影之间。有时，太阳尚未升起，密密的针叶林和身形粗壮的硬木，在视线中如鸟儿羽毛般模糊不清，晨雾盘旋在峡谷中，峰峦叠嶂，平日陡峭挺拔的山峰都隐藏在一片氤氲中。每当此时，我就感觉自己好像置身于中欧的山水，甚至行走在遥远的红色印第安人的森林里，要不就是到了中国。随后，一轮红日，宛如画家笔下的带线风筝，飘飘摇摇地升上原本青白色的天空。

下山的路呈盘旋状，林木变得越来越稀疏，阳光也消失得无影无踪。我先是见到一块块草地，随后是谷仓、果园和教堂的墓地，袅袅的炊烟从烟囱飘出，河边有一处村落，我又闻到了人间烟火。

我远道而来，遥望农场屋顶的炊烟
阴影中，环顾四面的巍峨高山。

雄赤鹿、白玫瑰、面包和奶酪、咖啡与杨梅甜酒，是这里餐桌上常见的菜式。一座小小的城堡立在水边，夜色迷蒙，很难看清到底是建在山坡上，还是陆岬上；归林的飞鸟、干枯的灌木和苹果树，将城堡重重包围。潮湿的高墙，立在圆锥形顶的塔楼间。杂草丛生，墙面长满青苔，有些地方还裂开口子，形状与暴风雨中的闪电相似。铁饰变得锈迹斑斑，城垛上的城砖也摇摇欲坠。在冬天，白昼本来就很短，加上莽莽群山的阻隔，朝阳升起的时间向后拖延，黄昏则早早降临。这些建筑看上去根本不适合人居住，但某一个狭小的窗口，却在暮色中亮起一盏微弱的光。谁会住在用石头垒成、终年不见阳光的房间里？难道是想躲藏在六英尺高的石墙背后，用蔓生的常青藤和长满霉斑的树枝来抵御外界的滋扰？我不禁展开联想……也许是一位查理曼大帝宫廷侍女的子孙独居在此，唯一的陪伴是耶稣基督的圣心和她手中的念珠，又或许是男爵的近亲后代；如果是位单身汉，他一定长着海象般的胡子，饱受风湿病的折磨，颤颤巍巍地从一个房间踱步到另一个房间，不停地咳嗽，身旁守着一群爱犬，走廊里黑得伸手不见五指。

在佩尔森博伊格一家客栈的前厅，我吃完晚餐，写好日记——能找到这个好地方，要托好心的市长的福——客栈老板的女儿玛利亚正忙着织补篮子里的衣服，我则坐在一旁，为她画一幅速写。我告诉她自己去圣佛罗莱恩的经历：也许那一天不接待游客，要不就是修道院已经正式关闭，总之，看门人拒绝我入内。我恳求说自己来一趟不容易——穿越了大半个欧洲，就是为了看一眼修道院；到后来，我已经带着哭腔，终于融化了他的铁石心肠。他把我带到一位态度友好的修士面前，后者领着我在修道院各处参观。玛利亚大笑起来。邻桌的一个男人也发出爽朗的笑声，他放下手中的《新自由报》，视线越过眼镜框上方，仔细打量着我。他个头很高，举止像一位学者，长脸上洋溢着神光，一双大眼睛湛蓝如水。他穿着皮马裤和罗登呢外套，一条深色皮毛的大狗静静地趴在他的脚边，狗的名字叫"迪克"，长得跟勃鲁盖尔画中的猎犬一模一样。"你做得对，"他说，"德国这地方，要想进修道院的大门，不会大吼大叫可不成。"玛利亚，以及在客栈借宿的两个船工，都笑着点头称是。

住在多瑙河畔的人，都对这条母亲河充满敬仰之情。两个船工聊起河上的生活，可谓如数家珍。在他们心目中，抛开遥远的伏尔加河不算，多瑙河是全欧洲最长的河流；穿罗登呢外套的男人补充说，多瑙河也是唯一一条贯穿东西方的河流。船工绘声绘色地向我描述多瑙河上的险滩，有些是他们的亲身经历，也有些是道听途说。我惊讶地发现，穿罗登呢外套的男人英语其实讲得不差，但他只在必要时才迸出一个英语单词，其余时间都讲德语。他告诉我，在叙事诗《尼伯龙根之歌》中，多瑙河的地位与莱茵河同等重要。我还没有读过这首长诗，而且老老实实地告诉他，以前只知道莱茵河是诗中故事的发生地。"知道的人确实很少！"他说，"这要怪瓦格纳博士！他的音乐听起来气势恢宏，却跟真正的传说没什么关系。"是多瑙河的哪一段？"就是这儿！一直到下游，到匈牙利境内。"

我们望着窗外。星空下，多瑙河水奔流不息。这是欧洲最宽的河流，他接着说，也是最富庶的河道。有超过七十种鱼类生活在河中，尤其是独有的鲑鱼和两种梭鲈——沿着墙边的玻璃水箱里，就养着一些鱼。多亏有了这条河，西欧的鱼才能与德涅斯特河、第聂伯河、顿河与伏尔加河流域的亲戚保持往来。"多瑙河常有外来的鱼种，"他说，"甚至在维也纳，你都能抓到路过此地、向西边的黑海洄游的鱼。这种情况不常见，但还是有的。鲟鱼一般生活在三角洲地区——啊哈！——但在咱们这儿，数量也不少。"其中有一种叫小体鲟的，在维也纳很常见，味道吃起来很鲜美。有时，鱼群还会游到上游，如雷根斯堡和乌尔姆。体型最大的一种鲟鱼叫大白鲟，个头真大，能长到二十五英尺，偶尔还有三十英尺长的；重量能达到足足两千磅。"不过，这种鱼性情温和，"他接着说，"靠吃小为生。鲟鱼家族的视力都不太好，跟我一样。它们潜在水底，靠触须摸索着前进，在水草中寻找食物。"他闭上眼睛又睁开，脸上带着一种乐滋滋的表情，伸手端起玻璃酒杯。"它们真正的家，在黑海、里海和亚速海。而多瑙河真正的威胁，要数六须鲇！"玛利亚和船工们都点着头，面露悲戚之色，仿佛聊到的不是一种鱼，而是传说中的北海巨妖或《贝奥武甫》中的男妖格伦德尔。还有大鲶鱼！比大白鲟要小些，却是欧洲本土最大的鱼类，能长到十三英尺。

"传闻大鲶鱼会吃掉在水中戏水的婴孩，"玛利亚一边说，一边放下手中没有补完的袜子。

"还有鹅，"一个船工说。

"还有鸭子，"另一个船工加上一句。

"羊羔。"

"狗。"

"迪克最好小心点！"玛利亚告诫道。

邻桌这位博学之士伸出手，温柔地拍着大黑狗毛茸茸的脑袋，对方抬起头，用倦怠的眼神望着自己的主人，尾巴翘了翘。狗主人告诉我，大概在一两年前，人们曾经剖开一条大鲶鱼的肚子，里面装着一条死去多时的狮子狗。

"这种鱼太可怕了，"他说，"可怕得难以形容。"

我问他大鲶鱼究竟长什么样子，他冥思苦想半天，最后说道："就像一头野兽！你瞧，这种鱼没有鱼鳞，通体摸上去滑溜溜的，色彩暗淡，还黏糊糊的。但那张脸！好家伙！看上去平淡无奇，小眼睛瞪着你，一看就讨人厌。"说着说着，他的眉头纠结到了一起，镜片后面的双眼眯成一条缝，显得怒气冲冲——"还有那张大嘴！"他继续说道，"最可怕的就是那张嘴！里面长着一排排尖利的牙齿。"他咧开嘴，来回错动自己的下颌骨。"还有很长、很长的须，"他用指尖在脸颊上比画，"嘴巴两侧各有一根。"他挥舞双臂，模拟大鲶鱼的触须在水中摇摆的样子。"就像这样！"他说，慢慢地从椅子上站起来，隔着玻璃酒杯，冲着我摆出一副龇牙咧嘴的样子。一条大鱼仿佛正悄无声息地在房间里环游。玛利亚说了声"我的天哪！"笑容中带着一丝紧张与不安，大黑狗也跳起来，汪汪地叫个不停。最后，他结束了表演，重新坐到椅子上，微笑着向被吓得不轻的观众们致意。

我觉得自己找到了一座金矿，机会难得！于是继续追问眼前这位"万事通"：植物、动物、历史、文学、音乐、考古——他肚子里的知识比我去过的任何城堡的图书馆都要多。他的英语是跟女家庭教师学的，词汇量丰富，对习语的掌握熟练，他还曾多次去英格兰旅行，这让他的英语水平更上一层楼。谈到多瑙河岸边的城堡，他如数家珍，因为他本人就是一位住户：真是踏破铁鞋无觅处，他的家居然就在埃弗丁附近，是一座破旧的城堡。我路过那里时，见到过苍鹭的空巢，而在他年少时，也痴迷于观察河上的水鸟。他真像一位放荡不羁的波西米亚人，又像学识渊博的吉卜赛人。

他正在返家途中。此前，他去伊布斯研究当地的古物，这座小城恰巧就在河对岸。他主要研究"伊布斯骑士"汉斯墓中的雕像："棒极了，"他说，"别处见不到如此精彩绝伦的艺术品！"他向我展示一张教区牧师为他拍的快照。（确实不同凡响，第二天，我也渡河来到对岸。骑士像为高凸浮雕，呈长方形，刻满哥特式字体，完成时间是一三五八年。这位骑士参加过在克雷西和普瓦捷的战役，与法军总司令杜·盖斯林和"黑太子"英王爱德华生活在同一个时代：换句话说，正好是骑士时代。他披着全身甲，右手戴着铁手套，手握一根长矛，矛尖飘着细长的三角旗。另一只手，肘部弯成直角，将身上的胸护甲挤到一边，现出细腰，手按在双头剑柄，上面还捆着一张锯齿状的盾牌。他头上的尖顶钢盔形似一个杏仁，护住脸颊、下巴和咽喉部位，像修女的包头巾，连位置都一模一样，只是用金属替代了浆洗的亚麻布，如此看来，修女们反倒有了骑士的样子。一张巨大的橡树叶状羽冠搭在他的肩头。弯曲的线条，让骑士的形象变得生机勃勃、富有诗意，这倒是相当难得。）

提及里德·冯·伊布斯，我询问这个姓氏中的"von"（冯）是什么意思。他向我解释"里德·冯"和"埃德勒·冯"——即某某地方"的"骑士或贵族——是如何从封建领主演变而来，并享受骑士俸禄的。谁知到后来，骑士反而沦为贵族等级中最低的一级。在英国人眼中，德国容克都是好战分子，于是乎，骑士形象都是残忍的恶魔；而在奥地利，人们口中的骑士，不外乎是性情温和的乡绅。这里，不得不讲几句题外话，说说中欧的贵族体系。我对贵族的了解很肤浅。在德国旅行时，很多贵族头衔引发了我的强烈兴趣：领主伯爵、边疆伯爵、莱茵伯爵、森林伯爵。谁是拜罗伊特和安斯帕赫的边疆伯爵？为了解答这个问题，我开始研究神圣罗马帝国的历史，了解从查理曼大帝到拿破仑战争时期，贵族头衔是如何在全欧洲风行一时的。在我看来，选帝侯是最主要的原因——皇帝由贵族和高级教士推选产生的制度维持了很多年，直到被哈布斯堡王朝的世袭制取而代之。在登基之前，这位未来君主的身份是罗马帝国治下封邑的国王。"是吗！"他说，"英国也有这样的例子，像康沃尔的理查，他是国王约翰的儿子！妹妹伊莎贝拉嫁给神圣罗马帝国皇帝腓特烈二世！但理查从来没有登上宝座，可怜的人——你知道的吧。"——我只好点点头，无可奈何地接受他的质疑——"他后来郁郁而终，告别人世前，儿子'日耳曼的亨利'也在维台尔勃，被为父亲报仇的盖伊·德·孟福尔杀死。但丁在《神曲》中写过……"我对他的博学心服口服。他谈到，随着帝国分崩离析，封邑开始新一轮纷争；之后，他开始向我介绍条顿骑士、波兰贵族与他们推选的国王、摩尔达维亚-瓦拉几亚大公，以及罗马尼亚的贵族波维尔。他赞颂留里克王朝，帝国的后裔散布在广阔的俄罗斯平原，包括基辅与诺夫哥罗德的大公、克里米亚鞑靼人的可汗和蒙古游牧部落的首领。要是没有外人来打扰，我们会一直聊到中国的长城，进而越过大海，来到武士生活的国度。[6]我们在某些方面观点一致：从查理五世时代以降，饱学而有教养的奥地利人采用了一种与西班牙人截然不同的统治方式。他对贵族们的腐败堕落持否定态度，但话语中处处表现出对贵族制度的依恋。在整个中欧，贵族阶层像野火一样蔓延。"英格兰的情况最好，至少保留下贵族传统。瞧瞧我跟我的弟兄们！有名无实而已！"我问他是否愿意废除掉贵族头衔。[7]"那可不行，"他斩钉截铁地说，"哪怕代价再大，都应该想办法保留下来——这个世界本来就缺少乐趣。好处不是一点半点——什么历史的发展、社会的演变，都是骗人的鬼话。想想看，我们消失了太多东西。大羚羊！奥克兰岛的秋沙鸭！大海雀！古代的巨鸟！"他咧嘴笑着说："你真应该去拜访我的叔叔和婶

---

[6]我喜欢这些历史话题。很快，我在社会历史方面的知识就增长了不少，冒充一位专家绰绰有余。当然，你会觉得我是个骗子，但凭心而论，要是谁能给我讲上这么一大通，不吃惊才怪！

[7]官方已经剥夺了他们的头衔，但这些贵族的后裔们似乎并不关心，仍然摆着以往的派头。

婶。"但转瞬之间，他又眉头紧锁，一脸愁容。"什么都在消失！他们说要在多瑙河上修建水电站，一想到这个，我就浑身发抖！他们想驯服这条全欧洲最狂野的河流，让她温顺得像城市里的小水塘。那些从东方游来的鱼儿——将永远找不到回家的路！永远，永远，永远！"他看上去神情沮丧，我赶紧换了个话题，询问历史上住在这里的日耳曼部落——马科曼尼人和夸地人——我差点想不起这两个古怪的名字。"什么？"他脸上的阴云一扫而光。这些长头发的、沃丹神的崇拜者们生活在森林里，而在河的对岸，就是罗马军团的士兵每天操练的练兵场。他讲得眉飞色舞，短短十五分钟，我就对欧洲民族大迁徙的历史有了深入了解，相比我花上一周时间研究厚重的地图册，真是事半功倍。

其他人早已上床就寝。喝完第三瓶朗根洛伊斯酒，我们终于站起身来。他走到一个玻璃水箱前，望着一条鼓着大眼睛、体形庞大的鳟鱼在水草间优雅地穿行。"真遗憾你没有爬上圣佛罗莱恩修道院旁边的小山，"他说，"你该去看一下斯泰尔和恩斯山谷。"——想起来了，路过毛特豪森时，我见到过对面那条碧水蜿蜒的峡谷——"只有几英里路程。舒伯特在那儿写出了《鳟鱼五重奏》。也是在徒步旅行时，跟你一样。"

他吹起口哨，伴着舒伯特的音乐，我们朝盖满雪花的码头走去。迪克欢快地跑在前面，好几次差点滑倒在冰上。对岸，伊布斯城钟楼俯瞰着城里的屋檐和树顶。而在我们这一侧，稍稍抬起头，就能望见洒满星光的巴洛克式城堡。"看见从左边数的第三扇窗户了吗？"他问我，"那是我们的末代皇帝卡尔出生的地方。"沉默了片刻，他继续吹起口哨，《鳟鱼五重奏》的乐声飘荡在夜空。"每次听到这个旋律，"他说，"我就会想起浩荡的多瑙河水。"

6. 多瑙河：通往帝国之都

第二天清早，我们乘船来到对岸的伊布斯城，返回客栈后，又晒着太阳，一直聊天聊到中午。等我出发的时候，日头已经偏西，夜幕很快降临，我只赶了五英里路，借宿在一家为猎人们准备的酒馆。炉火燃得很旺，墙壁上挂满猎枪、匕首、动物的角、猎兽夹、獾皮、雌红松鸡、鼬鼠、野鸡和鹿。屋里的家什都用木头、皮革或兽角做成，鹿角充当烛台。身旁聚着一些地地道道的护林人，从克雷姆斯来参加每晚上演的聚会。一个乐手不知疲倦地拉着手风琴，缥缈的酒气中，人们开始放声歌唱，哪怕是一支民间小调，听上去都悦耳动听，比如《分手时悄悄说声"你好"》《再见，我的小近卫兵》和《在一个小点心店》。歌声洋溢在白马酒馆，朝气蓬勃的进行曲也相继响起，像《德国大师进行曲》（"我们是平凡的步兵团"）、《皇帝猎手进行曲》、《拉德茨基进行曲》和《约翰大公之歌》。谈到艺术修养，伦敦人的水平的确不敢恭维。巴黎则好得多，从中世纪最杰出的抒情诗人弗朗索瓦·维庸到莫里斯·切瓦力亚再到约瑟芬·贝克，大师级人物层出不穷，意大利那不勒斯也是如此，更不用说奥地利的维也纳了——"晚安，维也纳"；"特别是我，一次又一次来到格林津；维也纳，维也纳，只有你，只有你独自一人！"——歌声中饱含深情，眼泪模糊了双眼，一股思乡之情油然而生。随后，我们来到梦境中的施第里尔和提洛尔：山峰、峡谷、森林、溪流、母牛的颈铃、牧人的短笛、羚羊皮和鹰群……眼前的一切变得恍惚，仿佛被抹上一层金色。我最喜欢《安德里斯·霍费尔之歌》，这位提洛尔的起义军首领带领人民抗击拿破仑的大军，兵败后，在曼图亚英勇就义，日后成为奥地利人赞颂的民族英雄。我又多了两位朋友，我们一起在夜半时分走在峡谷中，边走边唱。我们路过一个磨坊，风车的叶片结满冰霜，在夜色中闪闪发亮。我们下到河边，划着船，经过一座环形堡垒，对岸的钟楼高高越过树顶。我们踏上珀希拉恩镇的石阶，有人推开窗户，怒气冲冲地叫我们闭嘴。

我们正行进在《尼伯龙根之歌》中提到过的多瑙河上的地标！之前，我那位博学的朋友告诉过我，在整部史诗中，只有这里没有经历过杀戮的洗礼。边疆伯爵罗杰曾在这里的城堡宴请尼伯龙根-勃艮第人，草地上扎满彩色的帐篷。在六弦提琴伴奏下，他们载歌载舞，订下婚约。随后，大军继续开拔，前往匈牙利。"再也没有人，"诗句中这样写道，"活着回到珀希拉恩。"

河面再一次挣脱两岸群山的束缚，变得宽阔起来。没走多远，就能遇上一座小镇，静静地立在岸边，风景映在水面，像一幅静止的水墨画。尖顶、色彩艳丽的回廊，配上铁制的纹饰和对称的百叶窗，在码头边站成一溜。几座拱门出现在回廊背后，赤褐色或硫黄色的圆形屋顶由房檐支撑，山坡上通常会耸立一座城堡，崎岖的河床钻入峡谷中的密林深处。码头、渔网和锚链，说明这里是多瑙河上的良港之一。

严格地说，波西米亚森林走到多瑙河上游，便停住了脚步。古老的波西米亚王国，在过去三百年中都是帝国版图的一部分，在一九一九年捷克斯洛伐克建国后，正式成为一个消失的历史名词。以前，波西米亚被其他国家团团包围。也不知道莎士比亚的笔下如何会写出"波西米亚海岸"这样的舞台指示语？莎翁在《冬天的故事》中提到过这个富有神话色彩的国度，如同他在《第十二夜》中提到的伊利里亚。至于波西米亚的风土人情，近似于《爱的徒劳》中的纳瓦拉与《麦克白》中的苏格兰。事实上，作为新教徒的一处重要据点，波西米亚在当时负有盛名。选帝侯巴拉丁伯爵——他是新教徒在欧洲的杰出代表——迎娶了伊丽莎白公主，而且在莎士比亚去世三年后，登上波西米亚国王的宝座。（还有名噪一时的波西米业的"冬之女王"！莎士比亚一定认识她，据好事者研究，《暴风雨》一剧中的婚礼舞会就是为伊丽莎白的大婚而作。）既然如此，莎士比亚怎么会将她的王国想象成临海的呢？

我朝下游走去，脑子里一直琢磨着这件事儿。"Coast"（海岸）一词也许意味着"side"（边）或"edge"（缘），并不一定与"大海"相关！我脚下这条路，说不定就通向波西米亚海岸——至少是走到森林的边缘：这与莎士比亚的本意相去不远了！[1]

让我们快速温习下相关剧情。古时有位西西里国王，疑心自己刚出生的女儿珀迪塔是王后赫尔迈厄尼与波西米亚国王的私生女。一位叫安提柯的朝臣，设法让珀迪塔免遭国王的毒手，他将女婴藏在自己的袍子里，逃出宫廷，乘船来到波西米亚。但他是如何过去的呢？莎士比亚没有说。难道是通过黑海？我设想他从西西里首府巴勒莫起航，在的里雅斯特上岸，由陆路长途跋涉，然后在维也纳

---

[1]真正意义上的波西米亚，即现在捷克共和国的边界——在我正北方大约二十五英里处。

乘船溯流而上。船只遭遇过可怕的风暴，也许还穿越了格赖因河段的漩涡与险滩。安提柯，这位年迈的朝臣，哆哆嗦嗦地登上河岸——说不定就在韦尔芬斯泰因城堡一带！——在电闪雷鸣中，他急匆匆地为襁褓中的珀迪塔找到避雨之处，他希望能怜惜一下婴儿，但是却被熊驱逐离开，"Exit pursued by a bear"已成为莎士比亚最著名的舞台提示之一。（如今，奥地利的山林中已经找不到熊的足迹，但在古代，数量可不少。）就在熊准备吃掉安提柯时，珀迪塔被赶来的老牧羊人救起，将这个小生命带回家中，将其当作自己的女儿抚养成人。十六年后，在剪羊毛节上，昔日的预言终于得以实现，珀迪塔与生父重逢，两个国王重归于好。剪羊毛的地方说不定就在我身旁山坡上的农场里……

一天前，我正急急忙忙地朝维也纳赶去："先生，也许我能为这个困扰专家多年的难题，提出一些自己的新见解。"听众们反应不一，有些人附和赞同，也有些人不置可否。

究竟是谁错误地引用了"波西米亚海岸"这个表达？正确的舞台指示，依我在维也纳第一天的见闻来看，应该是："波西米亚，一个大海附近的荒凉国度。"

不知讲出这样的话，会不会让全剧轰然倒塌。

到了晚上，满天繁星衬托出澄澈的夜空。破晓之前，缭绕的轻雾让天色变得灰蒙蒙，山顶的积雪被一早一晚的阳光照得通红，像羞红了的脸。壮美的景色，让我有些目不暇接，独行时天马行空的思绪，压得太阳穴隐隐作痛。我仿佛置身于一座公园，无论如何都走不到尽头，树林、庙宇、楼台，雪地上留下一行孤单的足迹。

走过最后一片水草地，眼看山口又要渐渐收紧，我终于来到多瑙河上的另一处地标。建在高高的石灰岩山崖上，两座巴洛克风格塔楼和一个更高的圆形屋顶之下，数不清的窗户层层叠叠。梅尔克到了。这座修道院高大巍峨，造型恰似一条古罗马的五桨木船。

没见到看门人。一个年轻的本笃会修士看我在门房左顾右盼，态度友好地叫上我，一起走进宽阔的庭院。我的运气不错。他能讲流利的法语，而且见多识广，是理想的导游人选。

之后的行程，完全可以用互不搭界的音乐术语串联起来。此时此刻，我的脑海中仿佛又开始奏响一段段乐曲。随着我们走过一个个庭院，序曲和前奏曲相继响起。爬上一级级台阶，就如同跳起一支帕凡舞曲。回廊像二重、三重或四重赋格曲。每一间套房都有不同的风格与装饰，营造出独特的氛围，恰似交响乐的不同乐章。走进图书馆，一排排金色的书脊向世界尽头延伸，耀眼夺目；画框、地球仪和星象仪都闪闪发光，耳畔似乎传来神秘的乐声，那是一首宏大而精致的复调作品，首先由木管乐器奏出，短暂的休止符后，小提琴、中提琴、大提琴和低音提琴相继加入，空中飘荡着长笛的旋律。最后，天花板上传来震耳欲聋的号角，所有的一切都振动起来，人也变得晕乎乎的。教堂的穹顶仿佛主宰着芸芸众生，阳光透过彩色玻璃照进来，与椭圆形窗、弦月窗和其他窗户反射的光线交织在一起。油画、扇形锦缎和分层的檐口渐次升至房顶；柔光洒在带有凹槽的壁柱、环形金色辐条和雕刻出的祥云托起的方尖塔上，飘入蜂巢状的小礼拜堂，让整栋建筑笼罩在一片静谧的云海。音乐忍而不发，等待着齐声奏响的时刻到来。想象中，乐器各就各位——铙钹已经就位，几乎等不及打破慑人的宁静；大鼓的鼓面微微振响；双簧管的簧片期待空气的通过；铜管和木管乐器严阵以待；指尖紧扣在竖琴的线上，五十把看不见的琴弓即将拉响五十根羊肠弦。

在我看来，能在沿途的山坡上发现著名的地标性建筑，是此行最大的收获。从布鲁赫萨尔开始，我的收获接二连三。过去的几周里，我走过一道接一道山梁，雪光白得让人睁不开眼。阳光越过门梁和缺口三角楣饰，照亮了窗台和天花板，让人在视觉上产生一种错觉，恍惚中看见耶稣升天、显出圣容或圣母升天的奇景：奶白色的灰泥塑造出花团锦簇，堆积的雪让花环更加圣洁庄重，芦苇、棕榈叶、卷须、扇形贝、海螺和骨螺营造出难得一见的幻象。

在这座富有巴洛克风情的建筑内，处处体现出洛可可造型元素，这种堕落而魔幻的风格在过去几十年中相当流行，令人窒息的美感将教堂变成宫殿，将宫殿变成舞厅，将舞厅变成修道院，最后又回归教堂的老路！貌似矛盾的造型，看上去却无比和谐。云彩飘在天空，小天使展开翅膀，源于希腊神话的丘比特在坟墓上飞舞。他们戴着法冠和红衣主教的帽子，被窗帘和牧杖绊住腿脚；石头雕刻的耶稣门徒和教会圣师衣着华丽，像一位博学的百科全书编纂者，投下宽容的眼神。女性圣徒像摆弄骰子盒和扇子一样展示用来折磨殉道者的刑具。伯爵夫人们穿得像水中的仙女，集万千宠爱于一身；难以分辨雌雄的侍臣抛着媚眼，似乎就要从天花板上走下来，朝过往的人群打着手势。分不清何为神圣、何为亵渎，心灵的忏悔成了多米诺骨牌游戏，想必更符合化装舞会的气氛。

梅尔克修道院建成后的半个世纪，正赶上洛可可艺术为布景造型提供更富有想象力的空间。这种轻盈纤细的风格被运用在设计的方方面面，从走廊上的立柱，到门闩上的花纹，将秀雅之美发挥到极致，尤其偏爱使用木制和石制的器具。天才的奇思妙想，继承了古罗马的维特鲁威和帕拉弟奥建筑风格。凹面和凸面首尾相接，连在半露方柱上，交织成华丽的阿拉伯式花饰；水中泛起涟漪，瀑布垂下银色和蓝色的水滴，落在门楣，凝结在窗帘帷幔上，形成一根根人造的冰锥。其他的构思还包括仿制的喷泉和藤蔓式样的柱廊。光线分配得很均匀，似乎产生一股浮力，托起没有翅膀的圣人和福音传道者，让他们飞入从云隙间射下来的阳光，漂浮在飞檐、拱肩和莨苕叶上；用作建筑装饰的缎带打着褶子，看样子在硬纸盒上捆扎过很长时间。田园诗的场景描绘在房间内部的墙面上。神庙和圆柱形的圣祠点缀着《圣经》中的山水。中国的亭子、非洲的棕榈树、尼罗河的金字塔、墨西哥的火山和印第安人的帐篷打造出一处世外桃源。墙上的镜子映出这些风景。壁突式烛台火光闪烁，金色和银色巡回流转，丰收的果实、捕获的猎物、武士的面具照在过道两侧的玻璃镜片中，让走廊的景深变得无穷无尽。有些镜子，背面的水银已经脱落，漫射出水下世界般的幽暗，让这座充满光华的楼宇，偶然间多了一丝伤感。

参观者常常抬起头，欣赏一幅幅用纯灰色装饰画法、粉蜡笔画或多色装饰的轻快场景。这些场景线条简洁，点缀着不对称分布却保持平衡状态的白色飞檐，将一个个房间包围在光辉华丽的气氛中。栏杆上雕刻着《圣经》中的故事，水汽弥漫在河岸，远山影影绰绰。代表四季的风物，中国特色的田园。曙光女神奥罗拉赶走了夜之女王，身穿画家华托笔下典型风格服饰的三位女士，为手中的鲁特琴和小提琴调好音律，在废墟、方尖塔和装满禾捆的车辕间演奏。太阳快要沉入威尼斯的一个潟湖，云朵被染上金边，歌者的脸上仿佛罩着一层面纱，嘈嘈切切的乐音道不尽人世间的幽怨；每一个经过的人，都不免心生伤感，因为时间就快到了，乐句行将结束，意味着此次洛可可艺术之旅就快画上句号。

不知不觉间，已到正午时分。和煦的阳光将我们包围，时钟刚好敲响十二点。树林沐浴在金箭般的光线中，多瑙河像一条黄色的带子。雪原上满是溜冰的人，透过玻璃窗，小小的身影快速地打着旋子。我们站在大厅中央，天花板由立柱支撑，绘着沉沉的乌云，而在窗外，滑冰者们还在雪地上撒欢，似乎要将热情持续到第二天黎明——这一幕，和盛大的舞会场面多么类似。帷幔也在旋转，粉红色的鞋面上下翻飞。我们仿佛正站在一块巨大的玻璃舞池旁，我的修士朋友拉着我的胳膊，匆匆走了几步，杰里科的乡村风景出现在眼前，像一幅立体逼真的错视画，持续变化的焦距让人头昏脑胀。他笑着说："画面有些发灰，你觉得呢？"

是不是像喝醉了一样，有点微醺……一点没错。我们之前一直在聊洛可可艺术在宗教和世俗世界中的相互影响，曾经有片刻光景，连我身旁这位同伴都受到一些触动：他似乎脱离了修士服、肩衣、头巾和斗篷的羁绊，解开抹着香粉的辫子，丝般光泽的头发从锦缎衣服表面滑落。他俨然成为与莫扎特同时代的宫廷宠臣。他一边漫步，一边高声谈笑，左手好像按在腰间的剑柄上。右手握着一根手杖，每当介绍得兴起，就举起来在空中不停舞动，尤其是向我指出天花板上的画中有什么深意和玄机时。这时候，他的腰朝后弯得厉害，为了保持身体的平衡，他像彩绘大师皮诺内西一样伸出一只前腿，我的耳畔顿时传来脚跟与棋盘格状的地板吱吱呀呀的摩擦声。

修道院的某座钟楼响起一阵更为急迫的钟声，我的向导缓过神来，连连向我致歉。他再一次回到现在，领着我加快脚步。很快，我已经走出几里地，俯瞰着多瑙河，修道院的圆形屋顶掩映在树丛中。随后，成对的金色十字架和圆顶上的十字架也消失在视线中。到后来，山谷里一片郁郁葱葱，抹去了修道院的踪迹。傲岸的尖塔，也许已经变成了鸽子们的安乐窝。

有些发灰。这样的描述真是恰如其分。

多瑙河南岸的小路一直通向瓦豪河谷，这里的名气与我在圣诞节时去过的莱茵河河段或法国都兰地区的卢瓦尔河不相上下。梅尔克就位于河口。难以计数的城堡耸立在多瑙河沿岸，高得让人眩晕，残破得更厉害，看上去更像是寓言中人物的居所。河岸又高又陡，流水侵蚀出一道道半圆形的河湾。城堡背后的山坡很平缓，开辟出一层层葡萄园和果园，春天到来时，这里一定绿意盎然。河水经过长满草木的沙洲，驻足环顾，我凝望着蜿蜒的水流像长长的梯级延伸到天之尽头。此情此景，让人一下子联想到《尼伯龙根之歌》，以及其他流传久远的神话故事。如果要问哪一处山水最能孕育出骑士豪侠和传奇史诗，非此地莫属。多瑙河的粼粼水波，流过亚瑟王的卡美洛宫殿或凯尔特人的阿瓦隆岛，森林中有神兽出没，游吟诗人的歌声和嘹亮的号角回荡在耳边。

我坐在白桦树下，将熊皮尔城堡画在速写本上。这座城堡白得仿佛一件象牙雕刻，立在突出的山崖上，几乎四面环水，孤零零的白色高塔，托着红色洋葱般的穹顶。"那是塞勒恩男爵的城堡。"一位路过的邮差告诉我。细细的烟囱飘出一股纤细的白烟：午餐一定做好了。我猜想男爵一家此刻正坐在长长的餐桌旁，饥肠辘辘，却仍然举止优雅，双手紧握刀叉。

一只苍鹭，在北方的天空飞得漫不经心，高空还盘旋着一只展开翅膀的猎鹰。我在想，鹰眼看到的河流景象一定跟我眼中没什么分别。我已经爬上阿格斯泰恩城堡的废墟——这段路走得很辛苦，因为我找了一条地图上没有标注出的便道——站在碉堡的城垛上，我总算可以喘口气。脚下这片犬牙交错之地，历史上曾经有过太多可怕的传说，但我选择经过此地却另有原因。两天前，与客栈里那位博学者的闲谈，让我萌生了造访这座荒废城堡的念头。

在我看来，像游牧民族一样四处溜达，才能体会到旅行的妙处。慢慢地、用心去体会！宛如一片孤独的浮云，时而待在一处，时而改变住所，迈着华尔兹般的舞步，有时几乎静止不动，地图上的标记已经很长时间没有更新，潮湿得快要发了霉。在预先设定的日程表上，突然多了件让人跃跃欲试的安排，真是让人心情大好！

记得之前我曾经提到过，我们——或者我遇见的那位博学之士——聊到过马科曼尼人和夸地人，他们古时候就生活在这条河以北的土地上。马科曼尼人的栖息地稍稍向西，而夸地人就住在我们借宿的客栈的地区。"没错，"他说，"他们在这儿待了好一阵子……"他用手中的铅笔头，在《新自由报》的背面画了一幅简图向我示意。一条又长又弯的线条代表多瑙河；一串黑点则是定居在沿岸的不同种族；随后，他用笔勾勒出东欧的整个轮廓"……突然，到最后，"他说，"发生了一些事！"一个巨大的箭头出现在画面右侧，指向河岸边的那些小黑点。"匈奴人来了！眨眼工夫，所有的位置都发生了变化！"他的铅笔在图上飞快地写写画画。小黑点也长出箭头，表明人们踏上迁徙之旅，路线曲曲折折，一直到中欧和巴尔干才结束，看上去就像魔鬼的尾巴。"一片混乱！西哥特人逃到多瑙河下游南部，在那儿找到栖身之所，而且在阿德里安堡击败了东罗马皇帝瓦林斯的军队，就是这儿！"——他用铅笔头指着图上的一处地点——"时间是公元四七六年。后来——只过了几十年"——铅笔在亚得里亚海的顶端画了个大圆圈，然后指向草草绘制的意大利版图"——我们拿下西哥特国王阿拉里克！占领了罗马！帝国一分为二——"他的语速很快，让我想起体育评论员"——西罗马帝国苟延残喘了一个多世纪。西哥特人也一路向西"——一个弯曲的箭头向左边指去，钻入法国，并很快形成伊比利亚半岛。"向西部前进，年轻的哥特人！"他嘴里喃喃自语，手中的铅笔绘制出横跨法国和西班牙的西哥特人王国的疆域，速度快得让人吃惊。"我们在这儿！"他说。他沉思了片刻，心不在焉地用手中的笔在葡萄牙北部与加利西亚之间画出一个椭圆，我问他这代表什么。"是苏维人，或者说斯瓦比亚人：他们也搬了家。不过现在，"他继续说道，"这里变成汪达尔人的地盘了！"又在斯洛伐克和匈牙利之间连上几根模糊的线条，形成一条粗线，往西边的多瑙河奔去，最后进入德国境内。"公元四〇六年，越过莱茵河，然后横扫整个高卢——"他手中的笔画出一条曲折的波浪线，贯穿整张报纸"——三年后，翻越比利牛斯山——他们到了这儿！——然后进入安达卢西亚——还有，噢！——"铅笔掠过想象中的直布罗陀海峡，重新回到东部"——沿着北非海岸线，来到——"笔尖下出现蜿蜒的海岸，最后停下来，重重地画出一个黑色的点——"迦太基！由盛转衰只用了区区三十三年！"他手中的笔又开始忙碌，我向他询问从迦太基到地中海这一段的虚线代表什么意义。"那是汪达尔人国王金塞里克的舰队，恶行累累。他带着军队，在四五五年将罗马城洗劫一空！

那时，海上的往来很频繁。"他又回到报纸上方，用笔画出海岸、河口和半岛："这是易北河，这是日德兰半岛。"左侧角落画出一个箭头，上面添了一条曲线，像是硕大的屁股，他告诉我，那里是肯特郡和英格兰东部。从易北河的河口到英格兰，铅笔头画出很多小黑点。"——这就是你的先祖，最初的盎格鲁撒克逊人，就在金塞里克攻下罗马的前几年，他们纷纷来到不列颠。"在贴近撒克逊海岸的地方，他画了两只蝌蚪状的东西：是什么呀？"撒克逊王亨吉斯特和他的兄弟朱特人首领霍萨。"他一边说，一边将玻璃杯斟满酒。

　　这真是学习历史的妙招！此时，又一瓶朗根洛伊斯酒被打开。他才讲了五分钟；马科曼尼人和夸地人还没有提到……这位博学者大笑起来。"我一高兴，就把他们忘了！马科曼尼人的日子过得很自在，"他说，"他们过了河，成为巴育瓦人的祖先——巴育瓦人就是后来的巴伐利亚人——我的祖母就属于这一分支。至于夸地人！罗马历史书上经常提到他们。但突然间，凭空消失了——一个人都没有剩下！差不多就是汪达尔人向西部挺近的时候……"他们也许跟汪达尔人并肩同行，他解释道，形成一股洪流……"像幼小的鳗鱼群溯流而上——可惜，现在多瑙河已经看不见鳗鱼的影子了，"他清了清嗓子，换了副声调，又加上一句，"土生土长的鱼没有了，都是外来的——不久之后，连森林里也空了。幸好大自然不喜欢见到如此萧瑟的景象，没过多久就渐渐恢复。厄尔默鲁基人，从瑞典南部远道而来！"《新自由报》上没有了空白处，他用酒汁在桌面上画出斯堪的纳维亚的顶端。"这是波罗的海，他们就是从这儿动身的。"一条水母触须般的曲线代表他们的行进路线。"到十五世纪中叶，他们几乎占据了多瑙河中游左侧的河岸——我喜欢用'占据'这个词——因为他们都是些好战分子。""此前，我从来没听说过鲁基人。我想，你也许知道西哥特人的首领奥多亚克，他就是鲁基人。"这个名字用德语念出来，的确让我觉得似曾相识。发音听起来很有历史沧桑感，既有力度，又略带忧郁……究竟是谁呢？我开始绞尽脑汁地寻思。

这就是我不辞辛苦，爬到城堡废墟的缘由。奥多亚克，这位曾经的日耳曼雇佣兵首领，在推翻罗马皇帝统治后，成为第一个"蛮族"的国王。（"罗慕洛·奥古斯图路斯！"他念叨着皇帝的名字，"多么光辉伟大！却一夜之间成了可怜人，他相貌堂堂，才刚满十六岁。"）

河对岸是阿格斯巴赫，小镇背后的茂密树林也许曾是鲁基人居住的地方。奥多亚克的老家在下游十英里处的多瑙河北岸。他身穿兽皮做的衣服，是一位部落的首领，说不定还是一位国王的儿子。他应征入伍，成为罗马军团的士兵，四十二岁时，他将整个西罗马帝国收入囊中，并宣布成为意大利国王。在经历多年战乱之后，他的十四年统治算得上国泰民安，虽然对罗马人来说，被异族骑在头上是一个奇耻大辱。在沉沉黑夜来临之前，晚霞夕照持续了很长一段时间，虽然光线微弱，民众们还是感受到了久违的安宁与祥和。等到东哥特王国国王狄奥多里克取而代之（在拉文那举行的宴会上，他用大刀砍进奥多亚克的锁骨和腰部，将整个人劈成两半），即便如此，罗马的文明依然在延续。东哥特人很推崇卡西奥多罗斯和波伊提乌的学说，"他们被认为是最后的罗马人，与演说家加图或图利一样货真价实。"但狄奥多里克下令处死二人，黑暗的中世纪就此拉开帷幕，只剩下烛光和素歌成为人们心灵的慰藉。"又回到了起点，"那位博学者告诉我，"我们为此损失了一千年。"

严酷的天空下，人们渴望黎明的太阳早些升起。

到了米特阿恩斯多夫，我住在邮政所长胡布纳寡居的太太家，与她聊天到深夜。

她六七十岁，体态丰满，高高的衣领，花白的头发。从照片上看，她的丈夫是位正直的人，身穿缝有很多纽扣的制服，腰上别着佩剑，头戴羽毛装饰的有檐平顶筒状军帽，鼻子上搁着夹鼻眼镜，长着络腮胡。她很高兴我能陪她聊天。平时一到晚上，陪伴她的只有一只名叫托尼的鹦鹉，这只聪明的金刚鹦鹉除了能吹口哨，还能用维也纳当地的方言回答主人提出的问题，用颤颤巍巍的嗓子哼唱流行歌曲的片段，甚至能准确地唱出《欧根亲王，高贵的骑士》的头两句歌词。这首军歌的主角是马尔堡与欧根亲王，而后者则是贝尔格莱德的征服者。

女主人习惯自问自答。坐在桃花心木和长毛绒地毯精心布置的客厅里，我洗耳恭听，知道了很多关于她的父母、她的婚姻以及她丈夫的往事。她说自己的丈夫是位绅士，生前总是衣着考究——"没错，先生，他总是穿得紧跟时尚。"孩子当中，一个儿子在加里西亚前线阵亡，另一个是克拉根福的邮政所长，还有一个住在巴西，金刚鹦鹉就是他送给母亲的礼物；一个女儿嫁给维也纳的一位土木工程师，另一个——讲到这里，她深深地叹了口气——嫁给了一个捷克人，对方在布尔诺开了一家规模很大的地毯制造公司——"不过，他倒也算个正派人。"她忙不迭地添上一句。没过多久，我就弄清了儿女们的近况和老人家的病患、丧夫之痛以及住宿的陌生人们给她带来的快乐。这样的话，也许每天她都会讲上一遍，虽然都是些鸡毛蒜皮的小事，却是让她恢复活力的良药，每次都能讲得绘声绘色。她自顾自地畅谈，无须旁人的提醒，也不苛求得到回应。我偶尔点头称是，冒出只言片语，或者脸上露出赞同的微笑，就能让她得到极大的满足。一次，她故意摊开双手，抛出一个问题："你看，我该怎么办呢？"我很想表现一次，但又很茫然，不知道她究竟需要怎样的答案。还没等我反应过来，她的大嗓门已经逼得我欲言又止："只有一件事能做！第二天一早，我把找到的雨伞送给了第一个遇见的陌生人！我可不能把这东西留在家里，谁知道会带来什么灾祸？丢到炉子里烧了的话，又太可惜了……"就这样，争论的话题来了又去，有时她气愤地举起食指，咒骂人世间的不公，警告说危险就快降临。不过她最喜欢聊的还是滑稽可笑的经历，这时候，她会咯咯地笑出声来，身子往后仰，直到忍不住笑得前仰后合，双手在空中挥舞，然后拍打着自己的膝盖，眼泪刷刷地流出。她坐正身子，用手擦去眼角和脸颊上的泪水，将衣服拉直，梳理一下头发。几分钟后，悲剧再一次让她涕泪交加，从她的说话声就能感受到沉痛的心情："……第二天，七只小鹅都死了，在地上躺成一排。所有的七只！那可是老人家最疼爱的心头肉！"她哽咽得说不出话，抽着鼻子，用手帕抹眼泪，直到心情渐渐平复，才进入下一个轻松的话题。一开始，每当故事发展到高潮时，鹦鹉就会呱呱地叫，唱起诙谐的歌曲。她站起身来，冲着鸟儿大喊："闭嘴，你这只傻鸟！"然后拿一张绿布盖在鸟笼上，鸟儿顿时变得老老实实；她继续向我讲起悲惨的故事。但五分钟不到，鹦鹉开始喃喃地念叨着"可怜的托尼！"——她心肠一软，又会走上前揭开鸟笼上的绿布。

如此这般，循环往复。她的声音听上去就像窗外潺潺的多瑙河水，最让人惊叹的是她讲述的故事能让听众陷入一种如痴如醉的状态。我就是一个典型的例子，时而专注、时而傻笑、时而蹙眉，还不到几分钟，就经历了人间的悲欢离合。我心甘情愿地成为她的俘虏。

睡意来袭。胡布纳太太的脸庞、鹦鹉笼、台灯、毛绒地毯和家具上的镶嵌图案渐渐变得模糊。她的音调时高时低，夹杂着托尼的鼓噪声和歌声。最后，她见我脑袋不停地往下耷拉，抱歉地自责了一番。而我也很不好意思，觉得自己没有履行一个称职听众的义务。

跨过毛特恩的大桥，一片低地向东边延伸开去，我知道，机会终于来了。打心眼里，我不愿离开瓦豪河谷。我在克雷姆斯的瓮城旁吃了些东西，然后去施泰因，在圣约翰内波穆克的雕像旁喝了杯咖啡，这座雕像是小城最高的建筑。沿途的路旁经常会看到他的雕像。这位波西米亚的圣徒，是天主教会第一位因告解保密而殉道的人，也是耶稣会的主保圣人。雕像仿佛在旋转，连教士袍、圣带和周围的空气都转动起来。有人告诉我，山坡上的葡萄园在收获季节能酿出一千桶好酒。悬崖上洞穴是天然的酒窖。

大约走了一两英里，宽阔蜿蜒的峡谷再次出现在眼前，我到了杜伦施坦。小城的居民多是葡萄酒商人和渔夫。小城修在岸边倾斜的山坡上，随处可见桥墩、拱门、地窖和树木。在有水的河段，河面倒映出教堂、奥古斯丁修会修道院和十七世纪城堡的倩影。又是一座施塔勒姆贝格风格的城堡，一半突出在水面，另一半与小城融为一体。

瓮城西侧有一道开着雉堞的高墙，贴着山体，一直延伸到俯瞰小城与河流的峭壁。跟往常一样，我听从那位博学之士的建议，爬上小山的山顶，伫立在要塞的断壁残垣间。剩余的墙体上裂开柳叶状的口子，拱门和城堡主楼还依稀能分辨出原来的样子，但除了零散的石桩，建筑的屋顶早已不见踪影，冷杉和榛树苗在瓦砾缝隙中倔强地生长。这处废墟，便是狮心王理查曾经被囚禁的地方。

那是第三次十字军东征——我已经不记得史书上的描述，但碰巧在几天前的夜里，我守在客栈炉火旁，再次聆听别人讲起这个故事。大意如下：阿卡围城战结束后，打了胜仗的十字军统帅们走进城中，身旁飘扬着自己王国的国旗。狮心王理查眼见奥地利公爵利奥波德五世将德国国旗插在阿卡城头，也许他觉得与英国国旗太相似，也许他认为自己才是十字军的统帅，盛怒之下，命令手下冲上城头，扯下德国国旗，扔进护城河里。遭遇如此奇耻大辱，利奥波德当即率军离开巴勒斯坦，回到奥地利。第二年，听闻英国由于王子约翰专权而民怨四起，理查不得不撤兵回国。阿尤布王朝君主萨拉丁因此获得喘息的机会，而理查为了避开得罪过的基督教君主（数量还真不少），只好乔装改扮。抵达科孚岛后，他登上一艘海盗船，但航行途中遭遇风暴袭击，船偏离了方向，并在亚得里亚海岸边搁浅。这样一来，他唯一的选择是冒险穿越满怀敌意的国家，尤其是他的宿敌、奥地利公爵的领地。在维也纳附近的酒馆里，他的伪装被利奥波德的手下识破，成了俘虏——有人说，是理查不凡的外表出卖了他的底细；也有人说，是他无意中露出戴在手上的精美手套——总之，他被关进这座悬崖上不为人知的城堡的主楼。他是如何被吟游诗人布隆德尔营救出来的呢——据说布隆德尔走遍各地，在每一处监狱外吟唱骑士史诗，直到他的朋友对出第二句歌词——天底下哪有这样凑巧的事？但当我站在城垣上，却很难质疑这个故事的真实性。[2]

日落前，我信步走在河岸上。要是我也能在此地安家落户，把一生奉献给写作就好了。沉思、劝谕、赐福，圣徒们的雕像被刻上岁月的印记，立在栏杆旁，向往来的人们施予恩泽。他们头顶的光晕垂着冰凌，雪花积在法冠上，手中的法杖也变得粗大弯曲。我听见河流在微微叹息，等我将身体靠在河栏杆上，叹息声又变成低沉的咆哮。光秃秃的栗树枝条下，水流奔腾不息，扰乱了对岸射来的光线在水中形成的倒影。囚禁狮心王理查的城堡背后，北岸高地上的森林突然一分为二。悬崖与地面几乎形成直角，草地和果园往上游绵延三英里，形似一个问号。河中央，暮霭将小岛笼罩在奇异的蓝色中，宛若海市蜃楼。

悬崖营造出闻所未闻的音响效果，至少我以前从来没有听过。三十年后，当我故地重游，站在相同的位置，耳畔又传来熟悉的声音。一艘拖船拽着一列驳船——船上的小旗在越来越浓的夜色中让人辨不清颜色——正努力地与水流搏斗，朝上游缓慢驶去。汽笛声

[2] 利奥波德将理查交给他的领主——霍亨斯陶芬王朝的亨利六世，即“红胡子”巴尔巴罗萨的儿子，腓特烈二世的父亲。利奥波德本人是巴奔堡家族的一员。（比哈布斯堡早大约一个世纪，家族成员皆为斯瓦比亚的大地主，后来统治奥地利和整个帝国。）为狮心王理查开出的赎金数额巨大，直到理查获释也没有完全付清。

故事的结尾既出人意料，又让人费解。二十年前，理查父亲麾下的四名骑士暗杀了圣-托马斯·贝克特。其中一名骑士叫雨果·德·莫维尔，当教堂中的人们前来营救时，他挥动手中的长剑逼退人群，与此同时特雷西、布里托和菲茨三人在教堂西北侧翼廊合力刺死了贝克特大主教。后来的事众人皆知，四人先是逃到邵特伍德，后来又去了苏格兰，最后躲进莫维尔位于约克郡的城堡中；他们以苦行赎罪、忏悔，前往圣地朝圣。传说莫维尔死于一二〇二或一二〇四年，被葬在耶路撒冷的圣殿骑士团旅馆的门廊，后来成为阿克萨清真寺。

不过根据诗人乌尔里希·冯·札兹霍文的描述，当利奥波德在一一九三年将理查献给皇帝时，是雨果·德·莫维尔站出来充当国王的替身。诗人后来得到一卷用盎格鲁-诺曼语写成的《兰斯洛传奇》，并将其翻译成日耳曼语，于是继珀西瓦尔爵士、特里斯坦和伊索尔特之后，日耳曼神话中又多了一位英雄。有些专家认为两位莫维尔其实是同一个人。我希望他们的说法属实。

响起，三秒钟后，从对面的岩壁传来悠长而清晰的回音，但调子不多不少，刚好高一个八度，与原先的笛声形成和弦。于是，当低音部结束，高音部总会在三秒钟后响起，余音袅袅。

乘一艘小渡轮，我来到杜伦斯坦对岸，继续向南走去。下午早些时候，我来到一座巨大的白色建筑近前。前两天参观杜伦斯坦的城堡废墟时，我就注意到这栋醒目的大宅。这是哥特魏格本笃会修道院，呈标准的四方形，傲然环视身旁的小山和树林，每一个角都修有圆顶的塔楼。我对哥特魏格修道院所知甚少：在瓦豪河谷的另一端，还有一座规模宏大的修道院与之分庭抗礼。

走在上山的小路时，头顶的云朵开始聚拢，看样子又快下雪了。我遇到一个跟我年龄相仿的男孩，他叫保罗，是个有书呆子气的鞋匠，自学过几句英语。他跟修道院里的修士们关系相当好，要不是家里人逼着他子承父业，他也许早已宣誓成为一名修士，将一生致力于传播上帝的福音。修道院最有名的建筑是"大楼梯"，梯级又宽又浅，雕工细腻，在每一个大理石制成的护栏转角处，都交叉摆放着精心制作的灯笼和带有纪念意义的骨灰瓮。保罗告诉我，据说拿破仑曾经策马登上这些台阶：他风驰电掣地从这里经过，在克雷姆斯渡过多瑙河，那是一八〇五年的深秋，在乌尔姆和奥斯特利茨两次大捷之间。

他带着我来到回廊上层，去拜访一位德高望重的爱尔兰修士。修士已经忘光了家乡话，但我还是能听出一点爱尔兰西部的口音。要是把他手中那根与埃德加·华莱士一样的长烟斗去掉，这位修士的形象跟画中的圣杰罗姆一模一样。我羡慕他烟雾缭绕、舒适温馨的小屋，案头堆满书籍，站在窗前就能饱览山水风景。多瑙河像一条光带，穿行在云雾缭绕的山谷中。

天黑了，我们走在下山路上，大雪纷飞。我去保罗家住了一晚，他家在一个叫迈德林塔尔的小村子，步行一两英里就到。我跟他的兄弟姐妹们一道享受了一顿热烈而丰盛的晚餐。

第二天，雪下得更大了。看来多瑙河的坏脾气在短时间内不会好转。保罗建议我留下来，等到天气转好再出发，但我不能打乱两天前订好的计划，于是思索再三，还是冒雪出发。

二月十一日。清晨。也是我的十九岁生日。我觉得这一天值得庆贺，而且之前已经做好了安排。我并非瞒着保罗，从杜伦斯坦出发之前，我给利普哈特男爵的朋友们打过电话，他们的住处距哥特魏格步行只需半天。电话不太通畅，线路那一端的伯爵夫人声音断断续续，语气中带着诧异。但她还是克服困难，向我传达他们对身在慕尼黑的老朋友的问候，而且准备好下午茶，等候我的到来。

一路上风雪交加。最后，透过漫天飞舞的雪花，我终于看见城堡的轮廓。这是座货真价实的城堡，建于十六世纪，护城河和城垛掩身于白茫茫的雪地中。深色的塔楼在雪中巍然屹立，一定会让罗伯特·勃朗宁笔下的罗兰少爷震惊不已。我奋力前进，路上遇见一个铲雪的人，雪大得难以想象，他刚把雪铲到路旁，路面上立刻又填满了雪。我提高嗓门，向他打听城堡的前门在哪里——雪夜中，完全辨不清方向。是哪位男爵，他冲着我高喊：基督教名字是什么？听他的说法，这一家人有好几个兄弟：我要找的是约瑟夫伯爵！他领着我走进庭院。我全身上下都积满雪花，看上去像一个雪人；等我跨入前厅，一个身穿浅绿色衣服的男管家帮我把雪抖干净，约瑟夫伯爵也走下楼梯，跑到一旁帮忙。

伯爵一定在战争末期当过飞行员，因为大厅里摆着一副螺旋桨。他看上去比实际年龄小，而他的妻子更年轻，既温柔又体贴，还带着几分羞涩。（她是希腊人，老家在意大利东北港口城市的里雅斯特，祖上在那里居住了几百年，掌管着亚得里亚海的航运和商贸。直到一九一八年，这座城市才从奥匈帝国分离出去；尽管他们继续讲希腊语，信仰东正教，对希腊国内的事务持续保持关注，但与奥地利人和匈牙利人的通婚却日益频繁。）夫妇俩都能讲流利的英语。与室外恶劣的天气相比，能舒舒服服地坐进扶手椅，被台灯和壁炉的火光围绕，手握装满威士忌和苏打水的大玻璃杯，真让人感觉是奇迹降临人间。两条毛色光滑、体型修长的狗趴在白色熊皮地毯上打盹。我很快便注意到，墙上挂着很多人物肖像，这又一次激发我的思古幽情。最引人注目的是伯爵的先祖，他在"三十年战争"中立过战功，参与过《威斯特伐利亚和约》的签订，长着一张丑陋、睿智、带有幽默感的面孔，齐肩长发，范·戴克式的胡须，肩膀上围绕着羊绒织物。他身穿黑衣黑裤，很显然，这是哈布斯堡王子迎娶胡安娜公主后，从西班牙传来的着装风尚。

一切顺利。但我发现，城堡主人的笑容中始终带着一丝疑惑，后来才弄明白，除了我给他们打过的那通音质糟糕的电话，夫妇俩根本不知道我为什么要登门拜访。从慕尼黑寄出的信，压根儿就没有送到他们手上。接到我的电话，他们还在纳闷，为什么这个英国人会专程跑到维也纳来，难道就为了喝口茶或喝杯酒。而且开门一看，这哪像是受过教养的人，活脱脱一个流浪汉，背着帆布包，蹬着大皮靴。我们坐在一起，聊着远在慕尼黑的朋友，大约半小时后，交谈中开始穿插着令人不安的沉默；在天使飞过的间歇，一种焦虑、忧郁和难以名状的顾虑涌上心头。我突然意识到，这对老夫妇并不希望外人打扰。也许他们听惯了坏消息；也许我并不像期待中的客人；或者说，只是希望排解生活中的沉闷：难道不是吗？而且，我觉得有陌生人上门，并不是一件令人高兴的事。我一边胡思乱想，一边觉得自己的脑袋快要炸开：也许他们觉得我是个劫匪？我不由自主地站起身来，喉咙沙哑，向主人请辞。我得去赶当晚的火车，我说，第二天好在维也纳与另一位朋友会合。我的语气让人生疑，想出的理由也缺乏说服力，反而招来惊讶的目光，继而是慌张，最后是关切，连他们的手都微微颤抖起来。我会在哪个车站与朋友见面？绝望中，我只有孤注一掷了，在西站……谢天谢地，维也纳还真有个西站。什么时间见面？"呃——中午。""那就好，"他们说，"你可不能在这样的天气里到处跑！我们有充裕的时间把你送到车站，让你和朋友在维也纳相见。"他们一定看穿了我的小把戏，但谁也没有舍得戳穿。他们也许觉得我这样做，是由于缺乏自信。一切担心和忧虑都是我荒唐的想象，但我就是喜欢胡思乱想。除了这段插曲，晚餐和接下来的夜晚让人轻松愉快。我向伯爵夫妇介绍自己后面的旅行路线，他们提出了不少建议，女主人还告诉我她的亲朋好友的姓名地址，希望能在途中对我有所帮助，尤其是匈牙利，她会亲自给他们去信。（她真的写了信。在匈牙利的旅途中，这可帮了我的大忙。）我没有告诉他们当天是我的生日，已经享受了盛情款待，我可不能太贪心。

早餐时，伯爵夫人拆开手中的信封，欣喜地叫出声来，然后将信纸举过头顶来回舞动。是男爵寄来的信，在邮路上来回跑了好几趟！她念着信的内容，嗓音洪亮、饱含深情，我真想告诉她自己的维也纳火车站之行只是一句谎言，但始终难以启齿。

天色阴沉。为什么不多待会儿呢？这句话说到我的心坎上！我已经编织了一个连自己都不相信的谎言，只能一错到底。我们正坐在城堡的图书馆里聊天，书卷伸手可及，这时，绿衣管家推门进来，告诉我车子在门外等候。糟糕，我本来打算步行去车站的：按照我的如意算盘，我会错过那班本来就没打算乘坐的火车，更犯不上去维也纳见什么子虚乌有的朋友……我和主人道别，他们看上去忧心忡忡，仿佛我踏上的是一条不归路。

我钻进车厢后座，车轮碾在雪地上沙沙作响，天色愈加阴沉。很快，我来到一个乡村小火车站，圣珀尔滕至维也纳的列车会从这里经过。天空开始飘着雪花，司机从车上下来，帮我拎着帆布包和手杖。他准备帮我买票，选好座位，然后送我上车。

我一下子慌了神。就算我愿意乘火车去维也纳，身上的钱也不够买张车票。哎，这都要怪我昨晚干的那件蠢事：去哪儿？去见谁？——而且听别人说过，在中欧的话还得给司机小费。接过手杖，背上帆布包，我在兜里摸出四枚硬币，一边嘟囔着感谢的话，一边把钱塞到司机手上。他是个头发花白、热情诚恳的老人，我猜以前一定当过车夫。之前的行驶途中，他经常扭过头来，说他自己年轻时也喜欢在外旅行。我的慷慨大方让他有些惊慌失措——他并没有预料到会收到这样一笔意外之财——"哦，不，先生！"他的语气很真挚，似乎手里捧着一堆烫手的山芋。他一手拿着帽子，一手挠着头，露出茫然而不悦的表情，就在他愣神的当口，我冲进车站，混进熙熙攘攘的人群，等我回过头来，他已经慢慢走到停车的地方，将车开走了。站长走上前向我致意，问我是否需要买车票。我朝他摆了摆手，然后偷偷摸摸地退到门外，急急地踏上前往维也纳的公路。一两分钟后，我转过头，看见他仍然站在月台上，呆呆地望着我远去的身影。我恨不得找个地缝钻进去。

还有一件事让我心神不宁。这几枚被充当小费的硬币，是我身上仅有的财产。现在倒好，一个子儿都不剩。顺利的话，会有四英镑在维也纳等着我，但之前，我只能在农场和牛棚过夜了。

天气和心情一样压抑。道路两旁是低矮的小山。空中的雪花越来越少，最后索性停了。狂风从山谷吹来，摇晃着树上的枯枝，震落枝头的积雪。转瞬之间，天上阴云散开。雪化成了水，一颗颗雨点洒向大地。

我跑进一座谷仓，想在泥泞中寻找一处干燥的草堆。电闪雷鸣持续了一小时，雨势稍微小了些，但仍然砸得房檐噼啪作响，伴着偶尔传来的隆隆雷声。白昼变成夜晚。趁着间歇，我冒雨赶路，等到第二波暴雨袭来，我已经躲进一座伸手不见五指的教堂。路上空荡荡的，卡车生怕在雨天打滑，开得像蜗牛一样慢，司机把车停在我身旁，叫我跳进车厢。

雨点打得帆布顶棚噗噗作响，在木板搭成的狭小空间，一个粉红色脸颊的姑娘正哼着歌，她下巴上系着一张头巾，身旁放着一篮鸡蛋，双手抱住膝盖。我坐在她身旁瑟瑟发抖。她有礼貌地与我握手，问我的名字，告诉我她叫特鲁迪。随后，她笑着对我说："天气真好，是吧？"她从篮子里掏出一片撒了葛缕子籽的面包，还没等我伸手拿到，车厢另一侧传来响亮的嘎嘎声。一只大鸟被装在第二个篮子里，身上捆着绳子。"你看，是不是很威风？"她准备把这只漂亮的公鸭子给奶奶送去，她的奶奶住在维也纳，喂了五只母鸭子。她的父母在圣珀尔滕对岸经营一家农场；她今年十五岁，是六个孩子中的老大；我多少岁？昨天刚满十九。她一本正经地握着我的手，衷心祝愿我"生日快乐"。你从哪儿来，口音听上去有些滑稽？我告诉了她，引来她的啧啧赞叹。你这趟跑得可真远！

雨小了，细如牛毛，卡车在烂泥中跋涉，我们挤在一起，唱着歌。周围一片漆黑，但特鲁迪肯定地说，刚刚经过了施特劳斯圆舞曲中的维也纳森林。但地平线上看不到任何灯光，维也纳城去哪儿了？卡车靠到路边停下，我们听见说话声，随后，车厢里亮起一支火把，手持火把的是一个头戴钢盔、步枪上挂着刺刀的士兵，我们发现已经身处城里。但人行道上只有火把的亮光，窗户里燃着蜡烛。看来，我们正赶上全城停电。

我们跳下车，路人们都不清楚城里发生了什么变故。但据说最近林茨也不怎么太平。我拎着装满鸡蛋的篮子，特鲁迪一手抓着鸭子，另一只手挽着我的胳膊。这只公鸭子一路上都在闭目养神，现在却把眼睛瞪得老大，嘎嘎地叫个不停。街头的气氛低落而凄凉。耳畔传来雷声，或者听起来像在打雷。步行一英里后，带刺的铁丝网拦住去路，我们又遇见一群戴着钢盔的士兵，步枪也上着刺刀，满脸狐疑地朝篮子里张望。其中一个笨手笨脚地拿出几枚鸡蛋检查，特鲁迪只好语气平静地提醒他，不要把鸡蛋弄坏了。最后，他下令放行，我们问他发生了什么大事，他的回答是：乱得一塌糊涂。

到底是出了什么事儿？大罢工，所以导致停电？雷声再次响起，伴随着零散的枪声。我们开始怀疑自己的判断。特鲁迪笑着说："也许是在打仗！"——不是为了杀人，而是希望改变现状。"一定又是纳粹！他们经常朝人群开枪，扔炸弹，放火！去他妈的！"

她要去城北，而我的目的地是市中心。分别的时候，她叫我把手帕递过来，然后包好鸡蛋，再递给我。"拿着！"她说，"算是给你的生日礼物！可别撞破了。"她把篮子挂在一只手肘上，另一只手拎起公鸭子。她走了几步又转过身来，大声祝我一路平安。

雪片夹杂着煤灰和雨点，在人行道铺上厚厚一层，反射出苍白的光线。偶尔有一两次，探照灯的光柱横扫过远处的屋檐。隆隆的炮声，交织着轻武器的射击声和连续不断的爆炸声，清晰地传进我的耳朵。来到另一处路障，我向一名警察打听，维也纳有没有什么青年旅社能让我凑合住一晚。他问了问同伴，然后告诉我：只能去找"Heilsarmee"（救世军）碰碰运气了。我第一次听说这样的旅社——"什么军？"——我朝警察们指点的方向摸去，其中一人还陪我走了一段路，他对维也纳也不熟悉，当天下午，他才奉命被派到这里。不过，他设法找到一户上灯的人家，敲开门，问清了路线。我问他，是不是纳粹分子在搞"putsch"（暴动），他说不是，至少这次不算：事实上，与我的猜想刚好相反。对峙的双方是由陆军与保安团组成的一派和由社会民主党人纠集的另一派。至于其他细节，他也不太清楚。没有任何相关报道。骚乱是凌晨从林茨开始的，后来蔓延到维也纳。城里实行了军事管制，爆发了游行示威，于是到夜里，电力中断导致全城一片漆黑，陷入混乱。我说，用武器来对付手无寸铁的政治示威者似乎不太公平。听到"手无寸铁"这个词，他停下脚步，诧异地看着我，然后重复地念了一遍："unbewaffnet（手无寸铁）？"他发出冷酷的笑声："看来你不了解这里的情况，年轻人。他们手中有成千上万支枪，偷偷摸摸地藏了很多年。来复枪、机关枪、炸弹，应有尽有！遍布全国。在第十九区，正在打一场战役！"

他把自己掌握的情况，一股脑儿都告诉了我。直到后来，我才有机会弄清事件的来龙去脉。政府宣称，双方各有数百人伤亡，而示威者一方表示质疑，说伤亡人数高达数千人。从街垒撤退之后，社会民主党人——他们中很多身着统一的制服——占领了第十九区一处名叫"根施塔特"的工人公寓楼作为防御阵地。卡尔－马克思大院，一栋半英里长的大楼，成为他们死守的据点。之前我听见的雷声，其实是这场包围战中的枪炮声，只是由于距离遥远，听上去不那么分明。围攻军队集结在大院前，无法展开正面进攻，因为那样做必须穿越一片开阔地，正好处于示威者们机关枪的射击范围，于是军队调来迫击炮、榴弹炮和山炮；不过，从炮口射出的是实心弹丸，而不是破坏力更大的高爆炸性炮弹。但即便如此，事后，陆军和保安团的指挥官还是由于此次炮击事件，招来各方谴责。在断水断粮、缺乏弹药补给的情况下，深陷重围的示威者们为了避免更大的伤亡，不得不选择缴械投降。社会民主党的头头们见势不妙，事先逃到捷克斯洛伐克；维也纳虽然被外界指责镇压无辜的示威者，但市内的秩序好歹重归正常。或者说，纳粹分子们总算消停了一段时间，积蓄力量组织下一次颠覆活动。

如果不考虑历史背景，这只是一场普通的暴力事件。而且当时，各方对事件都语焉不详。人们很快淡忘了这件事，在聊天时，或报纸报道时，观点也不尽客观准确，给谣言的流行提供了温床。至少在我这个碰巧路过的陌生人看来，这件事像一缕青烟飘散在空中，似乎从来没有发生过，市民们的生活并未受到影响。

对奥地利来说，那是个令人绝望沮丧的时代。整个一九三三年，全国动乱不断，始作俑者是遍及各地的纳粹分子和同情纳粹的当地人。在一次暴动中，他们甚至企图暗杀总理陶尔斐斯。二月份的维也纳暴乱后，类似的事件接二连三。五个月后，纳粹发动军事政变，虽然没有成功，但杀戮、激战以及陶尔斐斯遇刺身亡还是令国人瞠目结舌。这之后，奥地利表面上风平浪静，但仍然无法摆脱灾难最终降临——一九三八年，德奥合并，奥地利不再是一个独立国家，如此悲惨的命运直到第三帝国灭亡才得以改观。

我们似乎在一片荒郊野地步行了好几英里。最后，已经能听见多瑙河运河的水声，我们来到一个铁轨交错、仓库林立的地方，有轨电车轨道穿插于卵石路上，幽幽发着荧光，经过脏兮兮的雪堆，破柳条箱子散落一地。背风的陡斜坡上，一条点着路灯的小道通向一幢大宅，窗户在黑暗中透出亮光。警察向我告辞，我推门进去。

宽敞的前厅挤满流浪汉。每人手中都拿着一个包袱；他们的外套敞开，酷似田里的稻草人，破破烂烂的衣服和鞋子用生锈的别针和细线捆起来。有的留着和盖伊·福克斯一样的胡子，有的眼神迷离，帽檐开了口。他们互致问候，看上去是相识多年的老朋友。大家嘘寒问暖、聊天八卦，房间里弥漫着和谐的气氛，一股神秘的力量让他们拖着步子、向前挪动。

一扇门打开，一个声音高喊"Hemden！"——意思是"衬衫"——于是所有人都朝另一间屋子的门口蜂拥而去，一边走，一边用胳膊肘分开人群，挤到前面，脱下自己的上衣。我也学着他们的样子。很快，我们都光着膀子了，而且每个赤裸上身的人都像砰地一声撑开的雨伞一样释放出一股刺鼻的味道。渐渐合拢的木头栏杆，将我们这群穷困潦倒的人引到一个荧光灯前。每走过一个人，工作人员就接过他递来的衬衫和内衣，拉伸后，放进耀眼的荧光中，光束直径约为一码。工作人员检查得很仔细，衣服上有寄生虫的流浪汉会被带到一旁，用烟熏方式消毒，剩下的人来到一张书案前，依次报上姓名，然后走进一个面积很大的宿舍，高高的天花板上挂着一排灯。等我穿上衬衫，登记了我的名字、询问过详细情况的那个人把我带去办公室，告诉我当晚还有另外一个英国人登门投宿，叫"布罗克少校"。我有些摸不着头脑。但等我们走进办公室，谜团一下子解开了，原来"Heilsarmee"（救世军）是这么回事。桌上摆着一顶黑色军便帽，有饰带镶缀，顶部带着光泽，帽子中央有一颗褐红色草莓图案。"Salvation Army"（救世军）的金色字样绣在栗色缎带上。办公桌对面，一位疲倦的、头发花白的老者正在喝热可可汁，他戴着钢边眼镜，身穿带盘花纽扣的外套，扣子解开至脖颈位置。他看上去很面善，来自切斯特菲尔德——从他的穿着，一眼就能猜出他来自英国北部——他的眉间挤出一道深沟，看来累得够呛，却努力想振奋精神，让自己保持清醒。他正代表救世军，检查该组织设在全欧洲的旅社管理情况，我猜他刚刚结束意大利之旅，来到维也纳。他第二天就要动身，对城里的突发情况跟我一样茫然。他向我挤出一丝微笑，然后递给我一大杯热可可和一片面包。见我吃得狼吞虎咽，又加了一份。我告诉他自己打算去——君士坦丁堡——他说我可以在这里住个一两天。随后，他爽朗地笑起来，说我一定是疯了，才会这时候跑来维也纳。我解开手帕，将特鲁迪送给我的鸡蛋一枚枚摆在桌上。"谢谢你，小伙子。"他说，但看样子他不知道该怎么对付这些生鸡蛋。

我和衣躺在床上。一切恍如梦境，睡意很快袭来，我开始分不清舍友们的样子。他们从我身旁轻快地掠过，聚聚散散，凑到一起聊天，麻利地解下裹脚布、松开布带子。一个老人家不停地把他的靴子凑到耳边，好像在海边捡到一枚海螺，正聆听里面传来大海的声音，每听一次，脸上都露出满足的表情。喧闹中时而爆发争吵或尖厉的嗤笑，然后渐渐消停，变成窃窃的私语，像宁静的水面掀起阵阵涟漪。由于宿舍面积大、空间高，感觉每一组的人数寥寥无几，就像多雷绘制的插图上的人物，聚集在某个空旷明亮的教堂中央——而且是一处遥远的教堂，又似乎是一艘潜艇，或者一艘战舰的大厅。任何外界的声音都无法穿透四壁光秃秃的高墙。对于墙内的人而言，什么世俗生活，什么人间争斗，都显得遥远而无足轻重。我们身陷囹圄。

7．维也纳

醒来时，隔壁床上坐着一个身穿蓝色条纹睡衣的人，正在读书。可惜他的胡子没有翘起，而是向下低垂，要不然还真像画中的堂吉诃德。他有一张细长的脸，丝般光泽的浅棕色头发，过早地谢了顶。浅蓝色眼睛带着小动物一样的温柔。在弯曲的小胡子和方方正正、略微向后缩的颌骨之间，下嘴唇有些外翻，露出两颗大门牙。他喉结突出，体型消瘦。只有在国外的漫画书上，才能见到这样反差巨大的造型，尤其是在描绘英国人时；但他显然不是传统意义上愚笨而自鸣得意的英国人，恰恰相反，他的一举一动都透着庄重文雅。见我睁开眼，他用英语说："你这一觉睡得还踏实吧，有没有做什么美梦？"虽然听得出是一位外国人在讲英语，发音却很地道，我只是不太明白他的提问有何深意。看样子他不是在开玩笑，表情真挚而关切。

他叫康拉德，是弗里西亚群岛一位牧师的儿子。我没有读过小说《沙岸之谜》，所以不清楚具体位置，琢磨半天才总算弄明白，这座群岛位于荷兰、德国与丹麦三国狭长的海岸线附近，从须德海到赫里戈兰，最后向北延伸，消失在朱特人的海岸。此处风高浪急、暗礁密布，海岛稍稍高过海平面，模样随时在发生变化，处处有搁浅船只的残骸，四周环绕着水下村庄，海鸟遮天蔽日，夏天时，游客趋之若鹜。康拉德曾在德国中部生活，读书时学过英语，后来从事过各种职业，业余时间研读莎士比亚的作品，这让他的英语发音带点古人的腔调。我忘了是什么遭遇，让他快要四十岁时还背井离乡、四处流浪。他不太爱说话。不露声色的幽默感、慢条斯理的动作和溢于言表的高贵让他在众人中宛若鹤立鸡群，与大清早房间里无精打采的骚动相比，显得有些格格不入。他手里拿着一卷书页散开的大部头，告诉我正在重读《泰特斯·安特洛尼克斯》，这居然是莎士比亚的早期戏剧作品，我向他讨来这本书仔细翻看，并兴奋地跟他聊起《冬天的故事》。对于剧情，我们都烂熟于心。我还介绍自己的旅行计划，他听得很认真。

我们来到楼下一个房间，他把自己的面包和奶酪放在一张擦洗干净的桌子上，两人边吃边聊。他对英语的喜爱——以及想象中英格兰的模样——都来自童年时家乡的记忆。在被赶上群岛生活之前，弗里西亚人也算是大陆上一支人数众多、地位举足轻重的种族，相比入侵英国的日耳曼人，他们使用的语言与英语更为相近。他坚称撒克逊王亨吉斯特和他的兄弟霍萨都是弗里西亚人。（那位博学者不知此刻身在何方？他该来听听康拉德讲述两位部落首领的故事：他们不再是肌肉发达、长着雀斑、满头金色乱发的巨人，如狂风暴雨般杀向肯特郡，而是两个秃了顶、迈着马步、相貌和康拉德一样，一边咳嗽，一边涉水上岸。）他列举更多的证据，来说明两国之间有多么亲密无间：亨吉斯特统治的几百年后，搁浅上岸的圣威尔弗雷德约克开始向弗里西亚异教徒们传教，根本不需要人翻译。从诺森布里亚来的圣威利布罗德也是如此。我要他讲几句弗里西亚方言。完全听不懂，但短小的单词和平舌的元音，对一个不懂英语的人来说，感觉就是英语。

他滔滔不绝地说，我坐在一旁给他画像，画得还不赖——细枝末节都注意到了！他仔细端详我的作品，赞不绝口，然后表示陪我走一趟英国领事馆，我觉得那儿的人会向我伸出援手。我们把他口中所说的"财务"留在办公室。"小心为妙，"他说，"像这样一个鱼龙混杂的地方，难保没有人使坏心眼，窃贼和无赖从来不会放走眼前的肥肉。有些人靠此为业。"他又瘦又高的身板罩上一件长长的、磨破了边的大衣，头戴一顶宽沿呢帽，看上去庄重威严，只是他的神态和一双无辜的大眼睛让人忍俊不禁。他造型独特、拉过绒的帽子随时都会散架。令人意外的是，他居然摘下帽子，向我炫耀绣在内壁上的一个名字："哈比格。"他说："这是全维也纳最有名的制作帽子的师傅。"

在大白天，旅社周围的环境看上去更令人沮丧。这家旅社[1]坐落在第三区的卢梅斯公寓，夹在海关的进货台与头顶的高架桥、高架铁路形成的拱桥之间，像被人遗忘的角落，静悄悄的。地上堆满垃圾。我们越过拉德茨基大桥，顺着多瑙河运河岸边，穿过阴云下由凄凉的建筑和肮脏的残雪组成的惨淡风景。我们来到红塔街，内城越来越近，身旁的景物终于有了改观。我们路过圣史蒂芬大教堂的哥特式尖顶。头两天设置的路障和街垒依然存在，但行人可以自由通过，远处也不再有枪声。城市似乎恢复了宁静。宫殿凑到一起，喷泉水花四溅，纪念碑美轮美奂。我们过了格拉本街，来到安霍夫广场，经过一根顶端雕刻着圣母像的立柱，我们朝对面的一条大街走去，旗杆、椭圆形锡板上的狮子和独角兽图案，表明这里即是英国领事馆。办事员翻遍了分类箱，也没有找到我急需的那封挂号信。

---

[1] 已于数年前关门歇业，新旅社开在第二区的 schiffgasse。

7．维也纳

　　如果说来的路上，维也纳城笼罩在愁云惨淡中，那么等我回到瓦尔纳大街与康拉德会合，心情更是跌到谷底。天上开始下起雨夹雪。"别垂头丧气的，年轻人，"康拉德说，"我们去问问情况。"我和他走到科尔市场。市场另一侧有一道拱门，通向霍夫堡皇宫，绿色圆形屋顶上点缀着一排排窗户。我们左拐来到米歇尔教堂。里面黑漆漆的，虽然附近的建筑都是古典风格，教堂却是典型的哥特式建筑，除了一位执事点燃蜡烛迎接即将到来的弥撒，再没有其他人。我们坐在教堂的靠背长凳上，听完执事马马虎虎的祈祷词，康拉德说："听着，迈克！什么都不会失去。我已经想出一个计划。你带速写本了吗？"我拍着身上的大衣口袋，他的计划是我一家家登门，为感兴趣的居民画出一张令人满意的速写。我震惊得说不出话来，我这个人天生胆怯，再说了，我的画技还没有好到如此地步。我连连摆手，表示早上给他画的那张速写只是一场意外。水平如此业余，怎敢四处献丑，要是真把他的建议付诸实施，岂不是有欺世盗名之嫌。康拉德将我的疑虑一一打消。想想那些在集市上的流动画师！你不是一向胆子很大吗？他的语气很坚定，说得我哑口无言。

　　我让步了，很快，我就精神头就上来了。离开教堂之前，我本来想点根蜡烛，希望祝我们好运，但摸遍全身，一个子儿都没有。我们径直朝玛利亚希尔夫区走去。他一边走，一边告诉我："我们得先从这些小杂种开始。"——我有些吃惊，因为他一向很注意言辞，从来没讲过粗话。我问他：什么小杂种？他一时语塞，脸颊羞得绯红。"噢！亲爱的年轻人！"他叫出声来，"真抱歉！我的意思是，我们会从'Kleinbürgern'开始——也就是小市民们！这儿的有钱人和公子哥，"他挥手指了指老城区，"都有自己的侍从，人数多，态度傲慢，向来不愿意施舍穷人。"他边走边教我如何跟人搭话。

他觉得每幅画可以收费五奥地利先令，我担心会不会太高：两先令就好，差不多值一个多英国先令。他为什么不陪我一道敲开紧闭的房门呢？"啊，年轻人！"他说，"我这样一个老头子，会把他们吓得够呛！你就不一样了，这么温柔，肯定能融化他们的心。"他告诉我，维也纳人的前门上通常开有窥视孔，与视线齐平，透过小孔，住户们可以先仔细观察来访的客人，再决定是否拉开门闩。"绝对不要盯着这个孔，"他建议道，"按响门铃，然后眼睛向上，凝望上苍，让人觉得你是个天真无邪的可怜人。"他接过我的手杖，要我把外套叠起来，夹在胳膊下，另一只手握着速写本和铅笔。我的装束看上去有些滑稽，但还算干净整洁：靴子、绑腿马裤、皮短上衣、灰色衬衫，配上浅蓝色、手工缝制、带有艺术气息的领带。我站在商店橱窗前，梳了梳头发，越靠近目的地，越觉得我们俩像《雾都孤儿》中的老教唆犯费京和小扒手。我们走进一个老式公寓，郑重其事地握了握手，随后，我爬上楼梯，走到夹楼，按响第一个房间的门铃。

黄铜制成的窥视孔里透出亮光。我假装不知道在房门的另一侧，有一只眼睛正将窥视孔上的盖子掀开，向外张望。我尽量让自己两眼放空。门开了，一个身材娇小的女仆问我想要干什么，我抓住时机："Darfich mit der Gnä'Frau sprechen, bitte？"（"劳驾，我能与你家尊贵的夫人说句话吗？"）她放我进门，我原地等候，急切地想说出事先准备好的第二句话，那就是："早安，夫人！我是一个英国学生，正徒步旅行去君士坦丁堡。可以的话，我很乐意为您画一幅速写！"但这句话始终没能说出口，因为走进客厅的女仆突然没了动静。随后发生的一切，连我和康拉德都没有预料到。一个男人尖叫道："再也无法忍受了！我必须做个了断！"话音未落，一个又矮又秃顶的人，身穿红色法兰绒睡袍，像一枚加农炮弹冲到走廊上。他的脑袋歪到一边，双眼紧闭，似乎眼前的一切都令他心烦，手掌在空中扒拉。"但是，不行，赫尔穆特！"他叫嚷着，"不，不，不！赫尔穆特！走开，走开，走开！"他的手放到我的胸口，使劲地推。他像一把铲雪犁铲起地上的积雪，我们俩人，一个向前，一个后退，出了大门，穿过楼梯平台。这一切发生得如此突然，我完全没有心理准备。这时候，女仆也尖叫起来："董事长先生！那不是赫尔穆特先生！"突然，他停下脚步，随后睁开眼睛。"我亲爱的年轻人！"他尴尬地说，"我向你陪一千个不是！我以为你是我的妹夫！快请进！快请进！"他朝我们出来的那个房间大喊："安娜！不是赫尔穆特！"一个穿着睡袍的女人很快跑出来，跟丈夫一道向我表示歉意。"亲爱的先生！"他继续说道，"快请进来！"我被他们拉进客厅。"格里特！送一杯酒和一块蛋糕来！来！坐下！抽支烟吗？"我坐上扶手椅，面朝男人和他的妻子，她喜气洋洋地看着我。丈夫脸色像玫瑰一样红润，卷曲的胡子仿佛打过蜡，一整夜都用纱布绷带固定，免得走了形。他两眼放光，嘴里一边念叨，手指像鼓槌一样在膝盖上快速奏出一串琶音。妻子喃喃说了句什么，他恍然大悟："噢，对了！你是谁？"我这才有机会念出第二句话，"学生""君士坦丁堡""速写"等。他听得很仔细，我还没讲完，他已经冲进卧室。两分钟后，他从卧室里出来，竖着衣领，系着一根斑点纹蝶形领结，身穿带穗带的天鹅绒外套。他的胡子重新卷了个形状，两股精心梳理过的发绺横在头顶。他的屁股坐在椅子边，合起手掌，放在并拢的膝盖上，胳膊肘向外拐，若有所思地望着前方，除了脚尖快速地敲击地板，整个人的身体凝固成了一座雕像。我开始为他画像，他的妻子斟满第二杯葡萄酒。

我其实并不擅长速写，但等到大功告成，我的这位模特对这幅作品相当满意。他连蹦带跳，在房间里欢快地跑来跑去，用拇指和食指捏住画纸下方的两个角，举到一尺开外的距离，仔细欣赏。"一件杰作！"他说——"一件真正的杰作！"听到我的报价如此之低，夫妇俩震惊之余，都觉得过意不去。我接受了一大盒馈赠的雪茄烟，为他的妻子也画了一张速写。在他的坚持下，妻子头顶花冠突出的圆髻成为画面的中线，脸微微转向一侧，看上去像一个美丽的天使，完成这幅作品后，他们带我走过楼梯平台，为一位告别舞台的女歌手作画，她随后又把我领到一个音乐出版商的妻子跟前。忙得我晕头转向！等我下楼找到康拉德，他正耐心地在人行道上来回踱步，我感觉自己刚刚除掉仙境中的恶龙，迫不及待地向他跑去，携手言欢。转眼之间，我们已经置身于一间温馨的客房，叫来美味的猪肉汉堡、烤土豆和葡萄酒。感谢特鲁迪、布罗克少校，还有一大早与我相伴的康拉德和几位不嫌弃我的画技、邀请我作画的主顾，大快朵颐之后，俱疲的身心总算安顿下来。自从两天前在城堡吃过一顿晚餐以来，我还没有吃过一顿像样的饭菜。虽然才过去几天，却仿佛相隔好几个世纪。康拉德的处境一定更困难，我估计他已经忘记了饭菜的味道。起初，他有些慌乱，望着满桌的美食，他五味杂陈，溢于言表。而我的态度，套用一句早些时候读过的《冬天的故事》里的一句话，则是"'Tis fairy gold, boy, and 'twill prove so"。我们碰着酒杯，他的心情终于变得好起来。"你瞧，年轻人，胆子大才会有如此的收获！"吃完这顿盛宴，我继续上门去给人画速写，康拉德留在咖啡馆里读《维纳斯与阿多尼斯》。

要说我这些画，水平不算好，但也不坏，几乎每个自学画画的人都能完成。有时，为了体现模特身上某个显著特征，或者想突出一些漫画效果，我喜欢增加几笔线条，但这样一来，至少要花十五分钟甚至更长。常常是画好了又擦掉，还用手指尖偷偷抹出阴影效果，费了我不少劲。幸好我的模特都不是斤斤计较的人，他们喜欢当一次画笔下的人物，就算我画得不尽如人意，也会捧在手中当一件宝贝。这份幸运，来自维也纳人善良的天性，但这也让我的内心泛起一丝负罪感。难道就不能凭自己的真本事赚到一文钱吗，这个念头积压在我的胸口。还有，我已经完全习惯与初次见面的人打交道，早先的羞怯和踌躇被丢到了九霄云外。

门铃下方的金属框里的卡片常常会暴露房主的身份。其中有相当数量的外国人名，表明他们是全盛时期的哈布斯堡帝国的外来移民。[2]很多人在本国找不到出路，像潮水般涌入繁华的帝国：捷克人、斯洛伐克人、匈牙利人、罗马尼亚人、波兰人、意大利人、中东欧的犹太人以及南部的斯拉夫人。在一间公寓，一位亲切的老绅士就来自波斯尼亚，说不定还是信奉伊斯兰的鲍格米勒派的后裔，这位穆拉德·阿斯兰诺维奇·拜医生离开萨拉热窝，变成一个地道的奥地利人。墙上挂着一面小旗子，绘有奥地利双头鹰和新月，书桌上的镇纸是一个小小的青铜战士，步枪上了刺刀，毡帽飘着流苏，印着"波斯尼亚第一步兵团"字样。（这支军队擅长山地作战，曾经横扫白云石山脉到伊松佐的意大利前线。）他早已脱下毡帽，取而代之的是一顶灰白色、插着一根雄黑琴鸡尾羽的猎帽，而且对他来说，斋月已经没有什么约束力。白色的铲形胡须，让他看上去和蔼可亲。许多维也纳居民家中都有类似的陈设：身穿毛领匈牙利

---

[2]佛罗伦萨、米兰、威尼斯、的里雅斯特、阜姆港、卢布尔雅那、萨格勒布、拉古萨、萨拉热窝、布达佩斯、科布伦茨、里沃夫、布尔诺、布拉格……所有这些地方，在不同历史时期，都曾是帝国疆域的一部分。伴随民族统一主义盛行和此消彼长的暴乱，很多人最后都来到维也纳。（哈布斯堡的专制统治，梅特涅创立的秘密警察制度，以及修建在斯皮尔堡的摩拉维亚监狱碉堡，成为十九世纪文学中最臭名昭著的背景——我立刻想到勃朗宁、梅雷迪思和司汤达的作品。）

服饰的弗朗茨·约瑟夫大公画像；一尊耶稣受难像、一幅石版画、一幅肖像、一张头戴三重冕、身佩交叉钥匙的教皇庇护十世的照片；一枚嵌在所罗门之印中的大卫星。因为经常出现在魔法书中，这些彼此交叉的三角形和希伯来象征看上去很神秘。还有褪色的纹章，装在相框里的箴言，勋章，证书和软塌塌的六角形学生帽（帽檐上绣着数字），三色饰带以及击剑用的护手套；马克思和列宁的照片，五角星，锤子，镰刀。在我的记忆中，并没有见到"卐"字符号或希特勒的照片，但纳粹的影响依然存在，而上述提到的陈设，便是对纳粹的无声抗议。房间里还有贝多芬石膏遗容和象牙黄色的莫扎特、海顿半身石膏像。除此之外，就是一些偶像明星的照片，如盖博、迪特里希、莉莲·哈维、布里吉特·赫、罗纳德·考尔曼、康拉德·维德、莱斯利·霍华德和加里·库珀。

　　下午，我来到一间公寓，狭窄的楼道让人寸步难行。地板上塞满木柴，柳条箱和形状各异、谜一般的箱子，表面印着红色的"柯西兄弟"字样。在各种语言的海报上，兄弟俩头戴面具、身披斗篷，踩在绳索上穿越峡谷，用大炮相互射击，紧握双手飞过探照灯的光柱，叠罗汉站在摇摇欲坠的多层宝塔上，巨大的枪管朝摩托车喷出火舌。海报上还有柯西姐妹，她们的祖先满头白发，后代满山遍野，嘴里喋喋不休地讲着捷克语。他们有运动员一般的强健身体，脸上带着微笑，长得也好看，只是表情千篇一律、有些愚钝，他们一边说话，一边屈膝和展示自己的肱二头肌，或者慢慢地转圈子。我被这些小人儿团团包围，一时失去了方向感。最后，我怀着压抑的心情，找到一位肌肉发达的住户，嘟囔着问他需不需要画张速写。他不会讲德语，但还是友好地拍了拍我的肩头，叫来隔壁房间的孩子，送来一张全家福照片。照片上，柯西一家正在表演最后一个节目，向观众展示他们令人目眩的平衡感，他在最下面，担任以双臂擎天的巨人阿特拉斯。他在照片上题词，然后向我介绍画面中一个又一个柯西家族的成员，从表演经验丰富的老者到初出茅庐的孩童；末了，他签上自己的大名，重重地画上感叹号。等他大功告成，我再次嘟囔着提出画速写的请求，声音微弱得几乎听不见，因为我的神智变得有些恍惚。短暂的沉默后，他们突然爆发出一曲合唱，语气中带着一丝嘲讽："不！不！不！这是个礼物！这张照片，无须一个青铜币！无须一个子儿！完全免费！"看来，他们被我的朝圣之旅深深打动了。

第二间公寓，不巧赶上有人去世。

第三间公寓，女仆朝我轻轻"嘘——"了一声，打开门，放我走进狭小阴暗的大厅。过了片刻，一个漂亮的淡金黄色头发的姑娘踮着脚，从粉红色的浴室走出来，脚上的粉红色尖头鞋装饰着修剪过的天鹅羽毛，蓝绿色睡袍上系着腰带。她也把食指放到嘴唇上，示意我不要弄出声响，然后在我的耳边低声说："我现在很忙，亲爱的！"她意味深长地指着隔壁一个紧闭的房间。桌上摆着一顶军帽，大衣和佩剑搁在手扶椅上。"一小时后再来吧！"她笑着捏捏我的脸颊，然后蹑手蹑脚地回到房间。

第四间公寓，一位音乐老师刚好课间休息，我总算画了一幅速写。

康拉德和我在旧城的一家餐馆吃了一顿丰盛的晚餐。我们还去看了电影，然后去酒吧开怀畅饮。我们聊到莎士比亚、英格兰、弗里西亚群岛，抽着一位导演递来的雪茄。（他究竟导演过哪部片子？）我们像两个时来运转的赌徒，尽情挥霍在赛马会中赢来的金钱。

回去的路上，我们经过格拉本大街和克恩滕大街。路灯下，我看见一些浓妆艳抹的姑娘正在街头晃荡，向过往的行人抛着媚眼。康拉德摇着头。"你得当心，年轻人，"他语气严肃地说，"这些乡下来的姑娘，她们图的是你的钱包。这些荡妇，这里是她们的地盘。"

第二天清早，我们又去了趟英国领事馆，但还是空手而归，不过，我已经无所谓了。昨天靠卖画赚了不少钱，康拉德建议我换个地方，离市中心更近，但又不会遇上那些傲慢的男仆。眼中的高楼与之前见到的没什么差别，我听从康拉德的劝告，把一幅速写画的价格从两奥地利先令变成了三先令。

按响门铃，走入大厅，一切都像是未解之谜，充满悬念，我不知道下一秒会见到怎样的面孔，心里充满期待和喜悦。周围静悄悄的，不知从什么地方传来小提琴的声音。

循着铃声，一个留着胡子，身穿工作服，系着蝴蝶结领带的男人招呼我走进一间堆满帆布的屋子。画板上，山峦被晚霞染成粉红，乡村客栈周围搭着葡萄藤架，回廊上挂着紫藤，绿洲、斯芬克斯像、金字塔和骆驼商队在沙丘上投下狭长的影子。正中的一个画架上，墨迹未干，一座破晓时分的珊瑚岛上，棕榈树迎风舒展。他捻着胡须，领我走过一幅又一幅油画，似乎在向我传授画技。我有些尴尬，不得不向他解释，说自己也懂一点绘画，算是他的"cher confrère"（同行）。他愣了一下，脸上露出为难的表情，紧接着，我俩都大笑起来。他的眼睛炯炯有神，装出一副咬牙切齿的凶狠样子。要是前往公寓出口的过道再长些的话，他的牙齿肯定会追上来，把我当成松饼咬下一口。

第二户人家让我很意外。开门放我进去的女人长着一双大眼睛，来自英国史云顿市，短发灰白。她并不要我作画，嘴里自顾自地说个不停，为我倒上茶，端来起酥饼，又从印着"亨帕"商标的罐头盒里拿出名为"爱丁堡岩石"的苏格兰风味蜜饯。多年前，她作为女主人的陪嫁来到维也纳，后来一起皈依了天主教，主人去世后，她继承了这座小小的公寓，以教授英语为生。从她的言谈和举止来看，要成为一名节俭苦修的方济会教徒，并不是件容易的事。她带我来到楼下，为她的一个印度朋友画画，对方来自特拉凡科，是一位安提阿叙利亚正教会教徒。她身披绣着金边的淡紫色纱丽，外面穿一件黑色裘皮大衣，端坐在火炉旁的摇椅上。随后，我来到一间装饰有白色小山羊皮、灯芯绒和布垫的公寓。一位结实、满头金发、谈起英国来头头是道的男爵出现在我面前，他身穿白色毛线衫，等我画完，又坚持让我给房间里其余三个穿着不同颜色毛线衫的年轻人各画了一幅速写，接着，他们在留声机上放上科尔·波特的唱片，给我斟上一杯刚刚调好的曼哈顿鸡尾酒。男爵回忆起他在伦敦度过的美妙时光，以及在切尔西艺术俱乐部举行的盛大舞会。至于马尔科姆夫人主持的舞会，他表示此生难忘。听到他口中的伦敦，我的心头突然泛起思乡之情。隔壁房间里吵吵嚷嚷，早知道我就不按响门铃了。有人重重地踩过地板，骂骂咧咧地向门口走来。嘎吱一声，门开了，一个男人用仇恨和鄙夷的眼神瞪着我，随即砰地一声关上门，房间里继续响起吵闹声。

另一间公寓里，衣物散落在地板上——燕尾服、白领带、礼帽、金色的高跟鞋、带亮片的黑色衬衫、旋转的飘带、五颜六色的彩纸。看样子，主人刚刚参加完一次聚会。一个头发蓬乱、穿着睡衣的年轻人懒洋洋地打开房门，一副宿醉未醒的神态。他的眼中充满血丝。"很抱歉！"他说，"我不会讲……"接着用德语说自己"*Kopfweh*！"一边用手指着脑袋。头痛……一个女人的声音从他身后娓娓传来，我赶紧溜之大吉。（与之类似的面孔和场景，我今天见到不少；看来，动荡的政局并未影响人们寻欢作乐的心情，只有到"忏悔星期二"才稍有收敛。）在另一层楼的一间大客厅的沙发椅上，仿佛坐着一只体型硕大的非洲食蚁兽，脑袋慢慢地左右摇摆，一脸茫然，似乎陷入沉思，定睛一看，原来是个中年男人，浓眉大眼。他继续摇晃着脑袋，对我提出的请求充耳不闻，我只好悻悻地离开。最后两个模特是一位退休将军和他的妻子，身旁摆满比德迈厄和分离派风格的家具。他告诉我，虽然在的里雅斯特港和阜姆港遭遇败绩，他仍然是海军的现役军官。墙上挂着海军军校生的短剑和正装剑。放大的照片上能看见曾经驻扎在上述港口的战舰的炮塔，其中一艘正接受弗朗兹·费迪南大公的视察，他翘着胡子，头戴一顶三角帽。

　　这天上午的收入不错。康拉德和我选了一家好馆子，摊开餐巾，抖了抖，他郑重其事地将餐巾塞进衣领，侍者端上小羊排。味道很鲜美，他发誓说从未吃过这么好吃的羊排。第四天傍晚，我画了一天画，去咖啡馆跟他碰头，我们又去餐馆享用美酒佳肴，但彼此都变得心神不宁，不知道为什么，我感觉这样的好日子似乎就快走到尽头。我们事先订了餐——用传统方法烹制的烤鸡，嘶嘶地冒着香气，是漫画里流浪汉们睡梦中经常出现的画面——边吃边聊接下来的安排。我大概理了理自己的旅行路线。那他怎么办呢？他一直在外流浪，像狄更斯的小说《大卫·科波菲尔》中的米考伯先生一样，心情乐观地等待某个人的出现，或某件事的发生，我忘了他的原话，但一切努力似乎都徒劳无益。"我在考虑一件大事，"他神情严肃地说，"这个计划会让我走运。我认真地考虑过。但需要一笔资金……"我和他都变得闷闷不乐：希望就要破灭。我小心翼翼地问他需要多少钱。他说出一个数字，我们不约而同地呷了口酒，伤感地点着头。别急——我回想了下那个数字——你再说一遍。"二十先令。"他说。"二十先令？康拉德，很容易啊！我们说不定现在就能凑够！差一点也不要紧，我们明天上午就能挣到！"这几天，我把挣来的钱分出一半，都交给了康拉德，但他坚持说只是负责帮我保管，把钱小心翼翼地包在手帕里，不由分说递给我。"都在这儿，年轻人，"他说，"这是你的那一半酬劳。"结完账后，我们算了算，距离他开出的数额只差两先令。我问他准备拿这笔钱做什么生意。

"不知有多少个月夜，年轻人，"他瞪着一双大大的蓝眼睛，眸子里透着严肃，"我打算成为一个走私犯。一个贩运糖精的走私犯，年轻人！你别笑话我！"自从捷克斯洛伐克——或者是奥地利和匈牙利，我记不太清了——开始对糖精课以重税，非法秘密进口这种货物就变得有利可图——只需要一点启动资金，每个人都能干。"很多人——聪明的、胆子大的、身手敏捷的，"康拉德说，"趁着月黑风高，划着三桅帆船，渡过多瑙河。"没有人被抓过。奥地利、匈牙利人和捷克人专门做这门生意。"他们做起事来一丝不苟，从气质上看，他们更像一群绅士。"毕竟，这条法令很不公平，与其违背心意遵守，倒不如钻钻空子。"穷苦人也算是有了盼头，"他说，"只要生活条件得到改善，人的性情自然会温和起来。"怎么说呢，我并不希望他去冒偷越边境的风险。"不会，不会！我只负责护送货物，年轻人，说得好听点，是个谈判代表！他们觉得我能从气势上压倒对方，"他把领带理直，咳嗽了一声，"反正，我希望去试一试！"想到光明的前景，他变得神采飞扬。

分别前一晚，我们俩正翻看海报上"柯西兄弟"的老照片，老板送来账单。他是这对兄弟的崇拜者，见到海报，喜欢得两眼放光。我把海报送给他，欣喜之余，他为我们送来两杯白兰地。照片贴在墙上，伴随咖啡的香气，又有两个郁金香形的酒杯端到面前。怀着对未来的憧憬，我们举杯对饮，点燃导演送的最后一根雪茄。应康拉德的要求，在剩下的时间里，我们高声朗读莎士比亚的作品。一杯杯白兰地灌下肚，雪茄烟头冒出一股股浓烟，不知情的人还以为来到了战场，聆听我慷慨陈词。"用高贵的字眼！"康拉德不停地插嘴，"用高贵的字眼，年轻人！"返回旅社的路上，我们步履蹒跚，边走边唱。想到自己占据的床铺，再看看胀鼓鼓的腰包，心里就有一种负罪感，这也逼着我们打定离开的主意。我们醉得歪歪倒倒，康拉德发出吃吃的笑声，一步三摇地撞到路灯桩上，我也是如此。到了旅社，我们差点爬不上楼梯。不知道床铺是不是被人占了，谢天谢地，在一溜床铺的最末端，两个铺位静静地等着我们回来。

夜深人静，旅社每个房间里都传出此起彼伏的鼾声，汇成一首合唱，撩动沉沉的夜色。我们踮着脚尖，穿越床铺间的狭长过道，突然，康拉德撞在床脚上，一个满脸胡茬、样子像黑色刺猬的男人，紧紧裹着毛毯，从床的另一头直起身子，骂出一大堆难听的话。康拉德愣在原地，嘴里喃喃地不知在说些什么，他像一个彬彬有礼的骑士，摘下帽子，向对方致歉。吵闹声把附近的人惊醒，他们朝讲粗话的那个人连连发难。我拉着康拉德的胳膊，溜回我们的床铺，他仍将帽子举在空中，争吵声越来越大，终于达到顶点，然后消停下去，直到一切恢复宁静。康拉德坐在床沿，脱下靴子，咕哝了一句："他为晦气所伤，他们怒从胆边生。"

"咱们去拿包吧。"一大早，康拉德就叫上我。我们和办公室里的工作人员，以及过去几天相濡以沫的室友们一一道别。我把帆布包背在肩上，康拉德的包——或者说是一个柳条篮子，肩带用帆布和皮革做成，交叉在胸前——让他一下子变成了身材瘦高、从城里来的渔民。我们第四次经过瓦尔纳大街。这是个阳光明媚、和风如许的早晨。好运气终于降临，我刚刚走进领事馆的大门，就远远望见办事员手里举着一封挂号信，蓝色粉笔画的记号醒目而清晰。要是搁在四天前，这封信肯定会让我欣喜若狂，但现在我的心境反倒波澜不惊。我们来到克恩滕大街，找了一家名叫"倚窗眺望人"的咖啡馆，在窗边角落的桌旁坐下，身边的木杆上晾着当天的报纸，我们点了德国式早餐，热肉汤、黄油和加了生奶油的咖啡。一想到就要各奔前程，仿佛有一个沉重的石块压在心头。康拉德准备即刻动身，趁着身上还有一股子冲劲，兜里的钱也一个子儿不少。他很兴奋，似乎刚刚打了胜仗，攻下一处战略要地；我却有些放不下，担心他口中所说的生意伙伴并不是像他一样的谦谦君子。反过来，他对我能否安然走完旅途也充满焦虑。但愿光明的前景并不像魔法变出的金币那样转瞬即逝。他这个任性的哈里·"撒钱"爵士，真是惹人怜爱。"有几个铜板的时候，可别大手大脚，"他说，"免得被坏人拐跑了。"

我陪他走到歌剧院旁，克恩滕大街与环城大道的交叉路口。他准备搭电车去多瑙沃特班霍夫，然后乘火车沿着多瑙河向东走。告诉我这些地名时，他弯下腰，摆出一副神秘的样子；他这样做，是不想让我与这些违法勾当沾上半点干系。他爬上电车，坐下，但很快又起身，把座位让给一位身材臃肿、拎着毛毡旅行袋的老修女。电车叮当叮当地出发，透过车窗，我看见他的脑袋和肩膀比别人高出一大截，他一只手挽在肩带上，另一只手的食指中指捏住帽檐，冲着我微笑，把帽子转到一侧，向我告别。我挥着手，直到电车行驶到交叉路口，朝左转向驶入舒伯特环道，渐渐从视线中消失。

　　我独自一人走回咖啡馆。他保证会来信，告诉我他的近况。（在布达佩斯，复活节刚过，我收到他寄来的明信片，说自己一切安好，前程似锦。但明信片上没有留下地址，所以我无法回信，直到十一个月后，我到达君士坦丁堡，才再一次听到他的消息。一封厚厚的信，从康拉德在弗里西亚群岛的老家寄来，静静地等着我。拆开信封，首先映入眼帘的是几大张德国邮票，我算了算，面值差不多有一英镑，与我临行前硬塞给康拉德的钱数额相当——当时，我在领事馆领到家人寄来的四英镑——现在，又像童话里的魔金出现在我面前。我数完一张张印有俾斯麦头像的邮票，才发现还有一封情真意切、令人动容的长信。我坐在"金角湾"旁的一家咖啡馆里，认真拜读。走私生意，也就是信中所说的"危险的生意，年轻人"，已经成为过去的历史。世事变迁，他回到了家乡，靠教英语为生，而且透过字里行间，他似乎娶了一位女教师，有了安定的生活……除此之外，最让我欣喜的是他在英语习语方面依然造诣高深。也许他可以像圣威尔弗雷德一样，在弗里西亚教出自己的门徒。）

　　途中，我思前想后，琢磨着怎么靠剩下的三英镑熬过接下来的一个月。处境很艰难，尤其是在城里开销很大。当然，实在不行的话，我可以像过去几天一样，赚一些意外之财……但康拉德一走，赚钱的热情也荡然无存。要我自个儿去敲开一户户人家，我可放不下身段。

　　坐到咖啡桌旁，我拿出其余的信件。一封是父亲寄来的，贴着印度邮票，盖着加尔各答的邮戳，本来要寄回国内，但我人在旅途，于是从慕尼黑转寄过来。一开始我没敢给他写信，直到抵达科隆，才向他通报我的旅行计划，反正木已成舟，他即使反对也没有用。我怀着忐忑不安的心情把信拆开，信纸里，竟然夹着一张五英镑钞票，看他的意思，是一份生日贺礼！我根本没指望父亲会送来一份意外之喜，我的心情瞬间从地狱升到天堂。

与康拉德一起的日子里，我们只在乎彼此关心的议题，而对其他东西视而不见。远处偶尔会响起隆隆的炮声，好像提醒人们一场大戏即将上演，随后，冲突逐渐停歇。住在公寓里的人，对这些幕后的争斗颇不以为然，话语中透着轻蔑，要不就喟然长叹，但持续时间都不长：艰难时世造就了人们坚韧的品格。外国报纸的头版见不到与革命相关的内容，即使在咖啡馆的当地报纸上读到几篇报道，也常常是一笔带过，根本没有人在意。整座城市努力营造出一种和乐的氛围，将暴力事件带来的影响降到最低，也许外人很难领会市民们的苦心，包括我在内，直到后来才领悟到这种玩世不恭背后的沉默抗争：我觉得自己像《巴马修道院》中的贵族青年法布里斯，在滑铁卢战场饱尝内心的煎熬。

咖啡馆外，我被裹挟在行色匆匆的路人中，顺着克恩滕大街朝一个方向迈着步子。每个人都往环道走，很快，我发现自己来到交叉路口，那里正是刚才我与康拉德分别的地方，现在却挤得水泄不通。人们静立在路旁，翘首企盼，没多久，一队人马出现在远方，喧闹的人群顿时变得鸦雀无声。为首的是一匹灰马，奥地利副总理、维也纳市长法伊手持军刀，端坐在马鞍上。他是政府军队的总指挥，表情严肃，下巴突出，头戴德式钢盔。紧随其后的是一列士兵，施塔勒姆贝格亲王率领保安团走在前面，他戴着一顶法国军帽，身穿灰色军大衣，向路旁的人们频频挥手。我在照片上见过他的样子，坚毅的脸庞和伟岸的身躯让人过目不忘。接下来是穿着黑色衣服的部长们，带队的是总理本人，身着晨礼服、手握礼帽，陶尔斐斯一溜小跑，想赶上队伍行进的步伐。从法伊少校走进路口开始，街道两旁掌声不断，施塔勒姆贝格收到的掌声更响亮，等到陶尔斐斯出现在人们眼中，欢呼声、喝彩声连成一片。随后走来的是殿后的士兵，游行队伍终于全部通过路口。

总理身上似乎罩着一圈神秘的光环，虽然此前我听过他的逸闻趣事，但亲眼见到这个小个子，还是让我大吃一惊。随着人群渐渐散去，我与一两个围观者搭起话来。有一位是参加过前几天的包围战的士兵，他指着人行道大叫："瞧！没想到会在维也纳的街头见到一只乌龟！""那不是乌龟，"他的同伴说，"那是头戴德式钢盔的陶尔斐斯博士。"我是个局外人，所以听到这样的话，唯有不置可否。

来维也纳之前，我还真做了些准备。实在不行的话，可以去投靠城里的几个熟人。但是这样一来，我计划中的"穷游"就失去了意义，再说就算是个流浪者，也不能失去自己的尊严，于是我打定主意，除非到了山穷水尽的地步，绝不去麻烦别人。既然最棘手的财政问题得到了解决，我找了一家最便宜的旅社，扔下行李，出门去打电话。能请我吃顿便饭就行，这样宾主双方都不会有太大的心理负担；你想想，要是我背着包登门拜访，主人岂不是还得安排我的食宿？也许他们丝毫不介意，但我的良心却会受到谴责，回想上次去过的那座城堡，主人一推开门，发现台阶上站着一个背负行囊的流浪汉，虽然这小子看上去没什么恶意，主人的心里却一定不是滋味。（他们会不会觉得我就是苦难的根源，一想到这里，我忍不住战战兢兢。他们的欢迎，也许只是出于对年轻人的关照。心中的疑虑荡然无存，我暗自庆幸自己一路上能受到如此多的眷顾。我这个来自阿拉伯的乞丐，承蒙哈里发或修补匠的照顾，为我提供衣食住行，尤其是后者，打鼾和神气的样子，与《驯悍记》第一幕里登场的人物一模一样。）

　　在维也纳，无论当地人还是英国来的定居者，客人上门都是件大事。罗宾·福布斯-罗伯森·霍尔，一个老朋友的妯娌，带我走进一间宽大的公寓。想象得出，这里常常高朋满座。公寓位于内城一条名叫"惊鸟"的僻静小街上。女主人身材高挑、美丽动人，刚刚与两个奥地利密友从卡普里岛归来。他们像波西米亚人一样，有时待在家里，有时云游四方，而这正是我梦寐以求的生活。政局总算安定了些，过去几天里，城里的人们载歌载舞、狂欢庆祝。从深夜到黎明，从宴席到化装舞会，等我在沙发椅上清醒过来，只觉得头痛欲裂，眼前飞舞着瞎眼海盗的眼罩和骷髅旗帜。正午的钟声从附近维也纳苏格兰教堂的钟楼响起，百叶窗阴影中传来呻吟声；一个个沙哑的喉咙，嚷着要吃消食片。一个法国哑剧中的丑角，一个英国喜剧中的"科隆比纳"角色，一头雄狮和一头睡得正香、将尾巴藏在沙发背后的母狮子，分散在客厅各处，像一堆受损后、勉强还能转动关节的玩具。

　　随后的几天，我的记忆中只剩下雪片、雨滴、雨凇和冰雹，它们轮番上阵，从二月一直持续到忏悔节和圣灰星期三。这真是个难熬的冬天，铅灰的天色、肆虐的狂风，让熊熊的炉火和昏黄的路灯显得弥足温暖。三月的头几天，四旬斋是人们的头等大事。我有种说不出的兴奋，此生竟然有幸亲历这场基督教的盛事。这难道是一场梦？我一遍遍提醒自己："当我在深夜中惊醒，或者徜徉在街头，才真切地意识到，我确确实实到了维也纳。"

　　前文提过的波西米亚风格小团体，有些人住在内城的老房子里，还有些占据豪华宅邸的一角，那里的建筑材料不免老旧，却仍然装饰有锻铁构件、阿拉伯式花纹、铸造的天花板、百叶窗和安装有金光灿灿把手的双扇门。我的新朋友中巴塞特·帕里-琼斯是位老师——好像教授英国文学——执教于"领事学院",这是一所专为特蕾西亚学校年长的学生设立的学院,远近闻名,由奥地利女大公、匈牙利和波西米亚女王玛丽娅·特蕾莎下令创建。(与圣-希尔和索米尔学院的在校生,以及《青年特尔勒斯》中的年轻人一样,领事学院里的男孩们头戴三角帽,腰佩十字剑,成了像模像样的法国大学生,只是年龄还有待增长。在奥地利,能与这所学院一争高下的只有卡尔克斯堡的耶稣会学院。)奥匈帝国时期,领事学院主要负责为国家培养合格的外交人才,即便到了现在,毕业生也多半成为政界人士。巴塞特说话时总带点讽刺,态度并不很热情,但时刻衣着得体,是个非常称职的导游,而且擅长陪我在深更半夜找乐子——他借给我一大堆书,还允许我去学院图书馆看书。另外一个新朋友是叫李的美国姑娘,她最近身患小病,刚刚才康复。她模样俏丽,温柔而不卑不亢,是一位美国驻奥地利的使馆武官的女儿。她是个彻底的和平主义者,这让我大感意外。听说我放弃了投身军旅的机会,她点头称赞,但当我告诉她自己只是不愿意在和平年代当个平庸的士兵,她对我的好印象顿时化为无形。我们经常争论,有那么一两次,她拖着虚弱的身体居然和我吵了一整夜。不过,双方都不是高明的辩手:情感和善良的心肠,是她看待问题的出发点。最后,随着时间的流逝,我们都偏离了主题,辩论在友好和谐的气氛中落下帷幕。

巴塞特有位同事叫冯·德尔·海德特男爵,大家习惯称他是"那个人"。他跟每个人都合得来,很快也成了我的朋友。他二十五岁左右,文质彬彬,不善言辞,喜欢逗人发笑。他来自一个巴伐利亚的天主教家庭，祖上不是地主，就是军人，但从他的身上，却丝毫看不出德国的军事传统；至于当时如火如荼的纳粹运动，他更是漠不关心。（数年后，我听说他回到了德国。为了履行家族的使命，或者逃避席卷整个德国的政治运动和党派纷争，他选择加入骑兵部队，当了一名军官。这样的头衔，让我想到大革命前的法国军人，他们对政府的所作所为很不满，但又不得不效忠国家，只好用虚职来消磨自己的军旅生涯。）

克里特战役打响的第一天，在维也纳旅行的日子，浮现在我的脑海。

德军空投下第一拨伞兵后不久，一份缴获的敌军文件就送到我们设在依拉克里奥城外山间的指挥部里，我是一名尉官。文件内容包含敌方的整个作战计划，而我正好懂德语，于是被叫来翻译：大意是，先头部队由冯·德尔·海德特上尉指挥，他所在的营驻扎在加拉塔，位于克里特岛的另一侧，干尼亚和马利姆机场之间：与我几天前的驻地近在咫尺。一位被俘的德国军官很快扫清了我的疑虑。毫无疑问，德军先头部队的指挥官正是"那个人"，他离开骑兵部队，参加了伞兵。

日落时分，炮火声逐渐停歇。五月的夜晚很短，燃烧的飞机残骸散落在橄榄树林，火焰映红了夜空，这时，我才有机会喘口气，思考人生中的机缘巧合。黎明，枪炮声再次响起。接下来的八天，双方似乎展开一场致命的捉迷藏游戏，我们像分散在林间的火堆，能望见彼此，却又遥不可及，八十七年弹指一挥间，战场的硝烟早已散尽。我们再也没有机会像卡迪根伯爵和拉齐维乌一样在战场上重逢，寒暄之余，认出对方是自己在伦敦舞会上结识的挚友。一次又一次，在炮声、子弹声呼啸的山涧，一丝新鲜而陌生的早春气息不期而至，将我带回一九三四年的寒冷冬季，乐声、玩笑声、猜谜游戏、烛光、松木的清香，片片雪花飞扬。[3]

学院图书馆。地图册将我包围。我仔细研究了乌鸦从鹿特丹到君士坦丁堡的迁徙路线，这样算起来，我已经完成一半多的路程。只不过没有哪只乌鸦会像我一样绕圈子，等我设计好路线，分出每天要完成的英里数，总数竟然超过了半程。对于数字，我并没有多大概念，反正接下来的行程与走过的路一样蜿蜒曲折。除去搭乘莱茵河上驳船的航程，以及恶劣天气时搭过的便车，粗略估算，我依靠双脚走了七百五十英里。六十二天的路程，抛开逗留的几天，平均每天走了十二英里。有几天是长途跋涉，从晨光初露到夜幕降临，但大部分时间，我只是下意识地迈着步子，朝下一个落脚的村子奔去，可惜我没有精力记录下每天的见闻，这真让人遗憾！出发前，我想象着沿途的景色，但等到人在旅途，无论风土人情，还是偶然的感悟，都让我心情畅快。我一路走，一路反思。我穿越三个纬度，十一个经度，从北海——地图上旧称"日耳曼海"——到波罗的海和亚得里亚海东南部。要是站在月球上，我会惊讶地发现，我走过的这条路，与中国的长城一样在地表清晰可见。

我重新埋头翻阅地图，发现地中海就在不远处，大脑中突然闪过一个念头，差点就打乱我的旅行计划。这可是一场豪赌！生活在北方的条顿民族，望着窗外阴沉的冬日天空，身体难免蠢蠢欲动，阳光明媚的意大利半岛，从的里雅斯特到阿格里真托，像一块巨大

---

[3]我唯一能确定的，是"那个人"熬过了这场战役，后来还写了一本书。《重返代达罗斯》（一九五八年由哈钦森出版社出版）生动描绘了那段令人惆怅、感伤和危机四伏的日子。他率领一营德军率先攻占克里特岛首府干尼亚，并因此被授予铁十字骑士勋章。后来，他被派往苏联前线，参加过多次战役，在一九四四年阿登高地反击战中被俘。I.Mc.D.G.斯图尔特在他的《克里特岛之战》中写道："冯·德尔·海德特……向来不掩饰上司对他的反感，结果让自己升职无望。"他现在是维尔茨堡大学的一名教授，教国际法课程，最近他去了埃塞俄比亚，他在给我的信中提道："我希望咱们能很快见面，一起聊一聊年轻时的青葱岁月。"

的磁石吸引着人们前来越冬。空气中似乎响起嘹亮的合唱，配以曼陀林伴奏的颤音，柠檬的芬芳一直飘到阿尔卑斯山口。歌德的浪漫诗歌与牛顿或波义耳的科学原理完美结合。我曾冒着漫天风雪从奥格斯堡赶到慕尼黑的客栈，体会过寒风吹得人痛彻心扉的感觉：为什么不去上游的布伦纳呢，那里的微风像是窃窃私语，吹拂过伦巴第的平原。我像五世纪的哥特人一样坐立不安，飞快地翻着书页，直到威尼斯映入眼帘，心里有种莫名的激动，但很快控制住了情绪。谢天谢地，我没有想入非非。威尼斯对我来说，还是一座陌生的城市，意大利可以成为我的下一个目的地。多瑙河中下游的碧波向我发出声声呼唤，喀尔巴阡山脉、匈牙利平原、巴尔干山脉，与其余横亘在维也纳森林和黑海之间的秘境一道吸引着我去解开漫漫前路的未知之谜。我有能力闯过这个险关吗？与我去过的地方相比，这块土地有什么不同？要是我知道未来的道路曲折而漫长，会历经重重艰险，我一定会惊讶得合不拢嘴。

画面再回到维也纳。

我一直喜欢参观博物馆和美术馆，更不用说维也纳人如果见到外地来的游客，会把介绍城中的特色景点当成自己神圣的使命——"我猜你见过哈拉赫的收藏了吧？你去参观教堂里的哈布斯堡家族墓地了吗？去美景宫了吗？"——这样一来，我更不能辜负当地人的期望。旅伴是少不了的。有一个漂亮的姑娘，性格开朗大方，穿着也很时尚，正好快要结束在维也纳的观光，她叫艾尔莎·麦基弗，成天神采飞扬，身旁总是围着欢笑的人群。我这个人，却常常形单影只。

冬日本来就是难得的乐趣：室外有白雪、结冰的枯枝和无力的阳光，而在展厅里，战利品、家传宝贝和嫁妆勾勒出逝去的黄金时代。城市陷入冬眠，远处美术馆的尺寸仿佛比平时小了一号，像望远镜里模糊的远景。听人说，维也纳融合了首都的宏伟和村庄的亲和力。在内城，弯曲的小道尽头常常会出现金碧辉煌的、用大理石建造的巴洛克风格豪宅，这是我亲眼所见。在克恩滕大街或格拉本大街，不到一刻钟时间，我就遇上三个久未谋面的熟人，这也是我的亲身经历，要是换个街区，几率说不定还要高些。广场面积虽小，功能却很完备，修得跟房间一样别致。破旧的三角楣和分层安装的百叶窗正对寂静的卵石路面，冰凌开始融化，水滴落在喷泉的冰面上，侵蚀出一个个小水坑。大公或作曲家的雕像在清冷的空气中沉思；我徘徊在街头，教堂的钟声打破了沉寂，惊起的鸽群盘旋在空中，随后聚集在帕拉弟奥建筑风格的檐口上，伴随扑棱的翅膀，雪花散落一地。宫殿连着宫殿，拱门越过街道，立柱撑起雕像；水池中，小人鱼被冰雪束缚，在密布的阴云下痛苦挣扎。一座座棱纹的圆形穹顶伸向天际，最大的是卡尔教堂的屋顶，像气球一样轻飘飘地浮在空中，上半部盖着白雪，柱头的雕像仿佛被撒了一层棉絮——宛如巍然屹立的罗马皇帝图拉真——大风卷着雪花在空中飞舞，雕像也时隐时现。

　　教堂的巴洛克陈设似乎与宗教改革的本意格格不入。在维也纳，如此大胆的造型随处可见，比如圣斯蒂芬——一座挺拔、流线型的哥特式教堂——在市区拔地而起，气势无与伦比，高度令人炫目，让人揪心它随时会从中折断。尖顶上的十字架高耸入云，滴水嘴上的怪兽状似乎突然间有了生命。圣斯蒂芬教堂的高度，让周围林立的圆形屋顶、塔楼和钟楼相形见绌。（这座城市痴迷于各种建筑风格，为旅行者行了方便，走不了多远就能领略不同的景致。类似骨螺的外壳随处可见，再加上棘状突起、不对称构图和覆盖薄片的外表，无一不是洛可可风格的典型元素。如果说小提琴代表对称的曲线和涡卷纹，那么主教杖就是螺旋形与无上权力的体现，而"哥特式"则等同于法冠——以眼前这座教堂为例，一栋栋建筑好像用纸牌搭建而成，透过屋顶的通气窗望出去，天光云影，虚实交替。）圣斯蒂芬教堂的南门外，马车列队等候，车夫们头戴礼帽，用当地的方言聊天，把搭在马背上的毯子理直，从吊桶里抓一把食物，送到马的嘴边。跟主人一样，车夫也留着大胡子。他们身上冒着热气，焦躁地在车辕旁走来走去，把燕麦撒到雪地和卵石路上，附近的面包店送来热咖啡和新鲜出炉的糕点的清香。飞雪和严霜，加上各种熟悉的味道，形成了我对维也纳的所有记忆。

"善良的 E.W. 陪我来到皇宫，在那儿，我们最大的收获是跟随扬·彼得罗·普利亚诺学习马术。"这是菲利普·西德尼爵士所作《诗辩》的第一句话。故事发生的地点正是维也纳，当时他二十岁——一五七四年——正和爱德华·沃顿一道被女王伊丽莎白派来面见马克西米利安二世，完成使命之余，两人把大量的空余时间消耗在马场，从一位意大利朋友兼教官的身上学到很多东西。"他说……战士中，骑兵的身份最高……他们掌握获胜的诀窍、求和的筹码，在战场上风驰电掣、纪律严明，军营中威风凛凛，朝堂上趾高气扬。你能想象出他们神气的样子吗，一个优秀的骑兵走在街头，会让同行的亲王黯然失色，没了底气。相比之下，权贵们的作用可就小多了。这还不算完，就连他们胯下的战马，也抖擞出耀眼的荣光，这个动物虽然被人调教、受人差遣，却从来不屑于像宠臣那样阿谀奉承，而是对主人忠心耿耿，尽情展露自己奔跑的天性，如果说遇到沃顿之前，我做事习惯循规蹈矩的话，听了他一席话，我顿时动了拥有一匹良马的念头。"巴赛特·帕里-琼斯高声朗读过这个篇章，并声称这足以说明维也纳从古代开始，就热衷于马术。文艺复兴时期，马术从意大利传入奥地利，与之类似的舶来品还有击剑、十四行诗、凉廊和前缩透视法。在随后的几百年中，整个帝国都疯狂地迷上了马术，直到现在，很多奥地利人还精于此道——再过几个月，我会发现匈牙利人对此项运动更为痴迷——而在不列颠群岛，人们只对骑手感兴趣。在维也纳人眼中，马是一种神圣的动物，抛开盛装舞步和高级花式骑术，人们更追求速度感，骑着马翻越高高的围栏，哪怕扭断脖子也在所不惜。谈古论今，新朋友们的眼神变得深邃。这种桀骜不驯、难以对付的动物，成了奥匈帝国全体臣民的骄傲，尤其是一八八三年，他们的叔公金斯基在全国越野障碍赛马中摘得桂冠，至今还令家里的晚辈们津津乐道。这些专家谈起马的血统来，就像背诵哥达市的年鉴一样头头是道，尤其珍视马匹在两国交流中起到的桥梁作用。为什么土耳其骑兵溃退时留在维也纳的三匹母马会在一六八四年被送到英格兰，随后几年，英国的王公贵族们才慢慢见识到什么叫纯血马。"达雷阿拉伯""哥德尔芬柏布"和"培雷土尔其"三匹祖公马分别来自何处？这些都不足为奇，一个两鬓斑白的匈牙利人显然有自己的看法，他皱起眉头：别忘了还有"利斯特土耳其"，这匹伯威克公爵的种马，是在数年后的"布达之围"中从土耳其人手中夺来的，后来被献给了英王詹姆斯二世。

　　提及这些，是因为我们刚刚去参观了西班牙马术学校。（霍夫堡宫建得美轮美奂，再往前推一百五十年，希德尼和沃顿一定在这块椭圆形的场地上练习如何骑马，那时候，马克西米利安二世的马厩早已成型，响鼻声和嚼草料的声音连成一片。）我们像观赛的罗马人一样站在阳台上，马术高手们脚蹬锃亮的长筒靴，身穿棕色大衣——周日的颜色是猩红色——在场地中表演。他们像拿破仑一样，头上歪戴着一顶三角帽，在马背上坐正，仿佛放置在马鞍上的一尊锡兵，利皮扎马全身灰白，其祖先可以追溯到高贵的西班牙或那不勒斯种马——这就意味着，跟我们聊过的柏布马、阿拉伯马和土耳其马一样，它们本质上都来自阿拉伯——历史上都出自位于阜姆港[4]东北部斯洛文尼亚橡树山林的利皮扎马场。年幼时，这种马毛色偏暗，成年后变得越来越白，身上的斑纹像小孩子脸上的雀斑一样，随着青春期的到来渐渐消退。最后，变成一种浑身上下洁白如雪的奇妙动物，洋溢着俊美、强健、优雅、结实和蓬勃精神，骑手静静地坐在鞍上，马瞪大双眼，鬃毛和尾巴散发出丝绸般的光泽，宛如莱茵河少女波浪起伏的秀发。

骏马迈着优美而精准的步子，在马术学校蓝绿色的场地上款款而行：倾斜身子，绕着八字形；有节奏地变换脚步；正步前进；弯曲前腿跳跃；将前腿伸得像火柴棍一样直；横跨一步然后回转，跳起一支滑步华尔兹；直起腰身，把两只前蹄举到空中，仿佛神话中生出双翼的飞马珀加索斯，长时间保持飞行的姿势。除了偶尔响起一阵掌声，大部分时间里，观众们都凝神静气，紧张地注视场上的一举一动。十七世纪的古典派学问家们在作品中描绘过这样的表演，就连纽卡斯尔公爵为了让马术尽善尽美，都费过不少心思。身为保皇派的一位将军，他被流放至安特卫普，撰写并出版了马术表演的一系列规则，后来为所有英联邦国家所接受。随意翻开一页图版，尤其是铜版画上作者策马的英姿，就不难体会这种运动的传承。（背景上有博尔索弗的山谷和粗线勾勒的门廊，一位孤独的骑士，

---

[4] 后来归属南斯拉夫。两年前我去那里时正赶上雨天，只透过濛濛的雨雾看过一眼。

头戴假发，身佩缎带，帽子上挂着羽饰，严肃得让人不敢亲近，他一看就出自簪缨之家，坐骑的鬃毛油光水滑，像海豚一样富有动感。来自卡斯蒂利亚的贵族，皮靴上带着米迦勒节雏菊大小的马刺，一边翻看书中的插图，一边长叹，在胸前画十字，大叫着"美哉！"）在西班牙人基础上，维也纳人对马术表演发展完善形成一套完整而复杂的体系，并成为哈布斯堡王朝留给世人的财富之一。骑手们都摆出一副"扑克脸"，宛如冷冰冰的面具，以体现这种运动的神秘感；赛场也像被施了魔咒，气氛有些诡异，骏马迈着奇怪的步伐，像一具四条腿的僵尸移动身体。这真是难得一见的奇观！

　　西班牙式马术表演已经被历史淘汰，但仍值得提一下。很难想象，如今轻松愉快的维也纳式马术，起源于如此循规蹈矩的动作展示。显而易见，哈布斯堡王朝在"英俊王"菲利普迎娶西班牙女王胡安娜之后，在马术表演上增添了许多奇思妙想。她的嫁妆包括卡斯蒂利亚、阿拉贡、整个西班牙以及其他新的王国，再加上西西里岛、半个意大利、南美的一部分和几乎整块新发现的北美大陆，还有礼仪、黑色礼服和其他西班牙风格的细节。只用了几代人，突出的下巴和丰满的下唇就成为皇后、公主和公爵夫人的典型面部特征，绘有猩红色圣地亚哥和卡拉特拉瓦十字架的披风成为雇佣步兵军官在羽饰和斜纹之外的全新装束；马德里埃斯科里亚宫的建筑造型影响了霍夫堡宫的外貌，神圣罗马帝国和天主教王国在建筑风格上终于达到了统一。唐璜究竟是西班牙人还是奥地利人的英雄？在塔霍河上，在托莱多碉楼飘扬的多彩旗帜中，代表帝国的双头鹰大旗迎风招展，甚至在今天，相比多瑙河流域或提洛尔地区，西班牙反而能找到更多帝国的遗迹。这面旗帜与风帆一道劈波斩浪，横渡大西洋，而雄鹰图案也成为查理五世王朝的象征，跟随舰队传到世界每个角落。用火山石雕刻的雄鹰被藤条包裹，在岁月的侵蚀中崩塌，让只见过绿咬鹃的玛雅人宛如遇上了天外来客；四百年间，地震将其变为废墟，石块被喀喀湖的湖水冲到各处。查理是两种文化传统的继承者，是日耳曼人、拉丁人和世俗社会的集合体。他身着黑衣，站在黑色的背景中，他厌倦政事和征战，一只手放在爱犬的头上。在提香的画中，这位伟大的皇帝正陷入沉思，看上去多么严肃！退位后，依他尊贵的身份，大可以去梅尔克、格特维克、圣弗洛里安或任何奥地利的著名修道院修行，但他却选择皇家名下的一处偏僻住所，在埃斯特雷马杜拉的山毛榉和冬青树丛间，像圣哲罗姆隐修会会员一样反思忏悔。

　　直到现在，我才真切地感受到土耳其人的进犯对维也纳造成的影响。第一次围困发生在都铎王朝时期，只有博物馆里还能看到少量遗存。但一个世纪后的第二次围困，让整座城市仿佛受到奥斯曼文化的一场洗礼。弹药袋、弓弩、方头凿、弓囊、鞑靼弓、半月形短弯刀、坎嘉尔号、穆斯林弯刀、长矛、圆盾、战鼓、波纹的头盔顶上挂着尖穗、附带保护鼻子的挡板、亲兵的头巾、巴夏的帐篷、火炮、旗杆和绘有金色新月的马尾旗帜。洛林公爵查理和波兰国王扬·索别斯基身披铠甲，维也纳城的保卫者罗杰·冯·施塔海姆贝格男爵身上的护胸甲熠熠生辉。（维也纳终于又躲过一劫，随后，扬·索别斯基与查理一起策马来到城外，两位君主用拉丁语亲切交谈。）战利品摆满一地，包括苏莱曼大帝的权杖和大元老穆斯塔法的头颅，后者在贝尔格莱德被苏莱曼的子孙勒死并斩首，以惩罚他未能攻下维也纳。附近，便是行刑者用的弓弦。这一幕发生在一六八三年，伦敦大火的十八年后，但所有相关的细节，加上古老的地图、印刷品和城市的模型，让历史似乎重现在眼前。

一座高墙将城中的房舍包围起来。山墙和城垛上，双头鹰旗帜随风飘扬，再往上，我可以望见一座座居高临下的钟楼和尖塔。土耳其工兵挖出的壕沟和地道通向两座堡垒，像弯弯曲曲的蚯蚓，蠕动着越过一幅网线铜版画的表面；护城河、斜堤、废墟和三角堡被雕刻师精心地安排成倾斜角度，似乎是为了方便读者理解。成百上千顶帐篷将城墙团团围住；斯帕希骑兵和土耳其步兵列队前进；克里米亚鞑靼可汗的骑兵从树林里杀出，威风凛凛的枪骑兵军团沉着应战。在柴捆、篾筐和堆积如山的弹药桶背后，一群从阿拉伯和大夏古国巴克特里亚来的骆驼凝视着硝烟弥漫的战场，然后相互打量，与此同时，戴着头巾的炮手忙着点燃火炮上的火绳杆，炮口冒出阵阵白烟。瞧！就在我欣赏这幅画的时候，耳畔仿佛又传来密集的枪炮声，穆斯林教徒沿着多瑙河，如潮水般涌到维也纳城下，圣斯蒂芬教堂的塔楼，钟声敲响，余音袅袅。

那真是千钧一发的关头。如果土耳其人攻下维也纳——他们几乎做到了，继续西进，欧洲将会是什么样子？设想一下，已将半个东方收入囊中的苏丹王，会不会在法国加莱城外安营扎寨？数年前，荷兰人在查塔姆群岛消灭了葡萄牙人的舰队。圣保罗大教堂正在重建，塔楼已经修好，但两座钟楼和标志性圆形屋顶的工程还有待时日。路德门山谷，是否会响起宣礼吏提醒伊斯兰教徒们祷告时刻来临的呼号？过去和现在的交替，往往令人黯然神伤：那道城墙——二点五英里长、六十码宽的防御工事——曾经依靠壁垒和护城河固守维也纳内城，却没有逃过消亡的命运，跟二十世纪巴黎人拆除城墙、修建林荫大道一样，维也纳的城墙也被夷为平地，取而代之的是栽上行道树的环道。十九世纪五十年代末，涌入舞厅的维也纳人，会随着施特劳斯创作的《爆炸波尔卡》翩翩起舞，作曲家希望以此来表现这座城市的全新面貌。但历史会记住，这里存在过一道防御用的坚固石墙，两次遭遇土耳其人的枪弹洗礼，两次拯救维也纳居民的性命，在整个十三世纪，这道城墙的作用堪比中国的万里长城；我还有一个意外发现，修筑城墙的费用，来自于英国为狮心王理查支付的高昂赎金。十字军东征时引发的矛盾，成为因果链条上的第一环，五百年后，使基督教世界免遭异教徒的入侵！那次不成功的东征，竟然保护了基督教的子孙们，实在让我感叹世事变化无常。

除了军事上，其他方面的影响并不多。西方人第一次开始喝咖啡，维也纳人照着样子模仿。他们说，最早的咖啡馆是苏丹王军中的希腊人和塞尔维亚人开的，他们当了逃兵，将维也纳作为栖身之所。但维也纳人喜欢蘸着咖啡吃的面包卷，形状明显与苏丹王旗帜上的半月相似。这个造型后来传遍全世界，十字餐包和羊角面包由来已久的纷争总算画上了句号。

一觉醒来，赫然发现已是三月三日。我居然在维也纳待了整整三周！时间过得真快。我仿佛度过了短暂的一生，成了一个土生土长的维也纳人。（跟夏天不同，冬天逗留在一地的时间很长，让我有机会与当地人共同生活。）整个旅途中，我到过很多城镇，但还是第一次在某个地方停留这么长时间。我结识各个阶层的人，承蒙他们盛情款待，始终心存感激。直到后来，我读到有关维也纳在那期间的书，才弄清笼罩在这座城市上空的忧郁阴霾的原委。与其说是政治上的不稳定，倒不如说是一座昔日的皇城在落寞后的复杂心情。这些作者比我更了解这座城市，他们的说法无懈可击；我也体会过这种悲伤，莫大的喜悦之余，往往会带来怅然若失，我很内疚自己在维也纳停留如此长的时间，面对朝夕相处的朋友，告别似乎意味着永远的分离。我打定主意，收拾行装，明天就出发。

出发前一天，我去的那个村子叫什么名字，在哪个位置？维也纳城西，一处山坡上；其他的情况记不清了。那天是周六，每个人正好都有空，我们骑着两辆摩托车去野外，在山毛榉林边的客栈吃饭。在德国热葡萄酒和白兰地的作用下，我们兴致高昂，在齐腿深的雪地上飞奔。我们跑得上气不接下气，呼出的热气凝成白雾，我们朝东北方望去，目光越过维也纳，远处是捷克斯洛伐克和小喀尔巴阡山脉的峰峦。太阳正在西沉，我们来到鬼魅的树林间的一个冰斗湖旁，叶片裹着冰霜，像白色的蕨类植物一样惹人怜爱。湖面结了冰，变成天然的溜冰场。枝头不断有冰锥掉落。我们捡起碎冰块，扔到冰面上。冰块弹跳着，摩擦出吱吱呀呀的响声，钻入湖对岸的草丛。又隔了半晌，回声才传到我们耳中。回家时，天已经黑了，我们边聊边唱歌，准备让这个分别前的夜晚充满欢乐气息。回想我来维也纳的晚上，与那个叫特鲁迪的善良姑娘躲在柏油帆布搭成的卡车篷里！康拉德在哪儿？我感觉时间过去了一年。也许见我正全神贯注思考问题，朋友们的话题转向查理五世的祖父——马克西米利安一世：人们称他为"最后的骑士"和德国自由佣兵，只要你仔细揣摩丢勒的画作，就会发现他还像君王扑克牌上的人物。据说他常常逃离皇城，跑去提洛尔的城堡或施蒂利亚的森林散心。他不喜欢毛瑟枪和十字弓，只随身带一根长矛防身，他会一连在外好几天，追猎牡鹿和野猪。正是在一次远足途中，他想出四句诗，用粉笔或煤烟写在城堡地窖的墙上。至今，诗句还留在原地。

是谁告诉我们这些传奇故事？是那个人？与我们一起厮混的奥地利夫妇？也许不是罗宾或李或巴赛特……我忘记了，就像我忘记了我们从何而来，城堡的名字叫什么？[5]但不管是谁，我没有忘记让他提笔写下这几句诗，喏，就在这儿，转录在一本我两周后开始写的日记本封面背后——现在已经破旧不堪——传统奥地利人拼出的德语词清晰如故。我觉得，这几句话一定有避邪保佑的作用。

Leb, waiss nit wie lang, （生命，不知能存续多久，）

Und stürb, waiss nit wann. （死亡，不知何时降临。）

Muess fahren, waiss nit wohin. （一路向前，不知去向何处。）

Mich wundert, das ich so frelich bin. （但我很惊讶，自己知足常乐。）

相比早先罗马大帝的五行诗，这一首的意境更为深远，尤其是最后一行。我觉得马克西米利安的结尾，比哈德良的更积极向上，后者如下：

Nec ut soles dabis jocos. （不对，生活只是一个笑话。）

_____

[5] 别急！我刚刚查到，那座城堡叫特拉伯格，就在延巴赫附近。现在也还在那儿，离因斯布鲁克也不远。

8. 斯拉夫世界的边缘

　　朋友开车送我穿越维也纳东郊，渐渐靠近菲沙门德外堡。"还要往前走吗？"他问，"再走一段看看？"还没等我反应过来，我们已经远远出了城。笔直的公路向东通往多瑙河岸边。要是能一直以车代步就好了，但这有违徒步旅行的初衷，我努力压抑心中的渴望，拿下背包，与他挥手告别，注视着车子朝返程方向绝尘而去，然后步行上路。

　　路旁栽种着行道树，一眼望不到尽头。略带黄晕的暖阳中，麻雀飞来飞去，也不知它们是喜悦还是伤感，反正看到它们轻盈的身影，让人多少不感觉孤单。佩特罗奈尔镇就要到了，远远的，视野中出现一个东西，随着我前进的脚步，它变得越来越大。那是一个类似罗马凯旋门的拱门，耸立在田野中央，像缩小版的提图斯拱门，四周别无他物，反衬出它的高大宏伟，令人咋舌。拱顶由巨大的支墩撑起，大理石贴面早已坍塌，露出千疮百孔的砖块和碎石。白嘴鸦成群地站在拱顶上，在半埋在犁沟里的构件之间蹦蹦跳跳。好几英里外，就能看到这座叫卡农顿的拱门，当年站在对岸的马科曼尼人和夸地人，一定惊诧于它的壮美。哲学家、古罗马皇帝马可·奥勒留曾在此地过了三个冬天，他身披斗篷，迈着大步走在田埂上，构思自己的《沉思录》，将自己的所思所悟记录成文字，用来教化多瑙河对面的野蛮民族。他最能彪炳史册的战役——激战于崇山深谷，加上雷霆和冰雹的神助——是与夸地人作战时几濒于危，赖雷雨大作使敌人惊散而转败为胜之一役，史称其军队为"Thundering Legion"（雷霆军团）。这段史实，后来被刻在罗马的安东尼圆柱上。

马希费尔德——这块河对岸遍布苔藓的沼泽地——是另一块目睹过历史上血腥厮杀的土地：首先是罗马人和日耳曼部落的战争，接着是东哥特人、匈奴人、高加索阿瓦尔人和马扎尔人之间的残杀，到了中世纪时期，波西米亚人、匈牙利人和帝国在这里打过好几场仗。卡尔大公在芦苇丛中举起指挥旗，与联军一道，取得对拿破仑一世的首场大捷，地点就在阿斯佩恩，离我现在的位置只相距几英里，极目远眺，我几乎能望见瓦格拉姆战役的发生地。

下午晚些时候，我敲响阿尔滕堡的大门——这是一座建在多瑙河畔的木结构城堡。维也纳的朋友事先通知过城堡主人，让我借宿一晚，老伯爵路德维希斯多夫热情地欢迎我的到来，又叫他漂亮的女儿马里茨带我参观。我们看了博物馆里陈列的罗马时代的墓碑，以及大理石和青铜制成的半身像。女祭司美娜德的大理石雕像残缺不全，密特拉神的神龛倒还完整，此外，还有一些从哈德良城墙延至黑海，散落在古罗马帝国边境的遗物。

曳船道上堆着厚厚的积雪。我们玩起打水漂游戏，扔出手中的石子儿，石子儿在浮冰的光滑表面上向前弹跳，直到最后只闻其声、不见其形。我们小心翼翼地踩着浮木，在茶点时间到来前跑回城堡。树枝后露出窗户的影子，我对维也纳的思念在温暖的灯光中渐渐消融。

第二天一早，我穿过老城门，走进海恩堡的瓮城。从岸边到山坡上，修建着一座座城堡，很快，我就身处泰邦古城的遗址，河的另一侧终于不再是战火纷飞的沼泽地。陡峭的山崖下，马奇河——

捷克人叫摩拉瓦河——自北向南缓缓注入多瑙河，形成捷克斯洛伐克与奥地利之间的天然边界。狭窄的水槽从远古时代开始就充当了隘口的功能，水流徐徐流向匈牙利和东部：那些从亚细亚来的入侵者，在包围维也纳之前，一定突破了这道屏障。

我期待着亲眼见到奥地利、捷克斯洛伐克和匈牙利三国的交界处。虽然隔着一条河，我其实已经身处捷克斯洛伐克的正对面；我计划先去捷克共和国，然后贴着边界到匈牙利。事实上，我与下一个目的地近在咫尺。在一块开阔地闲逛时，一个身穿军服的人站在头顶的河堤上，冲我大声叫喊。我的老天，你这是要去哪里？叫我的是奥地利的边防哨兵。"你再走几步，就跑到捷克斯洛伐克去了！"一位军官一边责怪我，一边在我的护照本上盖出境戳。将绘有雄鹰的旗帜和红白相间的路障抛在身后，我走过一段"无人之地"，来到另一侧的红白蓝三色路障旁。一个宽皮大脸的捷克斯洛伐克军官给我的护照盖上橡皮图章，他的军帽帽徽上绣着波西米亚雄狮。"这是我到的第四个国家，"我心里暗自得意。

很快，我走过一座宏伟的大桥。木梁、桅杆、树木和老宅聚集在桥头附近，山坡上出现一座城池，绵延好几英里。这是古城普雷斯堡，自其成为捷克斯洛伐克共和国的一部分后，斯拉夫人将其称作布拉迪斯拉发。山峦俯瞰着鳞次栉比的屋檐，对称分布的城堡和角楼让这座城市看上去像翻转过来的桌子。

正走到桥的中段，一列驳船从桥面下经过，我靠在栏杆上，看着它们劈开漂满杂物的水面，努力朝上游前进。岸边，浮冰融化成毛茸茸的冰屑，裹挟在行船掀起的柔浪中，船只接二连三地从桥下钻出，为首的是一艘大力士般的拖船，船上飘着南斯拉夫的国旗，煤烟熏黑的船头，用西里尔字母和拉丁文写着船名"Beograd

（贝尔格莱德）"。汽笛声如泣如诉，响彻整个河道，与之相伴的是咔咔的引擎声，像一个病人在不停咳嗽。扑扑的白烟从烟囱中升起，在空中久久不散，直到船队远去，才化作一缕缕白线。水流减缓了驳船的行进速度，用防水布包裹的货物，压得船舷几乎与水面齐平。但是顺利的话，只需要一两天时间——想到这儿，我突然有些嫉妒——它们就可以进入瓦豪河谷，在杜伦斯坦两岸唤醒神奇的回声。

过了桥，听着耳畔传来陌生的斯拉夫语和马扎尔语，我才意识到，自己已经身在一个陌生的国度；这时候，要是听到几句德语，我会有心情舒缓之感。我好不容易找到银行，我的朋友汉斯·齐格勒在那里管事，好心的办事员帮我在办公室找到他。当天晚上，我留宿在他的家里，而且在接下来的几天，我都有了落脚之处。

汉斯和我是在维也纳认识的。他比我年长九岁。跟帝国解体后的许多奥地利人一样，他的家人住在布拉格，而他自己也成为这个共和国的公民，新旧身份顺利完成交替；如今，与旧时代的关联，就是这个家族银行。汉斯负责在布拉迪斯拉发的分行的业务——他执拗地称其为普雷斯堡，就像匈牙利人习惯叫普佐尼[1]而不愿改口一样——除了工作之外，他几乎无暇顾及其他。英国是他喜欢的国家。他有很多英国朋友，至今还能愉快地回忆起大学里的如茵草坪和幸福时光。他也喜欢建筑，这一点与我不谋而合；从他那里，我第一次听到费歇尔·冯·埃尔拉赫、希尔德布兰特和阿萨姆家族等在建筑艺术史中振聋发聩的大名。"你去匈牙利的路上，一定要来看看我，"他曾说过，"我一个人闷得发慌。"

---

[1] 这个词的发音听上去像法语，只不过重音在第一个音节。

从我这双不太挑剔的眼睛看来，布拉迪斯拉发并非汉斯口中那么不堪。受了他的幽默感染，这座城市变得活力四射。只要他有空，我们就结伴去探访城里的遗迹，爬上瓮城的拱门，漫步在蜿蜒曲折的街巷；走累了，我们就去一家叫"迈耶甜食店"的毕德迈亚风格咖啡馆享用填充了坚果和罂粟籽的蛋糕，或者在拱顶小酒吧喝上一杯。每天的某个时段，全城的酒客都像林子里的动物一样，聚在涌出的琼浆旁，边喝边聊。

看来不止汉斯一个人对布拉迪斯拉发颇有微词。在我们遇见的人中，大多数都与汉斯一样感同身受——包括几个通晓天下大事的奥地利人、一些匈牙利地主、一位啤酒厂的犹太人经理、一个精通马扎尔人历史的教士、当地的怪人和几个美女。"你真该在战前来咱们这儿！"——每个经历过战争的人，都难以抚平心中的那道创伤。这座城市的伟大时代已经一去不返。当匈牙利位于多瑙河以南的领土被土耳其人悉数占据，这里是河流北岸残存的匈牙利王国的首都：也就是如今斯洛伐克的范围。一五三六年至一七八四年，匈牙利历代国王在此地的哥特式教堂内加冕：与此同时，借助与哈布斯堡家族的和亲政策，匈牙利王室将势力范围延伸到了奥地利。当土耳其人节节败退，布拉迪斯拉发的荣光顺着滔滔的多瑙河水广为流传。巍峨的宫殿仍在，统治者们却在重新夺回的布达市修筑楼宇巨宅，后者成为老首都强有力的竞争者。一八一一年，似乎是用牺牲来进行无声的抗议，山上的皇家城堡突发大火，被烧成一片瓦砾。城堡再也没有被重建，断壁残垣至今还耸立在山头，默默地向人们诉说那段逝去的韶光。对这座古老的匈牙利城市来说，山河易帜、城名变化，是难以抚平的伤痛。

"维也纳之东，即是东方。"我不知在哪儿听过梅特涅亲王的这个说法，它一直提醒我，在长达两百年的时间里，多瑙河南岸一直飘扬着土耳其人的新月旗。但空气中还有另外一种味道，与消亡的奥斯曼帝国无关，是一种令人耳目一新的感觉，难以描述。也许与这座城市的三个名字和公共标识、街道名牌上的三种语言相关：杂糅的语言环境，让我觉得来到了好几个国家。不同的角色鱼贯登台，整部戏的情节骤然发生了变化。

除了夜总会里的巴拉莱卡琴演奏者，从斯洛伐克人和街头偶尔遇见的捷克人口中，我第一次听到斯拉夫语的发音。从历史书上，我了解过他们如何来到此地，但即便如此，他们的出现仍然是一个谜。一切都是静悄悄的：中世纪时期突然发生的人口迁徙，从维斯瓦河到普利佩特沼泽地，一群勇往直前的部落民族、勃兴的日耳曼人一路向西，其声势的浩大，盖过了越过喀尔巴阡山脉奔向南方的斯拉夫人。捷克人和斯洛伐克人的定居点，是这场规模空前的种族迁徙留下的地标。随后，民族大融合趋势不减：跨过罗马帝国边界倾覆的藩篱，穿过阿瓦尔人生活的高加索平原，渡过大河，进入巴尔干的山口，来到东方帝国荒芜的领土。像平静的流水渗透各个角落，脚步如同老祖母一样迟缓而坚定。隔上一两百年，编年史家才会注意到这个现象并记下一笔，于是乎，描述的地点和位置与实际情况往往会相差好几百英里。他们在东欧繁衍生息，也许是野蛮的气质相投，最终成为没落的拜占庭王朝[2]的一分子。他们向东扩张，直到贝林海峡才停住脚步。

至于将斯拉夫世界一分为二的历史事件，似乎早有公论。公

---

[2]但也不是一蹴而就的。即使在玛尼，这个欧洲最南端之地，也就是我现在创作这些文字的地方，也能见到他们生活过的蛛丝马迹：离我家几英里的山上有几个村子，名字对当地希腊人来说全然陌生，但要是问问顿河岸边的人，他们一准儿知道。

元八九五年，马扎尔人翻越喀尔巴阡山的关隘，他们从里海东北的牧场出发，已经长途奔波了一千英里，此时，来到了旅途的终点。尽管在之前的几个世纪，他们一直颠沛流离，但新天地究竟是天堂，还是地狱，一切都是未知数——硝烟，惊雷，伴着马背民族口中乌拉尔-阿尔泰语族下的芬兰乌戈尔语——一幅陌生的场景赫然出现在眼前。多瑙河以东的大片荒地，在保加尔人和阿瓦尔人的耕种下，成为大匈牙利平原；大摩拉维亚，这个斯拉夫王国，曾经是南北斯拉夫人的重要纽带，在新来的游牧民族的马蹄下四分五裂。说起来，这个地方遭遇的野蛮人的入侵真不少。事实上，对西方人来说，马扎尔酋长阿尔帕德与匈奴王阿提拉，几乎可以相提并论，以至于聊到外来的异族和他们侵占的土地，常常会把名字弄混淆。但是，在整个西欧和南欧遭遇几十年的战乱之后，格局发生了变化。一百年间，这些异教徒骑士所征服的土地上，出现了一个繁荣昌盛的国家，有辽阔的疆域，由一位圣人担当国王。破天荒头一遭，王国将斯洛伐克全境囊括在内，边界延续了一千年，从古代的阿尔帕德到现代的威尔逊总统，时光如白驹过隙。就在几年前，他们脱离圣斯蒂芬国王的统治，建立全新的捷克斯洛伐克共和国。要是这个新国家中只有斯洛伐克人，匈牙利人也许会坦然接受，但不幸的是，多瑙河以北一块长条形的国土上，居民多为马扎尔人。对匈牙利来说，这是一种切肤之痛，而对捷克斯洛伐克来说，这块意外获得的土地，是一把双刃剑，势必会在日后引发纷争。讲日耳曼语的民族都是条顿人的后裔，他们希望将中欧的城市都据为己有。

　　跟读者们相比，我对这些国家和地名知之甚少。但在接下来几百英里的旅行中，我会深入腹地，与这些民族朝夕相处，逐步加深认识。很快，我就发现了新鲜事——一扇窗台上的模塑，一个路人的胡子样式，偶尔听到的音节，从未见过的马和帽子，重音的变化，尝一口新的饮品，不熟悉的字母——这样的东西越来越多，像拼图游戏中的每个片段。与此同时，伴随我的脚步，山峦、平原、河流和不同种族的人，让我有一种行走在立体地形图上的感觉，起点是矿石层，峰峦叠嶂，逐步攀升。驱走干旱和冰霜，水草丰茂，牛羊成群，眼前似乎出现一幅幻象，倾斜的山坡上，人们安居乐业；语言不同，分化出众多部落和方言，联合起来对抗王权统治，形成独特的文化传统，相互交流思想，担当大军的向导，遏制哲学和艺术的发展，以至于到后来止步不前。戏剧倒是别具一格。每当我听到斯洛伐克语中被吞掉的元音字母，挤成一团的辅音和爆破发出的唇齿音，我的脑海中就会自然而然地浮现出斯拉夫世界的背景：一条水平线上竖着三根芦苇，这是地图上用来代表沼泽的符号，只不过这一次，类似的符号漫山遍野；云杉和白杨林，吊脚楼和渔具……冰封的原野和湖泊上，水鸟凿开一个个冰洞。紧接着，马扎尔语传入耳中——像一首抑扬顿挫的慢诗，每个词的第一个音节都得到加强，形成一组相似的元音，读起来飘飘摇摇，如同麦穗在风中摇曳生姿——这又是另一番景象。出于某种原因，我对上述两种语言做过简单研究——这也许是受了伊朗史诗《列王纪》中的故事《鲁斯塔姆与苏赫拉布》的影响——仿佛自己是一只从中亚迁徙而来的仙鹤。在我的身下，一块块草场如画布般展开，乌拉尔山或阿尔泰山的冰川悬在天之尽头，一座座六边形城墙包围的城市向空中释放出缕缕白烟，小马驹在牧场中飞奔驰骋。我的想象很快得到证明。来到布拉迪斯拉发的第二天，我走在背街小巷，一家人声鼎沸的酒馆吸引了我的注意力，橱窗上写着大大的马扎尔语"VENDEGLO"，刚走进门，我就与三个匈牙利农夫撞个满怀。空气里弥漫着烟味和梅子白兰地的味道，烧着木炭的炉子上，沸腾的汤锅嘶嘶作响，人们用抑扬顿挫的腔调相互问候，身体摇摇晃晃，再一次举起手中盛满巴林卡酒的酒杯。这些精力旺盛、面部轮廓分明、身穿深色外衣、长着黑眼睛的男人，嘴角留着一绺黑色的小胡子。他们的白色衬衫扣到喉咙处。他们头戴宽边窄檐黑帽子，脚蹬高帮黑皮靴，膝上缠着一圈麻布，手腕上套着匈奴人的马鞭。看样子，他们像是刚刚洗劫了摩拉维亚的宫殿，正跳下战马。

我去的第二家酒馆只相隔几个门脸，地上满是锯屑、泼洒的酒液和唾沫，只是这一次，窗玻璃上歪歪斜斜地写着"KRCMA"字样。店里全是斯拉夫人。亚麻色头发的斯洛伐克酒客头上戴着圆锥形绒帽，身穿打了补丁的绵羊皮短上衣，羊毛做的内衬。他们脚上穿着独木舟形状的软牛皮鞋。小腿上交叉缠着生皮做成的细皮带，看样子要春暖花开时才会解下来。他们看似经常在沼泽和针叶林出没，满脸透出苔原的苍茫，眼睛蓝得像一泓湖水，被梅子白兰地罩上一层薄雾。一千年前，他们尚未沿着欧洲野牛的足迹越过冰封的喀尔巴阡山沼泽，那时，蜂蜜酒才是他们喜欢的杯中之物。

烈酒由桃子和梅子蒸馏而成，木炭加热，红辣椒、大蒜、罂粟籽——综合起来后，鼻腔和舌尖受到的刺激尤为强烈，再加上喧闹的气氛，我不由自主地陷入酒水之欢：小锤在齐特琴上轻快地敲击，小提琴的滑音奏出时而低沉、时而高亢的旋律，竖琴的乐音如潺潺流水。这是我渡过多瑙河后，头一次听到风格迥异、令人陶醉的匈牙利音乐。

在市郊，我的收获更大：我觉得自己像是一枚大头针，被磁场吸了过去。我失魂落魄地走在小巷里，经过一家家简陋的杂货铺、马具店、蜡烛店和铁匠铺，甚至，还见到了吉卜赛人。妇女们背着巧克力肤色的婴儿，在马车旁伸手乞讨。一头喀尔巴阡山棕熊，被一个舞师牵着，迈着内八字脚，在卵石路上缓慢前行。每隔几秒钟，主人就敲响手中的铃鼓，让这头可怜的动物赶上他的步伐。随后，他把木笛放到嘴边，吹响几个颤音。漂亮的算命人戴着头巾，佩着耳环，身穿黄色、洋红和苹果绿的荷叶边褶裙，动作敷衍地洗着手里的扑克牌，将卷了边的牌面展开成一个扇形，捏在手上，穿行在人群中，语气温柔，执着地跟在每个陌生人身旁。跟山水风景一样，市镇很快也变幻为支离破碎的风情画，数不清的帽子、马车、火炉和冬天的苍蝇与蹦蹦跳跳、在泥地里打架的孩童交织在一起，吵闹声、犬吠声响成一片。我很快就成了猎物。不经意的一瞥，引来孩子轻快的脚步声，一群像吉卜林笔下的狼孩半裸着身子，满脸抹着鼻涕，争先恐后地朝我跑来。他们冲到我的跟前，拉拽我的衣袖，用匈牙利语讨好我，用吉卜赛语彼此咒骂。一个老铁匠，如同一尊青铜制成的印加雕像，也操着一口喜马拉雅山外的语言，向这些毛孩子们骂骂咧咧。（他的铁砧上散着一束马尾，铁砧固定在一截树桩上，他腾出一只棕色皮肤的大脚拉着小熔炉的风箱。）我掏出一枚硬币，递给最近的那个小孩。我的举动引起他的其他小伙伴的强烈不满，他们尖叫着，嘴里唠叨个不停，音量高得让人快要发疯，我赶紧又抛出几枚硬币，趁机逃之夭夭。最后，等到他们把地上仔仔细细搜索了一遍，再没有其他收获，才跑回茅屋，相互炫耀和反诘。只有一个强壮的男孩，肤色像成熟的栗子，大约五岁，全身赤裸，头上戴着一顶黑色软毡帽，一看就来自他的父亲。对他的个头来说，帽子太大了，他不停地把脑袋扭来扭去，用手撑着帽檐，一边连声哀求。但我身上确实没有零钱了。突然，他放弃了，掉头朝坡下跑去，汇入刚才拦路行乞的孩童里。

手里捏着铁钳，老铁匠注视着孩子们的举动，随后，他把母马的一只前掌放在自己的膝盖上。小马在一旁驻足观望。等我回头，马车旁突然变得很肃静，只有炉火燃得熊熊的。吉卜赛人正准备入睡，夜幕已经降临。

布拉迪斯拉发处处都有秘密。这里是一系列市镇的前哨，远道而来的流浪者们，可以歇歇脚、喘口气，犹太人是外来人口中最古老、最有名的种族，他们人数众多，为这座城市增添了一种新鲜语言。在维也纳的利奥波德城区，我见过他们几眼，但只是远观。而在这里，从一大早开始，我就置身于犹太咖啡馆里，心情陶醉地坐上好几个小时。咖啡馆大得像个车站，四壁的玻璃墙又让人感觉仿佛来到了水族馆。潮湿的玻璃表面淌下一道道水痕，炉台上堆着木柴，支起一根根黑色锡管做成的烟囱，弯弯曲曲，像手风琴的褶子，在头顶的烟雾中若隐若现。屋里摆满了咖啡桌，人们围坐在桌旁，聊天、争论、谈生意，他们穿着深色外衣，高声喧哗，气氛几乎白热化。（大理石方桌摇身一变，成了一张张临时的办公桌，这样的情形在中欧、巴尔干和黎凡特成千上万的咖啡馆里并不鲜见。）马扎尔人和斯洛伐克人的数量明显不占优势，我的耳畔充斥着德语，只是发音带有奥地利人的腔调，或者像匈牙利人一样，头一个音节都加了重音。但我也经常听到意第绪语，这种语言从日耳曼人口中说出来，让我听得云里雾里。我一直没有机会领教中东欧犹太人使用的语言。这种方言——或者说一种语言——尽管源于中世纪的弗里西语，却演化出怪异的句法、词形变化和小词后缀。奇怪的喉音，斯拉夫语外来词，加上希伯来语的构词方式，让意第绪语成为一种独特的语言。忽上忽下的鼻音在外人听来毫无和谐的美感，完全是怪腔怪调，但在语言学家们眼中，却如获至宝。这种方言记

录了北欧犹太人数世纪以来，在莱茵河与俄罗斯之间往来奔波、兴盛衰落的历史。（两年后，回到伦敦时，我自认为德语水平大有长进，专门去怀特查佩尔的意第绪语剧院看了两场戏，却发现台上演员的对话，我一句也听不懂。）有时，咖啡馆里会来几位犹太教拉比，我一眼就能认出他们，都留着长长的胡须，头戴海狸帽，黑色长袍垂到脚后跟。间或还有犹太教学生围在他们身旁，年纪和我差不多，说不定还要小些，头上戴着无边小便帽或黑色矮檐帽，宽边上翘，发辫盘成螺旋状，悬在耳朵旁。总的来说，这些面色苍白、神情凝重的孩子，看上去就像一个个小圣徒。等他们从桌旁起身，满脸都是怅然若失，似乎心灵受到了强烈的震动。他们的眼睛——颜色是湖蓝色，像灯油一样富有光泽——瞪得如同一头羚羊，眼神中满含纯真无邪。有时候他们会面无表情，长年累月地阅读经卷，把他们的瞳孔熬得没了准星，变得目光涣散。我曾经见过他们苦读的场景，烛光映红了紧闭的、结满蛛网的窗户，鼻梁上架着厚厚的眼镜，鼻尖就快凑到《圣经》的书页里，镜片反射出虔诚的光芒：这些章节不知读过多少遍，密密麻麻地写满评语、校订、注释，字字句句都由过去一千四百年中的训诂学者，在巴比伦、哥多华、凯鲁万城、维尔纳、特鲁瓦、美因茨和纳博讷完成。夜幕中，红色的灯芯照亮了他们的下巴，蜡烛般惨白的脸颊映出一行行经文，黑色的字母吞噬了他们的年华和青春。[3]

---

[3]这段日子，我又和以前一样，迷上了与字母表打交道。保留下来的日记本后面，写满了《旧约》上的人名，还费尽心思译成希伯来文，附上变音符号。我还抄录下日常用语，因为古时候的字母仍然用在意第绪语方言中，尤其是店面招牌和咖啡馆里的报纸上。（还有些词来自于西班牙犹太人说的拉地诺语和萨洛尼卡犹太人所使用的语言。）翻到最后几页，终于出现了斯拉夫语和阿拉伯语：在保加利亚生活的土耳其人和希腊的色雷斯人，仍然还在使用阿拉伯字母。我还尝试学习古斯拉夫格拉哥里语，以及弯弯曲曲的亚美尼亚语，因为后者在巴尔干分布很广。我的词汇表以希腊语结束。语言的神奇之处，在于它的不可预测性：当我学了一点保加利亚语，斯拉夫语就少了一丝魅力。但阿拉伯语和希伯来语始终让我感到妙不可言。每天，一则牙膏广告会用阿拉伯语讲述《一千零一夜》中的故事，商店橱窗会用希伯来语贴出告示——"现场修伞"或"德式香肠"——一看就让消费者动心。这样的文字，令人联想到犹太神秘哲学、约书亚的公羊角和《雅歌》中的私语。

我很想去参加宗教仪式，但没有熟悉的朋友带路，又不敢独自前往。直到多年后，我拜读了埃贡·维雷茨博士有关拜占庭圣歌的大作，才慢慢摆脱自己的羞怯和不自信。他在书中写道，在使徒时代，《旧约》中的《诗篇》是基督教礼拜仪式的重要组成部分，耶路撒冷和安提俄克的神庙，都曾经吟诵过这些篇章。同样的音乐，孕育出犹太教仪式、希腊东正教圣歌和格里高利圣咏，最后演变成富有异国情调的旋律，《荣耀经》唱出以色列人出埃及的故事，《圣经》里的传奇再次响彻寰宇。于是，我鼓足勇气，跑到位于伦敦"炮兵排"大街的查理一世葡萄牙-荷兰犹太教堂。我的运气不错，一支到访的塞法迪犹太人唱诗班正在表演，技巧精湛。我屏息凝神，想听出和声中的三个声部。太难了，就好像在密林中分辨一丝微风的气息。去希腊西北部之后，我认识了约阿尼纳拉比，他邀请我参加普林节宴会。一个阿里帕夏的深宅高墙内、曾经住满塞法迪犹太人的古老街区，如今已残破不堪。拉比召集来几个同胞，看样子，他们是德军占领后幸存下来的犹太人。盘腿坐在栏杆低矮的平台上，他慢慢地转动手中的两根法杖，吟诵《以斯帖记》——故事描绘的是女英雄以斯帖智求波斯王亚哈随鲁和释放被大臣哈曼诱捕的犹太人——除了我们，教堂里几乎空无一人。

　　城堡山，一块修筑有巨大城堡、居高临下俯瞰全城的山崖，听说名声不怎么好。我刚沿着石阶走了几步，就弄明白了事情的原委。山路一侧是岩壁和树林，但在另一侧，有很多简陋的棚屋，每一间都住着浓妆艳抹的妓女。她们轮流上前招呼客人，外套搭在肩上，绸缎衣裙破旧了点，但还算光鲜亮丽，一个个双手叉腰，将身体靠在门框，或者把胳膊肘撑在半截门上，向外张望，唤着过路人，向他们借个火、点根烟。姑娘们都有些姿色，一看就经验老到，头发像被化学药水泡过一样，干枯得如同麦秆，脸上化过妆，浓得像一个玩具人偶。有几个长得凶悍，让人不敢靠近。偶尔有一个清秀的姑娘，大概是新入行的，像一株被采摘的花朵，等待命运来蹂躏。还有些坐在屋里的小床上，看上去悲戚而绝望。与此同时，匈牙利农夫、附近兵营的捷克和斯洛伐克士兵，在山路上上上下下。白天，姑娘们偶尔会用各种语言招呼路人，但声音很轻，所以这里还算是安静的去处。等到夜幕降临，人们的胆子顿时大了起来，少了矜持，多了梅子白兰地的味道，酒色之欢让这里充满喧嚣。昏暗的夜色中，烟头和屋里的微弱烛光映出站在门槛上的姑娘的剪影。粉红色的光线将小房间里的细节展露无遗：一张胡乱铺好的床，一个锡制脸盆和水罐，几支洗脸膏，架子上摆着一瓶溶液和其他瓶瓶罐罐，钉子上挂着几件衣服。墙上有耶稣受难像或描绘圣灵感孕和圣母升天的石板油画，又或许是圣温塞斯拉、圣约翰内波穆克或圣图尔斯马丁的画像。印有男女电影明星的明信片贴在穿衣镜上，其间点缀着马兹拉克、霍赛将军和奥托大公的照片，都是姑娘们心目中的偶像。炭炉上的平底锅正在烧水。除此之外，屋里再无他物。运气好的话，甜言蜜语会哄住一个年轻的士兵，他弯下腰，免得脑袋撞到门楣，蹚进这间空荡荡的小屋。随后，姑娘撩拨一下灯芯，掩上薄薄的门板，或者放下窗帘，让路人无法窥见房中的云雨之欢。一路上，我见到上百个类似的小屋，石阶被行人磨去了棱角，暗夜里，灯光连成一片，仿佛一个巨大的蜂巢，发出粼粼亮光。虽然看不分明，我却能感受到山顶上城堞的残垣。俯视山下，全城灯火阑珊。

　　这是我第一次身处风月场所。也不知是怎么找到这地方的，我转来转去，就是走不出去，但我始终只是个看客，从来没有勇气走进任何一扇房门。旅途中，我遇过很多艰险，从来没有打过退堂鼓，现在却内心忐忑。这里的姑娘比不上她们在维也纳的姐妹，后者暗送秋波就能让主教春心荡漾。即便难以抵挡这样的诱惑，我还是觉得多一事不如少一事，以免引火烧身。谁知道放纵会带来什么结果？报应、罪孽、同情、诱惑、声色犬马和对鄙俗之物的膜拜，这一切编织成一圈令人亢奋，甘愿以身犯险的花环。我突然想到《先知书》中的罪恶场景，联想到巴比伦和哥林多的沉沦，以及琉善、尤维纳利斯、佩特罗尼乌斯和维隆作品中的文字。雅各布的天梯能挽救罪孽深重的浮生吗？垂死的人们向着神的赦免之路前进，希望打开天国之门，乞求神的原谅。我最不缺乏的就是想象力。

　　我在这里逛了一晚上，眼见时间不早，赶紧找地方吃过晚饭，匆匆朝山下走去。夜色迷蒙，看不清路，弄得我差点和人撞上。他长得很结实，像一根粗壮的木桩。路人却都闪到路旁，我这才看清面前是一头喀尔巴阡山棕熊，正摇摇晃晃地直起身子。皮肤黝黑的主人站在一边，我也和行人一起，绕道而行，耳边传来铃鼓的清脆音符，木笛的颤音，混着姑娘们的拍手声、叫好声。

　　几分钟后，我已经踏上街灯通明的大路，但石阶、山民和她们的营生像魔咒一样让我久久难以平复心情，我似乎做了一场梦，遥远而难以捉摸。在路上走得久了，连这样的梦境也变成常态了。

　　一场惊心动魄之后，汉斯的家成了我的避难所，读书看报、喝茶聊天，他问我路上都看到些什么，尤其对我在城堡山上的窘状忍俊不禁。我向他打听捷克人和奥地利人之间的过节，他递给我一本哈谢克的《好兵帅克》，该书刚刚出版了英译本。[4]这正是我想要的。（提到捷克斯洛伐克，我就回忆起这个共和国后来的遭遇，

---

[4]后来被前英国驻捷克大使、英国作家西赛尔·派洛特爵士更好的译本所取代。

东西方的势力将其变成一个角力场，影响延及今日，只是在当时，厄运的征兆尚未显现。）汉斯真是慷慨大度，因为这本书的字里行间，处处流露出对奥地利人的不满。他看起来是个守本分的人，但我妄自揣测，他的心里对童年时代一定念念不忘。没错，谁能忘掉曾经辉煌的过去呢？

最后，我叹了口气，收拾好行装，准备向匈牙利出发。我爬上城堡，想再一次把这块土地收入眼底。

两个修女，在寒风中凭栏观景。她们端立在阳台，正好与身旁的石雕构成一幅和谐的图画，为城堡增添一丝生气。一个修女从宽大的袍袖中伸出手来，食指平举，向同伴介绍眼前的山水景致，她的同伴沉默不语，听得入了神。欣赏完了风景，她们从我旁边经过，此时风势正劲，她们微微弯着腰，袍子在风中沙沙作响，手中的念珠相互撞击，发出哒哒哒的声音，两人都用一只手贴在额头，攥住被风卷起的头巾和面纱。这一次，她们的眼睛死死地盯着前路，步伐坚定。等她们的身影消失在一座晚期哥特式石门背后，我才松了一口气，希望她们能平安下山。现在，除了一群挤在崖缝上的寒鸦瑟瑟地哀啼，整个城堡只剩下我一个人。

西边，是狭长的马奇菲尔德平原，由沃尔夫施塔尔和"匈牙利门"围成的田野组成，远远的，可以望见多瑙河峡谷中的粼粼水波。河水流经大桥，过了南岸，就从奥地利来到了匈牙利，随后，平原的东南部将水流分散为浅浅的扇形。这块突然出现的低地，已是匈牙利平原的边缘，它成功地把多瑙河的滔滔河水变成一股股涓涓细流。水田和湿地首尾相连，纵横的水道宛如交错的枝丫，让肉眼难以分辨的倾斜原野的每个末梢都得到灌溉和滋养；水道先是径直向前，随后像认识到错误的逃学孩童，急匆匆地往回跑，沿途催生了更多的支流。草地和牧场平坦得一眼能望到边，市镇和村落在天际若隐若现。山上的积雪白得晃眼，但雪间已经有了绿意，蓬勃地释放出春天的气息。小溪分割开田块，林梢开始绽放出淡紫色的花蕾。灌木丛上升起一丝清雾，遮掩住谷仓和庄园，教堂的黄铜圆顶从树丛中冒出来，反射着耀眼的光芒。冰雪渐渐消融。河上的浮冰也少了很多。随着太阳开始释放威力，多瑙河从一条寂静的冰河慢慢变得有了动静，浮光跃金，水花四溅。

在多瑙河下游南岸，我把眼睛几乎眯成一条缝，才大致分辨出岸边的低矮山峦，那里已是平原的尽头。而在我身处的北岸，爬上荒废的要塞，我的目光随着一道山梁延伸，这里便是小喀尔巴阡山脉，我刚好站在它的最南端。山脉向东扩展，缓缓地从平原上升起，像一轮柔和的波浪，又像是高度递增的桥墩，形成巍峨的山体，危崖峭壁令人心惊胆寒，雪峰直插云霄。背后是我看不见的分水岭，水源来自波兰境内的降雪和喀尔巴阡山的冰川，密林深处，游荡着野猪、狼和熊，在这片数百英里长的地带，它们过着远离尘嚣的生活。山脉穿越波兰和乌克兰南部以及罗马尼亚全境，形成长达一千英里的回形弯，最后折向西边，在多瑙河下游与大巴尔干山脉交汇，打造出一座让人叹为观止的"铁门"。

城堡西北角塔楼脚下，一道山谷蜿蜒向前。平原西侧与下奥地利的莱塔山和诺伊齐德勒湖相连。这便是布尔根兰，二十年前，作为失去南提洛尔的补偿，奥地利从匈牙利人手中得到这块土地。这里曾是消失了的大摩拉维亚王国的最南端，也是马扎尔人入侵前，南北斯拉夫人往来的纽带。

我趴在土墙上，伸长脖颈，努力搜寻远方那个狭长而弯曲的湖泊的影子。如果我是个巨人，手里还有一个望远镜的话，肯定能看到建在艾森施塔特的意大利风格的埃斯特哈齐宫，还能认出礼拜堂和私人剧场，海顿曾在那里生活过三十年，创作了大批杰作。再前进几英里，会有一个奶牛场，李斯特就出生在那里——他的父亲是个管家，主人碰巧也是音乐爱好者。一群当地的贵族共同出资，赞助年轻的音乐家去巴黎深造。后来，他们给李斯特送了一把"荣誉之剑"，预示他会在西方的宫廷大展宏图。时光荏苒，遥想一千年前，他们的异教徒祖先策马来到此地时，连数数都成问题。我想象着那时的统治者，坐在剧场中，音乐恣意蔓延，真是一件乐事。两位伟大作曲家让这块土地变得神圣无比，连天边似乎都奏响了一声声乐音。

环视了一遍后，我的目光再次停留在匈牙利边界，滚滚流云，奔向东方。明天，我也会朝这个方向前进了。

也许吧！

9. 雪中布拉格

　　第二天傍晚，我本来应该已在匈牙利境内赶了一天路，需要寻找地方过夜，但实际情况却是汉斯和我正坐在去布拉格的夜班火车的餐车里，就着粉红色的灯光，摊开手中的餐巾。方向不是反了吗？汉斯说，我必须补上中欧风情这一课，而且，要是我的东行路线上错过了这座波西米亚的古老首都，一定会追悔莫及。但我怎么掏得出如此昂贵的车费？又是他消除了我的疑虑，微笑着、默默地向我伸出援手。我总觉得问心有愧，但盛情之下，也只好恭敬不如从命。在格劳乔·马克斯主演的电影中，主人公好不容易讨来一卷用橡皮筋缠着的美元，心里五味杂陈，现在的我和他的心情一模一样。我再三推辞这些带着体温的血汗钱，主人脸上带着不容置疑的表情，坚定地把它们推到我的面前。

　　晚餐后，我们各自就寝。半夜时，火车减速停靠在一座空旷寂静的车站。借助站台上的灯光，我看见车窗外细雪飘飘，这一刻，时间似乎停滞了。一列货车停在月台另一侧，看样子从华沙驶来，因为车厢上用大写字母印着"PRAHA（布拉格）-BRNO（布尔诺）-BRESLAU（布雷斯劳）-LODZ（罗兹）-WARZAVA（华沙）"字样。我的脑海中闪过路上遇见的驾着雪橇的波兰人。火车继续开动，"BRNO"这个词朝相反方向滑去，速度越来越快，BRNO！BRNO！BRNO！密集的字符在玻璃窗上划过，我们再次熟睡过去，投入摩拉维亚的黑夜，潜入波西米亚。

早餐时，我们走下火车，首都正欣欣然睁开眼睛。

也许是因为我没有像往常一样徒步来到这座城市，布拉格与我之前见到的城市气质迥然不同。记忆中，这里有花环、烟圈和情人节的纸带。而我，似乎与这几样东西一道从枪膛里射出，降落在古老的广场上，四周都是彩纸、水蒸气和树叶，它们应该是步我的后尘，被气流带到这儿来的吧。汉斯和我一下子返回了隆冬时节。所有的一切——卷叶形的浮雕、桥栏上的塑像和白雾中的宫殿——都裹着一层雪做的外衣。建筑物越高，越能感到老城中树木的拥挤。黑漆漆的、骷髅般的树映衬着高耸的城堡和教堂，似乎建筑才是一片密林，其间回荡着寒鸦的哇哇叫声。

布拉格让人捉摸不透，却又心驰神往。汉斯父母和兄弟的热情好客，更让这座城市多了几分人情味，他们身上处处流露出对生活的热忱。尤其是当晚，一张张被烛光映红的面容，气氛活跃的晚餐，让我感受到全家人的秉性一脉相承。汉斯是我们的老朋友了。现在，又多了他的大哥海因茨，后者是一位大学教授，研究政治理论，但他看上去不像个学究，更像个诗人或音乐家，讲起话来常常有灵光闪现。兄弟中，保罗年龄最小，但比我还是要大几岁，举止彬彬有礼。还有他们慈祥的父母和海因茨深色皮肤的漂亮妻子。她的亲戚也来了不少，其中包括一个年迈的老者，名叫豪普特·祖·帕彭海姆，大家都称他"帕彼"。他的故事，以自己在各地的流浪生活为基础，适时插科打诨，不无幽默感。（就像我迷恋十七世纪的骑士传奇，谈起"三十年战争"中的那位骑兵指挥官，也是头头是道，在吕岑的田野，瑞典国王古斯塔夫·阿道夫被斩于马下，而在马斯顿荒原之战中，克伦威尔的苏格兰骑兵，也将鲁珀特亲王打得落荒而逃。从"帕彼"口中讲出的故事，与上述两则一样惊心动魄。）

再后来，场景从烛光摇曳的室内转到一个山洞般的夜总会，缭绕的烟雾中漂浮着斑驳的身影，伴着虹吸管咖啡壶的嘶嘶声、酒瓶软木塞拔出时的噗噗声，以及蓝调音乐、铙钹与萨克斯风，人们打开了话匣子。海因茨的语言渐渐深奥起来，他聊起里克尔、魏菲尔的作品和卡夫卡的《城堡》——我那时还没有拜读过——与布拉格城中的城堡之间的关联。等我们走出夜总会，四周仍然笼罩在夜色中，但很快就晨曦初绽。

我跟随汉斯，在城里的斜坡路上走着"之"字形，我突然觉得，喝醉酒并不一定是件坏事。要不是他们醉眼迷蒙，也不会把索尔兹伯里大教堂误看成科隆大教堂，因为脑子清醒的话，怎么可能胡思乱想，虚构出这番美景。等到我们走到圣维特斯大教堂的柳叶窗下，眼前又是另一个幻境。布拉格集中了我踏上荷兰海岸以来，品味过的所有建筑风格，有些甚至是我的新发现，线条柔和的教堂中殿，透明的天窗，曾经担当了条顿人的精神寄托，如今也风靡斯拉夫世界。它们的先祖，出现在早期瓦卢瓦王朝统治下的法国，或者金雀花王朝时代的英格兰。

我们这支步履蹒跚的队伍，终于迎来了冬日的太阳。口齿还有些不清，香烟烟气依然缭绕在房梁。站在正殿的座位上，一首轮唱赞美诗悠然响起，虔诚的教徒们开始了新一天的祈祷。

在小教堂的菱形花纹拱腹和圣灯下方，一具形似棺椁盖着锦缎的约柜，供奉着圣人的骸骨。飘忽的灯芯，成行的蜡烛，照亮了头顶的圣人雕像：他是一位亲善的中世纪君主，手中握着长矛，身体靠在盾牌上。是"好国王"温塞斯拉，我敢肯定。我觉得自己正面对"巨人杀手"杰克或"老国王"科尔……都是英国童谣中的大人物。

汉斯吩咐我和他一道跪在座位上，向前辈致敬。这位被奉为圣人的捷克国王——也是波西米亚历代王朝的祖先——在公元九三四年遇害身亡。现在，他就躺在我们面前，接受后世子民们的朝拜。

走到门外，除了巴洛克风格的钟楼，这座教堂的整体外观酷似一个精致的哥特式圣物箱。一根根柱子傲然挺立，支撑起山脊一样的屋顶，尖塔宛如密林。十字形翼部拐角，多边形的梯级先是朝一个方向，然后反向旋转，飞拱搭建出呈放射状网格的穹顶。尖头的、三叶形的半拱连成线，串联起一溜塔楼，每个凸出的棱角都被积雪覆盖，仿佛在肇建时，石匠就故意设计成这个样子，引来白嘴鸦在雪中嬉戏打闹，烘托出银灰色的冬日云影。

这座城堡好像有一股魔力，让我挪不动步子——王宫城堡格拉德辛，捷克语叫"Hradcvany"，德语是"Hradschin"——虽然我的发音不算标准，对它的崇拜却是真心实意。甚至现在，当我翻看老照片上的布拉格，又像是着了魔。还有一座教堂，是用来纪念另一位古代波西米亚国王的，名叫圣乔治教堂，外观呈现巴洛克风格，内部却是不折不扣的罗马式。圆形的"诺曼"拱门开在光洁、厚重的高墙上，水平的屋梁上架起天花板；一尊身材修长的、表面鎏金的中世纪圣乔治雕像立在教堂东端的半圆形后殿，他骑着战马，被刺入长矛的恶龙正蜷着身子痛苦地挣扎。他让我想到在伊布斯河见过的武士石雕。圣诞节至新年那一段时间，我在莱茵河流域的市镇欣赏过类似的罗马式建筑，没想到在布拉格还能遇上。

此时，我突然有些困惑。这座城市有如此多的美景，但它们是从何而来的呢？没错，那一截宽大的楼梯被称作"骑士的脚步"，与整个建筑中的楼梯一起成为王宫城堡的有机组成部分。风格新奇的晚期哥特式拱顶，说明当时的社会包容并蓄，这一点跟英国很像，扇形花格也是舶来品，后来在英国处处开花。也许"冬之女王"在她短暂的统治时间里，也喜欢不拘一格；她早年接受过的英国文化的熏陶——比如化装舞会和伊尼哥·琼斯设计的建筑——为日后大兴土木做足了准备。我一边仰望，一边想象这位女王的样子。拱顶的造型真是妙不可言。肋状梁从墙头伸出，与起拱石构成"V"字形，仿佛开出沟槽的芹菜杆，横截面像一道道刀锋，一端汇合于墙体，另一端随着空间的升高，弯度越来越大。它们时而分开，时而汇合，彼此交叉，带着一股生命的律动，在墙上绘出郁金香花瓣的形状；当两条肋梁横穿时，会织出倾斜的相交线，随后漫不经心地各自远离。它们在自己的轴线上扭曲翻滚，同时直奔弧形穹顶；终于，一道肋状梁在历经多条相交线后，变得越来越短促，与此同时，凸面用尽全力，稳稳地扎入石墙中。快要接近穹顶处，起初松散的网格愈发细密，最后挤成一个小点。四道被截短的肋梁，用燕尾榫接合成粗略的平行四边形，构成楔石，然后再次徐徐散开。乍一看，还以为是眼睛发花，凝神仔细辨认，才感叹设计师的高明之处，奇异的想象营造出雄浑的气魄，石墙变得有了生命，灵动的线条勾勒出和谐之美。

处处都令人新奇。楼梯的尽头有条拱道，也许是想为平淡的"S"线增加一点动感，一分为二，夹角呈九十度，径直奔向楼顶。听说在古时候，身披铠甲的骑士常常策马跑过这些台阶，前往室内竞技场：他们穿得像一个龙虾，兵器叮当作响，如一股气流冲进门廊，同时小心翼翼地握住长矛末端，生怕刮花了楼梯上光亮的漆面。但在弗拉季斯拉夫国王纪念大厅，拱顶上的肋梁线条更为粗犷，从翻转的、一分为二的圆锥形顶部倾泻而下，时而弯曲，时而延展，在宽阔的拱顶纵横交错：断裂、交叉、重合——再一次勾勒出狭长的郁金香花瓣形状。随后，投射出缠绕的弧线，圆环越来越大，线条流畅舒朗，前进、加速、一路上升，像牧人挥舞在空中的鞭子……飘飘然越过屋脊，每个交叉点都盛开一朵雏菊的花冠，然后继续向前飞跃，等待下一次绽放的机会。拱形的天花板上，石制的环形肋梁彼此交叉，改变方向，将弧线荡漾出水波纹，直到这场接力赛快要抵达终点，才以一道抛物线的方式返回出发点，最后，它们终于与失散的兄弟重逢，尖端变成细锥，形成连锁。单从肉眼，能欣赏到线条之美，但建筑整体的精妙远远不止于此。冬日的暖阳从高高的窗户照进来，明暗对比尤其强烈，石制肋梁不经意间形成的图案顿时有了生命，一朵朵白色郁金香在寒风中怒放。每一个花瓣都反射出不同的光泽，它们在圆锥形穹顶和天花板上舞动，像海豚纵身跃出水面，激起一阵浪花。

多么奇妙而壮观！要不是亲眼所见，我还以为自己身处梦境。你可以想见，一个绘图工用手中的圆规绘制这些弧线和花瓣纹，洋洋洒洒地画出对称的图案——然后叹着气，将线条从纸上抹去。正是他们的大胆壮举，才让想象中的楼宇变为真实的宫殿。汉斯告诉我，图尔恩男爵和一群新教贵族曾经从拱顶下走过，与神圣罗马皇帝派来的钦差商谈这块土地的未来。他们都身穿盔甲：果不其然，"armour"（盔甲）蕴含的武力才能解决问题。一切似乎迎刃而解。钢制的旋梯和柱槽，侧厅里用作装饰的马克西米利安时代骑士的锁子甲！华丽的头胸甲、狼牙棒、弓弩、利剑和长矛。富丽堂皇的大厅和七百多个房间，构成了卡夫卡笔下那座迷宫般的城堡，在数百年间，躲过了战火，熬过了围困。这些拱顶和楼道成为多瑙河流民的庇护所，也是神圣罗马帝国步兵的驻扎地。眼前这一幕，多么像阿尔特多费画笔下的场景！

墙面和拱顶刻着纹章。普通盾牌之后是彩绘的盾牌，禽鸟、陆上动物和水生动物在头盔表面的叶子间欢腾嬉戏。我们一下子身临长矛兵生活的年代。顺着一截螺旋形楼梯，我们来到城堡最核心处，一间朴实的、墙壁厚重的小屋，房梁被熏得焦黑，光线从铅条窗照进来，一张古老的桌子摆在打蜡的板石上。就是在这间皇家密室，一六一八年五月二十三日，图尔恩和其他捷克贵族向罗马皇帝派来的代表提出严正要求，僵持化为冲突，两名钦差被愤怒的人们从窗口扔入壕沟。"布拉格扔出窗外事件"成为导致"三十年战争"爆发的导火索之一。最后一件事，是波西米亚议会选出信奉新教的普法尔茨选帝侯腓特烈五世为波西米亚国王。[1]

参观告一段落，我们该去刚刚错过的酒窖逛逛了。

我沿着石阶，爬到城市高处，寻找尚未被发现的珠玉之美。这里有文艺复兴风格的建筑，拱廊凉亭和爱奥尼亚式细柱支起的走廊让人联想到托斯卡纳或拉齐奥，但广场附近的宫殿、城堡和树木繁茂的坡地又折射出哈布斯堡王朝的余晖。科林斯式柱子排在四方建筑的外立面，粗糙得像玻璃水瓶表面的钉头，带有象征意义的符号和华丽的甲胄绘满山形墙。雕像底座延伸出平坦的梯级，通向宽阔的门廊，柱子上的男人形象肌肉发达，双手托着门楣，脚踩在用大理石雕成的花叶上。山林仙女扎起发束，女神侧倾哺乳着长着羊角的宙斯，森林之神萨提尔紧追而来，仙女们四散奔逃，海之信使特里同吹响手中的海螺。（飘飞的衣裙上盖着白雪，河神的唇齿间还结着严冰，要等到春暖花开才会消融。）山坡上建有露台，山间

---

[1]一六二〇年，就在距离城堡一英里外，打响了"白山战役"，波西米亚和普法尔茨联军与蒂利伯爵所统率的天主教同盟军决战，联军虽占有地利，但因装备落后，终为天主教同盟军所败，腓特烈五世被逼逃亡荷兰，而波西米亚则重新纳入神圣罗马帝国的版图。

提问：有一位名人自愿参加了天主教同盟军，请问他是谁？

答案：法国哲学家笛卡尔。

结满雾凇的树枝背后，有一个装饰性建筑，形似满清官员的帽子，我猜其修建年代与一英里外莫扎特的歌剧《唐·乔瓦尼》创作的时间差不多。走在宫殿里的镜廊——水雾掩映着一幅幅春光和夕阳中的田园风景，画家、石膏师、家具工、玻璃工和黄铜匠默默地将全身心力贡献于此。我的耳畔仿佛响起庄严的赋格，眼前仿佛映现出帕萨卡里亚和翩翩的舞者。

在回忆的迷宫中，我忽然想起布拉格的图书馆，在哪儿呢？也许是查理大学，全欧洲最古老最有名的大学，一三八四年由罗马皇帝查理四世创立。但我不能肯定，思绪一开始有些混乱，像清晨的雾霭还没有散去，随着和煦的阳光显露，书的样子变得越来越清晰。每一本都有打磨过的皮面，淡褐色、栗子色和浅牛皮纸色的书脊上印着金色与猩红色的书名。棋盘格纹地板上放着地球仪。玻璃柜里珍藏着古籍善本。三角形诵经台上摆着《升阶经》《轮唱赞美诗集》《祈祷书》和字母中填充彩绘的羊皮经卷；装饰着块状和菱形图案的教皇法杖上，用卡洛林王朝时代的安色尔字体和哥特体写着四行箴言。十多根麦芽色的柱子支撑起椭圆形的画廊，铜饰、橡木、方尖碑和凤梨交替点缀在栏杆柱头。我走进拱顶低矮的房间，灰泥天花板上绘着欧洲蕨的三瓣形花舌，装饰着一幅幅既古典又寓意深远的图画。阿斯卡尼俄斯在追逐牡鹿，狄多为死去的埃涅阿斯落泪，努马在仙女爱吉莉雅的洞中小睡，星河灿烂，亦幻亦真。

记忆中仿佛出现了空洞。在乌云密布的天空下，教堂的白色大理石变得色泽阴暗，预示着反宗教改革运动的开始。圆形大厅的柱基上刻有福音传教士雕像。长袍在空中翻飞，法冠像打开一半的剪刀，传教士们漂浮在双柱间的半空，围着叶形装饰的柱头转出半个圈。还有一座教堂，天主教徒们在两百年前的那场胜利后，宗教热情慢慢冷却，供奉圣人时变得三心二意。檀木制成的圣约翰雕像，微笑中带着嘲讽，手里握着鹅毛笔，身穿睡衣，头发蓬乱。如此的造型，绝不会是《启示录》中的使徒，而是伏尔泰笔下的《天真汉》，也许雕塑家受到了启蒙运动的影响。从喷泉广场回望王宫城堡，绿色的铜质圆顶上，每一段都开着一扇涡卷装饰的弦月窗，这种造型源于伟大的罗马帝国。尖塔顶端的圣体匣射出金光，偶尔有一缕阳光经过，屋顶仿佛变成圣诞彩球，熠熠生辉。

乍一看，布拉格全城都充盈着奥地利人偏爱的巴洛克风情。当初哈布斯堡家族迎娶波西米亚女王时，在建筑风格上，一定提出过这个附加条件，而他们对波西米亚人的诉求，基本上充耳不闻；新建的宫殿很合新君主的口味，也象征了以教皇为代表的天主教会对胡斯教派和新教的胜利。有些教堂记录下耶稣会的盛衰，坚硬的条石代表他们在宗教斗争中的热情和坚韧。（"三十年战争"爆发时，波西米亚还是个新教国家。后来天主教卷土重来，像阿尔比十字军一样，清除异端邪说，将波西米亚变成类似法国朗格多克的纯洁之地，或如《爱丽丝镜中奇遇记》中，被"海象与木匠"哄骗上海滩的小牡蛎。）[2]

尽管如此，经过我一番细心搜寻，还是从一些低矮的塔楼身上分辨出这座城市在更早的中世纪时的原貌。黄褐色屋檐，想必搭建于中世纪晚期，在整体建筑的巴洛克风格中显得古朴。谷仓形状的斜顶铺着瓷砖，露出鱼鳃一样的老虎窗——有了这种通风设备，难得才洗一次的衣物，可以晾在屋里，靠穿堂风慢慢吹干。拱壁的

---

[2] 那段时间，分属不同教派的欧洲人之间水火不相容。为了镇压天主教，克伦威尔曾亲率大军远征爱尔兰，在德罗赫达下令杀死守军和神父；而在韦克斯福德，士兵们更是肆意杀戮，血洗了这座城池。

斜面支撑着游廊，串联起一栋栋大宅。街角的房屋外表鲜艳，屋顶呈圆柱形或八角形，与我在斯瓦比亚见过的造型一样，外立面和山形墙有卷状和阶梯状装饰；墙上雕刻有石膏人像和动物；高浮雕巨人造像似乎半个身子嵌在墙上，正想方设法挣脱。历史上，每一条街道都被宗教纷争染上血色，每一个广场都是斩首示众的刑场。胡斯教派中分出饼酒同领派，他们提出俗人也可以用酒杯领圣餐，遭遇天主教迫害之后，该教派尊崇的圣杯雕塑被圣母像所取代。在年代比较久远的教堂和瓮城的尖塔顶部，会竖起一根根细长的铁钉，尖端捶打成楔形，包裹在金属屋顶上，串起铁球和铁三角。（要完成这份工作，石匠肯定是不行的，非得打造军械的工匠出马才行。）黄昏时，它们能召唤出地狱中的骑兵。街道坡度很陡，曲径通幽，卵石路上，拉货的马车走走停停，平底雪橇难免滑个底朝天。（我到的时候，这样的事故少多了。雪堆积在黑乎乎的河岸，踩上去深一脚浅一脚，最冷的季节就要过去了。）

这些塔楼让人联想到温塞斯拉、奥托卡和普里齐米斯尔时代的布拉格，一位捷克公主和一个农家少年在河畔相遇，带来一段童话般的婚恋。捷克人喜欢回首过去，追忆明君和他们的子孙统治下的王国，对铁腕柔情的查理四世心存感激——那真是个黄金时代，捷克语是上至国王、下到臣民的通行语言，没有宗教仇恨，国王、贵族和平民百姓享有同等的权利。过去一百多年中，哈布斯堡家族执政下的捷克掀起一场民族复兴运动。奥地利君主态度摇摆不定，说是专制又留有余地，说是宽容又施加限制，但很快，他们就会对自己的行为感到后悔，语言不通引发种族之间的矛盾，措施不力又加深彼此的隔阂，最终让帝国走向衰落。哈布斯堡家族应该为此负责。前人的宿怨，直到现在还未能消解，尤其是当捷克人望着首都光彩夺目的建筑风景时，仍旧是满心酸楚、气哼哼的。

过了一阵，我才反应过来，捷克语"Vltava"和德语"Moldau"指的都是沃尔塔瓦河。河水穿越都城，碧波粼粼，气势上不逊于罗马的台伯河与巴黎的塞纳河，而且跟另外两个首都一样，河水中流分出小岛，大桥横跨两岸。在教堂和树林间，两个坚固的桥头堡巍然屹立，两座尖塔形似古代军士的铁手套，棱角分明，塔间连接起一道中世纪时代的桥梁。古桥遵捷克国王查理四世之令而建，当年就让阿维尼翁、雷根斯堡和卡奥尔等地的石桥相形见绌，如今成为布拉格的象征。十六个隧洞般的桥跨，让大桥屡遭洪水侵袭而安然无恙。巨大的桥墩托起拱形桥洞，桥脚的分水角劈开湍急的水流。两侧石栏杆上，每隔几码就耸立着圣人雕像或群像，顺着弧形的桥面望去，他们似乎在空中翱翔。回望桥头堡，透过中空的通道，一座教堂的正面映入眼帘，另外一群圣像静静伫立，其中一个比其他都高，是内波穆克圣约翰的雕像。一三九三年，他在不远处殉道——据说他受尽酷刑也不愿说出王后索菲亚在祷告时透露的隐私。国王恼羞成怒，命人将他从查理大桥上扔进沃尔塔瓦河，就在他的身体被河水淹没的一刹那，天空中奇迹般地出现了闪烁的星星。[3]

走上查理大桥时，天渐渐黑了。我们靠在栏杆上，望着水流与河心小岛，其上游发源于林茨北部的波西米亚森林。随后，我们将目光投向下游。要是从码头旁扔下一艘纸船，它航行二十英里，就能汇入易北河，进入萨克森州。然后，飘飘摇摇地钻过德累斯顿和马格德堡的桥洞，穿越旧普鲁士的平原，右边是勃兰登堡，左边

---

[3] 这个故事还有其他版本。捷克历史上有很多将人掷出的事件，直到现在，这种中古时代末期波西米亚民众表示愤恨的方法还很流行。圣约翰以被抛出查理大桥的方式殉难，这种处决方式，也许还延续了罗马人将犯人扔下塔尔皮亚岩悬崖的传统。

是安哈尔特，最后来到汉诺威和荷尔斯泰因，在汉堡的河口搭上一艘海船，从赫里戈兰湾驶入北海。

按照这样的路线，我们永远也到不了君士坦丁堡。我得迈开双腿了，读者们也是。但我还有几句话——看看能不能在一两页中解决问题。

尽管有众多的竞争者，布拉格无论过去，还是现在，都堪称世上最漂亮的城市之一，有令人心驰神往的风情。忧伤、虔诚、热烈、冲突与傲气，调和出一幅宽宏、知性与柔和的性情，在宏伟而朴实的建筑之间萦绕低回。这座城市散落着一些低沉、隐蔽的角落，要花费些心思才能找到。有时候，细节只是冰山一角，难以窥见被重重幻影遮盖的真实。我不止一次觉得，很难找到恰当的字眼来形容布拉格，与待过一段时间的维也纳相比，用"Mitteleuropa"（中欧）这个词来描述这里再合适不过。历史让布拉格很有厚重感。修建在多瑙河以北一百英里、莱茵河以东三百英里处，这里似乎很少有外人闯入。（距离，这个古老的因素，真的会让国与国之间产生差异吗？我想是的。）自从第一次在历史上留名，布拉格和波西米亚一直是人们心目中东西欧的交汇点：面色阴沉、彼此猜忌的斯拉夫人和条顿人；我一无所知的国度。正是被历史的阴影笼罩，布拉格的建筑看上去既熟悉又陌生。然而，毫无疑问的是，布拉格的的确确属于西方世界，秉承西方的传统，这一点与科隆、乌尔比诺、图卢兹或萨拉曼卡一样——或者，更像英国的达勒姆——只不过城市规模再庞大些，增加点必要的细节。（后来，我常常想起布拉格，那时战争如火如荼，对于东欧人民的悲惨命运，西方人报以同情、怨恨与内疚，我也不例外。短暂的逗留，欢乐的时光，让我自认为对这座城市了解得足够深入，但那只是我的主观臆想，也让我对后来所发生的一切感到费解。初来乍到，我眼前的一切恍如幻境，只有朋友们的交谈，偶尔将我拉回现实。）

感谢汉斯送我一本《好兵帅克》，后来，我才体会到这本小说的深意。除了堂吉诃德，帅克是另外一个可以让人联想到某个国家的小说人物，尤其是在特定的时代背景下。书中的帅克不太像堂吉诃德，更像后者忠实的侍从桑丘·潘沙。在人物刻画上，作者运用了反讽技巧，让读者很难判断，究竟是为人诡计多端、天真无邪还是面对逆境时的乐观精神，让帅克每每遇到危急关头都能逢凶化吉。作者雅诺斯拉夫·哈谢克是一位诗人、一个反对教权的怪人和浪荡子，他善于从生活中学习，其不羁的流浪生涯与他创作的这本文学杰作一样精彩。他蹲过好几次监狱，有一次被人当做疯子关起来，还有一次是因为犯了重婚罪。他嗜酒成性，过量的酒精最终要了他的命。他爱开玩笑，也喜欢向学术刊物投稿。他是《动物世界》杂志的编辑，自己编造出很多动物以博得读者的眼球，后来东窗事发，他还跑上查理大桥，佯装要从内波穆克圣约翰被扔到河中的相同位置跳河自杀，闹得全布拉格的人都来看热闹。

一些与哈谢克同时代的作家对帅克这个人物并不欣赏，对作家本人也颇有微词。捷克共和国才刚刚建立，社会气氛依然传统，帅克这样的滑稽形象肯定难登大雅之堂去代表国家的形象。不过他们多虑了。即使在今天，作为哈谢克创作出的一个特殊典型人物，帅克以自己独特的行为方式，代表了捷克人在数百年中孕育而生的民族反抗精神。

踏上这段记忆之旅，我将去过的街道重新梳理了一遍。跟宣传手册上的图片一样，每条大道都空空荡荡，只剩下几处历史遗迹。鼓声沉沉，塑像默默，醉酒嚎啕者的呼喊声渐渐从广场上消散——

不见了熙来攘往的人群和车流，这座融汇了两种语言的城市只剩下窃窃私语。我还记得有个裹着头巾的女人，正守在火盆旁取暖御寒，还有一个行色匆匆的方济会修士，胳膊下夹着几条面包。三个车夫放好长鞭，坐在酒窖外面喝杜松子酒，地上铺着锯屑，他们的鼻子不知是被寒风吹过，还是酒精的作用，或者兼而有之，先是猩红色，最后变得通红，像浓雾中打开的车灯。

　　我和汉斯在酒桶旁聊了些什么？内容肯定与消逝的哈布斯堡王朝相关，一整天，我们都在参观纪念碑和宫殿。在奥地利的见闻，让我一直对这个家族的命运扼腕叹息。我觉得眼前这间酒窖——坚固的房梁、护盾、加了铅条的窗户、橡木桌上的玻璃杯——足以成为心灵的避难之所。身处波西米亚 - 巴伐利亚的另一端，我们喝着弗兰哥尼葡萄酒。用的什么酒杯？确切地说，是无色的玻璃碗。但我们都知道，在莱茵河或摩泽尔河畔，那里的杯柄上有琥珀色或绿色的球状装饰，杯身像个锥形宝塔。也许这些小球起初是红宝石，后来被水晶所取代，龙胆蓝、湖水绿和屈菜黄，都是布拉格的玻璃工匠们最擅长的颜色……我们曾两眼发光地欣赏过皇帝鲁道夫二世的天文仪器。一个浮雕细工的金属天球，立在黄铜底座上。星盘旁边是望远镜、四分仪和罗盘。球体上的金属环可以同心旋转，一环套着一环……鲁道夫不像奥地利人，更像个西班牙人，他将布拉格定为哈布斯堡王朝的都城，搜罗来四方的奇珍异宝。等到"三十年战争"爆发的时候，布拉格已经成为一座文艺复兴风格的城市。他醉心于天文学，盛情邀请第谷·布拉赫来宫中讲学，这位在丹麦的一次决斗中失去了鼻子的天文学家后来一直住在布拉格，直到一六〇一年与世长辞。开普勒继承了布拉赫对行星的研究，直到皇帝去世才离开首都。他收集珍禽异兽，还慧眼发掘了一些画工精细的大家，阿尔钦博托就是其中一位，他的作品被埋没了整整三百年，才在开普勒的鼓吹下重见天日。开普勒喜怒无常，终日沉迷于新柏拉图派哲学、占星术和炼金术。他在这些旁门左道上花费了太多心思，科学研究反倒停滞不前。但就算像华伦斯坦这样被誉为全欧洲最有能耐的人，也难免与开普勒一样，有相似的人格瑕疵。事实上，当时全欧洲的人都对所谓的超自然力量趋之若鹜。华伦斯坦专门空出自己居住的意大利式宫殿的一翼，用来研究各种法术。但等到鲁道夫去世，华伦斯坦终于有缘请到开普勒，这位天文学家却只是耸耸肩，讥讽他研究的东西不过是奇技淫巧。[4]

伴随天文学，人们对炼金术的兴趣也日益高涨，甚至还喜欢研究犹太神秘哲学。城里到处是江湖骗子。约翰·迪伊，这位袍服飘飘、留着白胡子的英国数学家兼巫师，给中欧人留下了深刻印象。他忙着从一座城堡赶到下一座城堡，将波西米亚和波兰的贵族们吸引到身旁，用咒语提振他们的精神。来中欧之前，他刚刚被剑桥大学开除教职。[5]（有人也许会问，"冬之女王"在几十年后来到波西米亚，她对如此怪异的社会风气会怎么看。我们之前曾经提到过，她在海德堡时，已经与自称擅长玄术的玫瑰十字会会员有过接

---

[4] 华伦斯坦官（我千方百计打听到这个确切的名字）仍然为华伦斯坦家族所有，成员中最有名望的是在吕岑会战中担任神圣罗马帝国军队统帅的阿尔伯莱希特·华伦斯坦。在十八世纪，家族的一个后代与卡萨诺瓦交好，在生命的最后十三年，一直住在华伦斯坦位于波西米亚的城堡，守着藏书撰写回忆录。另外一个后代结识了贝多芬，作曲家后来将《华伦斯坦》奏鸣曲题献给他。至于"三十年战争"中的那位枭雄，他受到皇帝猜忌，怀疑他与瑞典国王合谋——这也许是故意为之，人们传言他会借战争之机夺取波西米亚的王位——于是，他逃到巴伐利亚边境白雪皑皑的城堡躲藏。四个来自英格兰的雇佣兵——爱尔兰龙骑兵团的戈登、莱斯利、德弗罗和他们的指挥官巴特勒上校——在餐桌上干净利落地除掉了华伦斯坦的侍卫。随后，他们找到公爵本人，德弗罗用一根长矛刺穿他的身体。要了解这段惊心动魄的历史，你不妨读一读 C.V. 伟吉伍德的《三十年战争》。在维诺妮卡夫人的笔下，华伦斯坦展出阴暗的另一面：鲁莽、狂妄、笃信占星术，这些掩盖了他早年的风华。他又高又瘦，面色苍白，一头红头发，眼神中充满智慧的光芒。

[5] 原因是他公开展示一个据说是阿里斯托芬的《和平》一剧中特里伽俄斯用来飞上奥林匹亚山、祈求天神浇灭伯罗奔尼撒战火的器具。样子像埃特纳山上的屎壳郎，只不过个头很大，要让它飞起来，主人公必须一路上用自己拉出的粪便充当燃料。这样的展示，观众们最多一笑了之，不过我倒是想亲眼见见它的样子。

触。）从公元十世纪开始，就有犹太人到布拉格定居。十八世纪时，他们也受到一个叫哈恩的人的蛊惑，后者是来自萨拉热窝的塞法迪犹太人，属于卡巴拉派，他不遗余力地散播邪教牧师沙巴泰·泽维关于弥赛亚的虚假预言；他成功地取得德系犹太人的信任，打着希伯来先知以利亚的旗号，在私人降神会上，宣称自己能召唤上帝、让人起死回生并创造新世界。

最后，我们来到老犹太区的一座钟楼下，时针反向旋转，表盘用希伯来字母刻着数字。黄褐色的犹太教堂有陡峭的齿状山墙，其古老程度在全欧洲数一数二。其实教堂建在一座历史更久远的神殿的遗址上，一三八九年，在复活节当天，三千个犹太人惨遭屠杀，神殿也被焚毁。（这个重要的基督教节日与逾越节的宴会时间相隔不远，加上与受难和献祭相关，让复活节周变成一年中最危险的日子。）紧挨着的墓地不得不去看看。成千上万的墓石层层叠叠，时间可以追溯到十五世纪至十八世纪末，古木参天。青苔爬在墓碑的希伯来铭文上，有些碑顶雕刻有图案，用来区分长眠于此的部落成员：葡萄代表以色列人，投手代表利维人，双手举起、做出赐福状的代表亚伦人。其他墓石上则用纹章来象征不同姓名的家族：赫希是牡鹿，卡普雷茨是鲤鱼，哈恩是公鸡，洛伊乌是狮子……一具雕刻精美的石棺中，长眠着洛伊乌家族最鼎鼎有名的人物。他是拉比犹大·本·本扎贝尔，一位学者和奇迹的创造者，一六〇九年去世。他的墓地，是布拉格在那场追逐超自然力量的全民狂欢中，最重要的历史见证，因为正是这位"拉比洛伊乌"，为保护犹太人不受迫害而铸造出希伯来传说中的魔像，他将写着神秘公式的纸条塞进对方口中，魔像顿时有了生命。

在布拉格的最后一天，整个下午，我都待在海因茨·齐格勒的图书室里。我已经艳羡满墙的书架好几天了，现在总算找到机会一饱眼福。我想找介绍波西米亚与英格兰之间历史渊源的书，因为《冬天的故事》一剧中对地理位置的描述令人费解，莎士比亚肯定听说过波西米亚，但他为什么要给故事的发生地安排一处子虚乌有的海岸呢……我嘴里嘟嘟囔囔，翻动手中的书页，想找到线索。他并不需要知道彼得·佩恩，这位来自霍顿山的约克郡基督教罗拉德派教徒后来成为胡斯运动的领导人之一。但他肯定熟悉第二个有盎格鲁－波西米亚背景的人物——红衣主教蒲福，他不但是"冈特的约翰"的儿子、博林布鲁克的兄弟和温切斯特的主教，还是《亨利六世》第一和第二场中的主要人物。在他建好教堂，并在去世后埋葬在教堂墓园之前，他参加过镇压胡斯运动的十字军东征，带领一千名英国弓箭手横扫波西米亚平原。第三个人是"波西米亚的约翰"，名气也很大，他是一位盲眼国王，在英法百年战争的"克雷西战役"中死在"黑太子"爱德华手下。[传说战斗结束后，黑太子走到波西米亚国王约翰的尸体前，赞颂他的勇敢，并取下国王头盔上的三根鸵鸟毛，加上波西米亚国王纹章上的铭文"Ich dien"（我服务），从而做成另一面纹章，这成为日后历代威尔士亲王纹章上的标记。〕约翰有非凡的军事才能，曾经指挥军队在意大利作战，还抗击过立陶宛的异教徒。他迎娶了普里齐米斯尔公主，子女中包括未来的查理四世，后来成为神圣罗马帝国皇帝，并下令在布拉格修建桥梁、创办大学。读到这里，波西米亚与英格兰的联系突然紧密起来，因为约翰的另一个孩子是波西米亚的安妮公主，她后来嫁给黑太子的儿子"波尔多的理查"[6]，成为英国女王。但我最后

---

[6]她英年早逝，被葬在威斯敏斯特教堂。她的继任者是法国公主伊莎贝拉，在《理查二世》一剧中，正是伊莎贝拉从修剪杏树枝的园丁们口中，无意中听到国王去世的消息。理查被人谋杀时，她才十一岁。后来她回到法国，改嫁给自己的表兄，这位奥尔良公爵也是诗人，在阿金库尔战役中被亨利五世俘虏，押解到英格兰关了二十五年。伊莎贝拉去世时，才十九岁。

的发现更为精彩。菲利普·西德尼爵士在十六世纪的记载像一颗明亮的彗星划过天际：他每次去外国游历，总是能博得国王的信任或君主女儿的芳心，他去过波西米亚两次——一次是他与沃顿在维也纳度过冬天后，还有一次是作为女王伊丽莎白的特使，向即位的鲁道夫二世表示庆贺——他的到来，一定让波西米亚举国轰动，因为两国相隔遥远，如今来了一位活生生的外乡人，身上似乎罩着一道炫目的光环。[7] 莎士比亚比西德尼小十岁，当诗人在荷兰聚特芬的战争中重伤不治时，莎士比亚还默默无闻。后来，西德尼的妹妹嫁给了彭布罗克勋爵，"彭布罗克表演者"也成为当时伦敦最有名的艺术代理公司，一定跟许多剧作家关系密切。至于他们的儿子威廉·赫伯特，虽然一些评论家大胆猜测他究竟是不是莎士比亚十四行诗中的"Mr. W.H."，谁也说不清，但莎士比亚去世后出版的剧本作品集《第一对开本》，却是题献给赫伯特兄弟俩的；他们向来与诗人关系密切，出版商也借机大做文章。莎士比亚一定熟悉菲利普·西德尼爵士的事迹，这样的话，他对波西米亚也应该不陌生。

恰好在这个时候，海因茨走进房间。见到地毯上小山一般的书堆，被我逗乐了，我把自己的疑惑向他和盘托出。沉思了片刻，他说："等我一会儿！"他闭上双眼——灰白色的眼仁，瞳孔绕着一圈淡褐色——慢慢地点着额头，双眉紧锁，随后睁开眼睛，从书架上抽出一本书。"对，就是这本！"他一边翻着书页，一边兴奋地说，"波西米亚的确曾经有过一段海岸线。"——我从地上蹦起来——"但时间不长……"他高声念出相关的文字，"奥托卡二世……

---

[7] 埃德蒙·坎皮恩当时也在布拉格，以耶稣会会士身份传教。两人见过多次，彼此赏识和尊重。一次，坎皮恩为国事活动创作了一部悲剧，主题是扫罗王，而且为了这部剧的上演，全城的人倾力协助，尽管全剧长达六个小时，国王鲁道夫还是下令再演一场。四年后，坎皮恩因传教于英格兰，触犯犯法，被新教教徒逮捕，在遭受折磨后被处死在伦敦的泰伯恩刑场。他以圣徒的意志直面野蛮的酷刑。

是的，就是这个……在一二六〇年战胜匈牙利国王贝拉二世……拉长波西米亚的边界线……王国延伸到奥地利……是的，是的，是的……南部边界是伊斯特拉半岛，包括一段达尔马西亚北边的海岸！……没有当上皇帝，原因是对斯拉夫人的歧视……对，对，……一二七三年在迪恩克鲁特被哈布斯堡的鲁道夫击败并杀害，王国面积缩小，延续以前的边界划分……"他合上书。"这下行了吧！"他告诉我："送给你一段波西米亚的海岸！虽然只存在了十三年。"

　　这真是令人欢呼雀跃的时刻！虽然没有时间挖掘更多的细节，但困扰我的问题似乎得到了圆满解决。（幸亏时间紧迫，要不然我又会徒生更多的失望。因为即便在想象力最丰富的文学作品中，这几位人物的出现都不符合历史事实。更糟糕的是，我发现当莎士比亚借鉴罗伯特·格林的《潘多斯托》和《时间的胜利》写出《冬天的故事》时，他粗心地将西西里岛和波西米亚的地名弄混了！我沮丧极了。我觉得诗人从云端出其不意地挪动了一枚棋子，王车易位，把我将死。我总算明白了一个道理，从一开始，我就应该将这些文学杰作奉若神明：在历史剧创作上，莎士比亚虽然可谓是一丝不苟，但他根本不介意剧中的地名有些瑕疵。除非是讲到意大利——文艺复兴时代的剧作家们经常将意大利选为故事的发生地，但除此之外，他们笔下的舞台背景大同小异。乌斯特郡、沃里克郡和格洛斯特郡的森林与开阔地；成群的牛羊，集市，一两座宫殿，安乐乡、世外桃源和仙境，科茨沃尔德的小山、激流、山洞，山中有熊出没，海里满是沉船和美人鱼。）

　　但是，海因茨、他的妻子、保罗和汉斯都觉得值得庆贺一番。海因茨捧着一个玻璃酒壶，给玻璃杯斟满酒。壶的表面刻着钉头纹，粗犷的线条和切宁宫的外墙类似。这也是告别酒，汉斯和我会搭乘夜班火车返回布拉迪斯拉发。明天，我就要渡过多瑙河，去到匈牙利。

　　站在窗口，正好可以俯瞰布拉格全城。我的搜寻暂告一个段落，而苍白的太阳也落到银紫色的云朵背后，华灯初上，整座城市一下子有了勃勃生气。虽然钟楼、尖塔和被白雪覆盖的圆屋顶慢慢被暮色吞没，此起彼伏的钟声却告诉人们，这些建筑安然无恙。两岸路灯璀璨，车灯宛如流萤，多瑙河像一条弯曲的带子，穿越如珍珠项链般耀眼的大桥。正下方，在巴洛克风格的灯架之间，查理大桥栏杆上的雕像默立在夜色中。远远的，桥上的灯火变得阑珊，雕像分散开来，各自守卫着宁静的冬夜；白嘴鸦聚在林梢，依偎着抵御寒气。这一幕，直到今天我还记忆犹新。

10. 斯洛伐克：向终点更近一步

按照原先的计划，离开布拉迪斯拉发后，我会渡过多瑙河，去东南方向的匈牙利边境，然后沿着右岸到古城久尔。我将踏上几天前在城堡顶部远眺过的平原，这也是最传统的一条进入匈牙利的路线。

但在最后一刻，在汉斯的朋友们的劝说下，我改变了主意。格蒂·冯·瑟罗采，嫁给了我在前几章中提过的匈牙利乡绅，她建议我改变路线，好与她的兄长菲利普·舒伊见一面。舒伊·冯·科罗姆拉男爵来自一个奥地利 - 犹太贵族家庭——喜欢与画家、诗人和作曲家结交，亲戚遍及十多个国家——在中欧与西欧的社会生活中扮演过重要角色。他们曾经富可敌国，现在却跟其他贵族一样走了霉运。我见过皮普斯·舒伊（别人都那样叫他），但没有深聊。他是个传奇人物，住在布拉迪斯拉发以东四十英里的地方。电话铃声响起，两天后，我将再次见到他。

于是，我没有往南，而是朝东北方向前进。我仍在多瑙河的另一边，每走一步，就离河岸越来越远，离斯洛伐克腹地越来越近。我的新计划是在斯洛伐克境内绕一个大圈，再次回到多瑙河时，已经是一百英里外的下游，然后从帕堪 - 埃斯泰尔戈姆桥进入匈牙利。

同时，在接下来的部分，写作素材也有一个重大变化。

最近——当我将记忆中留存的旅行见闻全部变成文字之后——

我再次来到多瑙河，从黑森林出发，到三角洲结束；在罗马尼亚，以一种浪漫、神奇、难以详述的方式，我找到自己一九三九年遗留在一户乡间别墅里的日记本。

我一定是在布拉迪斯拉发买的日记本。一个厚厚的、外表残破、包着布面的本子，三百二十页，用铅笔密密麻麻写满。开头有长长的段落，随后叙述一两个月之后的故事，然后做笔记，过了才是翔实的日记，一直写到末页，内容是我从布拉迪斯拉发至君士坦丁堡途经的不同国家的见闻，终点是阿托斯圣山。日记本的封底有一列地名，是我过夜和逗留的地方，还有简单的匈牙利语、保加利亚语、罗马尼亚语、土耳其语、现代希腊语以及一些人名、地名。就在我念出这些名字的时候，一张张久违了的面容又出现在眼前：一个提萨河畔的葡萄酒商，一个巴纳特的酒馆老板，一个贝克维察的学生，一个萨洛尼卡的姑娘，一个罗多彼山中的智者……一两幅房屋和民族服饰的速写，几句诗，民歌歌词和按照字母顺序匆匆记下的笔记。沾满污渍的封面还保留着被帆布包里其他重物压过的痕迹，日记本看上去——散发出那个时代的气息。

这个发现让人欣喜万分，但也百感交集。在一些时间和地点的描述上，日记与我之前写好的文字存在出入，但这并不打紧，能帮助我减少行文中的错误才是正经事。与每个财物失而复得的主人一样，我最大的困扰，是日记中的内容没有想象中那样精彩。也许当初在慕尼黑弄丢另一个日记本并不是件糟糕的事。不过，虽然有这么多缺点，里面的文字还是有一定价值：至少是我不假思索、一挥而就的。我深知改变文体风格很危险，但还是忍不住在接下来的篇幅中，穿插了几段日记本上的话，未经任何删减、浓缩和解释。而开始部分，是我从布拉迪斯拉发启程那一天。

一九三四年三月十九日

……天空是可爱的蓝色，有大朵的白云，我沿着一条蜿蜒的大道往前走，路旁栽着榆树。草地绿得耀眼，春天已经来了！回头望，我看见普雷斯堡的上空飘着白烟，灰白色的城堡立在山间，听见田野上回荡的钟声。我走得懒洋洋，心情畅快地抽着烟。中午时，坐在一根原木上，艳阳照耀着道路左侧的小喀尔巴阡山脉，我吃了奶油蛋卷、肥肉和一根香蕉。一队捷克斯洛伐克骑兵在附近的训练场操练。他们的马很神气，大约有十六匹，尾巴散开，优哉游哉。士兵们骑术高明。他们刮了胡子，看上去很强悍，像哥萨克人。

我坐在阳光中，昏昏欲睡。山路钻进一片榛子林，年幼的狍子灵活地蹦入路旁的灌木丛，隐隐约约露出白色的屁股。后来，我一定是有些精神恍惚，下午四点，还不知道自己身在何处，每次向农夫打听舒伊男爵所在的"Kovecsespuszta"，他们都做着手势，表示无能为力，嘴里说什么"马扎尔语"或"斯洛文尼亚语"。我终于意识到，语言不通是多么麻烦的一件事。我必须学点匈牙利语！距离目的地还有相当一段距离，我来到小城塞内茨附近，这里离考威塞斯，与考威赛斯离普雷斯堡一样远。一个乡村邮递员，能讲一点德语，告诉我应该往萨莫林走，有四十公里远；于是我走上一条阴沉沉的小路，身旁的平原没有一点起伏，点缀着白色的农舍。偶尔我会遇上一位老妇，在路上拾柳枝和香蒲（下周日就是复活节前的圣枝主日）。这里的居民都是虔诚的教徒。他们对上帝满怀敬畏，遇到竖在路旁的十字架，都要跪倒在地，在胸前划十字，将树枝恭恭敬敬地挂在十字架上。最后，我来到多瑙河的一条支流，河水穿过草甸，两岸杨柳依依。这条河叫"小多瑙河"。我走在河岸上，直到一条渡船出现在河面，我大声呼喊船家，一位老人跳进船舱，用力拉拽一根绷得紧紧的缆绳，船缓缓到了岸边。这里是水沼地的边缘，到处流水潺潺。到布拉格之前，我曾站在一座城堡顶上，远眺过这块土地。

来到河对岸，我又一次走上平坦的原野。太阳正在落山，天空现出柔和的粉红色，游荡着几抹流云。这不就是天堂的金色围栏吗！四周静悄悄的，没有一丝风，绿色的原野上，云雀在展翅飞翔。我望着它们爬上云霄，盘旋、俯冲、飞升，我一下子想到了英格兰的春天。

很快，天色渐渐暗下来，夜幕降临，我来到一个叫"纳吉－马扎尔"[1]的小地方，一座座白墙小屋，屋顶盖着长长的芦苇，看上去很荒凉，路面的车辙积满淤泥，没有人行道或花园篱笆。村子里到处是孩子，跑来跑去，皮肤和头发黝黑，身上罩着五颜六色的毛毯。还有黑皮肤的老妇人，油腻的发辫从头巾旁露出来，以及高大、四肢灵活、眼神闪烁的年轻人。他们是"Zigeunervolk"！匈牙利的吉卜赛人，跟我在布拉迪斯拉发见到的一个长相。太棒了！终于在维也纳以东见到了东方风情！

我找到村长的办公室，我也不知道是怎么找到的，反正在人群中钻来钻去。他长得器宇轩昂，典型的匈牙利人相貌，精致的五官，讲一口带匈牙利口音的德语，重音常常放在第一个音节，有一半的"a"都发成了"o"。他立刻答应给我安排食宿，整晚，我们坐在火炉旁聊天，抽气味浓烈的匈牙利烟丝，喝色泽金黄的葡萄酒。酒是"sor"；烟丝是"dohányi"；打火机或火柴是"gyufɑ"；"晚上好"是"jóétszokát Kivánok"，"亲吻你的手"是"kezeit

---

[1]我在任何地图上，都没找到这个小村庄（地名的意思是"小匈牙利"）。附近有一个大点的镇子叫"Nagy Megyer"，但肯定不是我去过的那个地方。我有些迷惑。

csokolom"。之所以要学最后这句，是之前有个老太太给我们端来晚餐，说了这句话，然后庄重地吻了我的手，表示欢迎。我当时不知所措，但看来这里的风俗就是如此，只要客人上门，哪怕是像我这样的流浪汉，都会受到主人的热情礼遇。（到现在，我只学会了一个斯拉夫单词："selo"，意思是村庄，类似于俄语里的"Tsarkoë Selo"，指的是沙皇居住的"皇村"。）地板上没有了方格状的瓷砖，只是泥巴地，被踩得很紧实平整，看起来也不错。屋顶铺着茅草。我被安排到一间空房，上了床，将鸭绒被盖在身上，很快就睡着了。

我草草地写完日记，吃过早饭。我得去向村长道别，出发去考威塞斯了。这是个明媚的早餐，清风吹拂。

一不做二不休！让我们看看这个十九岁的小伙子在考威塞斯都见到些什么。

考威塞斯，三月二十日

我差点没能走出"小匈牙利"，一群小孩包围在我的身旁，皮肤像卡其色或者更深，三个吉卜赛妇女也向我走来，她们穿着丝绸和棉质衣裙，颜色是粉红、绿和紫色。我从来没见过这么绚丽的衣服。一个像北美的印第安人，用带子把棕色皮肤的婴儿挂在腰间，另外两个年轻貌美，棕色脸颊，大大的深色眼睛，乌黑的头发。我们擦肩而过的时候，她们用马扎尔语或罗马尼亚语亲切地向我打招呼，我也热情地还礼。她们一点也不扭捏。要是有机会跟她们成亲，孩子的肤色一定会变深，显得健康。

我以为自己到了萨莫林。一打听，才大惊失色，他们告诉我，我完全走错了方向，跑到索波恩亚（？）[2] 来了，偏离了三十英

---

[2] 该问号为原文所附，可能是弗莫尔也不确定这个走错的地方的地名。——编者注

里！天就快黑了，此前我还信誓旦旦地说会在五点或六点到考威赛斯——赶在喝下午茶的时候；我问能否坐火车去那儿，只有这样才能把时间补回来。

巴士上坐满了人。两位修女带着胀鼓鼓的雨伞；农夫穿着高帮靴子，头戴羊皮帽，身穿羊毛上衣；两个大腹便便、看上去像城里人的男人把旅行包搁在膝盖上，头上戴着灰色圆顶礼帽。一个宪兵，身披厚厚的外套，大汗淋漓，他的腰带上别着左轮手枪、警棍，还有一柄短剑荡来荡去。返回普雷斯堡耗去一小时，不过幸好有一列火车正要开往克谢列德，那里是离考威赛斯最近的车站。我们再一次经过塞内茨，然后是加兰塔和蒂欧瑟夫。在塞内茨，我听说从索波恩亚到考威赛斯还有十公里路程，看来我注定会迟到两个小时了。于是，我跑到邮政局，想打个电话，但离考威赛斯最近的邮政局——一个叫"瓦赫河畔萨拉"的地方——六点钟就关门了。一个孩子模样的工作人员虽然一句德语也不会讲，却帮了我的大忙。他叫来帮手，把我带到一家杂货店。老板是个大块头，态度很热情，吩咐那个男孩开车送我一程。路越来越难走。天已经黑尽，车灯照亮路旁的树木和草丛，惊起几只野兔，它们的眼睛在黑暗中闪闪发光。最后我们终于安全到达。城堡——男孩用马扎尔语称作"庄园"——立在树林间。几扇窗户透着亮光。男爵的管家莎丽把我们领进门，给男孩端来一杯热茶。她是个端庄的老人，脖子上系着围巾。第二次有人亲吻我的手！我在图书室里找到男爵舒伊，他坐在皮扶手椅上，脚上套着拖鞋，正在读马塞尔·普鲁斯特写的书。

这栋大宅看上去像教区长的宅邸，成排的书架显示出主人的不凡学养，还有各种户外装备，表现出主人对这项活动的热爱。"算不上是城堡，"男爵一边带我去卧房，一边告诉我，"尽管人家都那么叫，其实就是个狩猎小屋，也是我的'自由大厅'。"他的英语讲得很好，我硬是没有挑出一个错误，唯一不同的是，他会偶尔使用英王爱德华时代的表达方式，这些词在英国几十年前就不再使用了。他整个冬天都待在这儿。除了自己的卧室和几间为来访的朋友准备的客房，以及藏书丰富的图书室，大部分的房间都上了锁。

图书室里拥挤不堪，镶板取掉后，用德语、法语和英语写成的书在地上堆积如山。墙上唯一的空当挂着鹿角和熊獐角，一两幅肖像和一幅伦勃朗的版画。宽大的书桌上堆着照片，一箱雪茄和鹿角做的雪茄剪，附近有几个银色的香烟盒，摆得整整齐齐，每个盒子表面都刻有浮雕金字。（后来我注意到，在每个中欧国家的居民家里，尤其是在匈牙利，这是必备的物件，在一些特定的场合，男人们会把这样的香烟盒当礼物相互交换：比如当孩子的教父、担任婚礼的伴郎或参加过决斗等。）顶着灯罩的台灯和皮扶手椅摆在一个大火炉旁，炉子前面有一筐木柴，一条西班牙猎犬睡得正香。

"我正读到最后一卷，"男爵说着举起手中的一本平装法语书。书名是《追忆似水年华》，一把象牙裁纸刀夹在书页侧面的四分之三处。"我是十月份开始读第一卷的，读了一个冬天。"他把书放在椅子旁的桌上。"我完全被里面的内容打动了，真不知道读完之后，剩下的时间该如何打发。你有没有读过这本书？"

只要读过我刚才摘录的日记片段，就不难看出我充其量只听说过普鲁斯特，要是念出他的大名，还得毕恭毕敬，所以一听男爵向我发问，心里受宠若惊。当天晚上，我也坐在床上，开始拜读第一卷，但显然难以驾驭这片词语的密林。过了一年，在罗马尼亚时，我试着再次读《追忆似水年华》，密林间终于有了一丝缝隙，文字的魔力有增无减：看来皮普斯男爵是我在阅读普鲁斯特作品方面的领路人，要不是他，我早就放弃了。也许正因为如此，虽然过去了这么多年，我的潜意识中一想到书中那位叫"斯万"的人物，就会联想到男爵本人。其实，两人并没有太多共同点，尤其是在外貌上，如果"斯万"的样子跟朋特先生书中的查尔斯·哈斯一样，他和男爵就完全不是一路人。总之，这样的矛盾困扰了我很多年。

　　他那时五十二岁，身材高大匀称，外表器宇轩昂。我对他的样子印象深刻——苍白的高额头，形如凿刀的眉毛、鼻子和下颚，蓝眼睛、银色直发——几天后，我还为他画了一张速写。他的面孔包含着睿智和仁慈，嘴形又像一个画家或音乐家，富有幽默感，很容易逗人开心。他穿着一件旧花呢猎装、软皮马裤，这种裤子我在奥地利时见人穿过，当时就羡慕得不得了；还有绿色的厚长袜，进门后，先脱掉沾满泥巴的粗革皮鞋，换上拖鞋。从他的举止和对英语的流利程度，我猜想要是有人在火车上遇见他，一定会把他当成地道的英国人，这种一半是贵族、一半是学者的派头，在当时的社会几乎都要绝迹了。他的一生充满奔波和冒险，此外，他有两段婚姻，头一次娶的是迷人的贵族小姐，第二次是柏林马克斯·林哈得掌管的德意志剧院的名角。这不，他的身边又多了一位美丽而柔情的白俄女人，我曾在布拉迪斯发见过她，一直念念不忘她的美貌。[3]

　　当晚，莎丽在图书室的一张折叠桌上摆开晚餐。风卷残云之后，我和男爵坐回到扶手椅上，端着白兰地，聊我们喜欢的书和作家，午夜的钟声都没能打消我们的兴致，一直聊到凌晨一点。[4]

---

[3] 之后不久，他们就结婚了。

[4] 后来，我听说杰考布·瓦塞尔曼的两卷本小说 *Christian Wahnschaffe*——英译书名为《世界的幻觉》——书中的人物以年轻时的皮普斯男爵为原型。我迫不及待找这本书来读。文笔很好，创作于第一次世界大战爆发之前，虽然内容有些浮夸和耸人听闻。主人公是个年轻的贵族，有俊朗的外表、非凡的天分和一大笔财富。怀着理想主义和渴望过一种哲学般的生活，他慢慢与朋友们失去往来，散尽家财，像方济会修士一样苦修，与城里的穷人、罪犯和娼妓为伍。这一点跟男爵倒是有点像，只是书中这位虚构出的圣徒不善言辞，不像现实中的原型那样语言幽默。

在考威赛斯的三天给我留下了美好的回忆，也是我整个旅程中值得一书的亮点。什么都变得顺利——慈祥的皮普斯男爵，加上博学、才智和幽默，和他一比，许多所谓前辈不过是空长了年岁；至于旅途中的亮点，说起来情况有些复杂。一位比我年长很多的人再三嘱咐我，不要在他的名字后面添加"爵士"称呼，我想他这样做一定有他的道理。我就像古罗马的男孩，穿上白色成年服，参加了一次非正式的成人仪式。从英格兰到考威赛斯，我第一次感受到如鱼得水的心情。过去，每到一地，我首先想到的是该地在历史上的遭遇和灾难。现在，这个思维定式终于被打破。多格滩与荷兰角港之间的风景，哪怕在寒风凛冽的冬天，也变得别有情趣。什么都在好转！难怪我眼前的一切，都变得欣欣向荣。

很难有人像男爵这样见多识广却不习惯教训人。潜移默化中，他会让人渴望变得睿智而文雅，像有天赋的导师用人格魅力影响自己的学生；又像一个解放者，用计谋、远见、幽默和创意将滞郁的空气一扫而空，取而代之的是新鲜的氧气。他让我想到云游四方的辉格党贵族——说不定还认识伏尔泰和狄德罗——在亲历了数个欧洲宫廷无休止的争斗和放纵之后，与自己喜爱的书本一起，躲到偏远的密林间。

对于中欧的宫闱秘史，我向来喜欢打听，拗不过我的好奇心，他开始聊起旧时月色中的花边新闻。世纪之初，他在英国住过几年，每个季节都有不同的消遣方式：餐会、赛艇、赛马、家庭聚会，要是在夏夜，一个年轻的单身汉可以赶好几场舞会。"我就是那样过的，"他说，"现在想起来都觉得妙不可言，日复一日，我总是在天亮后才回到堂兄的家。我还记得在黎明时分，一群绵羊涌上骑士桥，从阿尔伯特门走进公园。"他向我讲述爱德华七世、凯珀尔夫人、莉莉·兰特里、罗斯伯里、巴尔弗、欧内斯特·卡塞尔爵士和爱伦·泰瑞的风流韵事，以及他如何结识正值芳龄的阿斯奎斯太太。还有本森兄弟、安东尼·霍普和弗兰克·舒斯特尔——这几个人有怎样的关联？我记不清了。重新找回的日记本，经常给我带来理解上的麻烦。

在他的叙述中，世纪之交的欧洲像一幅栩栩如生的风情画展现在听众眼前。君主和政治家在紫灰色的薄雾中交谈。大使、总督和执政官向珠光宝气的女明星使着眼色，搭话聊天。场景中还有身穿猩红色和天蓝色制服的军官，妖艳的美妇与他们眉目传情。在国王路、布洛涅森林或波各赛公园，绅士们手挽头戴红顶啄木鸟羽饰礼帽的淑女，缓步走过林荫道，礼帽上的羽毛有节奏地颤动。她们走得像朱鹭一样婀娜，偶尔转动罗裙，露出在梦中才能有缘见到的盈盈笑意，与随行的伴侣打情骂俏。黄昏时，冕状吊灯释放出彩虹般的光芒，照亮雪白脖颈上的珍珠，在众人的赞叹声中，她们像一阵旋风，在《蝙蝠》序曲和《拉古纳的莉莉》的旋律伴奏下翩翩起舞。他说，巴黎的气氛更让人目眩神迷。"跟这个差不多，"他用手指着身边正在读的书。"我到那儿时，这个城市刚刚从德雷福斯事件中缓过神来。"他告诉我他是如何竖起耳朵，就像我现在一样，聆听老辈人讲述法兰西第二帝国、普法战争和巴黎之围。

"德国皇帝和'小威利'坦克听上去有些可怕，"我在日记本上写道，"尽管皮普斯男爵的描绘很平实。"我向他询问战争狂人冯·毛奇和奥伊伦堡丑闻。他在德国待过多年，但一想到新的德意志帝国的所作所为，他就难掩愤懑之情。"不单是种族问题，"他说，"虽然这也算是一条理由。"他有很多德国朋友，但很少有人能躲过种族迫害与清洗。怎么可能躲得过？整个人类文明都滑入万劫不复的深渊。我们聊了很多类似的话题，夜已经很深了，我们朝卧房走去，他突然在走廊上停住脚步。"我觉得自己应该像堂吉诃德那样去战斗，"但他脸上又露出悲伤的笑容，"可惜我做不到。"

　　奥地利是一座记忆的富矿。从熟悉的弗朗茨·约瑟夫皇帝、伊丽莎白王后，到波林·梅特涅、舒卡拉夫人、梅耶林的悲剧、塔菲伯爵的格言、贝·米德尔顿的不幸遇难。我的面前仿佛展开一个神话世界，维也纳突然变得真实可感，熟悉的名字拉近了我与这座城市的距离：霍夫曼斯塔尔、施尼茨勒、柯克西卡、穆西尔、弗洛伊德，以及灿若群星的作曲家们，可惜我要到多年以后才会意识到他们的伟大。（真希望当初去歌剧院听过一场！十年前，我就应该培养自己在音乐方面的兴趣。）荷尔德林、里尔克、斯蒂芬·乔治和霍夫曼斯塔尔，我专门向男爵请教这些诗人的名字该如何发音，而他也从书架上一本本取下他们的诗集。至于刘易斯·卡罗尔和李尔的废话诗，他建议我不妨读一读克里斯汀·摩根施特恩[5]的作品。我一下子就喜欢上他诗中的人物以及他们所生活居住的虚幻世界：不道德的建筑师偷了东西后，踩着栏杆之间的支架，准备逃之夭夭；不知名的生物，身后跟着它们的幼崽，用头上的多个鼻子走路，偷偷地潜行；两个男孩站在寒风中，腿脚冻得僵硬，一个叫"摄氏度"，另一个叫"华氏度"……还有一首诗，一个发明家修了气味管风琴，还为这个乐器谱了曲——演奏时能闻到桉树、夜来香和阿尔卑斯山的鲜花的气味，随后响起菟葵诙谐曲；后来，这个发明家又设计出一个巨大的心形鱼笼，他奏响小提琴，引诱一只老鼠钻进笼中，只是想把它送到一片遥远的森林。梦境之地。

---

[5] 他于一九一四年去世。

我们坐在门前两株巨大的白杨树下，皮普斯男爵告诉我，在战争爆发前，奥地利人聊天时常常会带点法语，他说那时自己还是个小孩子，在巴德伊舍的花园派对上，无意中听到皇帝与迪特里希施泰因亲王在聊天，"这真是让人难以置信（incroyable），亲王！你的马车看来找不到了（introuvable）"。还有另外一个故事。弗里德里希-奥古斯特，这位萨克森的末代国王，一个胖胖的、随和的、心地善良的人，讨厌宫中的繁文缛节，尤其是仲夏时节在德累斯顿举行的花园派对。有一次，在一个热得快要把人融化的下午，他偷偷地丢下客人，溜到书房喝冷饮。这时，他注意到在公园另一侧的树下，有两位之前忘记招呼的老教授，看上去情绪低沉。他向来不愿意冷落任何人，于是冒着酷暑，走到他们跟前，无力地跟他们握手。也许是被热昏了头，他嘴里咕哝了一声"Na, ihr beide"——"好吧，你们俩"——然后跟跟跄跄地跑回了书房。[6]

　　我喜欢这些富有人情味的故事。另外一个，与普鲁士国王腓特烈大帝有关，是我们在树林中散步时，男爵告诉我的。接下来就与大家分享。

　　听说自己麾下的一名军官作战英勇，国王建议为他颁发一枚蓝马克斯十字勋章，在普鲁士，这样的荣誉相当于英国的维多利亚十字勋章，因为刚刚设立，之前还没有人拿过。绶带很快就送过去了。几天后，这名军官带着急件，出现在国王的司令部，腓特烈看了一眼他的脖子，问他为什么不把勋章戴上。出了个可怕的错误，军官解释道。勋章颁给了他的一位表亲，他们在同一个军团服役，连军阶和姓名都一样。国王的脸色变得阴沉，还没等军官说完话，

----

[6] 他在一九一九年退位。

就暴跳如雷，吩咐手下把他赶走，一边咆哮——"滚！快滚！你这个不走运的家伙！"

"当时，他说的也许是法语，"男爵停顿片刻，"他讨厌讲德语。"

有时，我们会走得很远。冬天已经过去，残雪留在树篱笆下，或者太阳照不到的背风墙角。还有一丝寒风，但到处春意盎然。青草再一次从土里钻出，一茬茬绿得惹眼，河畔和树底绽放出成片的紫罗兰。绿色的蜥蜴，刚刚从冬眠中苏醒，生龙活虎地四处奔跑，忽然又僵立不动，似乎预感到危险正在靠近。溪水边的榛子林、榆树、白杨、柳树和山杨都长出新叶。曾经白雪皑皑的原野，第一次露出了真容，让我感受到从未见过的欧洲大陆。云雀的欢叫和归来的候鸟，让我想到在过去三个月中，我只见过白嘴鸦、乌鸦和喜鹊，偶尔有知更鸟或鹡鸰。鹡鸰叽叽喳喳，忙着修补以前的巢穴，或者搭建新家。农夫举起羊毛帽或黑色帽子，向我们打招呼。皮普斯男爵取下头上的绿色旧毡帽，一边还礼，一边用斯洛伐克语或匈牙利语跟他们寒暄。瓦赫河的河面很宽，水流很急，划出男爵领地的一处边界，河水往东北方行进两百英里，就到了波兰边境。河堤修得很高，以抵御塔特拉山的冰雪融化后带来的洪水。天气也变好了，我们可以躺在草地上，聊天、抽雪茄，像蜥蜴一样晒太阳，注视着河水从身旁流过，往多瑙河奔去。一天下午，皮普斯男爵带来几支枪，在他的手中，这些枪像羽毛一样轻飘飘的——"都是些老古董了，"他边说边把子弹装进衣兜——我们出发去打兔子。天快黑时，我们满载而归。田野中，仍然有兔子蹦来跳去，围坐一起，在地上投下长长的阴影。虽然手里拎着三只猎物，我还是向男爵进言，这么可爱而美丽的小生灵，在我们的枪口下毙命，是不是过于残忍。过了一阵，我听见男爵的笑声。"你这番话，听上去很像斯腾伯格伯爵。"他是个传统而淳朴的奥地利贵族。临终前，他躺在床上，神父告诉他，有什么想忏悔的话，现在正是时候。苦苦思索了一阵，伯爵说实在想不起该忏悔些什么。"有的，有的，伯爵！"神父说，"你这一生，一定犯过不可饶恕的罪过。再仔细想想。"又过了很长时间，伯爵终于勉强开口——"我打过野兔"——说完便咽了气。

太阳下山了，六七艘木筏从水上漂过，看样子是去多瑙河与巴尔干的。树干从斯洛伐克的森林中砍下，捆扎在一起，上面堆叠着木材。每条木筏的尾部都盖着一间小屋，撑筏者正生起火炉做晚饭，红色的火光倒映在水面。伐木工穿着齐膝的皮靴，远远看去像一幅剪影。经过时，他们舞着手中的皮帽子，祝我们晚上好。我们也挥手致意，男爵高喊："愿上帝保佑你们！"除了火光和人影，木筏渐渐融入夜色，到后来，远处的山林遮挡了一切。

一天夜里，我苦读了几页普鲁斯特——我喜欢皮普斯男爵朗诵过的几段，确实很打动人，比如书中夏吕斯男爵描绘的巴黎遭遇空袭时的场景，但我更喜欢轻松的儿童文学，索性抱了一堆到卧房床上，包括《爱丽丝梦游仙境》、几册童话绘本和《蓬头彼得》，这些我以前都没有读过，还有威廉·布施的画册：《马克斯和莫里茨》《汉斯·哈克本》等。有些是法语书：我记得书中的小女孩叫贝卡斯妮，以及保尔-雅克·邦宗的儿童故事集。这些书上都留有稚嫩的笔迹，看得出是"明卡"和"阿莉克斯"两个名字，有些页面还有用水彩笔勾勒出的黑白线条，歪歪扭扭，一看就出自男爵的两个漂亮女儿[7]之手，她们的母亲是男爵的第一任妻子，我在图书室书桌上见过她们的照片。战争结束多年后，我们在法国相遇并成为朋友，才知道彼此有这样的渊源。我对文字的敏感与生俱来，

---

[7] 分别叫明卡·斯特劳斯和阿莉克斯·德·罗斯柴尔德。

还在牙牙学语的时候，我就对浴室地板上反转的"BATH MAT"产生了浓厚的兴趣，后来又喜欢留意咖啡馆和餐厅窗外招牌上反转的"CAFE"和"RESTAURANT"字样。一开始只能辨认出单个的词，慢慢连成句，直到最后能快速地念出来，听上去就像一种全新的语言。这个本事毫无用处，却让我痴迷其中。孤单的旅途中，当我实在没有什么好背诵的时候，就会自然而然地用这东西来打发时间，比如《夜莺颂》，倒过来念是这个样子：

　　Ym traeh sehca dna a ysword ssenbmun sniap

　　Ym esnes, sa hguoht fo kcolmeh I dah knurd

　　Ro deitpme emos llud etaipo ot eht sniard

　　Eno etunim tsap dna Ehtelsdraw dah knus,...[8]

听上去，这些语句晦涩难懂，充满神秘的美感。

Away! Away! For I will fly to thee!（去吧！去吧！我要向着你飞去！）

变成了

Yawa! Yawa! Rof I lliw ylf ot eeht!

变调后的

Through verdurous glooms and winding mossy ways.

（只有微风吹过朦胧的绿色和曲折的苔径才带来一线天光。）

变成了

Hguorht suorudrev smoolg dna gnidniw yssom syaw.

我觉得比原文更能展现密林幽谷的风貌。

就算没有那本失而复得的日记本，我也应该将那段日子铭记

---

[8]正常语序如下，中文为屠岸先生的译文。——译者注

　　My heart aches, and a drowsy numbness pains（我的心疼痛，困倦和麻木使神经）

　　My sense, as though of hemlock I had drunk,（痛楚，仿佛我啜饮了毒汁满杯，）

　　Or emptied some dull opiate to the drains（或者吞服了鸦片，一点不剩，）

　　One minute past, and Lethe-wards had sunk.（一会儿，我就沉入了忘川河水。）

在心，但事实并非如此。临行前，男爵好像送过我一本小开本荷尔德林诗集，还有装满优质大雪茄的皮烟盒，但弄不清他是否从柜子里翻出一听两盎司装的"白锡包"烟丝[9]，以及莎丽为我准备了怎样的午餐包。我对莎丽娇美的脸印象深刻，名字却忘了，倒是对老女佣安娜一直记忆犹新。

皮普斯男爵陪我走过田野，来到小村基苏法卢附近，这才彼此说再见。我频频回望，他挥手致意，目送我上了路，然后才转身，与他的西班牙猎犬一起消失在林间。

"皮普斯·舒伊？"多年后，在巴黎，有一个亲戚问我。"他是个很有魅力的人！最好的伴侣！长相也不错。可惜他没什么大作为，你知道吧。"呃，至少他帮助并影响过我。虽然后来我们没能再见面，却始终保持书信往来。我走后不久，他再一次当上新郎官。在奥地利和捷克斯洛伐克相继陷入动荡后，他带着全家人离开考威塞斯，定居在瑞士 - 意大利边界以北，马焦雷湖西岸的阿斯科纳。一九五七年，他在小女儿位于诺曼底的乡间别墅去世——那里距卡布尔大约二十英里，普鲁斯特正是借鉴这座城市虚构出《追忆似水年华》的发生地巴尔贝克。人世间因果轮回，我相信，他选择在这里告别人世，并非出于巧合。我希望能与他再见一面，以倾诉我对他的思念之情。

这些日子，我过得精神头十足，不知道在他的眼中，我是个怎样的人：少年老成、稚嫩、莽撞、健谈、自吹自擂、书生气十足……不过没关系，我即将展开新的旅程，前景一片大好。

---

[9]日记上写到过抽雪茄和烟斗的经历；后一个我完全想不起了。我私底下觉得这两种方式都是男人成熟的象征。写这本书时，我常常"若有所思地吐着烟圈"或"安静地点燃烟斗里的烟丝"。

11. 匈牙利行军

　　我心情愉悦地走过平坦的乡野，从基苏法卢赶到小城新扎姆基——匈牙利语称"Érsekujvár"，德语叫"Neuhäusl"——太阳已经下山一两个小时。我忍不住从日记本上摘录了几段：

　　……被悦耳的音乐吸引，我循声来到这家咖啡馆。村民们坐在桌旁谈天、吵闹、玩桌球或斯卡特纸牌，将牌狠狠地砸向桌面。房间里震耳欲聋，隔三差五有读报的老者大吼一声，要周围的人保持安静。有那么几分钟，说话的人压低嗓门，然后音量渐渐高起来，一切故态复萌，还是那位白胡子老者，再次发出抗议声，"*e poi da capo*"（循环往复）。有一个漂亮的姑娘，脸上化了精致的妆，坐在堆满巧克力和奇怪的匈牙利蛋糕的桌子后面。她看上去像蒙古人，颧骨很高，蓝眼睛，眼角分得很开。她柔软的心形嘴唇涂成深红色，黑色天鹅绒礼服与身体贴得很紧，生怕会裂开口子。蓝黑色的刘海垂到前额，几乎挨着眉毛，她不停地左顾右盼。我不知道她是干什么的。当我停住笔，抬起头，她与我四目相对，然后羞怯地把眼睛转到一旁。我又坐了一会儿就去找住处了。

　　科博库特，三月二十九日

　　昨晚，我没等多久，侍者就送来一张便条，上面写着"Mancsi"和附近街道的一个地址。我有些迷惑，侍者（跟这里大多数人一样，他也能讲德语）说这位"Mancsi"的服务周到：你要去试试吗？我这才明白他的意思，于是道了谢，表示自己没这个打算。我见他与姑娘说了几句，两人看了我一眼，接下来整个晚上，她都没再正眼瞧我，而是关注另一个打桌球的小商人。我有些沮丧，觉得自己像个白痴，我也不知道为什么会产生这种想法。一个男人拉着小提琴，老婆弹钢琴伴奏，他能讲英语，于是坐下来和我聊天、喝法国科尼亚克白兰地。他劝我不要与"Mancsi"扯上关系，她与新扎姆基的每一个男人都勾搭过。总之，"quicumque vult"（凡人欲得救），出门在外，更要事事小心。不过既然要去布达佩斯，他说我应该去逛逛科皮瓦路的弗里达大宅，说得天花乱坠，什么只需要花上五辫戈，就可以过一把骑士的瘾。路上常听到这样的建议，从城堡山的窗口，到阿斯托里亚[1]的领班，一直有人问我和汉斯喜欢什么类型的姑娘。匈牙利人在这方面直截了当。我喜欢他们的坦率。跟店老板商量后，小提琴手告诉我可以睡在咖啡馆楼上的房间，付价值一先令的费用就行。我同意了，第二天一大早，我就出门上路。

我走过一座连接湖上沼泽的小桥——属于尼特拉河的一段，岸边有隆起的小山包。我遇见三个农夫，我们一起走过巴伊茨村和佩彼特村；正午时分，就坐在田边的一棵榛子树下歇脚。我们分享了昨天莎丽装进我的帆布包里的午餐——一整只美味的烤鸡让所有人都垂涎欲滴——他们给我面包片和抹过辣椒粉的培根，吃完后，我们抽起男爵送我的雪茄。

老人叫费伦茨。他用蹩脚的德语，向我讲述附近匈牙利人的悲惨遭遇。我深表同情。国家领土被割让出去，原本是匈牙利人，现在却要仰人鼻息，这样的生活的确难以让人接受。《特里亚农条

---

[1] 一家位于布拉迪斯拉发的夜总会。

约》就是个大错，这些匈牙利人如今被迫成为捷克公民。孩子学习捷克斯洛伐克语，当局希望过不了几代人，就将他们归化为捷克斯洛伐克人。匈牙利人憎恨捷克人，罗马尼亚人也是，原因一样——出于某些原因，他们对塞尔维亚人尚存一丝好感——希望回到自己丧失的故土。这就是匈牙利虽然被外人摄政统治，却依然保留了王国传统的原因。当一位国王坐在马上，戴上圣斯蒂芬的王冠，他必须念出神圣的誓词，保卫匈牙利的领土不受侵犯；于是，邻国对匈牙利的君主，历来有所忌惮。曾经有人企图偷走存放在布达佩斯加冕教堂里的王冠，但都是徒劳。哈布斯堡家族在这里并不受欢迎，老人说，因为他们总是把马扎尔人看作反叛者。看来匈牙利的内部矛盾很尖锐。

老人头上戴着一顶宽边平顶小帽，潇洒地歪到一旁，他的脸晒得黝黑，皱得像块古老的树干，脸上的皮肤松松垮垮，盖住颧骨，在眼角垂下胀鼓鼓的眼袋。他看上去像红酋印第安人，只是留着一撮黑色小胡子，嘴里叼着一根细长的竹子或芦苇做的烟管，套着黄铜烟嘴。他穿着长靴，脚踝部位的鞋面打着褶皱，像手风琴的风箱叶片。他的妻子和女儿也是同样装束。红色丝质方巾系在下巴下面，三人像是俄罗斯芭蕾舞剧中的人物，尤其是女儿，紧身上衣、袖口、裙子和围裙各用一种颜色做成，她有一双目光柔和的蓝眼睛，头发扎成松散的辫子。他们叫她"爱琳卡"，是"爱琳"的爱称，多么可爱的名字。

还没来得及跟他们告别，一个戴着眼镜、蹬着自行车的年轻人赶了上来，他下了车，用斯洛伐克语问候我——"Dobar den"（日安）——然后问我打算去哪儿[2]。他亦步亦趋跟在我的身旁。

---

[2] 由于我实在分不清当地的两种语言，之后的对话，除非是特别说明，均用德语表示。

他是个小学校长，跟我聊起斯洛伐克人心酸的过去。虽然这附近的村子住的大多是匈牙利人，但往北走一直到波兰边境，居民全是斯洛伐克人。他们被马扎尔人统治了上千年，被视作劣等民族，任何一个斯洛伐克人想要出人头地，都不得不依附匈牙利贵族——这样一来，民族自治完全是一句空话。过去，斯洛伐克儿童常常被迫离开父母，在马扎尔人家庭中长大。甚至，当他们为保卫自己的民族和语言而与奥地利人打仗的时候，匈牙利人还不忘从背后插一刀，镇压斯洛伐克人的暴动，加紧推行匈牙利化。小学校长也不喜欢捷克人，当然，这另有原因。在捷克人眼中，斯洛伐克人都是不可救药的土包子，反过来，斯洛伐克人觉得捷克人专横跋扈，是小资产阶级官僚，经常依仗他们与布拉格政府的亲密关系谋取不法利益。校长本人来自斯洛伐克北部——感谢胡斯运动和东欧的宗教改革运动——那里很多人都是新教徒。以前，我并没有意识到这一点。在中世纪时期，北方的斯拉夫人究竟该成为天主教徒，还是东正教徒，形势一触即发。在圣西里尔和默多狄的影响下——这两位拜占庭的传教士，创制了斯拉夫字母，将《圣经》译成古斯拉夫语——后者似乎更容易接受。当我问他为什么没有信奉东正教，他笑着说："可恶的马扎尔人来了！"与东方的联系就此中断，捷克人和斯洛伐克人皈依天主教，成为西方教会统治下的一分子。

　　轮到他开口了，他邀请我去村里做客，但我无意停留。他挥手再见，骑上自行车走了。真是个不错的人。

　　在这些地方，圣西里尔和默多狄宛如双子星座，至今受人尊崇。在《好兵帅克》中，主人公因为举止怪异，被送进布拉格的一家精神病院，在他的身旁，全是终日胡言乱语的夸大症者。"人们觉得自己是全能的上帝，"他说，"或圣母玛利亚、教皇、英国国王、圣温塞斯拉国王……甚至还有一个假装是圣西里尔和默多狄，想得到两份餐。"

走在土路上，我的靴子和绑腿上很快沾满白色的尘土。天空湛蓝得像一枚鸟蛋，我热得把外衣脱下，只剩一件衬衫。行进速度越来越慢：某一只靴子里的铁钉磨破了脚。黄昏时，我一瘸一拐地来到科博库特村，这里的房子刷着白墙，屋顶铺着茅草。一群村民走在路上，我跟他们一道迈进教堂大门，聆听神父宣讲。

女人们脖子上系着方巾。男人们穿着长靴或鹿皮鞋，小腿上交叉捆着布条，手上拿着毡帽或羊毛帽子。几个牧羊人的肩上搭着厚厚的手工起绒粗呢白色披肩。虽然热得冒汗，其中一人还裹在未经硝制的羊皮大衣里，翻毛的一面向外，下摆垂到地板。在最后一百英里的路程中，民风变得越来越彪悍。一张张充满野性的面孔，这才是中欧农夫们的标准形象。

一根根蜡烛插在三角形的格架上，照亮了淳朴的面容，在人群身后的中殿投下重叠的身影。在素歌的过门间歇，一根蜡烛悠悠燃尽。我明白了，这一天是濯足节。人们唱起纪念耶稣受难的赞美诗，合唱队的不同声部唱响忏悔诗，伴着应答圣歌的再现部和变述，背叛基督的故事再一次为人熟知。气氛变得紧张，似乎此时此刻，这个恐怖的事件正在发生。歌词听起来富有戏剧效果。每隔一段时间，就有人从烛台上取下一根蜡烛，将其吹灭。外面一片漆黑，随着教堂里的蜡烛渐次熄灭，黑暗向人们逼近。在明暗的强烈对比中，农夫们的脸孔变得异常清晰，数不清的眼眸中释放着神光；教堂里又闷又热，弥漫着融化的蜡烛、羊皮、奶酪、汗液和众人的鼻息，还有身后的焚香和一根接一根灯芯熄灭后升腾而起的股股焦味。

"Seniores populi consilium fecerunt，"歌声悠扬，"ut Jesum

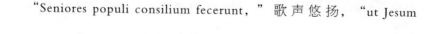

dolo tenerent et occiderent"，我仿佛置身于受难现场，心怀不轨的老人们躲在角落窃窃私语，他们的牙齿掉光了，手里数着念珠，正在密谋背叛和谋杀耶稣。"Cum gladiis et fustibus exierunt tamquam ad latronem..."半掩的面容，闪烁的眼神，立刻让歌词充满凶险的意味。眼前幻化出一堵城墙，围观的暴民们挤得水泄不通，用嘶哑的嗓门高喊执行私刑；灯笼亮了起来，光线艰难地透过橄榄树丛，熊熊的火把映红了树干：一阵混乱，争吵，扭打，一道闪光，火把跌落在地、被人踩灭，一件扯坏的衣服，有人冲到树下。有那么一瞬间，我们——所有在教堂里做弥撒的人——都成为手持利刃和棍棒的暴徒。在倾斜的木梁下，幽暗的空间里，一桩桩恶行正肆无忌惮地发生。让人猝不及防！等到最后一根蜡烛被吹灭，教堂内被黑暗彻底吞噬，每个罪人都难以独善其身。怀着难以平复的心情，我们走出教堂大门。村子里灯火摇曳，一弯新月照在平原的另一端。

我想找个谷仓过夜，还想找个修鞋铺——或者更准确地说，是铁匠铺——来捶饬下我靴子上的鞋钉。但铁匠铺（Smith）这个词——匈牙利语为"Kovács"——恰巧是匈牙利人最常见的姓氏，这一点和英语一样，于是引发很多麻烦：哪一个"Kovács"？雅诺什？佐尔塔？伊姆雷？盖萨？最后，一户门口有人叫我："你想干什么？"他是个红头发的犹太面包师，不仅帮我捶好鞋钉，还让我在他家过夜。"我们在烘焙房的石头地板上铺了稻草和毛毯，"我在日记上这样写道，"我借着烛光写日记。'圣星期四'在德语中又被称作'绿色星期四'（'Gründonnerstag'）。不知道为什么？'耶稣受难日'的德语是'Karfreitag'。"

第二天清晨，我们在面包店外的阳光中聊天。树下有一张长凳。

主人来自喀尔巴阡山的一个村庄，那里生活着很多犹太人，包括他们一家，都属于哈西德教派，这个教派两百年前兴起于波多里亚省——后来传到俄罗斯和波兰——就在喀尔巴阡山脉的另一侧。教徒们打破犹太法典《塔木德经》中的墨守成规，推崇神秘思想——类似"不知之云"（Cloud of Unknowing）和"智慧之树"（Tree of Knowledge）之间的分歧——并笃信包罗世间的神圣存在（相比犹太人，基督徒们对这个概念更为熟悉）。哈西德派被正统派视为异端，有一位住在立陶宛小城维尔纳的著名学者兼拉比，始终唾弃哈西德派。尽管被看作旁门左道，甚至被革除教门，哈西德派还是蓬勃发展起来，尤其是波多里亚、沃里尼亚和乌克兰，其信条在哥萨克人驰骋的平原上四处传播，一路向南，越过山口。面包师本人并非犹太教狂热信徒：红色头发下面，露出一张饱满的脸庞，一看就是个精明人。我说自己喜欢读《圣经》。"我也喜欢，"他说，然后面带微笑，"特别是前面的部分。"我想了想，才领会他的意思。

　　教堂已经没有了神秘感。但在仪式快要结束时，一股令人绝望的空虚弥漫在整个内堂，越过村庄，穿过田野。虽然科博库特已经消失在遥远的地平线，我还能感受到这种气氛。荒芜和孤寂，伴着叮当的钟声笼盖四野。

　　山势渐平，路旁的田垄栽满青青的麦苗，对称地伸向远方，云雀在上空飞翔。小路蜿蜒着穿过刷得粉白的农场、庄园的庭院，以及开满紫罗兰和报春花的灌木林。溪水潺潺绕过柳条，先是缩成一道细流，然后汇入池塘，水面覆盖着西洋菜、浮萍和巨大的金凤花。蝌蚪生长的季节已经过了，睡莲变成一个个筏子，爬满小青蛙。尖利的蛙鸣宛如一曲合唱，会突然停歇几秒钟，然后继续鼓噪。我的到来引发一阵慌乱，青蛙从脚边扑扑地跳入水中，在空中划出一个优美的半圆。与此同时，苍鹭在低空巡视，偶尔降落到水草间，单腿独立，警惕地注视着周围的动静。在一处长满莎草和芦苇的河岸，羊群穿行在长满青苔的湿地，搜寻刚刚冒出的嫩草；还有一群黑猪，正拿鼻子拱出去年埋在地下的橡子。牧人身穿羊皮大衣，躺在一棵橡树下抽烟。好几英里的路上，再也没有人烟，只有插在田里的稻草人。一只狐狸小跑着穿过林间空地。炙热的阳光让我脱得只剩下衬衫，光膀子慢慢晒成桌腿。大约下午四点时，我来到卡瓦村。小路在河岸下走到尽头，等爬上河堤，我再次与久违的多瑙河相遇——滔滔河水流向远方。

　　紧贴着河岸，芦苇和柳草长得茂盛，河水遇到阻挡，看似停滞不前，但中游掀起的涟漪和浪花，表明水的流速并不慢。从布拉迪斯拉发城外，宽广的平原就和我如影随形，其间稍有起伏，沼泽、水道与河心岛打破单调和沉闷，到现在，沿河上行几英里，小山渐渐多起来，汇集于此，在我所在的河岸一侧形成高地，与对岸匈牙利境内的鲍科尼森林遥遥相望。最终，我和匈牙利面对面，中间只隔着一条河。河水又坚定地向前推进几英里，水面倒映着树影，然后像一条两端都看不到尽头的香榭丽舍大道，消失在视野中。

　　我走在白杨树下，没多久，三位骑马的村民迎面向我跑来，其中一个穿着宽松的白衣服，其余的身穿黑衣，一匹栗子色的小马驹欢快地跟在队伍旁。来到近前，我们互致问候，三人抬了抬头顶的帽子。我已经熟悉了提问的套路——"你从哪儿来"——一般是以这个问题开头；回答是："Angolországbol！"（从英国来！——匈牙利语会加个后缀。）第二个问题是——"到哪儿去？"回答是："Konstantinópolybá！"（到君士坦丁堡去。）他们的脸上露出宽容的微笑。他们对我要去的地方完全没有概念。我打着手势，询问他们去哪里。"Komárombá！"他们回答道。随后，他们像九柱戏中的木柱，端坐在马鞍上，再一次郑重地跟我道别。他们伸手轻拍胯下的坐骑，继续向科马罗姆前行，速度并不快，但步伐潇洒，嘚嘚的马蹄声中，拉船道上扬起一股长长的白烟。小马驹撒开腿脚，紧跟其后，直到最后，四匹马都消失在烟尘中。可惜我没有戴帽子，要不然还可以按当地人的方式还礼。匈牙利人行礼的方式很富有仪式性，跟西班牙的绅士差不多。（科马罗姆是一座古城，位于几英里外的上游，瓦赫河的河口。河水继续向南奔流三十英里，就是我和皮普斯男爵遇见河上木筏的地方。河上有一座桥，岸边建有坚固的防御工事，是一八四八年匈牙利人抗击奥地利军队的据点。）

最后一处人烟，是河畔一个叫辛科[3]的小村庄，大群的白嘴鸦吵吵闹闹，聚集在这里过夜。之后，每迈出一步，孤独和寂寥就增加一分。天色渐晚，温度却不低：虽然才到三月底，却暖和得让人感觉到了夏天。到处是青蛙。每走一步，就能听见溅起水花的声音。水鸟呼呼地扇着翅膀，声音大得像摁响了弹簧枪，子弹从水面嗖嗖地掠过。这里到处是鱼虾和飞禽。在这个绿色的迷宫，成百上千的新巢与旧窝连成一片，很快就会产下成千上万枚鸟蛋，孵出来的幼鸟更是难以计数。

气温与环境的改变，让旅行进入一个全新阶段。我突然欣喜地发现，期盼已久的野外露宿，终于可以成为现实了。我在距离水边三码处找到一块柳林环抱的洼地，晚餐是考威赛斯剩余的食物加

---

[3]最后几章中出现的小地名，也要归功于我那本重见天日的日记本；不过，我在任何一本地图册上，都没能找到它们的具体位置。临行前，皮普斯男爵还送给我一套战前的大地图册，由维也纳的弗赖塔格印制——可惜早就破得一塌糊涂——说不定村子的名字是我在上面找到的，或者从当地的路牌上看到的。这些地图出版于一九一〇年，包含老奥匈帝国的地名和边界；上面标注的文字，如"Čenke"的"C"的发音近似"tch"，看起来像斯洛伐克语，如果按照匈牙利语的拼写方式，应该是"Csénké"。

上面包师傅送的一条面包，以及溪水里找来的西洋菜。吃完后，我把蜡烛放在石头上，借着烛光写日记。没有一丝风，蜡烛安静地燃烧。随后，我躺下来，仰望夜空，抽着烟，把背包当枕头，外套盖在身上，以防后半夜温度下降。

天空也变了。猎户星座像一个菱形的冰锥，整个冬天都居于正中的显眼位置，如今，已经落到西侧的天际，其他的星座也跟在它的身后，曾经耀眼的星空，顿时少了几分光泽。天幕的末端升起水汽和烟尘，掩盖了地平线。要不了多久，昴宿星团也会缓缓落下。星空下，树林、芦苇、剑叶、河流和对面的小山发出微光。焦躁不安的雌红松鸡、黑鸭、田鼠和麝香鼠慢慢安静下来，每隔半分钟，两只麻鸦——一只离我很近，另一只也许在一英里之外——的叫声先后回荡在这片水陆世界的上空：声音苍凉而落寞，又有些嘶哑，在此起彼伏的蛙鸣中，要留心才能听见。各种各样的生灵，从上游遍及下游，形成一个个小群体，让夜晚变得生机勃勃。我与它们一道感受生命的律动，让旅程留下刻骨铭心的回忆。我的心情像火箭一样直入云霄。一想到自己从鹿特丹出发，如今已经走过一千二百英里，就有遏制不住的成就感。但没有人与我一起庆贺这个壮举，孤单的我，只能像绝不停歇的猎犬或者纵情狂欢的科律班忒斯，独自体会成功的喜悦？反正我也习惯了。

落到天边的星座失去了光华，但这并不是笼罩在地平线上的水汽的过错。另一侧的天际显出一道漫射的白光，小山的山巅染上一片血红色的光晕，扩散到最大，随即慢慢缩小；等圆形的光晕固定下来，一轮红色的月亮冲破云雾、露出真容。月亮升到中天，颜色从橘色变成黄色，到后来所有的色彩都褪去，孤傲地挂在天际，将白银般的冷光洒向大地。还有一个小时就要天亮，山峦在黎明与黑夜的较量中变换着形状。多瑙河水似乎摆脱了月球引力的束缚，流得轻松起来。这是春分的一周后，经常能见到满月，再加上难得这一截河道朝向东方，月色在激流中欢快地跳跃，激起粼粼波光。芦苇、浅滩、河心岛和漩涡一下子展露无遗。沼泽地里的枯枝败叶紧贴在岸边，偶尔从水下伸出莎草和树干，河面顿时像打碎了的一面镜子。一切都变了。冥冥中似乎念出一句咒语，草叶变成金属，白杨树叶变成轻飘飘的硬币，林间贴满金箔。缭绕的云雾让人分不清远近，我好像神游太虚幻境，随着时间的推移，眼前的景象千变万化。光线开始寻找叶片上的露珠，此时，月亮已经升到天顶，极目所及，一切好像都被银色的粉末覆盖起来。万籁俱寂，麻鸦和青蛙停止了鸣叫。一种亘古不灭的静谧让人神经紧绷，我不由自主地瞪大双眼，提高警觉，但没过多久，浓浓的睡意袭来，我在不知不觉间睡着了。

"Co tady devláte?"（"正睡得迷迷糊糊，"）——我的日记中这样写道——有人摇着我的衣领，大声呼喊。等我醒来，面前站着两个身穿制服的军人。其中一个，腰带上挂着老式牛眼灯，用步枪指着我，枪口上的刺刀几乎贴着我的胸口。我有些茫然，问他们发生了什么事，但对方不会讲德语，而我只听得懂一两个匈牙利语单词，于是形势陷入僵局。他们要我起身，一起走上小路，其中一人紧紧抓住我的胳膊，另一个人把步枪挂在肩上，手里握着一支自动手枪。这真是一幕滑稽的场景，不知道哪里出了岔子。每次我想开口说话，都被他们呵斥，要我闭嘴，于是只好默默地往前走。过了一会儿，我们这支像《好兵帅克》中的队伍来到一座小木屋，我坐在椅子上，身旁依然是黑洞洞的枪口。手枪的主人留着大胡子，他用恶狠狠的、充满血丝的眼睛盯着我，另外一个人把我从头到脚仔细搜查了一遍。他把我的口袋掏空，命令我取下绑腿、脱掉靴子。事情越来越扑朔迷离。借助木屋里的灯光，我看见他们穿着边防军的灰色制服，跟我在布拉迪斯拉发入境时见过的一样。看我身上没什么异常，他解开帆布包的带子，把包倒过来，里面的物品凌乱地散落一地。随后，他摊开或打开每一个小东西，仔细检查，又把手伸进睡衣口袋，翻开书页，连我的日记本也不放过。这样的工作持续了一段时间，最后，似乎没找到什么感兴趣的东西，他蹲坐在地板中央，地上到处是洗劫后留下的残骸，他用手挠着头，一脸迷惑。握着手枪的那位也变得不那么凶狠，两人开始对话，语气很悲伤，但仍然时不时地向我投来怀疑的眼光。其中一人拿起我的护照，这个可怜的小本子一直没引起他们的注意。等他们确认我是个英国人，态度发生了一百八十度大转弯。大胡子男人放下手中的枪，递给我一支香烟。抽了一两分钟，又来了一个边防军人，胖乎乎的，能讲德语。他问我来此地的目的。我告诉他自己正徒步穿越欧洲。他看着护照上的照片，又看看我，问我年龄多大，我说十九岁。突然，他似乎明白了一切：他拍了一下桌面，大笑起来。其他人也笑了。他告诉我，他们以为抓到了臭名昭著的糖精走私犯——叫'Fekete Jozi'（黑色约瑟夫），经常在边境活动——从辛科渡过多瑙河，潜入匈牙利；那里对糖精买卖课以重税，用走私的方式，很容易能赚到大钱。我一下子想到康拉德[4]！但他曾经向我保证，只负责买卖。显然，这个有名的走私犯常常埋伏在这个荒凉河段的树林和芦苇间，趁着月黑风高，登上从对岸来的接应小船；难怪边防军人如此吃惊能在一个月圆之夜抓到他——或者跟他类似的人；问题是，

---

[4] 如前文所述，他有惊无险。但这段在多瑙河岸边的插曲，让我忍不住又担心了他一阵。

约瑟夫已年过五十……我们高声谈笑，两位军人向我表示歉意，希望我原谅他们的唐突和莽撞。最后，他们表示愿意为我提供新的住处，虽然我希望继续在野外露宿，但也不忍心拒绝他们的美意。我们往内陆步行一两英里，穿过水草地，月亮开始落坡的时候，我们来到一座小农场。我睡在铺着柔软稻草的马厩里，头顶挂着一盏防风灯，边防军人的模样渐渐模糊，我美美地睡过了后半夜。

第二天，来自西里西亚的农场工人陆续开工了。男人高大壮实，女人也身强力壮，都长着黑色头发。墙上挂着一个肚子里塞满稻草的水獭标本——多瑙河岸边生活着数量众多的水獭。他们给我端来丰盛的早餐，有咖啡、黑面包、两个水煮蛋、撒上红辣椒粉的白奶油和一罐鲜奶。他们还给我包了一些食物在路上吃。我觉得自己像以利亚，依靠乌鸦叼来的东西活命。

露珠凝结在草叶上，薄雾遮住河面，但阳光很快让两者化为乌有。小路通向一道长满青草的河堤，堤岸很高，免得洪水倒灌。我能清晰地望见数英里之外，昨夜奇异而陌生的景观，现在变得恬静而美丽，就像我在荷兰时，从河堤上看到的树林和填海而成的新生地一样。白杨、柳树和山杨栽在路旁——虽然还没到一年中最炎热的时候，这些大自然的恩赐已经为赶路人准备好浓荫。我遇见一些吉卜赛小孩，正忙着抓鼬鼠、白鼬、老鼠、田鼠和其他小动物。他们捕鼠的方式并不怎么光明正大：先在岸边找到鼠洞，然后往地势最高的洞里倒进一桶水，等到溺得半死的老鼠从地势低的洞里晕头转向地钻出来，男孩们就一把掐住它的脖子。我从他们身旁经过时，他们拖着老鼠尸体向我跑来，想让我买几只手上的猎物；他们以老鼠为食，以为我也有同样的爱好——事实上，他们什么都吃。皮普斯男爵告诉过我，要是他的农场工人准备把一匹死于衰老或疾病的马埋掉，吉卜赛人肯定会把死马挖出来，半夜就吃个精光……

空气变得凝重。复活节之前的最后一个星期六这天，处处灯火熄灭，教堂里空空荡荡，悠远的钟声回荡在田野上，整个世界被下了魔咒，时间停止了转动。密封的坟墓、沉睡的哨兵、复活节的主角从地狱中发出凄厉的呼号……河上见不到一个船工，田里也没有一个农夫，只剩下小小的田鼠捕手、疾飞而过的鹌鹑、水禽、云雀和青蛙，但就算是后者，呱呱的叫声也没有月圆之夜响亮。扔下一根树枝，就能让整块田里的青蛙消停半晌。夹在急流中的泥点和混在漩涡中的绒毛，预示盛夏时节的到来。我坐在干草垛的阴凉处，吃完面包和奶酪，睡了一觉。（到处都有圆锥形的草垛，围绕一个中心点堆积起来，等到大部分干草被牲畜吃掉，剩下的部分宛如歪向一侧的方尖碑，矗立在田间地头。）我差点睡过了头。白嘴鸦和斑尾林鸽在树林里飞翔，狭长的影子投在草地上。我喝了口溪水，擦了把脸，整理好行囊。前方应该有人烟了吧？

河对岸的远方，我望见接下来要去的地方。清晨，我第一次看到它，现在，它的身形已经足够清晰。一座山崖出现在河道的拐弯处，突出的岩壁上，耸立着一座与罗马圣彼得大教堂相似的白色建筑。环形的立柱将金灿灿的圆屋顶托向天际。庄严、神秘，像海市蜃楼一样不可思议，却是方圆几英里地界最明显的地标。埃斯泰尔戈姆教堂是全匈牙利的大都会教堂，也是匈牙利王国最大的宗教建筑和红衣主教 - 总主教的教区：地位相当于法国的兰斯、英国的坎特伯雷、意大利的托莱多、爱尔兰的阿尔马和波兰的老克拉科夫。长方形的会堂看上去很壮观，年代却不久：只有一小部分建筑是鞑靼人和土耳其人劫掠后的遗迹；天主教的"光复运动"后，一切又从头开始。但是古城——拉丁语称"Strigonium"，德语称"Gran"——

位列全国历史最悠久的城市之一。自从圣斯蒂芬——史上第一个皈依基督的匈牙利国王、马扎尔部落酋长阿尔帕德的子孙——在埃斯泰尔戈姆出生并加冕，这里就与匈牙利的传说和历史难分难解。从我站的位置，只能望见长方形的会堂。修道院、教堂、宫殿和图书馆都被陡峭的山崖遮挡。两座圆顶钟楼，成排的立柱和带有珍珠光泽的穹顶仿佛漂浮在河水、森林和沼泽地上，像画中的天国。

处处都有暗示和征兆。河畔闪过一道亮光，耳边传来飕飕声，好像理发匠舞动手中的剪刀。那是飞回来的雨燕，身姿轻盈地掠过水面。顺着弯曲的河道往前走，岸边的建筑渐渐变换了方位，露出埃斯泰尔戈姆更多的屋檐，让长方形会堂居于画面中点。鲍科尼山的森林从外多瑙地区出发，向北部延伸，南岸是马特拉山尽头的山麓丘陵，扼守匈牙利的东北角，在帕堪镇与多瑙河相遇。在两山之间，河道变得异常狭窄，急促的水流拍打着铁桥。铁桥伸出像蜘蛛一样的细足，乍一看很纤细，走进了才发现粗壮无比。（从这里出发，向东二十英里，多瑙河的河水将迎来最庄严的时刻：绕过鲍科尼森林，一路向南，像一条细线贯穿布达佩斯，在地图上垂直勾勒出一条长达一百八十英里的水道，将匈牙利干净利落地一分为二。随后，补充了德拉瓦河的河水之后，再次折向东方，进入南斯拉夫，在贝尔格莱德与萨瓦河会合，平静地穿过"铁门"。）

一小时后，我走在前往帕堪的山路上。在铁桥位于捷克斯洛伐克一侧的边防检查站，我的护照被盖上出境戳。桥的另一侧，红白绿三色路障背后的另一处检查站，便是匈牙利的起点。我悠闲地走在桥中央，"无人之地"最适合沉思与冥想。

桥下的石墩旁，绿色的水蕴草好像《哈姆雷特》中落水的奥菲莉娅的长发，顺着水流漂散。上游，水花扰乱了倒映在河面的蓝绿色天空和蓬松的卷云。粉红和深红的流光伴着水波，相互撞击，最后归于平静。令人诧异的是，空气中没有一丝风。雨燕仍在快速穿行，一只苍鹭从岸边的树丛起飞，越过河面，钻入对岸的林子。几只体型庞大的怪鸟在头顶上空盘旋，一开始，我以为也是苍鹭，但它们虽然像苍鹭一样展开翅膀，脖颈却不是弯曲的，而是伸得老长，而且身上长着白色的羽毛。与天鹅相比，它们个头要大些，身材更修长，飞得不慌不忙：它们跟随气流，在空中兜着圈子，翅膀几乎没扇动一下。数量有十几只，像雪一样洁白，只有翼羽是黑色的，排列在翅膀内缘，像服丧时缠的黑纱。是鹳鸟！在空中越飞越低，长长的鸟喙和鸟腿红得像用来做封印的蜡油。附近，一位老牧羊人站在斜坡上，也在欣赏这群鹳鸟。等到几只飞过头顶，仰起的脸，已经能感受到一股股气流，他用匈牙利语说了句——"Nét, góbyuk！"，脸上露出微笑。他的牙掉光了。两只鹳鸟向上游飞去，一只降落在干草垛上，扇着翅膀让身体保持平衡，另一只在水草地上着陆——收紧翅膀后，酷似一个白色的线筒，立在涂着红漆的支架上——然后踱着步子，朝水边走去。与此同时，其余的鹳鸟相继停在桥头的房屋上，摇摇晃晃地走过屋檐，检查掩藏在烟囱旁的鸟巢。还有两只甚至不惧敲响的钟声，准备飞到教堂的钟楼上——它们以前肯定这样干过，而且毫发未伤。大钟旁塞满了去年用来搭窝的细小树枝。

牧羊人拍了拍我的肩膀，指着东边的下游，昏沉沉的水面上，隐隐约约能看见夜色中有些东西。它们呈不规则状，像一簇羊毛，灰白色，在夕阳的霞光中反射着粉红色，忽上忽下，宽度不停发生变化，在移动中聚集成一股绳。渐渐地，我辨认出那是一群从地球另一侧飞来的鹳鸟。它们沿着尼罗河，飞过非洲平原，顺着巴勒斯坦和小亚细亚的海岸，从博斯普鲁斯海峡来到欧洲大陆。然后，从黑海飞到多瑙河三角洲，在这条空中走廊畅行无阻，直到几英里外的多瑙河下游，才陡然转向。由于河道在这里拐了一个弯，鹳鸟朝西北方向飞去；它们的目的地也许是波兰，但鸟群已经分散出数以百计的先遣队，各奔前程。我和老牧人出神地望着鹳鸟群。花了很长一段时间，终于，连三三两两掉队的鹳鸟也消失在北方的天空。夜幕降临之前，这支庞大的队伍会找一处森林歇脚，或者在某个斯洛伐克的小村庄休息——村民们肯定会又惊又喜，因为鹳鸟是好运的象征——鸟群像一阵过境的暴风雪，趁着黎明的第一缕曙光，呼啸着飞上天空。（六个月后，数百英里之外，我站在巴尔干山脉南侧的山坡，再一次见到这群迁徙的鹳鸟，只不过方向刚好相反，它们朝黑海飞去，赶在冬季到来前越过撒哈拉沙漠。）

处处生机盎然：天上、水中、岸边；原本萧瑟的景象一下子得到改观。我在桥上又待了一阵，享受这来之不易的闲适时光，望着滔滔的河水发呆，最后才依依不舍地迈过最后几码路程，进入匈牙利。我觉得自己像一位在贵宾席就座的观众，随着幕布徐徐拉起，鲜活的舞台场景呈现在眼前。

先是有孤独的钟声响起，随后四下里钟乐齐鸣，震得月光都有些颤颤巍巍，好几口大钟相互应答，宣布祷告时间即将来临，但树下的人们却似乎并不着急：他们慢悠悠地走过河堤，然后拐上一条上山的路。成百上千的农夫，来自附近的村庄，男人们大多身穿黑白两色服装。一个结实的壮汉，看样子是乐队成员，奋力地敲着手中的大鼓；视野内不时捕捉到锃亮的长号和巴松管，还有三个人吹着法国号。至于妇女和姑娘们，她们穿着褶裙和各种颜色的紧身上衣，系着围裙，扎着方巾，精心装饰的缎带以及衣袖上色彩鲜艳的刺绣，让她们更加光彩照人。不出所料，最鲜艳、最引人注目的，是身着荷叶边纱裙的吉卜赛女人：紫罗兰、洋红、橘色、黄色、嫩绿，每一种都亮得惹眼。色调搭配起来，像印度寺庙里的花环，只不过是用欧洲的花卉扎成。接下来的路程，有了这群乡民为伴，气氛变得轻松愉快。在一家酒馆外的马车上，坐着一头棕色的熊，看它的样子，难道是想拉住缰绳？皮肤黝黑的主人爬上车，坐到熊的身旁，吆喝一声，马车渐渐远去。一辆看上去年代久远的大游览车穿过人群、村民的马车、小马群和车夫，停到路边，下来两位修女和一群女学生，随后，车子的喇叭响起，继续上路。三个瘦高的多明我会修士头戴铲形宽边帽，身穿黑白相间的修士服，正聚在一棵橡树下聊天。

但最引人注目的，是一群在码头边的石板路上漫步的人。他们穿着深色外套，艳丽多彩的丝质紧身上衣——偶尔也能看到天鹅绒材质的——纽扣大得像榛子，金色表面，袖口、脖子和肩膀部位搭着棕色毛皮。有些人穿着齐膝盖的毛皮外衣，正面解开，露出金色花边的饰扣；其他人将衣服斜搭在肩上，看上去像一件土耳其式斗篷。马裤很紧，上面带着刺绣，脚蹬一双黑森皮靴，有黑色、粉红色、蓝色或绿色的；金色的穗带从外衣上垂下，镀金的马刺斜在脚跟。有一两个人脖子上挂着金链子或银链子，所有人都戴着浅色或深色的皮帽，形状像匈牙利轻骑兵的高顶皮军帽，角度倾斜得随时可能从头上滑落，还用白鹭或苍鹭的羽毛装饰，羽毛插在镶有宝石的带扣上，像一股升腾的蒸汽。他们随意地将半月形弯刀夹在腋下、搁在肘弯，或者立定站直时手握刀柄，刀尖几乎挨到石板路面，刀鞘上罩着绿色、蓝色或紫红色的天鹅绒，金色鞘面装饰有宝石。传说中王子的光辉形象，就这样栩栩如生地出现在眼前；只有一个人例外，他胖得像一个球，胡乱戴着一顶白色皮帽，脚上穿着一双红色皮靴，面庞也是红扑扑的。他们看起来并不骁勇善战：悠闲地散步，聊天，看着手表，靠在弯刀上，像"大海守护神"梅瑞迪斯一样轮流抬起左右腿脚休息。一个高个子边说边点头，眼镜片将夕阳的余光投射到地上，形成光点和光带，如同一行摩尔斯电码。一辆马车停下，三个相同装束的人从车上下来，都戴着讲究的熊皮帽，用白鹭羽毛装饰，向前来迎接的人行礼问好。一位雍容华贵的老者仍然坐在车上；他也许腿脚不灵便，双手紧握一根马六甲手杖，将长着白胡子的下巴靠在手背上。他将自己的半月形弯刀放在膝盖上，身子前倾，与众人谈笑。他的长相让我一下子想到维克多·雨果，除了棕色皮草，一根绕过肩膀的金链子，以及挂在脖子上的骑士勋章，他一袭黑衣，显得气度不凡。（"这会让你疯狂"——遗忘多年的诗句突然浮现在我的脑海——"见到埃斯特哈希 / 从他的绒线假发 / 到他的钻石靴子。"[5]没错，就是这副打扮。）后来，这一队侍从、马车和车上的老者，以缓行的速度经过人群，步入上游岸边的白杨树荫中。

在我身后，姑娘们正嬉闹着准备过桥，她们手里捏着采来的睡莲、水仙、黄水仙、紫罗兰和水边的金凤花。我朝她们挥手致意，一个姑娘转过身，样子像极了希腊神话中的精灵达克堤利。我在想，要是匈牙利人没有成为基督徒，他们也许更愿意让美少年阿多尼斯和农神女儿珀尔赛福涅来点缀自己的生活。

匈牙利近在咫尺，我却突然无法迈开步子。如今，行文于此，我也有同样感受：犹豫中，我不知道是否应该继续下笔；这倒不是

---

[5]出自《印戈耳支比家传故事集》。

因为害怕，而是因为往昔历历在目，我担心接下来的行程令人吃惊的事情更多，让我脆弱的心脏难以承受。桥下，河水滔滔，我靠在桥栏上，摆出一副轻松的样子，平复自己激动的心情。

今天，回首往事，我算是有了一双千里眼，庆幸自己当时举棋不定，否则，就无法亲眼目睹随后的奇观了……现在，我才明白人们在准备什么。埃斯泰尔戈姆镇的市民在窗台上点燃蜡烛——游行人群鱼贯而行，农夫们的手中都握着一根小蜡烛，星星点点，像一片闪烁的烛光海洋。长方形基督教堂浮现在眼前，我步入其中，穿过叶形装饰的长廊，踏着微光照耀下的网状地板，走进巨大的圣器收藏室，这儿陈列着一排排宝箱，箱子上原本盖着丝绸锦缎，在这个特殊的日子，都被一个个打开，露出圣器的真容。主教冠、长袍、嵌满珠宝的手套和披肩都摆放停当，枝状大烛台、圣体匣和牧杖各就各位。穹顶下方，苍白而粗壮的蜡烛插在高高的烛台，尚未点燃。地毯铺在浅浅的梯级上，一直通向主教的华盖，顶楼的敲钟人已经累得口干舌燥。

在半山腰的主教宫，有一处马厩，脚穿皮靴、头戴熊皮高帽的马夫正虔诚地念着誓词。马掌踩在卵石路上，火花四溅，走在最后的是红衣主教的四匹灰马，鬃毛油光水滑，套头上挂着缰绳。一个两颊红扑扑的马夫，装束与其他人一样，只是矮了半头，看起来凶巴巴的，擦拭着银质的门把手，然后用抹布清洁上了漆的面板，面板上绘着一顶红色的帽子，包裹着饰有法冠和王冠的纹章盾牌，周围还有五层金字塔形的流苏。做完清洁后，他"砰"地一声关上车门。

主教宫内墙的画框上，杜乔用阴沉的笔调绘出耶利米和脸颊消瘦的隐士，克里维利则用与威尼斯画派不同的风格表现东方三博士；此外，还有马泰奥·迪·乔万尼的《圣母与圣子》和乔万尼·迪·保罗的《耶稣诞生》。塔德奥·加迪的《圣母像》和洛伦佐·迪·克雷蒂的《抹大拉的玛利亚升天》由于年代久远，表面变得暗淡，就连来自锡耶纳、佛罗伦萨、威尼斯、翁布里亚、边界地区、低地国家和西班牙的画家的作品，也开始失去光华。画面充满异域风情！一位伦巴第的少女将手臂绕在独角兽的脖子上；一系列殉道场景中，圣徒的形象变得模糊不清，只剩下头顶白色的光轮。艺术的同化作用不容小觑，多瑙河画派创作的"诱惑"与"耶稣受难"题材慢慢成为主流。夜色越来越浓，也许只有"科洛斯瓦的托马斯"绘制的特兰西瓦尼亚传说——骑士、主教和在冬青林从弓箭下救出雌鹿的圣伊莱斯——尚能还原这个地方的古风原貌。

其他楼层也蔚为大观。教士们来来去去，我偷偷地朝房间里的大钟看了一眼，耳畔传来钟声，又低头遥望马厩；这里是教堂的核心，大主教萨瑞第——这位红衣主教明曾蒂的前任——冷静地凝视着虔诚的信众。猩红色袍服，一张轻松的面容，一顶红色便帽，手上戴着戒指，身边是红色法冠。肩头没有饰带，而是搭着白色貂皮斗篷：这种源于古代的装束，让匈牙利大主教看上去更像一位世俗的君主。座椅旁，教士斗篷衣的下摆盖在地毯上，衣服由天竺葵色的波纹绸制成。夹鼻眼镜在闪光，袖口、领结等都整饬停当，教士和负责托捧衣摆的人小心翼翼地在一旁伺候。一个年轻人，看样子刚被选作四十侍卫之一，头发梳得齐整，满脸是谨慎的表情。他一手抱着插着羽毛的皮帽，另一只手戴着手套，握着一柄鞘面裹着黑色天鹅绒的短弯刀。长夜漫漫，他决心不辱使命……要是烟瘾犯了，还可以躲到远远的角落抽一根……窗外，栗树长出蓓蕾，很快就会开出粉红或白色的小花。一只猫头鹰在鸣叫！视线越过白杨林和空旷的码头，桥上依然人来人往。再远的地方，已是混沌一片。上游还现着亮光，冰冷的河水向西流去，穿过绿色和银色的树林。也许是在应答急迫的钟声，蛙鸣声突然变得异常嘹亮。

我也听见钟声、蛙鸣和猫头鹰的叫声。但夜色深沉，难以循声一探究竟，就算是站在窗口，擦燃一根火柴，也难以贯穿黑暗。就在刚才，夕阳的霞光染红主教宫，远远望去像是着了火。现在，硫黄色、番红花色、粉红色和绯红色已经从窗玻璃上消失殆尽，在天边缠绕成一团。相比之下，河水显得惨白，岸边林木森森。天空还残留着一缕翡翠绿光，将空气、草丛、旗叶、柳草和水波染成青梅的颜色。水面上，一只苍鹭几乎看不见身形，只能通过翅膀扇动的声音和翼尖划过水面搅起的波纹来判断它的飞行方向。最后，只剩下河水的微光。不知道下游方向会不会升起一轮圆月，驱散黑暗。桥上终于空无一人，码头只剩下几个行色匆匆的人影。钟声再次响起，我也加快了脚步。我可不想迟到。

未完待续……

图书在版编目（CIP）数据

时间的礼物 /（英）帕特里克·莱斯·弗莫尔
（Patrick Leigh Fermor）著；一熙译.—重庆：重庆
大学出版社，2016.9（2023.3重印）
（弗莫尔游记）
书名原文：A TIME OF GIFTS: On Foot to Constantinople:
From the Hook of Holland to the Middle Danube
ISBN 978-7-5689-0021-8

Ⅰ.①时… Ⅱ.①帕…②一… Ⅲ.①游记—作品集
—英国—现代 Ⅳ.①I561.65

中国版本图书馆CIP数据核字（2016）第201323号

时间的礼物
Shijian De Liwu

［英］帕特里克·莱斯·弗莫尔（Patrick Leigh Fermor） 著
一 熙 译

策划编辑：王 斌
责任编辑：张家钧
责任校对：张红梅
责任印制：赵 晟
版式设计：张 晗

重庆大学出版社出版发行
出版人：饶帮华
社址：（401331）重庆市沙坪坝区大学城西路21号
网址：http://www.cqup.com.cn
重庆升光电力印务有限公司印刷

开本：710mm×1020mm 1/16 印张：20.25 字数：235千 插页：16开2页
2016年12月第1版 2023年3月第2次印刷
ISBN 978-7-5689-0021-8 定价：42.00元

本书如有印刷、装订等质量问题，本社负责调换
版权所有，请勿擅自翻印和用本书制作各类出版物及配套用书，违者必究

A TIME OF GIFTS:

ON FOOT TO CONSTANTINOPLE:

FROM THE HOOK OF HOLLAND TO THE MIDDLE DANUBE

By

PATRICK LEIGH FERMOR

Copyright: © 1977 BY THE ESTATE OF PATRICK LEIGH FERMOR,

INTRODUCTION © COLIN THUBRON AND ARTEMIS COOPER 2013

This edition arranged with AITKEN ALEXANDER ASSOCIATES

Through Big Apple Agency, Inc., Labuan, Malaysia.

Simplified Chinese edition copyright:

2016 CHONG QING UNIVERSITY PRESS

All rights reserved.

版贸核渝字（2014）第141号